JAN LUCAS

Cyrus Doyle
und der herzlose Tod

atb aufbau taschenbuch

JAN LUCAS ist das Pseudonym eines Autors zahlreicher erfolgreicher historischer Romane und Thriller. Er lebt in Deutschland, hält sich aber immer wieder gern auf der Kanalinsel Guernsey auf.

Cyrus Doyle kehrt nach Jahren auf seine Heimatinsel Guernsey zurück, wo er sich nach dem Tod der Mutter um seinen Vater Leonard kümmern und den Posten des Detective Chief Inspector antreten will. Der bisherige DCI wurde gerade eine Woche zuvor auf bizarre Weise ermordet: Ein unbekannter Täter hat ihn mit einem Pfeil erschossen und ihm das Herz herausgeschnitten. Schon am Tag seiner Ankunft wird Doyle zu einem neuen Tatort gerufen – ein weiteres Opfer ist unter denselben mysteriösen Umständen zu Tode gekommen. Doyle dringt immer tiefer in die Insellegenden und in seine eigene Familiengeschichte vor.

JAN LUCAS

CYRUS DOYLE

und der herzlose Tod

KRIMINALROMAN

atb aufbau taschenbuch

FSC
www.fsc.org
MIX
Papier aus verantwortungsvollen Quellen
FSC® C083411

ISBN 978-3-7466-3324-4

Aufbau Taschenbuch ist eine Marke
der Aufbau Verlag GmbH & Co. KG

1. Auflage 2017

Dieses Werk wurde vermittelt durch die
AVA international GmbH Autoren- und Verlagsagentur,
München. www.ava-international.de
Umschlaggestaltung © Mediabureau Di Stefano, Berlin
unter Verwendung von Bildern von
© Neil Howard / Getty Images und © lizard / 123RF
Gesetzt aus der Whitman durch die LVD GmbH, Berlin
Druck und Binden CPI books GmbH, Leck, Germany
Printed in Germany

www.aufbau-verlag.de

Feb 20

Für meine Eltern – danke für alles
R.I.P.

Guernsey

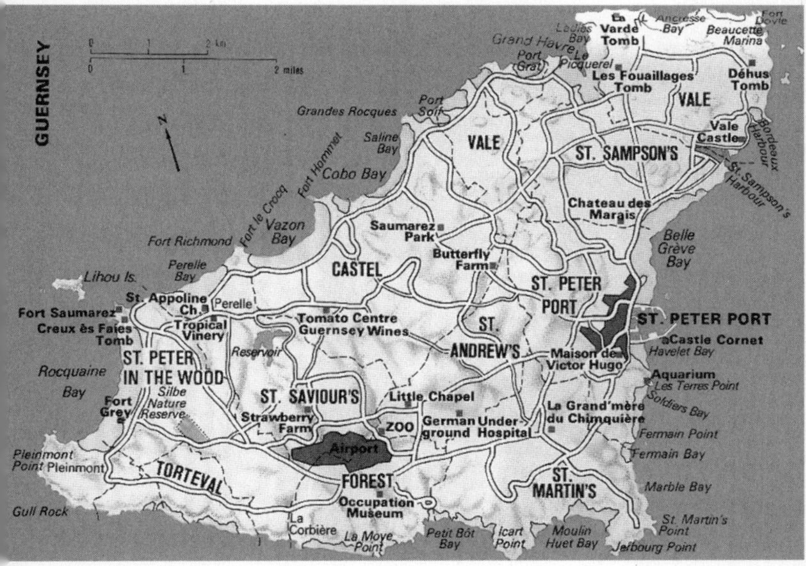

GUERNSEY
0
1
2 km
0
1
2 miles
N
L'Ancresse Bay
Fort Doyle
Ladies Bay
En Varde Tomb
Beaucette Marina
Grand Havre
Port Grat
Le Picquerel
Les Fouaillages Tomb
Déhus Tomb
VALE
Port Soif
Grandes Rocques
Saline Bay
VALE
Vale Castle
Bordeaux Harbour
ST. SAMPSON'S
St. Sampson's Harbour
Fort Hommet
Cobo Bay
Fort le Crocq
Vazon Bay
Fort Richmond
Chateau des Marais
Saumarez Park
Belle Grève Bay
Butterfly Farm
Perelle Bay
CASTEL
Lihou Is.
St. Appoline Ch.
Perelle
ST. PETER PORT
Fort Saumarez
Creux ès Faies Tomb
Tropical Vinery
Tomato Centre
Guernsey Wines
ST.
ST. PETER PORT
Castle Cornet
Havelet Bay
ANDREW'S
Maison de Victor Hugo
Reservoir
ST. PETER IN THE WOOD
Rocquaine Bay
Aquarium
Les Terres Point
Silbe Nature Reserve
ST. SAVIOUR'S
Little Chapel
Fort Grey
Soldiers Bay
Strawberry Farm
ZOO
German Underground Hospital
La Grand'mère du Chimquière
Fermain Point
Airport
Pleinmont Point
Pleinmont
Fermain Bay
TORTEVAL
FOREST
ST. MARTIN'S
Marble Bay
Occupation Museum
Gull Rock
La Corbière
La Moye Point
Petit Bôt Bay
Icart Point
Moulin Huet Bay
St. Martin's Point
Jerbourg Point

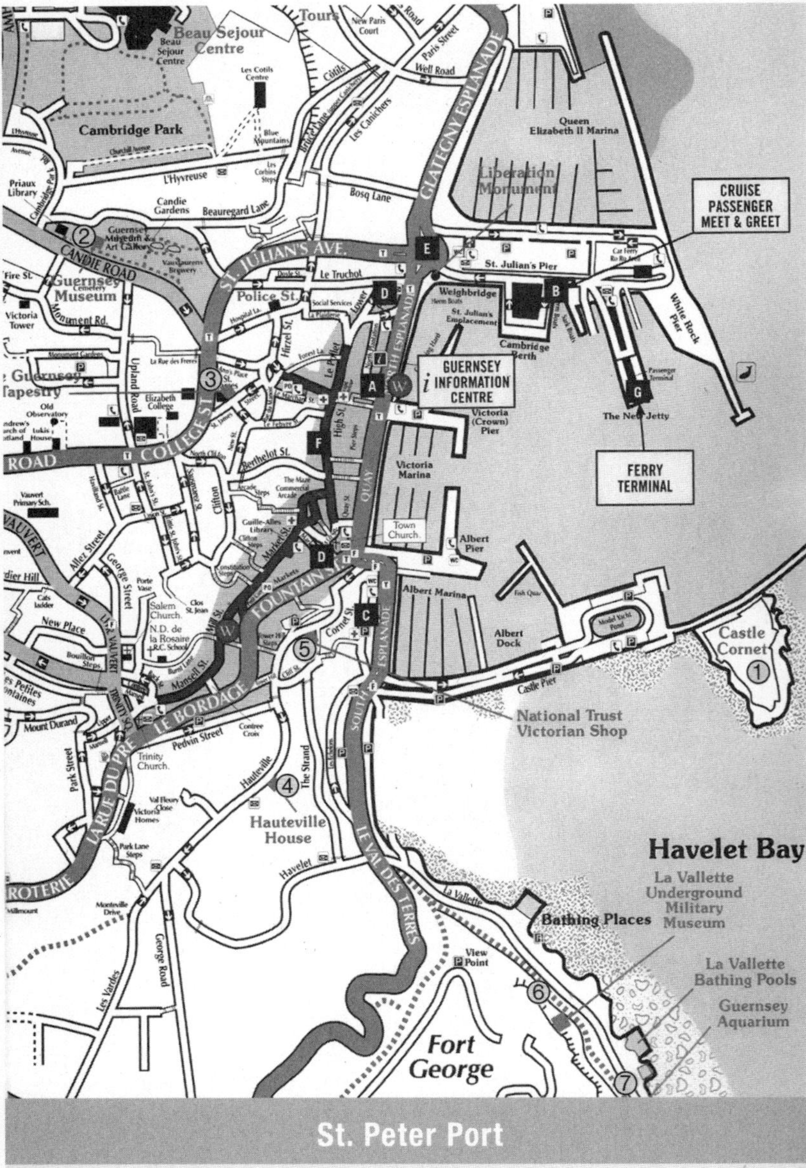

St. Peter Port

① Castle Cornet
② Guernsey Museum and Art Gallery
③ The Guernsey Tapestry (St. James)
④ Hauteville House
⑤ Victorian Shop and Parlour
⑥ La Vallette Underground Military Museum
⑦ Aquarium

ERSTER TAG

Donnerstag, 28. August

KAPITEL 1

Er blickte nach draußen, wo weiße Flecken ohne Zahl am Himmel tanzten. Ganze Scharen von Möwen zeichneten ein sich ständig veränderndes Muster in das Firmament aus kräftigem Blau, das die Insel überspannte wie ein unendlicher Baldachin. Ein Willkommensgruß für die Menschen auf der Fähre, die ihre Geschwindigkeit jetzt stark drosselte. Ein Gruß in einer fremden Sprache, die nur die Möwen verstanden. Schön und zugleich geheimnisvoll wie das Eiland, das sich mit seinen sanften grünen Hängen und den zerklüfteten felsigen Buchten aus den Fluten des Ärmelkanals reckte.

Der Anblick, den Guernsey den Passagieren des Schnellkatamarans bot, war malerisch, aber Cyrus Doyle starrte mit gemischten Gefühlen durch die großen, mit Gischt besprühten Fenster. Früher war er mit leichterem Herzen an den Ort seiner Kindheit und Jugend heimgekehrt – als jemand, der einen unbeschwerten Ausflug in seine Vergangenheit unternimmt, einen Urlaubstrip zu Familie und alten Freunden. Diesmal aber kam er, um zu bleiben, und statt eines unbeschwerten Urlaubs warteten ein neuer Lebensabschnitt und eine neue Verantwortung auf ihn. Viel hatte er dafür aufgegeben. Sein Leben in London. Und Carol. Er sah wieder ihr Gesicht vor sich, das ihn durchdringend anblickte, als er ihr seine Entscheidung mitteilte. Überrascht, enttäuscht, gekränkt. Sie hatte wirklich nicht damit gerechnet, dass er sich für Guernsey entschied und nicht für sie. Wahrscheinlich hatte sie zum ersten Mal erlebt, dass ein Mann sie verließ und nicht umgekehrt.

Eine Meute Möwen stieß, wie auf einen geheimen Befehl, nach unten, dem Wasser und einer für Doyle unsichtbaren Beute entgegen, einem Schwarm Heringe oder Makrelen. Er dachte beim Anblick der Möwen daran, dass Weiß in einigen Kulturen die Farbe des Todes war und dass weiße Vögel dort als Todesboten galten. Und er dachte an den grausamen Mord, der eine Woche zuvor Guernsey erschüttert hatte.

Eine Lautsprecherdurchsage mit Hinweisen für die bevorstehende Ankunft in St. Peter Port riss Doyle aus den trüben Betrachtungen. Kein Grund zur Eile. Er hatte noch Zeit genug, um zu seinem Wagen zu gehen. Der Tamora stand nicht in der Parkzone mit den Fahrzeugen, deren Besitzer als Erste aufgefordert wurden, sich zum Verlassen der Fähre bereitzumachen. Er ignorierte die wachsende Unruhe der anderen Passagiere, die in Aufbruchsstimmung waren, und heftete seinen Blick erneut auf die Hauptstadt der Kanalinsel Guernsey, deren einzelne Gebäude immer deutlicher hervortraten.

Doyle kannte kein schöneres Stadtpanorama. Das im klaren Licht der Morgensonne blaugrün schimmernde Meer umspülte die Hafenanlagen mit ihren Fähren, Frachtschiffen und Hunderten von Yachten, die im Wasser schaukelten. Dem beständigen Strom von Autos direkt hinter den Kaimauern gelang es nicht, das Bild weniger pittoresk erscheinen zu lassen. Spaziergänger in leichter Sommerkleidung, trotz der frühen Stunde schon recht emsig unterwegs, schlenderten am Wasser entlang, blickten zu den kreisenden Möwen im fast wolkenlosen Augusthimmel auf oder betrachteten die Auslagen in den zahlreichen Schaufenstern der zum größten Teil noch geschlossenen Läden. Ganze Gruppen von Menschen strebten zu den Ablegeplätzen der Fähren, um einen Ausflug auf eine der kleineren Inseln zu unternehmen.

Auf dem sanft ansteigenden Grund von St. Peter Port reihte sich eine Häuserzeile an die nächste, und der Ort wirkte wie eine Stadt zur Zeit Königin Victorias. Er erspähte die weiße Fassade von Hauteville House, das einst Victor Hugo als Exil gedient hatte und heute ein dem Dichter gewidmetes Museum war. Gleich hinter dem Albert Pier und der großen Prince-Albert-Statue stand die aus grauem Inselgranit erbaute Town Church, die Stadtkirche. Jenseits der alten Kirche begann die High Street, die Haupteinkaufsstraße. Über achtzehntausend Menschen, mehr als ein Viertel der Inselbevölkerung, lebten in St. Peter Port. Der Tourismus und die von der günstigen Steuergesetzgebung angelockte Hochfinanz hatten Fischerei, Schmuggel, Seeräuberei und den alten Seehandel als Haupteinnahmequellen abgelöst. Dabei, schoss es Doyle durch den Kopf, hatten Steuerflüchtlinge und Banker doch eine Menge mit Schmugglern und Seeräubern gemeinsam.

Sein Blick wanderte nach links, wo der Castle Pier hinaus zur meerumbrandeten Burganlage von Castle Cornet führte. Erst im neunzehnten Jahrhundert hatte man diesen Pier gebaut, und bis dahin war die Burg trockenen Fußes nur mit dem Boot oder bei Niedrigwasser zu erreichen gewesen. Über Jahrhunderte ein uneinnehmbares Verteidigungsbollwerk, beherbergte Castle Cornet jetzt mehrere Museen, in denen man gut und gern einen ganzen Tag verbringen konnte. Als Schüler hatte er die Ausflüge dorthin nicht besonders gemocht, waren sie doch unweigerlich mit einem historischen Aufsatzthema verbunden gewesen, aber je älter er wurde, desto mehr faszinierte ihn die Geschichte seiner nur zweiundsechzig Quadratkilometer großen Heimatinsel. Sie lag irgendwo im Niemandsland – oder Niemandsmeer – zwischen England und Frankreich, näher an Frankreich, aber enger mit England verbunden und kulturell von beiden beeinflusst. Französische Namen und Bezeichnungen vermischten sich munter mit englischen, und oft waren sich selbst die Einheimischen – die *Gurns* – nicht über die richtige Aussprache einig.

Viele Touristen hielten Guernsey und die anderen Kanalinseln wegen der englischen Sprache und der Pfundwährung für einen Teil des Vereinigten Königreichs, aber das stimmte nicht. Sie waren direkter Besitz der britischen Krone mit eigener Gesetzgebung, und sie gehörten nicht einmal zur Europäischen Union. Besonders über Letzteres waren die Einheimischen froh, sonst wäre es mit dem Status als Steuerparadies und Duty-Free-Einkaufsoase sehr schnell vorbei gewesen.

Hinter dem Castle Cornet lag ein alter Tunnel, den man wegen Einsturzgefahr nicht vollendet hatte und in dem jetzt ein großes Aquarium die Touristen anlockte. Darüber, direkt an der Steilküste, erhob sich der klägliche Rest von Fort George, einer Verteidigungs- und Kasernenanlage aus der Zeit um 1800. Ein paar Mauerreste und Kanonen von der Clarence Battery und ein Militärfriedhof waren noch vorhanden, der Rest der alten Befestigung war schon vor mehr als fünfzig Jahren einer Wohnsiedlung für Wohlhabende gewichen: Engländer, die oft aus steuerlichen Gründen auf der Insel ein Refugium suchten. Doyle blinzelte zu den Villen hinüber, die sich über den begrünten Klippen ausbreiteten.

Fünf Millionen Pfund war eins der Häuser inzwischen wert, mindestens. Eigentlich ein bisschen zu viel für einen Detective Chief Inspector der Guernsey Police. Der unglückselige Charlie Mourant hatte dort gewohnt, weil er die wohlhabende Tochter eines Londoner Geschäftsmanns geheiratet hatte. Sein Schwiegervater hatte sich stets sehr bedeckt darüber gehalten, mit welchen Geschäften er sein Vermögen erworben hatte.

Charlie hatte schon immer Schlag bei den Frauen gehabt, hatte schon ausgesehen wie George Clooney, als den noch kaum jemand kannte. Sein blendendes Erscheinungsbild und sein immenser Charme, den er nach Belieben anknipsen konnte, hatten es ihm bei Frauen wie bei Vorgesetzten stets leicht gemacht. Aber es stimmte nicht, dass Doyle die Insel verlassen hatte, weil er die Konkurrenz durch Charlie fürchtete. Das war nur ein Gerücht, von Lästermäulern in die Welt gesetzt, als Doyle vor zweiundzwanzig Jahren nach London gegangen war. Er war es einfach leid gewesen, bei seiner Arbeit als Polizist ständig mit seinem Vater verglichen zu werden. Der alte Leonard Doyle war so etwas wie eine Legende auf Guernsey, und mit Legenden – das war die Wahrheit – konnte man nicht konkurrieren. So war Cyrus Doyle bei der Londoner Metropolitan Police zum Detective Chief Inspector aufgestiegen und Charlie Mourant fast zeitgleich bei der Guernsey Police. Eine Frage, die Doyle sich in den letzten Tagen wieder und wieder gestellt hatte, drängte sich ihm erneut auf: Wenn er Charlies Posten innegehabt hätte, hätte man dann ihn statt Charlie auf brutale Weise abgeschlachtet aufgefunden, da oben auf den idyllischen Überresten von Fort George?

Gab es auf Guernsey, der Insel voller Mythen und Legenden, einen uralten heidnischen Schicksalsgott, der sich einen

Spaß daraus machte, DCI Mourant zu töten und durch DCI Doyle zu ersetzen? Er versuchte, diesen Gedanken und das damit verbundene schlechte Gewissen zu verdrängen. Für Charlies Tod konnte er nichts – und doch zog er seinen Vorteil daraus. Der gesundheitliche Zustand seines Vaters, der sich seit dem Tod seiner Mutter dramatisch verschlechtert hatte, ließ Doyle keine andere Wahl, als nach Guernsey zurückzukehren. Jedenfalls sagte ihm das sein Gewissen. Auch wenn Carol natürlich recht damit hatte, dass es in London hervorragende Pflegeheime gab. Aber hieß es nicht, dass man alte Bäume nicht verpflanzen solle?

Also hatte er, als überraschend das Telefon klingelte und Colin Chadwick ihn fragte, ob er Charlie Mourants Nachfolge antreten wolle, ohne lange zu überlegen Ja gesagt. Seinen halbherzigen Einwand, die Metropolitan Police würde ihn kaum so kurzfristig aus dem Dienst entlassen, hatte Chadwick in seiner typisch selbstbewussten Art vom Tisch gewischt. »Das lassen Sie mich mal regeln, Cyrus.« Und Chadwick, der bis vor drei Jahren selbst bei der Met gewesen war und dort noch über gute Kontakte verfügte, hatte es geregelt.

Als der große Schnellkatamaran mit deutlich verminderter Geschwindigkeit nach rechts schwenkte und auf den Fährhafen zuhielt, verschwand der Ort, an dem man Charlie Mourant tot aufgefunden hatte, aus Doyles Sichtfeld. Er war darüber nicht unfroh, lehnte sich in dem wuchtigen Kunstledersitz zurück und schloss die Augen. Das dunkle Brummen der Schiffsmotoren und die Stimmen der Passagiere, die ungeduldig und viel zu früh zu den Ausgängen drängten, verschmolzen zu einem undeutlichen, einschläfernden Geräuschbrei. Die Stabilisatoren des Katamarans ließen das Anlegemanöver ähnlich ruhig ablaufen wie die gesamte Überfahrt. Während des Anlegens blieb er entspannt sitzen und wartete auf die Durchsage, die seinen Parkbereich aufrufen würde. Aber stattdessen rief eine dunkle Frauenstimme über das leicht blechern klingende Lautsprechersystem seinen Namen aus: »Mr Cyrus Doyle, bitte dringend zur Information! Mr Cyrus Doyle wird zur Information gebeten, es ist dringend!«

Doyle stemmte sich aus dem Kunstledermonstrum, wischte mit der flachen Hand kurz über seine müden Augen und setzte sich schwerfällig wie ein Roboter in einem alten Science-Fiction-Film in Bewegung. Ein beunruhigender Gedanke ging ihm durch den Kopf: Er war eingeschlafen und hatte überhört, dass man seinen Parkbereich aufgerufen hatte. Ein ungeduldiger Mitreisender, der nicht länger auf ihn warten wollte, hatte ein zu gewagtes Lenkmanöver versucht und dabei seinen Tamora gerammt. Verflucht, er hätte nicht die Augen schließen sollen!

»Ich bin Cyrus Doyle«, rief er, ehe er den Informationsschalter noch ganz erreicht hatte. »Was ist mit meinem Wagen?«

Die etwas zu stark geschminkte Stewardess legte ihre Stirn in Falten. »Ihr Wagen, Sir, wie meinen Sie?«

»Jetzt sagen Sie schon, wie schlimm ist der Schaden?« Doyle schob sich dicht an den Schalter und fixierte die Brünette mit seinem Polizistenblick. Es musste seinen geliebten Tamora wirklich schlimm erwischt haben, wenn sie so um den heißen Brei herumredete.

Nur kurz erlaubte sich die Stewardess einen zweifelnden Blick auf Doyle, dann sah sie wieder rein geschäftsmäßig drein und sagte in professionellem Ton: »Ich weiß leider nicht, was Sie meinen, Sir. Ich habe Sie ausgerufen, weil die Polizei Sie zu sprechen wünscht.«

»Die Polizei? Aber ich bin die Pol…«

»Dieser Herr hier ist von der Guernsey Police und hat mich gebeten, Sie auszurufen«, unterbrach ihn die nun leicht unwillig klingende Brünette und zeigte auf einen mittelgroßen Mann Anfang dreißig, der gut im Futter stand und dessen Jackett mindestens zwei Größen zu eng war.

»Detective Sergeant Baker«, stellte sich der Schwergewichtige mit ausgestreckter Hand vor. »Willkommen auf Guernsey, Sir.«

Doyle schüttelte ihm die Hand und stellte irritiert fest, dass plötzlich etwas am hinteren Glied seines Mittelfingers klebte, offenbar die Reste eines Schokoriegels. Er fischte sein Taschentuch hervor und säuberte die Hand. »Es ist sehr nett, dass Sie mich eigens haben ausrufen lassen, um mich auf Guernsey zu begrüßen. Allerdings bin ich nicht zum ersten Mal hier. Um genau zu sein, bin ich sogar hier geboren.«

Sergeant Baker nickte eifrig. »Das weiß ich, Sir, Sie sind der Sohn vom berühmten Leonard Doyle.«

Jetzt ging das schon wieder los.

»Ja«, seufzte Doyle, »der bin ich.«

»Ich bin nicht nur hier, um Sie zu begrüßen, Chief Inspector. Wir haben einen Einsatz, und ich soll Sie abholen, weil Sie telefonisch nicht zu erreichen waren.«

Doyle tastete zu dem Smartphone in seiner Jacketttasche und dachte an die Nachrichten, die Carol ihm in schneller Reihenfolge geschickt hatte. *Du bist ein Narr. – Idiot. – Verräter. – Du läufst in dein Unglück, Dummkopf. – Komm zurück, sonst wirst du es bereuen. – Herzloser Egoist.* Herzlos? Wenn ihn ein Vorwurf traf, dann dieser. Es war einfach das Gegenteil der Wahrheit. Als er genug von Carols Ergüssen gehabt hatte, hatte er das Gerät ganz ausgestellt.

Jetzt zog er es halb aus seiner Tasche.

»Muss wohl defekt sein. Aber ich verstehe nicht, was ich bei einem Einsatz soll. Mein Dienst bei der Guernsey Police beginnt am 1. September, also Montag.«

Baker setzte eine ratlose Miene auf.

»Keine Ahnung, Sir. Ich habe nur den Auftrag, Sie abzuholen.«

»Von wem? Von Chadwick?«

»Ich nehme an, dass der Befehl vom Chief Officer stammt. Aber ich habe meinen Auftrag von Inspector Holburn.«

Holburn? Doyle hatte auf Guernsey einst einen Randy Holburn gekannt, Sohn eines sehr erfolgreichen Bauunternehmers. Ein ungehobelter und unangenehmer Kerl, eher gebaut wie ein Bauarbeiter als ein Bauunternehmer. Doyle hatte immer geglaubt, Randy würde eines Tages die Firma seines Vaters übernehmen.

»Inspector Holburn ist Ihr direkter Vorgesetzter, Sergeant?«

»Ja, Chief Inspector.«

»Lautet Inspector Holburns Vorname Randy oder Randolph?«

»Nein, Chief Inspector.«

Weshalb grinste der dickliche Sergeant plötzlich so blöde? Egal, Doyle war erleichtert.

»Was ist jetzt mit diesem Einsatz, zu dem Sie mich holen sollen? Hoffentlich nicht schon wieder ein Mord?«

Baker räusperte sich. »Ich fürchte, doch.«

»Wer ist diesmal das Opfer?«

»Das wissen wir noch nicht. Ein älterer Mann jedenfalls.«

»Auf welche Weise ermordet?«

»Einen Pfeil in den Hals und dann …«

»Das Herz rausgeschnitten, wie bei DCI Mourant?«, fiel Doyle dem Sergeant ins Wort.

»Ja, Sir, genauso.«

Doyle bemerkte aus den Augenwinkeln, dass das Gesicht der Stewardess, die ihre Unterhaltung mitbekommen hatte, unter der dicken Schminkschicht erbleichte. Er konzentrierte sich wieder auf den Sergeant.

»Wo?«

»Nahe dem Klippenpfad beim alten La-Prevote-Wachturm.«

Doyle kannte den Turm. Er war Teil der deutschen Befestigungsanlagen aus dem Zweiten Weltkrieg, als die Kanalinseln von den Nazis besetzt gewesen waren.

»Als Kind bin ich mal mit Freunden in dem Turm herumgeklettert. Ein Special Constable hat uns erwischt. Mein Vater war darüber nicht gerade erbaut.«

»Kann ich mir vorstellen, Sir. Heute kommt man nicht mehr so leicht hinein. Eine Sicherheitstür.«

»La Prevote also, dann müssen wir über die halbe Insel fahren. Eigentlich hatte ich gleich zu meinem Vater gewollt.«

»Heißt das …«

»Nein, Sergeant, keine Angst, ich werde mir die Sache vor Ort ansehen. Ich weiß nur leider nicht, wann ich meinen Wagen von der Fähre bekomme.«

»Das macht nichts, Sir, Sie können mit mir fahren.«

»Und mein Wagen?«

»Wenn Sie den Schlüssel bei sich haben, wird ihn Detective Constable Allisette zu Ihnen nach Hause bringen.«

Baker zeigte dabei auf eine sommersprossige junge Frau, kaum älter als fünfundzwanzig, die bislang wie unbeteiligt in seiner Nähe gestanden hatte.

»Sie wollen meinen Tamora fahren?«, fragte Doyle mit einem plötzlichen Krächzen in der Stimme.

Vor seinem geistigen Auge sah er das Mädchen mit Höchstgeschwindigkeit über die engen Inselstraßen jagen. Das nächste Bild war ein verformter Klumpen blauen Metalls, der einmal sein TVR Tamora gewesen war.

Das sommersprossige junge Ding meldete sich zu Wort: »Ein Sportwagen? Sie fahren einen Roadster, Sir? Einen Tamora mit einem 3,6-Liter-Motor und dreihundertfünfzig PS?«

»Ja«, brachte Doyle nur hervor, erstaunt über ihr Fachwissen.

»Prima!«, strahlte Constable Allisette. »So ein Geschoss wollte ich schon immer mal fahren!« Sie streckte fordernd die rechte Hand aus. »Wenn ich um den Autoschlüssel bitten darf, Sir.«

Wie betäubt begleitete Doyle Sergeant Baker zu dessen Dienstwagen draußen auf dem Pier. Er hätte nicht zu sagen vermocht, was ihm den größeren Schock versetzt hatte: die Nachricht über einen zweiten Mord oder der Umstand, seinen geliebten Tamora in den Händen dieses … Mädchens zu wissen.

»Eins muss man dem Mörder lassen«, sagte Doyle, als er nahe dem La-Prevote-Turm aus Sergeant Bakers metallicsilbernem Škoda stieg. »Er hat Sinn für Kontraste. Blutige Morde an hinreißend-romantischen Schauplätzen, fast wie in einem Fernsehkrimi. Vorausgesetzt, der Fundort der Leiche ist identisch mit dem Tatort.«

»Vermutlich ist er das«, erwiderte der Sergeant. »Im ersten Fall war es jedenfalls so.«

»Dann glauben Sie, dass wir es mit ein und demselben Täter zu tun haben?«

»Sie etwa nicht, Sir?« Bakers rundes Kindergesicht verzog sich zu einer angewiderten Grimasse. »Wäre ich ein Nachahmer, ich würde mir nicht gerade einen Mord aussuchen, bei dem ich meinem Opfer das Herz rausschneiden muss.«

»Das ist ein Punkt für Sie, Baker«, sagte Doyle und versuchte, sich den Sergeant als Mörder vorzustellen: Blut an den Händen, das sich mit klebriger Schokolade vermischte.

Während er Baker folgte, ohne den er mangels Polizeiausweis kaum durch die Absperrung gekommen wäre, ließ Doyle seinen Blick über die Örtlichkeit schweifen. Er hatte fast vergessen, wie schön es an diesen Plätzen nahe den Klippen war, die sich den Touristenströmen zum Trotz einen Hauch von Abgeschiedenheit bewahrt hatten. Brombeersträucher und die bunten Sprenkel wild wachsender Blumen auf den grünen Wiesen schienen in keinem Widerspruch zu dem steinernen Wachturm zu stehen, der stoisch hinaus aufs leicht gischtige Meer blickte. Der Zahn der Zeit hatte an dem verlassenen Bauwerk genagt, und es wirkte wie ein verwunschener Ort aus einer Geschichte von Robert Louis Stevenson oder J. Meade Falkner. Für den Sekundenbruchteil eines melancholischen Gedankens zogen Nebelschwaden rings um den Turm auf, der sich in die Ruine eines alten Herrensitzes verwandelte, und Doyle hieß wieder David Balfour oder John Trenchard.

Baker vertrieb die Nebelschwaden mit der Bemerkung: »Das da ist Inspector Holburn, Sir.«

Er zeigte auf eine Person, die nur von hinten zu sehen war. Jetzt verstand Doyle das blödsinnige Grinsen des Sergeants, als er gefragt hatte, ob Inspector Holburn vielleicht Randy oder Randolph heiße. Der kurze Haarschnitt und der immer etwas plump wirkende weiße Schutzanzug konnten nicht verbergen, dass es sich um eine Frau handelte. Die blonde Polizistin sprach mit zwei Männern, die ebenfalls in weißes Plastik gekleidet waren, vermutlich Mitarbeiter des Erkennungsdienstes.

Mit einem lauten Räuspern machte sich Baker bei ihr bemerkbar.

»Inspector, der Chief Inspector ist da.«

Inspector Holburn drehte sich um und musterte Doyle, der bei ihrem Anblick vermutlich ein ausgesprochen erstauntes Gesicht machte.

»Du? Das habe ich nicht gewusst, Pat. Warum zur Hölle nennst du dich jetzt Holburn?«

Die Frau, die er einst als Patricia Le Mesurier gekannt – und geliebt – hatte, zeigte nur den Anflug eines Lächelns. »Selbst in unserer emanzipierten Zeit soll es nicht unüblich sein, dass eine Frau, wenn sie heiratet, den Namen ihres Mannes annimmt.«

»Natürlich«, sagte Doyle und kam sich wegen seiner Frage dämlich vor. Er versuchte, sich von dem überraschenden Wiedersehen zu erholen und fuhr schnell fort: »Tut mir leid, dass ich einfach so in deine Ermittlungen reinplatze, aber der junge Mann hier« – er deutete auf Sergeant Baker – »hat darauf bestanden, mich herzubringen. Ich bin sicher, du hast die Angelegenheit vollkommen im Griff und brauchst mich gar nicht.«

»Du bist der neue Chef des Kriminaldienstes und damit Leiter der Ermittlungen in dieser Sache, Cy, also ist es gut, dass du vor Ort bist.« Pat sah ihn zweifelnd an. »Ist es in Ordnung, wenn ich dich Cy nenne, oder hörst du DCI Doyle lieber?«

»Von dir höre ich Cy lieber«, sagte Doyle leicht unkonzentriert.

Er war damit beschäftigt, seine Gefühlsaufwallung unter Kontrolle zu bringen. Warum brachte ihn das Wiedersehen mit seiner Jugendliebe so aus der Fassung? Wahrscheinlich war es nur die unerwartete Erinnerung an längst vergangene Zeiten, die ihm zu schaffen machte. Nur die dumme Erinnerung.

»Wir müssen uns mal in Ruhe unterhalten, über die alten Zeiten und wie es dir ergangen ist.«

»Selbstverständlich«, sagte Pat ohne jede Begeisterung.

Sie führte ihn zu dem Toten, der rücklings im Gras ausgestreckt lag, als sei er vom Wandern auf dem Klippenpfad erschöpft und wolle ein wenig die Sonne genießen. Schon von weitem sah Doyle den Pfeil.

»Wieder ein Pfeilschuss in den Hals wie bei DCI Mourant«, bemerkte er.

»Ja, und der Pfeil hier ist ein Zwilling des ersten. Ein Carbonpfeil der Firma Beman. Nichts Besonderes, habe ich mir sagen lassen. Auch die Bogenschützen in unserem Polizei-Sportclub verwenden ihn.«

Nur flüchtig streifte Doyles Blick den Pfeil mit dem schwarzen Schaft und der rot-weißen Befiederung. Sein Blick blieb auf dem Gesicht des Ermordeten haften. Ein altes Gesicht, mindestens siebzig, hager, umrahmt von wenigen grauen Haarsträhnen. »Ich kenne den Mann!«

»Douglas Ingram, vormals Chief Inspector der uniformierten Einsatzkräfte. Ich war auf der Abschiedsfeier, als er in den Ruhestand ging.«

Doyle stieß einen leisen Pfiff aus. Der ehemalige Chef der uniformierten Polizei! Er hatte Douglas Ingram noch im aktiven Dienst erlebt, bevor er Guernsey verließ. Damals war sein Gesicht nicht so schmal gewesen, das Haar noch dunkel und voll.

Dann kam ihm ein bedrückender Gedanke: »Ist jetzt nicht Ingrams Sohn auf seinem alten Posten?«

»Dennis Ingram, ja.«

Er warf Pat einen fragenden Blick zu.

»Weiß Chief Inspector Ingram schon, wer das Opfer ist?«

»Nein, wozu? Damit er herkommt und sich das Ganze hier ansieht? Ich dachte, das ersparen wir ihm lieber.«

»Du hast recht. Ich würde es auch nicht sehen wollen, wenn es mein Vater wäre.«

»Und doch würdest du herkommen und es dir ansehen.«

»Würde das nicht jeder tun? Aber jeder wäre zugleich froh, wenn man ihm das ersparte.«

»Ja«, sagte Pat und informierte Doyle über die Einzelheiten.

Klippenwanderer, ein deutsches Touristenehepaar, hatten die Leiche vor knapp zwei Stunden gefunden. Ingram war zu dem Zeitpunkt wohl noch keine halbe Stunde tot gewesen. Der unbekannte Bogenschütze musste das erste Tageslicht ausgenutzt haben.

»Alles lief ähnlich ab wie im Fall Mourant. Douglas Ingram wohnt nicht weit von hier und befand sich vermutlich auf einem Spaziergang. Der Pfeil in den Hals hat ihn zu Fall gebracht, aber nicht getötet.« Angewidert blickte Pat auf die blutige Wunde in der Brust des Opfers. »Dass man ihm das Herz herausgeschnitten hat, hat er natürlich nicht überlebt. Aber er hat es wahrscheinlich miterlebt. Da der Fall Mourant durch die Presse gegangen ist, wusste er wohl, als der Mörder zu ihm trat, was ihn erwartet. Das Herz ist übrigens verschwunden, auch wie bei DCI Mourant.«

Doyle hörte ihr zu, war aber nicht ganz bei der Sache. Ihr Anblick und der Klang ihrer Stimme versetzten ihn in eine lange zurückliegende und fast vergessen geglaubte Zeit. Auch wenn mehr als zwei Jahrzehnte vergangen waren, war Pat noch immer eine sehr attraktive Frau mit einer großen Anziehungskraft. Ihre Figur, die sich unter dem weißen Plastik nur undeutlich abzeichnete, war üppiger geworden. Er fand das nicht schlecht, im Gegenteil.

»Woran denkst zu, Cy?«

»An Charlie Mourant und den armen Douglas Ingram hier«, log er und zwang sich, seine Gedanken wieder auf den Fall zu richten. »Ein aktiver Polizist und ein Polizist im Ruhestand, beide vom mutmaßlich selben Täter ermordet. Der Beginn einer ganzen Mordserie?«

»Sprichst du von einer Serie von Polizistenmorden?«

»Das liegt doch auf der Hand, Pat. Oder hältst du die Zugehörigkeit der beiden Opfer zu unserem Verein für einen Zufall?«

»Du wohl nicht«, wich sie seiner Frage aus, von dem Gedanken an eine Serie von Polizistenmorden offenbar wenig angetan.

»Je länger ich bei der Polizei bin, desto weniger glaube ich an Zufälle.«

Doyle wandte den Blick von der Leiche ab und sah hinaus aufs Meer, wo ein kleiner Fischkutter vorbeituckerte. Es wirkte so unendlich friedlich.

KAPITEL 2

Das große vierstöckige Gebäude an der Hospital Lane im Herzen von St. Peter Port war in der Mitte des achtzehnten Jahrhunderts als Armenhaus erbaut worden und hatte schließlich eine Geriatrische Klinik beherbergt, bevor die Guernsey Police es auf der Suche nach größeren Räumlichkeiten vor knapp dreißig Jahren zu ihrem neuen Hauptquartier gemacht hatte. Das finster wirkende Bauwerk hätte auch eine Kaserne oder ein Gefängnis sein können, dachte Cyrus Doyle, als er aus dem Škoda stieg.

»Ich fahr dann wieder los nach La Prevote«, sagte Sergeant Baker mit fragendem Ton. »Inspector Holburn kann mich dort bestimmt gut gebrauchen.«

»Sicher, Sergeant, tun Sie das.«

Doyle winkte ihm zu und überquerte den Parkplatz. Kurz vor dem überglasten Haupteingang blieb er stehen und wandte den Kopf. Er sah gerade noch, wie Baker vom Hof fuhr, die eine Hand auf dem Lenkrad, in der anderen einen Schokoriegel.

Keine fünf Minuten später saß Doyle in dem geräumigen Büro des Chief Officers. Die Aussicht auf die Grünanlagen von Candie Gardens, wo Touristen ebenso wie Einheimische gern flanierten, war herrlich. Colin Chadwick hatte ihn herzlich wie einen alten Freund begrüßt und strahlte ihn an, als befände Doyle sich hier auf einem reinen Höflichkeitsbesuch. Der Mann musste wirklich über ein heiteres Gemüt verfügen angesichts der beiden Morde und der öffentlichen Kritik an seiner Amtsführung, die ihn seit drei Jahren begleitete und nicht verstummen wollte. Aber da war Guernsey eben eine Insel, eine abgeschlossene Gemeinschaft, die allen Neuerungen zunächst einmal ablehnend gegenüberstand. Und allen Fremden, sofern sie hier mehr wollten, als ihr Geld steuergünstig zu deponieren oder ihren Urlaub im subtropischen Klima zu verbringen. Höchstens mittelgroß, mit einem rötlichen Bürstenhaarschnitt und einem spitzen Gesicht, wirkte Chadwick auf Doyle wie ein Fuchs, der in seinem Bau hockt und weiß, dass er nicht so leicht daraus zu vertreiben ist.

»Es tut wirklich gut, Sie hier zu haben, Cyrus«, sagte Chadwick, der ihn nie einfach »Cy« nannte, nun schon zum zweiten Mal. »Ein Teil der hiesigen Bevölkerung hat sich auf mich eingeschossen, wie Sie vielleicht wissen, da kann etwas Schützenhilfe von einem Mann, der sich mit moderner Polizeiarbeit auskennt, nicht schaden. Aktuelle Technik und Gerätschaften haben nun mal ihren Preis. Aber gewisse Leute wollen das nicht einsehen und werfen mir doch tatsächlich vor, ich wolle ihre geliebte Insel in einen Polizeistaat verwandeln. So ein Quatsch! Stellen Sie sich vor, Cyrus, schon seit einem halben Jahr kämpfe ich um die Bewilligung eines Polizeihubschraubers. Eine Insel wie Guernsey und kein eigener Polizeihubschrauber – unglaublich! Was sagen Sie dazu?«

»Wie ich Sie kenne, Sir, werden Sie Ihre Überzeugungskraft richtig einzusetzen wissen.«

Doyle zog es vor, in dieser Frage Zurückhaltung an den Tag zu legen. Er war auch der Meinung, dass sich ein Polizeihubschrauber als nützlich erweisen konnte, aber er vermochte nicht zu sagen, ob ein Helikopter so oft zum Einsatz kam, dass die Anschaffung gerechtfertigt war. Auch der gepanzerte Land Rover und die beiden als bewaffnete Einsatzfahrzeuge ausgerüsteten BMWs, um die Chadwick den Polizeifuhrpark erweitert hatte, schienen so gut wie gar nicht gebraucht zu werden. Damit die neuen BMWs überhaupt einmal bewegt wurden, setzte Chadwick sie jetzt als normale Streifenwagen ein. Das wiederum hatte ihm die Kritik eingebracht, er lasse gefährliche Feuerwaffen kreuz und quer über die Insel fahren und leiste damit einem Waffenmissbrauch Vorschub. Da die Polizei auf Guernsey in der Regel unbewaffnet ihren Dienst verrichtete, waren die Menschen in diesem Punkt besonders empfindlich. Wenn Doyle so darüber nachdachte, sah er sich darin bestätigt, dass seine Landsleute es Fremden wirklich nicht immer leicht machten.

»Ja, gewiss«, sagte Chadwick, ohne davon überzeugt zu wirken. »Ach, Cyrus?«

»Ja, Sir?«

»Nennen Sie mich doch bitte Colin und nicht Sir, schließlich sind wir alte Freunde.«

»Ja, S…, Colin, vielen Dank.«

Doyle würde sich wohl erst daran gewöhnen müssen. In London war Chadwick für ihn weder einfach nur »Colin« noch ein Freund gewesen. Ein wohlwollender Vorgesetzter vielleicht, ja, so konnte man es ausdrücken. Offenbar versuchte Chadwick, seine Truppen um sich zu sammeln. Doyle nahm sich vor, auf der Hut zu sein, damit er nicht zwischen die Fronten geriet.

Nachdem Doyle seinen knappen Bericht über den Leichenfund bei La Prevote beendet hatte, sagte Guernseys ranghöchster Polizist: »Wenn der zweite Tote wirklich der Vater von Dennis Ingram ist und damit ein ehemaliger Chief Inspector unserer Einheit, dann deutet alles auf einen Serientäter hin, nicht wahr? Und zwar auf einen, der es auf Polizisten abgesehen hat, aktive und ehemalige.«

»Es sieht ganz so aus, Si…, Colin.«

»Das heißt, jeder Polizist auf Guernsey muss jederzeit damit rechnen, dass ein Wahnsinniger ihm einen Pfeil durch den Hals schießt und ihm anschließend das Herz herausschneidet?«

Chadwicks Gesicht nahm einen angewiderten Ausdruck an.

»Davon müssen wir ausgehen, zumindest bis wir Näheres wissen.«

»Eine üble Sache, Cyrus, aber ich weiß sie bei Ihnen in besten Händen. Oder wollen Sie sich das mit dem neuen Job noch einmal überlegen? Angesichts der Tatsache, dass Sie jetzt nicht nur Ermittler in einer Mordsache sind, sondern auch ein potentielles Mordopfer, könnte ich es Ihnen nicht verdenken.«

Das könnte Carol so passen, schoss es Doyle durch den Kopf.

»Selbstverständlich bleibe ich bei meinem Entschluss und werde ab Montag die Leitung des Kriminaldienstes übernehmen.«

Chadwick beugte sich vor und schob einen kleinen Gegenstand über den Schreibtisch, einen Polizeiausweis mit Doyles Foto.

»Sie befinden sich bereits mitten im Dienst, mein Lieber. Keine Sorge, die Überstunden werden bezahlt, und das nicht zu …«

Ein heftiges Klopfen an der Tür unterbrach den Chief Officer. Ohne ein »Herein« abzuwarten, wurde die Tür geöffnet, und ein breitschultriger Uniformierter mit stark geröteter Gesichtsfarbe trat ein. Seine Rangabzeichen wiesen ihn als Chief Inspector aus, und die Ähnlichkeit der Gesichtszüge mit denen des Toten von La Prevote war unübersehbar, wenn das Gesicht des Eintretenden auch viel breiter und fleischiger war.

»Ist es wahr, dass der zweite Tote mein Vater ist? Stimmt das?«

Chief Inspector Dennis Ingram starrte seinen obersten Vorgesetzten an und schien von Doyle nicht die geringste Notiz zu nehmen.

»So sieht es leider aus, Dennis«, antwortete Chadwick mit einer Stimme voller Mitgefühl und zeigte dann auf den zweiten Besucherstuhl vor seinem Schreibtisch. »Aber nehmen Sie doch erst mal Platz und versuchen Sie, sich etwas zu beruhigen.«

Ingram blieb stehen.

»Beruhigen? Wie soll ich mich beruhigen? Mein Vater ist ermordet worden, und ich werde nicht einmal darüber informiert? Will man mich vom Fundort der Leiche fernhalten? Was bildet Inspector Holburn sich ein? Frauen bei der Polizei, ich war nie dafür. Ich werde Holburn jedenfalls zur Rechenschaft ziehen.«

Doyle erhob sich und baute sich vor dem Leiter der uniformierten Polizei auf.

»Gar nichts werden Sie, Chief Inspector Ingram. Erstens bin ich Holburns Vorgesetzter und nicht Sie. Zweitens«, log er, »habe *ich* die Entscheidung getroffen, Sie nicht zu benachrichtigen, weil zu befürchten ist, dass Sie in Ihrem aufgebrachten Zustand nichts zur Aufklärung beitragen können. Drittens ist Inspector Holburn in meinen Augen eine sehr fähige Polizistin. Ich habe sie bei der Arbeit erlebt.«

Ingram starrte Doyle an wie einen Außerirdischen.

»Was bilden Sie sich ein? Wenn Sie nicht der Sohn vom alten Leonard Doyle wären, würde ich Ihnen zeigen, was ich von Ihnen halte!«

Doyle hielt seinem bohrenden Blick stand.

»Allzeit bereit. Vor dem Gebäude gibt es einen schönen Parkplatz.«

»Meine Herren, reißen Sie sich bitte zusammen!«, kam es halb erzürnt und halb flehend von Chadwick. »Diese Schlagzeile können wir nun wirklich nicht gebrauchen. Sie, Dennis, sollten sich bei allem verständlichen Schmerz ein wenig abregen, bevor wir den Fall miteinander diskutieren! Und Sie, Cyrus, sollten als erste Amtshandlung auf Guernsey nicht die tätliche Auseinandersetzung mit einem Kollegen suchen!«

»Von mir stammt das ursprüngliche Angebot nicht. Bei allem Verständnis für CI Ingrams Gefühlsaufwallung halte ich es nicht für gerechtfertigt, wie er über Inspector Holburn spricht.«

Doyle setzte sich wieder.

Aber Ingram hatte noch nicht genug. Er warf Doyle einen abschätzigen Blick zu.

»Hatten Sie nicht mal was mit der Holburn?«

Doyle zwang sich, ruhig zu bleiben und tief ein- und auszuatmen, bevor er antwortete: »Mein Privatleben, Chief Inspector, geht Sie genauso wenig etwas an wie die Beurteilung meiner Mitarbeiter.«

Chadwick trat hinter dem wuchtigen Mahagonischreibtisch hervor und schob Ingram mit sanftem Druck zu der noch offenen Tür. »Tun Sie mir einen Gefallen, Dennis, und sammeln Sie sich etwas. Kommen Sie doch in einer halben Stunde noch einmal zu mir, dann sprechen wir über alles. Und mein Beileid für Sie und Ihre Familie natürlich.«

»Meins auch«, sagte Doyle. »Das meine ich aufrichtig.«

Ingram brummte etwas Unverständliches und verschwand auf dem Gang.

Chadwick schloss die Tür hinter ihm und lehnte sich mit dem Rücken dagegen.

»Ich fürchte, Sie haben eben nicht gerade einen Freund gewonnen.«

Doyle hielt den Polizeiausweis hoch.

»Wenn Sie für den Leiter des Kriminaldienstes jemanden suchen, der zu allem Ja und Amen sagt, dann bin ich der falsche Mann. Noch können Sie es sich überlegen, Sir.«

Diesmal gebrauchte er das letzte Wort mit voller Absicht.

»Aber, Cyrus, so war das nicht gemeint.« Chadwick lächelte jetzt wieder, doch es wirkte gezwungen. »Ich habe genau den Mann für den Job, den ich wollte und den ich brauche. Ich fürchte, angesichts dieser Morde müssen wir alle uns ein wenig am Riemen reißen.«

Doyle steckte den Ausweis wieder ein. »Ja, Sir.«

»Colin bitte.«

»Natürlich, Colin.«

Nach dem Gespräch mit dem Chief Officer suchte Doyle die Räumlichkeiten des Kriminaldienstes auf und stieß dort auf Constable Allisette, die ihn mit einem breiten Lächeln empfing.

»Ich habe Ihren Tamora bei Ihnen zu Hause abgeliefert, Sir, in einem Stück. Zurück bin ich mit dem Taxi, weil ich nicht auf den Bus warten wollte. Ist ja schließlich Dienstzeit. Zahlen Sie das Taxi privat, oder geht es auf Staatskosten?«

»Privat«, sagte er und konnte sich die anschließende Bemerkung nicht verkneifen: »Sonst fehlt der Betrag nachher noch im Etat für den Polizeihubschrauber.«

Ihr Lächeln verwandelte sich in ein verschwörerisches Grinsen.

»Das haben *Sie* gesagt, Sir.«

Sie hielt ihm eine Taxiquittung hin, und er gab ihr das Geld.

»Der Rest ist für Sie, Constable.«

Der Rest war nicht mehr als wenige Pence.

»Danke, sehr großzügig. Aber im Dienst darf ich kein Trinkgeld annehmen.«

Sie war wirklich schlagfertig und gefiel Doyle immer mehr.

»Dann tun Sie doch etwas für das Geld, Constable.«

»Hoffentlich nichts Verruchtes«, sagte sie mit einem überbetonten Augenaufschlag.

Es waren grüne Augen, die gut zu ihrem rötlichen Haar passten.

»Ist es sehr verrucht, wenn ich Sie bitte, mir die Akte im Mordfall Mourant zu bringen?«

Abwägend bewegte sie den Kopf von einer Seite zur anderen.

»Ich halte es für grenzwertig, aber ich werde es niemandem weitersagen.«

Damit verschwand sie, um die Akte zu holen.

Doyle ging in das Büro, das bis vor kurzem Charlie Mourant gehört hatte und das jetzt sein Arbeitsplatz war. Es war nicht ganz so groß wie das des Chief Officers, aber damit hatte er auch nicht gerechnet. Immerhin hatte auch er einen Ausblick auf das Grün von Candie Gardens. Es gab auf dieser Welt wirklich schlechtere Arbeitsplätze. Als er das Fenster öffnete, atmete er die salzige Seeluft, die der auflandige Wind über St. Peter Port verteilte. Das gab ihm das Gefühl, wieder zu Hause zu sein.

Doyle las die Mourant-Akte sorgfältig, um sich jedes Detail einzuprägen. Je länger er über dem Ordner brütete, desto mehr verfestigte sich sein Eindruck, dass sie es in beiden Fällen mit ein und demselben Täter zu tun hatten. Baker hatte recht, ein Nachahmer bei so einer Tat wäre schon etwas Außergewöhnliches. Immer öfter musste er ein Gähnen unterdrücken. Allmählich machte sich bemerkbar, dass er mitten in der Nacht aufgestanden war, um von London nach Weymouth und dort rechtzeitig auf die Schnellfähre zu kommen, die Weymouth pünktlich um sechs Uhr morgens verlassen hatte.

»Einen Kaffee, müder Krieger?« Pat stand plötzlich vor ihm, zwei dampfende Kaffeebecher in den Händen. »Mit nur ganz wenig Milch und ohne Zucker, richtig?«

Er bejahte und nahm dankbar den Kaffee in Empfang.

»Das weißt du noch, nach all den Jahren?«

»Das menschliche Hirn ist eben ein Wunderding und merkt sich manchmal die unwichtigsten Details.«

Doyle trank einen Schluck, der Kaffee war zum Glück heiß.

»Danke, das habe ich jetzt gebraucht.«

Er bot ihr einen der Besucherstühle an, und Pat setzte sich.

»Ich muss mich bei dir bedanken, Cy, deshalb bin ich gekommen.«

»Bedanken? Wofür?«

»Dafür, dass du beim Chief für mich eingetreten bist, als CI Ingram über mich hergezogen ist.«

»Eine Selbstverständlichkeit. Aber woher weißt du davon?«

»Sagen wir, es wurde mir zugetragen.« Sie lachte leise. »Es muss so laut zugegangen sein, dass man euch noch auf Herm gehört hat.«

Herm war eine kleine Insel, sieben Kilometer östlich gelegen, die – wie auch die weiter entfernten Inseln Sark und Alderney – zum Verwaltungsbezirk von Guernsey gehörte.

»Wahrscheinlich hätte ich mehr Rücksicht auf Ingrams Zustand nehmen sollen. Wenn es mein Vater gewesen wäre, ich hätte vielleicht nicht viel anders reagiert.«

»Doch, hättest du«, sagte Pat mit einer Gewissheit, die vollkommen ignorierte, wie lange sie und Doyle sich nicht mehr gesehen und nichts mehr voneinander gehört hatten. »Wie geht es deinem Vater?«

»Schlecht. Manch einer würde mir wohl widersprechen und sagen, im stolzen Alter von vierundneunzig sollte man keine großen Ansprüche mehr stellen. Aber in den vergangenen eineinhalb Jahren ist es mit ihm rapide bergab gegangen. Seit dem Tod meiner Mutter Anfang letzten Jahres. Sie hat ihn jung gehalten.« Doyles Mutter war die zweite Frau seines Vaters gewesen, zwanzig Jahre jünger als er. »Dad baut jetzt immer mehr ab, geistig. Altersdemenz, sagen die Ärzte, und es sei in seinem Alter kein Wunder.«

»Erkennt er dich noch, Cy?«

»Manchmal ja, manchmal nein. Zuweilen hält er mich auch für einen meiner Brüder.«

»Aber die sind doch …«

»Trotzdem«, unterbrach Doyle sie. »Dad hat sie nicht vergessen.«

»Ich habe deinen Vater immer sehr gemocht. Er wird sich jedenfalls freuen, dass du wieder hier bist.«

»Ich hoffe es. Schließlich komme ich seinetwegen.«

Sie blickte ihn über den Rand ihres Bechers hinweg an.

»Du bist seinetwegen zurückgekehrt. Um für ihn da zu sein?«

»Ja. Ich bin jetzt seine ganze Familie.«

»Dann nimm dich bloß in Acht!«, sagte Pat, und es klang ehrlich bekümmert.

»Vor dem Pfeilmörder? Glaubst du wirklich, er hat es auf aktive und ehemalige Polizisten abgesehen?«

»Vielleicht ja sogar nur auf aktive und ehemalige Chefinspektoren.«

Daran hatte er noch gar nicht gedacht, aber solange sie nicht mehr über den Mörder und seine Motive wussten, war das keine abwegige Theorie. Nicht abwegiger als alles andere.

»Wenn du recht hast, Pat, sollte ich dich rasch bei Chadwick als meine Nachfolgerin vorschlagen. Nur für den Fall, dass es mich erwischt.«

Sie schwieg ein paar Sekunden, bevor sie fragte: »Du weißt es also?«

Verwundert hob Doyle die Brauen.

»Was soll ich wissen?«

»Ich hatte mich für den Posten des DCI beworben, aber dann hieß es plötzlich, Chadwick habe den besten Mann für den Posten gefunden, den er sich hätte wünschen können. Dich.«

Doyle hatte es nicht gewusst und benötigte ein paar Sekunden, um die Information zu verarbeiten.

»Es tut mir leid.« Er meinte es aufrichtig. »Ich hatte keine Ahnung, dass ich dir die Tour vermasselt habe. Für mich kam das Angebot einfach zum richtigen Zeitpunkt. Ich wusste nicht einmal, dass du bei der Polizei bist. Als Sergeant Baker mir auf der Fähre sagte, Inspector Holburn habe ihn geschickt, dachte ich erst an diesen ungehobelten Klotz Randy. Randolph Holburn, der Sohn vom Baulöwen, erinnerst du dich noch an ihn?«

»Wie könnte ich ihn vergessen haben, schließlich habe ich ihn geheiratet.«

»Oh.« Verfluchter Mist, jetzt hatte er sich ganz schön in die Nesseln gesetzt. Er hätte nicht so vorlaut vor sich hin plappern sollen. »Verzeih mir, Pat«, stammelte er. »Ich wollte dich und deinen Mann nicht beleidigen. Wahrscheinlich hat sich der ungehobelte Randy, den ich aus Jugendzeiten kenne, in einen hochanständigen Randolph verwandelt.«

»Nein, das hat er nicht. Er hätte sich niemals angeboten, sich mit einem Chief Inspector auf dem Polizeiparkplatz um meine Ehre zu schlagen. Er schlägt lieber die Frauen selbst.«

Für einen Moment war Doyle sprachlos.

»Dich auch?«, fragte er schließlich und spürte, wie Wut und Erschütterung ihm einen dicken Kloß in den Hals schoben.

»Ja. Es war ein Riesenfehler, ihn zu heiraten. Zwei Wochen nach der Hochzeit hatte er auch schon all seinen Charme verbraucht und sah sich bereits nach anderen Frauen um. Wenigstens hat es nicht lange gedauert. Ich bin schneller von ihm weg, als er gucken konnte, und habe zwei Jahre in Cardiff gelebt, wo ich dann zur Polizei gegangen bin. Sie suchten dort damals dringend Leute für eine neue Spezialeinheit, und es war recht einfach, in den Dienst einzusteigen.«

»Bist du von hier weg, um die Scheidung durchzukriegen?«

Doyle erinnerte sich an das Gesetz, demzufolge eine Scheidung nur möglich war, wenn ein Ehepartner Guernsey für ein Jahr verließ. Diese alte Regelung hatte bis in die jüngste Vergangenheit gegolten, bis ins Jahr 2003.

»Ja, und um Abstand zu gewinnen. Inzwischen sind wir seit sechzehn Jahren geschieden. Wahrscheinlich war die Erfahrung mit ihm einer der Hauptgründe, weshalb ich überhaupt zur Polizei gegangen bin.«

»Habt ihr Kinder?«, fragte Doyle.

»Zum Glück nicht. Randy als Vater, das mag ich mir gar nicht vorstellen.«

»Warum hast du nicht wieder deinen alten Namen angenommen?«

»Natürlich ist mir das durch den Kopf gegangen. Ich habe mich ganz bewusst dagegen entschieden. Der Name Holburn soll mich immer an meinen Fehler mit Randy erinnern und mich davor bewahren, noch einmal auf einen treuen Hundeblick und sanftes Gesäusel hereinzufallen.«

Er zögerte ein wenig mit seiner nächsten Frage, stellte sie dann aber doch: »Darf ich fragen, wer jetzt der Glückliche ist?«

»Der Letzte liegt schon ein paar Monate zurück. Bullen und feste Bindungen, das ist so eine Sache. Und bei dir?«

»Sie heißt Carol und liegt erst wenige Tage zurück. Seit sie mich vor die Wahl gestellt hat.«

»Welche Wahl?«

»Guernsey oder sie.«

»Wie dumm!«, entfuhr es Pat.

»Wer? Carol oder ich?«

Sie antwortete nicht, sondern sagte: »Du siehst hundemüde aus, Cy. Kein Wunder, wenn du schon um sechs auf der Weymouth-Fähre sein musstest. Fahr nach Hause, sprich mit deinem Vater und leg dich dann hin. Morgen nutzt du uns ausgeschlafen bei den Ermittlungen mehr, als wenn du hier gleich vor Müdigkeit vom Stuhl kippst.«

Er nahm ihren guten Rat an und saß keine zwanzig Minuten später in einem Taxi, das ihn nach St. Martin brachte. Erst da fiel ihm auf, dass Pat wusste, wo und wann seine Fähre abgefahren war. Hatte sie sich so sehr für seine Ankunft interessiert? Er hielt für den Rest der Fahrt an diesem Gedanken fest, der sein Herz leichter werden ließ. Natürlich nicht, weil er Pat etwa noch geliebt hätte, sondern nur in einem dummen Anfall von Melancholie.

KAPITEL 3

Doyle fühlte sich noch besser, als das Taxi auf dem Weg in den Süden Guernseys Fort George hinter sich gelassen hatte. Der Ort erinnerte ihn an seinen ermordeten Vorgänger und an den geheimnisvollen Mörder, von dem bisher noch jede Spur fehlte. Charlie Mourant war vor genau einer Woche getötet worden, war das ein Zufall? Oder war vielleicht am Donnerstag der kommenden Woche der nächste Mord zu erwarten? Und würde das Opfer dann wieder ein Polizist sein, vielleicht sogar ein Chief Inspector?

Er selbst?

Unsinn, das führte zu nichts. Er schüttelte den Kopf, als könne er damit auch die quälenden, unnützen Überlegungen abschütteln. Ab morgen würde er sich intensiv mit der ganzen Angelegenheit beschäftigen, aber für den Rest dieses Tages wollte er einfach nur ausspannen.

Der Taxifahrer kannte die engen, vielfach gewundenen Inselstraßen wie seine Westentasche und nahm die oft scharfen Kurven mit einer erstaunlichen Geschwindigkeit. Wer sich hier nicht auskannte, schrammte leicht an einer der Steinmauern am Straßenrand entlang oder landete in einer Hecke. Doyles Fahrer begegnete den anderen Autos furchtlos und hielt hupend auf sie zu, bis sie weit genug an die Seite fuhren. Hin und wieder musste das Taxi oder ein entgegenkommendes Fahrzeug ein Stück zurücksetzen. Anders ging es hier auf Guernsey nicht. Als ihnen einer der grün-gelben Busse begegnete, stieß selbst der abgebrühte Taxifahrer einen leisen Fluch aus. Er musste eine kurvige Strecke von mindestens dreißig Metern rückwärtsfahren, damit der Bus an ihnen vorbeikam.

Sie passierten das malerische Hotel »La Barberie«, das mit seinen vielen Blumen, Hecken und Sträuchern wie aus einem dieser neuen Agatha-Christie-Filme wirkte, die sie dauernd im Fernsehen brachten. Das Hotel mit dem angeschlossenen Restaurant blickte auf eine lange, zuweilen wilde Geschichte zurück. Seinen heutigen Namen verdankte es dem

Umstand, dass ein Inhaber des Hauses im siebzehnten Jahrhundert von Piraten aus den Barbareskenstaaten entführt worden war, um Lösegeld zu erpressen. Doyle hatte das Restaurant von einem seiner letzten Besuche auf Guernsey in guter Erinnerung und beschloss, es bald einmal aufzusuchen. Vielleicht mit Pat?

An der nächsten Straßengabelung bezahlte er den unerschrockenen Taxifahrer, um den kurzen Rest des Wegs zu Fuß zurückzulegen. Ganz langsam wollte er heimkehren, Schritt für Schritt. Rechts führte die Rue des Marettes an Feldern vorbei, auf denen ein paar Farmer noch Ackerbau betrieben, obwohl die Landwirtschaft für Guernsey längst nicht mehr die große Rolle spielte wie noch in der Mitte des zwanzigsten Jahrhunderts. Die Insel war einmal berühmt für ihre Tomaten gewesen, die *Guernsey Toms*, aber mit den billigen Tomaten aus Südeuropa konnten die einheimischen Tomatenzüchter preislich nicht konkurrieren. Inzwischen standen viele der großen Gewächshäuser leer.

Doyle zog das Jackett aus und ging, beschienen von der warmen Augustsonne, geradeaus die Icart Road entlang, an deren Ende der südlichste Punkt Guernseys lag, der Icart Point. Zu seiner Rechten erstreckten sich wiederum Felder, und in einiger Entfernung wirbelte ein Traktor ordentlich Staub auf. Zum Glück kam der Wind von links, von der nahen See, und in der nach Algen, Salz und Jod riechenden Luft über ihm kreisten ein paar Möwen, die immer wieder ihre kurzen, schrillen Schreie hören ließen. Er blieb stehen, schloss für einen Moment die Augen und atmete tief durch. Zu Hause! Er roch, hörte und fühlte es und war plötzlich voller Zuversicht, dass er die richtige Entscheidung getroffen hatte und dass seine Heimkehr für beide gut sein würde, für seinen Vater und auch für ihn.

Nach einer Biegung tauchte, noch halb verdeckt von einer großen, aber sorgsam gestutzten Hecke, links vor ihm »Le Petit Château« auf, und wie von selbst wurden seine Schritte schneller. Hier auf Guernsey hatten die meisten der alten Häuser eigene, oft französische Namen, was mit dem starken Einfluss des nahen Frankreichs im Lauf der Jahrhunderte zusammenhing. Im Mittelalter waren die Kanalinseln Bestandteil des Herzogtums Normandie gewesen, später hatte es immer wieder französische Invasionsversuche gegeben, und nach den Schrecken der Bartholomäusnacht hatten geflohene Hugenotten hier Zuflucht gesucht.

Das Anwesen der Doyles, die »kleine Burg«, war für ein Wohnhaus recht groß. Besonders wenn man bedachte, dass letztlich nur eine dreiköpfige Familie darin gewohnt hatte. Früher, bevor Doyles Vater es gekauft hatte, hatte es einer sehr kinderreichen Kaufmannsfamilie gehört, und auch Leonard Doyle hatte einmal eine größere Familie gehabt. Der Gedanke daran deprimierte Doyle, auch wenn er weder die erste Frau seines Vaters noch seine Halbgeschwister gekannt hatte. Der Schatten dessen, was sich vor über fünfzig Jahren nicht weit von hier entfernt ereignet hatte, lastete noch immer auf der Familie.

Das große Granithaus mit dem kleinen Turm, der ihm tatsächlich das Aussehen einer Burg verlieh, war früher von einer hohen Mauer aus demselben grauen Guernseygranit umgeben gewesen, aber der Zahn der Zeit hatte sie zu einer knie- bis hüfthohen Umfriedung zerbröckeln lassen. Auch wenn »Le Petit Château« längst nicht mehr der fest ummauerte und streng bewachte Sitz eines mächtigen Inselfürsten war, auf dem Turm wehte in der leichten Seebrise stolz die Flagge Guernseys: das rote Georgskreuz auf weißem Grund und über dem roten ein zweites Kreuz, goldfarben. Die Flagge war angelehnt an ein Kreuz Wilhelms des Eroberers, das er in der Schlacht bei Hastings getragen hatte. Jene für ihn siegreiche Schlacht, die ihn zum obersten Lehnsherrn über die Lehnsmänner auf den normannischen Inseln, wie man die Kanalinseln auch nannte, werden ließ. Je kleiner das Land, desto größer der Nationalstolz, diesen Satz hatte Doyle irgendwo einmal aufgeschnappt, und auf Guernsey traf er ganz gewiss zu.

Hinter den Mauerresten blitzte das Metallicblau des Tamoras auf, im Carport neben einem metallicgrünen Rover Streetwise. Beide Fahrzeuge wurden längst nicht mehr gebaut. Die kleine Sportwagenschmiede TVR und der große Autohersteller Rover waren britische Firmen – gewesen. Heute waren sie pleite, und die Markenrechte lagen bei irgendwelchen Russen, Chinesen oder Indern. Die Welt war in einem immer schnelleren Wandel begriffen, was man auf einer beschaulichen Insel wie Guernsey leicht vergessen konnte.

Zögernd blieb Doyle vor dem Hauseingang stehen, der von zwei Blumenkästen mit farbenprächtigen Dahlien geschmückt wurde. Früher hatte seine Mutter dafür gesorgt, dass »Le Petit Château« durch bunten Blumenschmuck stets eine heitere Note wahrte, jetzt war es das Werk von Violet Brehaut. Einem gewiss törichten, aber unwiderstehlichen Impuls folgend, steuerte er mit schnellen Schritten den Carport an. Mit zu Schlitzen verengten Augen musterte er den Lack des Roadsters, ohne die geringste Schramme zu entdecken. Offenbar konnte Constable Allisette tatsächlich mit dem *Geschoss* umgehen, dachte er erleichtert.

»Jungs und ihre Spielzeuge, es ist das alte Lied!«

Die Frauenstimme kam vom Hauseingang, und Doyle fühlte sich regelrecht ertappt, als er sich umwandte. In der offenen

Tür lehnte eine schlanke Enddreißigerin, deren brünettes Haar bis auf ihre Schultern fiel. Sharon Brehaut rümpfte ihre Stupsnase und verzog die Lippen zu einem Lächeln, das fast schon ein Grinsen war. Der Gesichtsausdruck erinnerte ihn an das kleine Mädchen aus der Nachbarschaft, das er vor vielen Jahren gekannt hatte und aus dem schon lange eine attraktive Frau geworden war. So attraktiv, dass er sich oft gefragt hatte, warum sie immer noch unverheiratet war.

Sie drohte spielerisch mit dem Zeigefinger.

»Wir warten auf dich, Cy, aber der Herr bewundert ja lieber seinen Sportwagen.«

»Hallo, Sharon.« Er brachte ein etwas verlegenes Lächeln zustande. »Du hast mich tatsächlich erwischt. Hätte ich gewusst, dass du zum Empfangskomitee gehörst, wäre ich ohne Umschweife ins Haus gegangen.«

»Charmeur! Du wusstest schon als Junge, wie man Mädchen um den Finger wickelt. Aber bilde dir nur nichts ein. Ich bin eher zufällig hier, weil ich etwas vorbeigebracht habe.«

»Eher zufällig? Das nenne ich eine vorsichtige Formulierung.«

»Ihr Polizisten hört wohl immer ganz genau hin. Also gut, ich gebe es zu, ich habe auf den ein oder anderen Tipp von dir gehofft. Schließlich muss man in meinem Job gute Kontakte nutzen.«

»Du arbeitest immer noch als Journalistin für den *Spectator*?«

»Das tu ich. Und du hast heute Morgen das zweite Opfer des Pfeilmörders in Augenschein genommen, wie ich höre.«

»Pfeilmörder?«, wiederholte Doyle.

»Irgendeinen Namen musste die Öffentlichkeit dem Mörder schließlich geben.«

»Die Öffentlichkeit oder die Presse? Übrigens tötet er nicht mit dem Pfeil, sondern anschließend mit dem Messer.«

»Messermörder klingt jetzt nicht so sensationell, eher wie Jack the Rippers kleiner Bruder.« Sharon zuckte mit den Schultern. »Namen sind Schall und Rauch. Was ist mit dem zweiten Toten? Stimmt es, dass es sich bei ihm um Chief Inspector Ingrams Vater handelt? Starb er auf dieselbe Art wie DCI Mourant? Wurde auch ihm das Herz herausgeschnitten?«

»Vielleicht wird die Guernsey Police noch im Laufe des Nachmittags eine Presseerklärung veröffentlichen, spätestens aber morgen.«

Doyle sprach jetzt völlig distanziert wie zu einer Fremden.

»Komm schon, Cy, unter Freunden! Außerdem hast du es durch deine Bemerkung, der Mörder töte mit dem Messer, schon angedeutet.«

Er trat auf sie zu. »Wir sollten jetzt besser hineingehen.«

Innen im Eingangsbereich wirkte das Haus ebenso gepflegt wie von draußen. Das durch das einzige Fenster in diesem Raum einfallende Licht erhellte – nicht zufällig – ein Gemälde, das eine Küstenlandschaft mit aufgewühlter See unter einem wolkenverhangenen Himmel zeigte. Es war eine, wie Doyle fand, gelungene Kopie des Gemäldes *See bei Guernsey* von Auguste Renoir. Der berühmte Maler hatte die Insel im Jahr 1883 besucht und seine Eindrücke in mehreren Gemälden verarbeitet, und er hatte die Stimmung der stürmischen See auf diesem Bild beeindruckend gut getroffen. Das hatte Doyle schon früher oft gedacht, wenn er oben in seinem Turmzimmer gestanden und hinaus aufs Meer geblickt hatte.

»Cy, mein Junge, da bist du ja endlich! Wir hatten dich schon heute Vormittag erwartet.«

Sharons Mutter kam mit ausgebreiteten Armen auf ihn zu. Sie trug ein geblümtes Sommerkleid und darüber eine hellgrüne Schürze. Mit ihren grauen Haaren, die erst vor kurzem einen Friseur gesehen haben mussten, wirkte sie wie eine freundliche Großmutter aus dem Kinderfernsehen. Früher war sie eine enge Freundin seiner Mutter gewesen, und nach deren Tod war sie eine gute Freundin der kleinen Familie geblieben, die jetzt nur noch aus Doyle und seinem Vater bestand. Sie kümmerte sich um das Haus und um Leonard Doyle, unterstützt von einem Pflegedienst und einem Hausmeisterdienst, der die gröberen Arbeiten auf dem Grundstück verrichtete. Doyle hatte auch eine Reinigungskraft engagieren wollen, aber Violet Brehaut war trotz ihres Alters von mehr als siebzig Jahren noch gut bei Kräften und wollte davon nichts wissen. Das Innere von »Le Petit Château« war ihr Reich, und sie kümmerte sich um das große Haus wie auch um ihr eigenes, das höchstens halb so groß war und ebenfalls an der Icart Road lag. Immerhin hatte Doyle sie so lange bedrängt, bis sie einen monatlichen Betrag von zweihundertfünfzig Pfund als Entgelt akzeptiert hatte. Gemessen an dem, was sie hier leistete, war das lächerlich wenig. »Le Petit Château« und Leonard Doyle machten ihr viel mehr Arbeit als ihr eigenes Haus, und seit einem knappen Jahr hatte sie sogar ein Schlafzimmer hier, weil der sich verschlechternde Gesundheitszustand von Doyles Vater auch ihre nächtliche Anwesenheit erforderte.

Sie umarmte Doyle wie ihren Sohn, und er fühlte dabei eine gewisse Dankbarkeit. Niemand konnte seine Mutter ersetzen, aber dank Violet spürte er den Verlust nicht so schmerzlich, wenn er zurück in sein Elternhaus kam.

»Entschuldige die Verspätung, Tante Violet.« Sie waren zwar nicht miteinander verwandt, aber er nannte sie schon seit Kindertagen Tante. »Ich wollte gleich herkommen, aber dann …«

»Ich habe davon gehört, Cy, es kam im Radio. Da habe ich mir schon gedacht, dass du an den Tatort musst. Du warst doch da, oder?«

»Ja, ich war da.«

Sharon schob sich neben ihn.

»Versuch gar nicht erst, ihn über das Opfer oder andere wichtige Dinge auszuhorchen, Mum. Cys Lippen sind versiegelt, zugenäht und verklebt. Dienstgeheimnis.«

Ihr Spott war nicht böse gemeint, das spürte er.

»Du hast sicher einen Bärenhunger, Junge«, sagte Violet. »Ich gehe rasch in die Küche und mache das Irish Stew warm, das ich für dich zubereitet habe. Nach dem Rezept deiner Mutter. Du isst es doch immer noch gern, nicht wahr?«

»Für mein Leben gern.« Doyle lächelte. »Gerade merke ich, wie hungrig ich bin.«

Violet, schon halb auf dem Weg in die Küche, wandte sich zu ihm um.

»Dann mach dich vorher schnell frisch.«

»Ja, aber erst möchte ich Dad sehen.«

Violet fasste sich an die Stirn.

»Ja, natürlich. Er sitzt im Wohnzimmer, aber ich fürchte, heute ist er nicht so gut beisammen.«

Damit verschwand sie in der Küche.

»Ich begleite dich kurz ins Wohnzimmer, Cy, bevor ich mich verabschiede«, sagte Sharon. »Da liegt etwas für dich. Ich bin nämlich wirklich nicht nur hergekommen, um dich auszuhorchen.«

»Bleibst du nicht zum Essen?«

»Leider nicht. Die Pflicht ruft, und morgen muss mein Artikel über den zweiten Mord erscheinen. Ich sehe schon die Überschrift vor mir: *DCI Doyle schweigt beredt!*«

»Dir traue ich das zu.« Doyle lachte und ging mit ihr in den Salon, wo zwei weitere Renoir-Kopien aus der Guernsey-Phase des Malers hingen: das fröhliche, in warmen Farben gehaltene *Kinder am Meer in Guernsey* und das verträumtere *Nebel auf Guernsey*. Das dritte Gemälde war kein Renoir, das sah man auf den ersten Blick. Künstlerisch war es zwar ohne jeden Wert, aber der darauf im Halbporträt abgebildete Mann mit dem strengen Blick, Vizegouverneur Doyle, war von großer Bedeutung für die Geschichte Guernseys im neunzehnten Jahrhundert gewesen. Weitere Blickfänger waren ein großer Kamin und ein paar darüber hängende Waffen aus der Zeit der Freibeuter: ein Entermesser, ein Enterbeil und eine Steinschlosspistole mit auffallend langem Lauf – keine Nachbildungen, sondern alles Originalwaffen der Royal Navy aus der Zeit der Kämpfe gegen Seeräuber und Franzosen, wie Leonard Doyle seinem Sohn vor vielen Jahren nicht ohne Stolz erzählt hatte.

Leonard Doyle selbst fiel dagegen erst auf den zweiten Blick auf, so tief war er in dem alten Ohrensessel neben dem Kamin versunken. Seine in ledernen Hausschuhen steckenden Füße ruhten auf einer Fußbank, deren Polsterbezug mit demselben grün-braunen Muster versehen war wie der Sessel. Das rechte Bein der braunen Cordhose war ein Stück weit nach oben gerutscht, so dass oberhalb der beigen Socke die nackte Haut hervorlugte. Das Bein wirkte erschreckend dünn. Der ganze Mann war nur noch ein Schatten seiner selbst, aber was wollte man erwarten, im stolzen Alter von vierundneunzig? Als Doyle langsam auf seinen gealterten, teilnahmslos blickenden Vater zuging, verglich er ihn unwillkürlich mit dem Mann, der er einmal gewesen war. Zu seiner Zeit hatte Leonard Doyle als groß gegolten, und wenn er den Arm angewinkelt hatte, hatten die Muskeln den Hemdsärmel angespannt. Jetzt aber war er, anders konnte man es nicht bezeichnen, ein Greis.

»Guten Tag, Dad!«, sagte Doyle, und seine Stimme klang dabei ein wenig zu sehr nach angestrengter Heiterkeit.

Langsam wandte sein Vater den Kopf, und der seltsam verklärte Blick aus den leicht wässrigen Augen streifte über Doyle. Glomm in ihnen ein Funke des Erkennens auf? Es schien so.

Leonard Doyle öffnete die Lippen und sagte langsam: »Mein Sohn! Endlich bist du wieder da, ich freue mich.«

»Ich freue mich auch, Dad.«

Doyle streckte die rechte Hand aus. Sein Vater ergriff sie und drückte sie mit einer unerwarteten Festigkeit.

»Schön, dass du wieder daheim bist, Peter!«

Doyle merkte, wie etwas in seiner Brust stach, da, wo das Herz saß.

»Ich bin nicht Peter, Dad, ich bin Cy. Dein Sohn Cyrus!«

Leonard Doyle lächelte schwach.

»Du musst mir erzählen, was du alles erlebt hast, Peter.«

Sharon trat neben Doyle, und erst jetzt bemerkte er den unaufdringlichen Duft ihres Parfums, das ihn an den Geruch von Landregen im Sommer erinnerte: schwer, ein wenig herb, insgesamt sehr angenehm. Sie legte sanft eine Hand auf seine Schulter.

»Im Augenblick wird er es nicht begreifen, Cy, sein Geist ist zu sehr in der Vergangenheit versunken. Später wird er dich erkennen, ganz bestimmt.«

Die Berührung und ihre aufmunternden Worte erfüllten

Doyle mit einem tiefen Gefühl der Dankbarkeit. Ohne Sharon und ihre Mutter wäre es im »Petit Château« sehr einsam gewesen, trostlos. Die beiden waren mehr als gute Freunde, eine zweite Familie.

Bei diesem Gedanken fiel sein Blick auf eins der gerahmten Fotos, die den Kaminsims schmückten. Es zeigte eine blonde Frau mit leuchtenden Augen und einer Lockenfrisur, wie man sie um 1960 herum getragen hatte. Sie umarmte drei Kinder, alle ebenfalls blond, zwei Jungen und ein Mädchen. Das älteste Kind, ein Junge um die vierzehn mit leicht trotzigem Gesichtsausdruck, fuhr sich mit der Hand durch den vollen Haarschopf. Peter Doyle. Kurz nachdem diese Aufnahme entstanden war, waren die Geschwister und ihre Mutter gestorben. Ein paar Jahre später, 1964, hatte Leonard Doyle ein zweites Mal geheiratet, Susan Woodward, Doyles Mutter. Ein zweites Foto zeigte Susan mit ihrem noch kleinen Sohn, ein drittes den jungen Erwachsenen Cyrus Doyle bei der Vereidigungszeremonie anlässlich seines Eintritts in die Guernsey Police, ein viertes Leonard Doyle bei seiner Verabschiedung aus dem Polizeidienst und ein fünftes Leonard und Susan Doyle auf ihrer Silberhochzeit.

»Du kennst meinen Vater inzwischen besser als ich, Sharon.«

»Vieles weiß ich von Mum, die die meiste Zeit mit ihm verbringt. Mal weilt sein Geist in der Vergangenheit, mal in der Gegenwart, man kann es niemals voraussagen. Aber oft sitzen er und Mum lange beisammen, und er erzählt viel aus seinem Leben. Mum nimmt die Gespräche auf. Ich habe die Audiodateien bearbeitet und versucht, sie in eine Chronologie zu bringen, damit du es beim Anhören leichter hast. Es wird dich sicher interessieren, was dein Vater aus seinem ereignisreichen Leben zu berichten hat.«

Sie nahm einen USB-Stick in der Form eines Schlüssels von dem großen Eichenholztisch in der Zimmermitte und drückte ihn Doyle in die Hand.

»Das ist es, was ich dir geben wollte, Cy. Und jetzt muss ich wirklich los. Wenn du mir nichts über den Pfeilmörder erzählen willst, erfahre ich vielleicht etwas im ›Island Police Sports and Social Club‹. Ich habe da nämlich eine Fördermitgliedschaft. Ist sehr hilfreich, um das Neueste aus Polizeikreisen zu erfahren.«

»Das kann ich mir vorstellen.« Doyle lachte. Sharon war es schon als Kind leichtgefallen, ihn zum Lachen zu bringen. »Und was für einen Sport betreibst du?«

»Bogenschießen.«

Er zog erstaunt die Brauen hoch.

»Im Ernst?«

Sharon nickte und biss sich auf die Unterlippe wie ein Kind, das etwas Falsches gesagt hatte.

»Ja, im Ernst. Bogenschießen kräftigt nicht nur die Arme und Schultern, es ist auch gut für die ganze Körperhaltung. Bin ich jetzt deine Hauptverdächtige?«

»Selbstverständlich«, sagte Doyle, immer noch erheitert. »Gestehst du freiwillig, oder muss ich dich über die ganze Insel jagen und zur Strecke bringen?«

»Du kannst es ja versuchen.« Sie lachte auch und verabschiedete sich winkend.

Das beste Zimmer im ganzen Haus! Das hatten seine Eltern früher zu ihm gesagt, und er hatte es als Kind seinen Freunden gegenüber mit stolzgeschwellter Brust nachgeplappert. Dabei hatte er gar keine Aufschneiderei nötig gehabt, die anderen hätten ihn auch so beneidet. Das Turmzimmer war wirklich genial, besonders für einen Jungen, der von Horatio

Hornblower und Francis Drake träumte, von pulverrauchgeschwängerten Seeschlachten und riskanten Entermanövern. Große Fenster erlaubten einen Blick in alle Himmelsrichtungen. Hinaus auf die Weite des Meeres, das im Schein der Nachmittagssonne in einem märchenhaften Türkis glitzerte. Hinunter auf die zerklüftete Saints Bay mit dem vor mehr als zweihundert Jahren erbauten runden Wehrturm und dem kleinen Hafen, in dem etliche Fischerboote vor sich hin dümpelten. Den ganzen Südostbereich der Insel mit seinen vielen Klippen und Buchten konnte er überblicken, das Revier seiner Kindheit. Durch ein geöffnetes Fenster hörte er ein paar Möwen, und die schrillen Laute erschienen ihm wie ein erneuter Willkommensgruß.

Sein Gepäck stand neben dem Bett. Er hatte es bereits vor drei Tagen aufgegeben. In seinem Tamora machte das Fahren zwar einen Heidenspaß, aber für den Gepäcktransport war der Roadster nicht konstruiert worden. Doyle legte das Jackett aufs Bett und öffnete die Knöpfe seines hellblauen Hemds. Vor dem Essen wollte er frische Sachen anziehen, aber erst ging er ins Bad, um sich zu waschen und zu rasieren. Die schnelle Rasur in aller Herrgottsfrühe lag so viele Stunden zurück, dass sich schon wieder viele dunkle Stoppeln zeigten.

Als er sein Gesicht und den nackten Oberkörper im Spiegel sah, musste er unwillkürlich grinsen. Vor vielen Jahren hatte er in einem der meisterlichen Kriminalromane von Edmund Crispin eine Szene gelesen, in der Crispins Held Gervase Fen sich im Spiegel betrachtet und darüber räsoniert, ob Schriftsteller wohl eines Tages einen anderen Kniff zur Beschreibung ihrer Helden finden würden als den, dass die Figuren sich selbst im Spiegel betrachten. Ein herrliches Kabinettstückchen, an das Doyle oft denken musste, wenn er vor einen Spiegel trat.

So wie jetzt, als er sein noch volles dunkles Haar mit einem Kamm bändigte und zu seinem Philips-Elektrorasierer griff, um das markante Gesicht mit dem ausgeprägten Kirk-Douglas-Kinn, wie Pat es einmal bezeichnet hatte, von den Stoppeln zu befreien. Die grauen Augen blickten müde drein, aber das würde er hier im Bad nicht ändern können. Er freute sich schon darauf, früh zu Bett zu gehen und auszuschlafen.

Als er sich gewaschen hatte, warf er einen letzten Blick auf sein Spiegelbild. Groß, mit breiten Schultern, ein Körper, der für sein Alter noch gut in Schuss war. Aber er würde etwas dafür tun müssen, dass es so blieb, mehr als seine morgendliche halbe Stunde bei offenem Fenster. Der »Island Police Sports and Social Club«, den Sharon erwähnt hatte, kam ihm in den Sinn. Es war bestimmt eine gute Idee, wieder regelmäßig Sport zu treiben. Vielleicht sollte er wieder boxen. Oder lieber Bogenschießen wie Sharon? Bei diesem Gedanken drängte sich das Bild des toten Douglas Ingram vor sein geistiges Auge. Nein, dachte Doyle, auf keinen Fall Bogenschießen.

ZWEITER TAG

Freitag, 29. August

KAPITEL 4

Mildred Mulholland war eine Seele von Mensch. Sie hatte schon als Zivilangestellte für die Guernsey Police gearbeitet, bevor Doyle nach London gegangen war, und eigentlich sah sie noch genauso aus wie damals. War sie fünfzig oder sechzig? Er konnte es beim besten Willen nicht sagen. Das – gefärbte? – brünette Haar war zu einer starren Hochsteckfrisur aufgetürmt, wie sie vor einem halben Jahrhundert modern gewesen sein mochte. Das braune Kostüm, fast in derselben Farbschattierung wie das Haar, war von zeitloser Eleganz und machte einen tadellosen Eindruck. Mildred Mulholland schien allen Stürmen der Zeit zu trotzen. Als guter Geist des Kriminaldienstes hatte sie den kleinen Konferenzraum derart mit Kaffee, Tee, Sandwiches und Plätzchen bestückt, als tage hier die Vollversammlung der Vereinten Nationen.

Den Kaffee hatte sie sehr stark gekocht, und dafür war Doyle ihr dankbar. Auch wenn er früh zu Bett gegangen war, der fehlende Schlaf vom Vortag steckte ihm noch in den Knochen. Über den Rand des Steingutbechers, der mit einem Ausschnitt der Stadtansicht von St. Peter Port verziert war, ließ er seinen Blick über die übrigen Teilnehmer der Lagebesprechung wandern: Detective Inspector Patricia Holburn, Detective Sergeant Calvin Baker und Detective Constable Jasmyn Allisette – das engere Ermittlerteam in diesem Fall.

Pat war nach seiner Einschätzung eine gute Polizistin, auch wenn er sie in dieser Tätigkeit erst seit vierundzwanzig Stunden kannte. Über Baker und Allisette konnte er noch nicht viel sagen, aber wenn Pat sie in ihr Team geholt hatte, mussten sie etwas auf dem Kasten haben. Allisette, die gerade einen Satz Fotos von Ingrams Leiche und deren Fundort mit kleinen Magneten an eine Wandtafel heftete, machte in der Tat einen sehr aufgeweckten Eindruck. Im Gegensatz zu Baker, der schon wieder bei seiner Lieblingsbeschäftigung war und ein Schokoladenplätzchen in seinem unersättlichen Mund verschwinden ließ. Doyle hoffte, dass er sich mit Bakers Einschätzung täuschte.

»Der vorläufige erkennungsdienstliche Bericht liegt vor«, sagte Pat und sah auf den Monitor ihres Laptops. »Wie auch schon bei Charlie Mourant gibt es keine verwertbaren Spuren, die auf den Täter hinweisen. Keine Faserspuren, Haare oder Hautpartikel. Leider«, seufzte sie und fuhr mit einer Hand über ihr ausdrucksstarkes, schönes Gesicht, auf dem Doyles Blick einen Moment zu lange verharrte. »Zumindest steht fest, dass Douglas Ingram dort getötet wurde, wo man seine Leiche gefunden hat.«

»Was hat er so früh am Morgen dort draußen gesucht?«, fragte Doyle. »Die Sonne war kaum aufgegangen, schätze ich mal, als der Mörder zuschlug.«

Pat blickte wieder auf ihr Laptop.

»Eintritt des Todes zwischen sechs Uhr dreißig und sieben Uhr, also kurz nach Sonnenaufgang, das ist auch die vorläufige gerichtsmedizinische Erkenntnis. Ingrams Angehörige sagen, es war seine Angewohnheit, beim ersten Tageslicht an die Klippen zu gehen. Werktags wie sonntags, bei fast jedem Wetter.«

»Dann spricht einiges dafür, dass sein Mörder von dieser

Angewohnheit wusste und ihm aufgelauert hat«, schlussfolgerte Doyle.

Baker, der gerade nicht kaute, ergriff das Wort und deutete gleichzeitig auf die neueste Ausgabe des *Guernsey Spectator*, die neben ihm auf dem Tisch lag.

»Das hat der *Spectator* auch schon vermutet.«

Es war der Aufmacher der heutigen Ausgabe, und die fett und in großen Lettern gehaltene Überschrift lautete: *DER PFEILMÖRDER SCHLÄGT WIEDER ZU.* Mit der Unterzeile: *Der neue DCI der Guernsey Police noch vollkommen ratlos*. Daneben ein großes Foto von Douglas Ingram aus der Zeit, als er noch im aktiven Polizeidienst gewesen war, und ein kleineres Foto von Doyle, das er erst kürzlich der Guernsey Police für eine Presseerklärung anlässlich seines Dienstantritts zur Verfügung gestellt hatte. Die Verfasserin des Artikels hieß Sharon Brehaut.

Pat sah Doyle interessiert an. »Wann hast du Zeit gehabt, dieser Brehaut ein Interview zu geben?«

»Interview ist nicht ganz der richtige Ausdruck, wir haben uns lediglich kurz unterhalten, und ich habe Sharon deutlich gemacht, dass ich ihr nichts über den Fall sagen kann. Von ratlos war nicht die Rede. Dieses Biest!«

Pats Blick ruhte weiterhin auf ihm. »Du kennst sie?«

»Eine Nachbarstochter, eigentlich war sie privat da.«

»Und uneigentlich?«

Doyle nahm die Zeitung an sich und legte sie ein wenig zu forsch auf die Tastatur von Pats Laptop.

»Das siehst du ja. Vielleicht sollte ich sie festnehmen.«

»Festnehmen?« Der Blick in Pats leuchtend blauen Augen war ein einziges Fragezeichen. »Wegen falschen Zitierens?«

»Nein, als Verdächtige in unserem Mordfall. Sie kennt sich nämlich mit Pfeil und Bogen aus.«

Pat schnippte mit den Fingern.

»Richtig. Sie trainiert in unserem Polizeiclub, ich habe sie dort schon beim Bogenschießen gesehen.«

Allisette räusperte sich überdeutlich.

»Ja, Constable?«, fragte Doyle.

»Dann können Sie mich auch gleich festnehmen, Sir. Ich bin nämlich in derselben Mannschaft wie Sharon. Wir haben mit dem Bogenschießen fast zur gleichen Zeit angefangen.«

»Schießen Sie beide dort auf Polizisten?«

»Nein, Sir, obwohl im Club wirklich genug davon rumlaufen. Wir schießen nur auf Zielscheiben. Aber ein Detail ist wohl nicht ganz uninteressant: Auch wir verwenden diese Beman-Carbonpfeile, die der Mörder benutzt.«

Baker hob den Zeigefinger wie ein Schüler, dem gerade ein Geistesblitz gekommen war.

Doyle blickte in seine Richtung. »Sergeant?«

»Ich habe ein wenig recherchiert. Dieser Pfeil ist sehr preisgünstig und daher weitverbreitet. Allein auf Guernsey erhält man ihn in drei Läden. Dazu kommen Online-Anbieter und unzählige Geschäfte in Frankreich, England, auf Jersey und so weiter. Ich fürchte, auf dieser Schiene kommen wir nicht ans Ziel.«

Mildred Mulholland brachte ein kleines Päckchen herein, das sie vor Allisette auf den Tisch stellte.

»Das ist eben von einem Boten für Sie abgegeben worden, Constable.«

Ein leichtes Lächeln umspielte bei diesen Worten Mildreds Lippen.

Allisette schob das in violettes Samtpapier eingeschlagene und mit einer weißen Schleife verzierte Päckchen ein wenig unwillig beiseite.

»Sie können es ruhig aufmachen«, ermunterte Doyle sie.

»Danke, ich weiß, was drin ist.«

Doyle zwinkerte ihr zu. »Aber Ihr neugieriger Chief Inspector weiß das nicht.«

»Eine Schokoladen-Bananen-Erdbeer-Praline aus dem Süßigkeitenladen unten an der High Street.«

»Eine Schokoladen-Bananen-Erdbeer-Praline?«, wiederholte Doyle. »Ich fürchte, ich bin nicht ganz im Bilde.«

»Ein unbekannter Verehrer.« Die Wangen rund um Allisettes Sommersprossen schienen sich ein wenig zu röten. »Alle paar Tage kommt so eine Sendung, seit ungefähr einem halben Jahr. Es ist immer eine Schokoladen-Bananen-Erdbeer-Praline.«

»Verzeihung, ich wollte Sie nicht in Verlegenheit bringen«, sagte Doyle. »Kommen wir wieder auf den Fall zurück. Einen wichtigen Aspekt haben wir noch nicht erörtert: Was geschieht mit den herausgeschnittenen Herzen?«

Mildred, die gerade dabei war, Kaffee nachzuschenken, sagte wie beiläufig: »Der Wächter nimmt denen die Herzen, die herzlos waren gegenüber ihren Brüdern und Schwestern, und gibt sie der Mutter Erde, um sie zu versöhnen.«

Alle Blicke richteten sich auf sie, und Pat fragte: »Was haben Sie da gerade gesagt, Mildred?«

Mildred wiederholte es Wort für Wort, während sie die Kaffeekanne zurück auf den klapprigen Teewagen stellte.

Doyle blickte die Sekretärin des Kriminaldienstes fragend an.

»Von welchem Wächter sprechen Sie, Mildred?«

»Von dem Wächter des Grabes, wie er allgemein genannt wird.«

»Sie meinen den Déhus-Dolmen?«, vergewisserte er sich, und Mildred nickte.

Bilder aus längst vergangenen Tagen tauchten in seiner Erinnerung auf, Bilder von Ausflügen mit der Schule und mit seinen Eltern. Auf Guernsey gab es eine ganze Anzahl von Dolmen und Menhiren, und früher hatte es noch weitaus mehr davon gegeben. Viele hatten dem immer größer werdenden Platzbedarf der Menschen weichen müssen. Von den Steingräbern, die erhalten geblieben waren, war der Déhus-Dolmen im Norden der Insel, in der Gemeinde Vale, wohl der bekannteste. Besucher konnten im Innern elektrisches Licht anschalten, um sich in der sonst vollkommenen Dunkelheit zurechtzufinden. Hatte es dieses Licht bei seinem ersten Besuch schon gegeben? Er wusste es nicht. Jedenfalls hatten sie es nicht benutzt.

Damals war er sechs oder sieben gewesen, und seine Eltern hatten mit ihm das alte Heiligtum besucht. Sie hatten nur eine kleine Taschenlampe dabeigehabt, und das hatte Doyle als besonders unheimlich empfunden. Als wäre es gestern gewesen, erinnerte er sich an die Szene, als sein Vater am Ende des Mittelgangs mit der Lampe die Decke angestrahlt und Doyle dort unerwartet das in Stein gehauene Gesicht gesehen hatte. Fast hätte er vor Schreck aufgestöhnt, aber diese Blöße hatte er sich dann doch nicht gegeben. Schließlich hatte sein Vater ihm vor Betreten des Dolmens zugeflüstert: »Wir erkunden jetzt einen unbekannten Tempel unter der Erde, und du musst tapfer sein wie Allan Quatermain!«

Leonard Doyle hatte seinem Sohn viele Geschichten von dem tapferen Großwildjäger und Entdecker Allan Quatermain erzählt, Jahre bevor Doyle selbst seine Liebe zu H. Rider Haggards Büchern entdeckte. Und er war tapfer gewesen, während das schmutzig gelbe Licht der Taschenlampe an der in den Stein gehauenen Figur entlangglitt, dem Wächter des Grabes. Deutlich trat das jahrtausendealte Steinbild wieder in sein Gedächtnis, das Abbild eines Mannes, bewaffnet mit – Pfeilen und Bogen!

»Ich beschäftige mich ein wenig mit den alten Sagen und Legenden hier auf Guernsey«, sagte Mildred mit einem fast entschuldigenden Lächeln. »Vielleicht schreibe ich einmal ein Buch darüber, aber lachen Sie deshalb nicht über mich. Es ist so ein Tick von mir.«

Doyle blickte sie fest an. »Niemand hier lacht über Sie, Mildred. Im Gegenteil, jede Information, die uns weiterbringen könnte, ist willkommen. Könnten Sie das, was Sie eben gesagt haben, vielleicht etwas erläutern?«

Mildred sagte abermals: »Der Wächter nimmt denen die Herzen, die herzlos waren gegenüber ihren Brüdern und Schwestern, und gibt sie der Mutter Erde, um sie zu versöhnen.« Sie blickte bedeutungsschwanger in die Runde und fuhr dann fort: »Damit ist tatsächlich jener in Stein gemeißelte Bogenschütze gemeint, den wir gemeinhin den Wächter des Grabes nennen oder auch auf Französisch *Le Guardien du Tombeau*. Die meisten von Ihnen werden wohl wissen, dass der Wächter ursprünglich gar nicht zu der Anlage des Déhus-Dolmens gehörte. Eigentlich war der große Stein mit dem eingemeißelten Wächter ein für sich stehender Menhir, und erst lange Zeit nach seiner Aufstellung hat man ihn an seinen jetzigen Platz verfrachtet, weil man für den Dolmen noch einen Deckenstein benötigte.«

»Das ist ja ganz interessant«, sagte Allisette in einem Ton, der eher das Gegenteil ausdrückte. »Aber was hat das mit unserem Fall zu tun?«

»Dazu komme ich gerade.« Mildred klang ein wenig schnippisch. »Was heute kaum noch jemand weiß, ist, dass der Bogenschütze früher nämlich einen anderen Namen hatte, ›Wächter der reinen Herzen‹.«

Doyle erhob sich und bot ihr einen Stuhl an.

»Nur weiter, Mildred, ich bin ganz Ohr! Wir alle sind es.«

Bei den letzten Worten hatte er besonders Allisette im Blick.

»Nach einer alten Legende war der Wächter der reinen Herzen dafür verantwortlich, dass niemand auf Guernsey Verrat gegen seine Brüder und Schwestern übte. Geschah dies doch, so hatten sie ihr Leben verwirkt. Der Wächter brachte sie zur Strecke, und ihre Herzen opferte er Mutter Erde, aus der sie entstanden waren.«

Pat runzelte die Stirn.

»Mildred, wie dürfen wir uns dieses Opfer vorstellen?«

Mildreds eben noch von der alten Legende begeisterten Züge trübten sich ein.

»Darüber habe ich noch nichts herausgefunden. Der Kult um die Erde als alles gebärende Muttergottheit ist weit verbreitet, und niemand kann genau sagen, wer die ›Mutter Erde‹ aus jener alten Legende ist. Jedoch …«

Als sie plötzlich abbrach, hakte Doyle nach: »Jedoch?«

»Jedoch die wahrscheinlichste Theorie ist, dass damit *La Gràn'mère du Chimquière* gemeint ist. Sie ist die bekannteste Verkörperung der Erdenmutter auf Guernsey.«

La Gràn'mère du Chimquière, die Großmutter des Friedhofs, war ein Menhir, eine Statue aus vorchristlicher Zeit, die heute vor der Pfarrkirche der Gemeinde St. Martin stand. Da Doyle in dieser Gemeinde aufgewachsen war und die Kirche unzählige Male besucht hatte, war die *Gràn'mère* ihm sehr vertraut.

Sofort stieg ein fürchterlicher Gedanke in ihm auf, und er musste schlucken, bevor er seine Frage formulieren konnte: »Mildred, wollen Sie damit andeuten, wir könnten die Herzen von Charlie Mourant und Douglas Ingram bei der Statue vor der Kirche in St. Martin finden?«

»Das liegt mir fern, Sir. Ich habe Ihnen von der Legende berichtet, mehr nicht.«

Allisette blickte ungläubig in die Runde. »Wir können doch nicht ernsthaft davon ausgehen, dass der Mörder diese alte Geschichte nachspielt. Ich meine, er schießt ja nicht mit irgendwelchem Uralt-Zeugs, sondern mit modernen Pfeilen aus kohlenstofffaserverstärktem Kunststoff. Der Mörder ist ein Mensch wie du und ich, keine alte Gottheit oder ihr Wachhund.«

Baker, gerade eifrig darum bemüht, an seinem Daumen klebende Schokolade mit einer Papierserviette abzuwischen, wobei die Schokolade sich der Serviette als an Widerstandskraft überlegen erwies, sagte unvermittelt: »Der Mörder spielt die alte Legende nicht nach, aber er benutzt sie für seine Zwecke. Er lehnt seine Taten an die Legende an, um seine Botschaft zu verbreiten.«

»Welche Botschaft?«, fragte Pat.

»Aus seiner Sicht waren DCI Mourant und Douglas Ingram nicht reinen Herzens. Er hat sie für etwas bestraft, für einen Verrat.«

»Ein sehr guter Gedanke, Sergeant«, lobte Doyle. »Endlich haben wir eine Arbeitshypothese.«

Pat beugte sich zur Seite, dicht an Doyle heran und raunte ihm ins Ohr: »Die richtige Dosis Schokolade, und Bakers kleine graue Zellen laufen so auf Hochtouren, dass selbst Hercule Poirot neidisch werden könnte.«

»Dann werde ich den Chief um einen Sonderetat für Schokolade bitten, falls der geplante Hubschrauberkauf das zulässt«, antwortete Doyle ebenso leise.

Laut und an alle gerichtet sagte er: »Wir sollten herausfinden, welche Gemeinsamkeiten zwischen Charlie Mourant und Douglas Ingram bestanden. Darauf werden wir uns jetzt konzentrieren.« Er wandte sich an die Sekretärin. »Vielen Dank für Ihre Hilfe, Mildred. Ich denke, ich werde mir den Wächter und die Großmutter mal aus der Nähe ansehen, am besten in fachkundiger Begleitung. Hätten Sie im Anschluss an diese Konferenz Zeit für einen kleinen Ausflug?«

Mildred schaute durch das Fenster auf die Dächer von St. Peter Port, die im strahlenden Sonnenschein lagen, und lächelte. »Bei so einem Wetter immer, Sir.«

KAPITEL 5

Keine Stunde später saßen Doyle und Mildred Mulholland in dem metallicblauen Tamora und reihten sich in den dichten Vormittagsverkehr ein, der durch St. Peter Port flutete. Die Augustsonne schien wärmend auf Guernsey, weshalb Doyle ohne Verdeck fuhr. Bei jeder Berührung des Gaspedals stieß der Motor ein tiefes Brummen aus, als wolle er sich über die niedrige Geschwindigkeit und das langsame Vorankommen beschweren. Der Roadster war wie ein Raubtier, das nur darauf wartete, seine Kraft zu zeigen. Doyle dagegen war kein bisschen ungeduldig oder unruhig. Er fühlte sich, dem sonnigen Wetter angemessen, heiter und gelöst. Was Mildred über den Wächter des Grabes und die Großmutter des Friedhofs erzählt hatte, warf endlich den ersten – wenn auch noch schwachen – Schein eines erhellenden Lichts auf die beiden Morde. Je länger er über Bakers Hypothese nachdachte, desto brauchbarer erschien sie ihm. Der Sergeant hatte also doch etwas auf dem Kasten.

Doyle hatte die Küstenstraße genommen und St. Peter Port

gerade hinter sich gelassen, als sein Smartphone die Anfangstakte einer alten Fernsehmelodie dudelte: *Van der Valk*. Der leider verstorbene Barry Foster hatte darin einen verdammt guten niederländischen Kommissar abgegeben. Ein Blick auf das Display brachte Doyle die erleichternde Gewissheit, dass es nicht Carol war, sondern Colin Chadwick. Der Verkehr floss eher zäh dahin, und er beschloss, das Gespräch anzunehmen.

»Doyle.«

»Sie denken doch an die Pressekonferenz heute Nachmittag um halb drei, Cyrus?«

»Selbstverständlich, Colin. Weshalb fragen Sie?«

»Weil ich gerade höre, dass Sie einen, äh, Ausflug mit Ihrer Sekretärin unternehmen?«

Der Chief Officer klang wirklich irritiert.

»Es ist eine Dienstfahrt«, korrigierte Doyle.

»Mit Ihrer Sekretärin? Mildred Mulholland, nicht wahr?« Chadwick klang, als hätte er an Doyles Stelle lieber mit einer Jüngeren einen Ausflug unternommen.

»Das stimmt.«

»Eine Dienstfahrt also. Nun ja, Sie werden mir sicher davon berichten.«

»Bestimmt, Colin.«

»Dann viel Erfolg, Cyrus. Und vergessen Sie die Pressekonferenz nicht!«

»Ich werde pünktlich sein«, versprach Doyle ohne großen Enthusiasmus.

Wenn er etwas an seinem Job hasste, dann die Medienmeute, die es zu füttern galt. Lieber wäre er den ganzen Tag mit Mildred über die Insel gefahren.

Mildred, die ein cremefarbenes Kopftuch umgebunden hatte, blickte ihn an. »Ärger mit dem Chief, Sir?«

»Nein, keinerlei Ärger. Colin Chadwick ist sehr nett zu mir.«

»Auch ein Chief Officer kann Rückendeckung vertragen.«

Diese etwas kryptische Bemerkung ließ Doyle aufhorchen.

»Ist das die allgemeine Meinung unter den Kollegen? Dass ich den Job nur bekommen habe, weil ich Chadwick aus unserer gemeinsamen Zeit bei der Metropolitan kenne? Weil er sich von mir Rückendeckung, wie Sie es nennen, erhofft?«

»Nicht unter allen Kollegen, aber es wird schon heftig getuschelt. Zumal DI Holburn sich große Hoffnungen auf Ihren Posten gemacht hat.«

»Und was denken Sie, Mildred?«

»Sie sind der Sohn Ihres Vaters, Sir.«

Diesmal war Doyle nicht ärgerlich über den Vergleich mit seinem Vater. Mit diesen knappen Worten hatte Mildred ihm ihr grenzenloses Vertrauen ausgesprochen.

Die Straße vollzog einen sanften Bogen um die Belle Grève Bay herum, die nicht gerade einen hübschen Anblick bot. Hinter einer Mauer aus massiven Steinen lag ein ungepflegter Steinstrand, übersät mit unzähligen Haufen angespülten Seetangs. Weiter draußen im Wasser dümpelten zahlreiche vor Anker liegende Boote vor sich hin. Die Bucht war so wenig reizvoll wie die Stadt St. Sampson, in die St. Peter Port, von der Küste aus betrachtet, nahtlos überging. St. Sampson war neben St. Peter Port die zweite große Stadt der Insel, beherrscht von einem Industriehafen. Verladekräne, Schornsteine und riesige Tanks prägten schon von weitem den Blick auf das Hafengebiet.

Ursprünglich war der Hafen zur Verschiffung von Granitsteinen angelegt worden, die einmal das große Geschäft im Norden der Insel gewesen waren. Mehr als einhundert Steinbrüche hatte es hier im neunzehnten Jahrhundert gegeben. Auch wenn das längst kein einträgliches Geschäft mehr war, erhalten hatte sich der industrielle Charakter des Ortes, wo der Legende nach im sechsten Jahrhundert der heilige Samson von Dol – *Saint Sampson of Dol* – Guernseys Boden betreten hatte, um auf der Insel das Christentum zu verbreiten.

Sie fuhren über das kleine Stück Straße, das die Grenze zwischen St. Sampson und dem Gemeindebezirk Vale markierte und einfach nur The Bridge hieß, weil der dahinterliegende Norden der Insel, *Le Clos du Valle*, bis zum Jahr 1806 durch einen Gezeitenkanal, *La Braye du Valle*, von Guernsey getrennt gewesen war. Damals wurde der Priel auf Betreiben des Vizegouverneurs John Doyle trockengelegt. Leonard Doyle hatte diese Geschichte seinem Sohn oft erzählt, immer mit dem Hinweis, dass ihre Familie mit der des Vizegouverneurs verwandt sei. Zwar gab es dafür keinen einzigen Beleg, aber der feste Glaube an diese Verwandtschaft war längst Familientradition geworden.

Jenseits von The Bridge – die mehrmals den Namen wechselnde Küstenstraße nannte sich hier North Side – wurde der Verkehr flüssiger, und Doyle drückte das Gaspedal ein kleines Stück tiefer. Sofort röhrte der Motor auf, und der ganze Wagen begann wie in freudiger Erregung zu vibrieren.

»Dieses TVR-Modell ist zwar etwas zahmer als sein Vorgänger, aber bestimmt nichts für Weicheier«, hatte damals der Autoverkäufer zu ihm gesagt und dabei genau gewusst, wie er Doyle ködern konnte. Der Tamora war schwer in der Spur zu halten, hatte einen Heckantrieb, kein Antiblockiersystem und keine Airbags. Der Fahrer war noch selbst für sich verantwortlich, und genau das schätzte Doyle an dem Wagen. Ein Grinsen huschte über sein Gesicht, als am Straßenrand ein Mann mit Jesusbart sich demonstrativ die Ohren zuhielt.

Plötzlich dachte er an Mildred, bekam ein schlechtes Gewissen und fragte laut, um den Motor zu übertönen: »Soll ich langsamer fahren, Mildred?«

»Nicht meinetwegen«, antwortete sie in derselben Lautstärke. »Ich mag es, wenn es so vibriert.«

Sie hatte die Augen geschlossen, hielt das Gesicht in den Fahrtwind und schien den Ausflug zu genießen.

Je weiter die Hafenanlagen von St. Sampson hinter ihnen zurückblieben, desto freier wurde die Straße, und Doyle ließ es noch stärker vibrieren. Zur Linken ließen sie den grünen Hügel mit der mittelalterlichen Burgruine von Vale Castle hinter sich zurück und zur Rechten zwei Buchten, Imbert Bay und Bordeaux Harbour, beide kleiner als die Belle Grève Bay, aber sehr viel lauschiger. Drei oder vier Segelboote kreuzten im blaugrün schimmernden Wasser. Hinter Bordeaux Harbour führte die Straße nicht länger an der Küste entlang. Landeinwärts war es nur noch ein kurzes Stück bis zu ihrem ersten Ziel.

Der grasbewachsene Hügel, unter dem sich das alte Heiligtum verbarg, war von einer Wiese umgeben. Auf der gegenüberliegenden Straßenseite lag ebenfalls eine Wiese, an die zu beiden Seiten wahrhaft riesige Gewächshäuser grenzten. Doyle parkte am Straßenrand vor den Gewächshäusern, umrundete den Tamora und half Mildred beim Aussteigen.

»Die Fahrt gut überstanden?«

Mildred lächelte. Es war ein sehr zufriedenes Lächeln.

Er zeigte auf den kleinen Hügel.

»Dieser Grasbewuchs auf dem Hügelgrab sieht fast aus

wie eine Tarnung. Wenn ich mich recht erinnere, gab es den aber nicht, als hier noch heilige Riten vollzogen wurden.«

»Sie haben bei Ihren Schulausflügen gut aufgepasst, Sir. Diese Kultstätte muss zu ihrer Zeit allgemein bekannt gewesen sein. Es wäre daher vollkommen sinnlos gewesen, sie zu verstecken. Und das Gras ist auch keine Tarnung im engeren Sinn. Noch im frühen neunzehnten Jahrhundert existierte dieser Grasbewuchs nicht. Damals konnte man oben den blanken Stein sehen. Soweit ich weiß, hat man den dann mit Gras bepflanzt, um die ganze Anlage zu schonen.«

Sie überquerten die Straße und standen vor der Grabanlage. Doyle öffnete die Eingangstür, die tagsüber unverschlossen war, machte einen Schritt nach vorn und betätigte den Schalter für das elektrische Licht, der sich im Innern des Dolmens neben der Tür befand. Kälte umfing sie, sobald sich die Tür hinter ihnen schloss. Die sommerliche Wärme, die über ganz Guernsey lag, war hier drinnen nicht zu spüren. Grabeskälte, dachte Doyle in Anbetracht der beiden Ermordeten mit einem etwas unwohlen Gefühl. Ein bisschen fühlte er sich hier drinnen wieder wie ein Kind, höheren Mächten ausgeliefert. Unsinn, redete er sich ein, es sind nur alte Steine.

»Alte Steine, ganz gewiss, aber ›nur‹?«

Erst als Mildred das sagte, wurde ihm bewusst, dass er laut gesprochen hatte.

»Sie haben recht«, sagte er. »Von dieser ganzen Anlage geht etwas Unheimliches aus. Aber steckt das wirklich in den Steinen? Oder ist es nur das, was wir mit ihnen verbinden? Vage Vorstellungen von alten Riten, Menschenopfern vielleicht.«

»Ich finde, das bleibt sich gleich.«

Doyle betrachtete den kurzen Gang, der sich vor ihnen

erstreckte. Dahinter lag eine etwas größere Kammer. Außerdem zweigten vier kleine Seitenkammern von dem Gang ab. Aufenthaltsräume für Priester? Oder hatten hier Menschen auf ihren Opfertod gewartet – vor Angst zitternd oder gleichmütig in ihr Schicksal ergeben?

Ihm ging die Frage durch den Kopf, was schlimmer sein mochte. Den sicheren Tod vor Augen zu haben? Oder plötzlich und unerwartet niedergemetzelt zu werden, wie es Charlie Mourant und Doug Ingram ergangen war?

In gebückter Haltung betraten sie die Hauptkammer, in deren Mitte sich ein mächtiger Steinpfeiler zur Decke streckte. Früher hatte er die Decke gestützt, wie Mildred erklärte, jetzt stand er nur noch der Vollständigkeit halber oder zur Zierde da. Doyle stellte die mitgebrachte Taschenlampe an, die zwar nicht größer als die Fläche seiner Innenhand war, aber dank ihrer neun LEDs über eine enorme Leuchtkraft verfügte. Dann bog er seinen Oberkörper nach hinten, um im Licht der Lampe die niedrige Decke zu betrachten. Direkt über ihm hing der Stein mit dem eingemeißelten *Gardien du Tombeau*, dem Grabwächter. Doyle legte sich mit dem Rücken auf den harten, kalten Boden, um den Wächter in Gänze zu betrachten. Sein Blick glitt über das bärtige Gesicht, den Körper hinab und blieb auf Pfeilen und Bogen haften.

»Hast du mir was zu sagen, alter Knabe?«, fragte er leise. »Wenn du deine Untaten gestehst, verschaffe ich dir mildernde Umstände.«

Mildred lächelte. »Ich fürchte, von dem werden Sie nichts erfahren. Der Wächter ist daran gewöhnt, lebenslang begraben zu sein – und ans Schweigen.«

Doyle erhob sich vom Boden.

»Da können wir nichts machen. Wir können ihn auch nicht zum Verhör mitnehmen, dazu ist er zu schwer.«

»Darf ich fragen, was Sie hier zu finden gehofft haben, Sir?«

»Nichts Konkretes, ich wollte mir den Wächter nach so vielen Jahren einfach mal wieder mit eigenen Augen ansehen. Schließlich spielt er möglicherweise eine Rolle in unserem Fall.«

Seine Worte klangen so vage, wie es seine Hoffnung tatsächlich gewesen war. Natürlich war der Zusammenhang zwischen den Morden und dieser jahrtausendealten Steinfigur nichts weiter als eine Vermutung. Aber eine, die Doyle gepackt und nicht mehr losgelassen hatte, seitdem Mildred sie vorhin zum ersten Mal ausgesprochen hatte. Er spürte einfach, dass an dieser Hypothese etwas dran war. Bei den superklugen Helden in Kriminalromanen hieß das Intuition. Doyle nannte es die Fähigkeit, scheinbar verborgene Zusammenhänge zu erkennen.

Sorgfältig glitt sein Blick durch die große Kammer und alle vier Nebenkammern, aber es gab hier keinen Hinweis auf die Taten oder den Mörder. Nichts als alte Steine.

»Keine herausgeschnittenen Herzen, Sir, falls Sie danach gesucht haben sollten.«

»Nach allem, was Sie erzählt haben, Mildred, müssten wir die eher bei der *Gràn'mère du Chimquière* finden.«

Die Großmutter des Friedhofs lag nicht versteckt unter Steinen und Gras wie ihr männliches Gegenstück, der Wächter des Grabes. Schon von weitem sah man sie, wenn man auf die Pfarrkirche und den Friedhof von St. Martin zuging. Auf ihrem flachen Kopf lagen ein paar schon welkende Blümchen und kleinere Münzen, abergläubische Gaben mutmaßlich christlicher Spender. Kein düsteres Geheimnis schien die Großmutter zu umgeben, im Gegenteil, ganz entspannt blickte sie Doyle und Mildred Mulholland entgegen.

Ein weißer Lieferwagen, in ihrer Nähe geparkt, machte erst so richtig deutlich, dass die in Stein gehauene Frau schon etliche Jahrhunderte hatte kommen und gehen sehen.

Doyle hatte nach dem Besuch von Le Déhus nicht die Küstenstraße genommen, um nach St. Martin zu fahren, auch wenn es der kürzeste Weg gewesen wäre. Er wollte wieder ein Gefühl für Guernsey und das hiesige Straßennetz bekommen und schlug deshalb einen Weg quer über die Insel ein. Viele der kleineren Straßen ähnelten sich, aber dank Mildreds profunder Ortskenntnis verfuhr er sich kein einziges Mal. Bevor er die Pfarrkirche ansteuerte, legte Doyle eine Pause im »La Barberie« ein, wo er Mildred in der Hotelbar zu einem Imbiss einlud. Ihm war nach Fisch, und er bestellte sich einen Krabbencocktail und den gegrillten Seebarsch mit Zitronenbutter. Mildred begann mit einem Tomaten-Mozzarella-Salat und nahm dann das Lachssteak mit Kapern. Sie hatten sich einen kleinen Tisch im Freien ausgesucht, und Doyle schmeckte der zarte Seebarsch bei der leichten Meeresbrise, die von Südwesten kam und über die Petit Bôt Bay hereinwehte, doppelt so gut.

Derart gestärkt, konnte die *Gràn'mère du Chimquière* keine Schrecken für ihn bereithalten.

»Sieht doch ganz friedlich aus, die alte Dame, geradezu gemütlich.«

»Der entspannte Gesichtsausdruck ist trügerisch«, sagte Mildred. »Sie müssten mal in tiefster Nacht ein Foto von ihr machen, mit Blitzlicht.«

»Warum?«

»Weil sie dann gar nicht so gütig guckt wie eine liebe Großmutter.«

»Sondern?«

»Hinterhältig, grausam, wie eine uralte Göttin, die erzürnt

darüber ist, dass man sie aus dem friedlichen Schlaf der Jahrtausende gerissen hat.«

»Wie Sie das sagen, Mildred, kann ich es mir lebhaft vorstellen. Sie sollten Romane schreiben.«

Mildred antwortete nicht darauf, lächelte nur versonnen in sich hinein.

»Haben Sie das Experiment selbst durchgeführt?«, fuhr Doyle fort. »Ich meine, das mit dem Foto in der Nacht.«

»Ja. Einmal vor vielen Jahren, danach nie wieder.«

»Wieso nicht?«

»Zu gruselig. Außerdem soll man die Götter nicht herausfordern. Diese Großmutter hat schon so manchen Anschlag überstanden. Sehen Sie nur hier!«

Mildred zeigte auf einen Spalt, der sich ungefähr in Hüfthöhe durch die lebensgroße Frauenfigur aus grauem Guernsey-Granit zog.

»Der Stein ist zerbrochen, als die *Gràn'mère* vor vielen Jahren einmal umgestürzt ist«, erinnerte sich Doyle.

»Umgestoßen wurde«, korrigierte ihn Mildred. »Das war 1860. Ein Gemeindevorsteher namens Tourtel war dafür verantwortlich, weil ihm die vielen Opfergaben für die Großmutter des Friedhofs missfielen. Er hielt das, wohl nicht ganz zu Unrecht, für Götzenanbetung. Aber die Menschen von St. Martin verehrten ihre *Gràn'mère* so sehr, dass sie mittels Zement wieder zusammengefügt und erneut aufgestellt wurde.«

»Zementieren ist aber eindeutig Menschenwerk und kein heidnischer Zauber«, stellte Doyle fest, während sein Blick über den Friedhof wanderte, dorthin, wo er das Grab seiner Mutter wusste.

»Die einen sagen so, die anderen so.«

»Sie sind ja abergläubisch, Mildred.«

»Bei Tag nicht, aber bei Nacht.«

»Wie alt ist unsere steinerne Großmutter?«

»Ungefähr viereinhalbtausend Jahre, womit sie ein Jahrtausend jünger sein dürfte als der Wächter des Grabes.«

»Und trotzdem ist sie die Chefin, dem der Wächter die Herzen opfert?«

»Wenn man es sehr salopp ausdrücken und der Legende Glauben schenken möchte, ja. Aber Sie dürfen nicht vergessen, Sir, dass es eben nur eine Legende ist, wahrscheinlich zu einer Zeit entstanden, als es beide Steinfiguren schon sehr lange gab und die Menschen ihre ursprüngliche Bedeutung vergessen hatten.«

»Morde, die sich vielleicht an einer Legende orientieren.« Doyle stieß einen tiefen Seufzer aus. »So einen Fall hatte ich während meiner ganzen Zeit in London nicht.«

»Das ist eben Guernsey.« Mildred sah ihn forschend an. »Sie glauben also tatsächlich an einen Zusammenhang zwischen den Morden und der Legende vom Wächter der reinen Herzen, Sir? Wir haben doch nicht den geringsten Hinweis darauf gefunden.«

»Damit hatte ich auch nicht gerechnet. Ich habe diese Fahrt mit Ihnen unternommen, um mir ein näheres Bild vom *Gardien* und von der *Gràn'mère* zu machen. Aber ich habe nicht erwartet, hier die Herzen der beiden Ermordeten zu finden.«

»Vielleicht findet die Opferung der Herzen erst statt, wenn sie vollzählig sind«, sinnierte Mildred.

»Malen Sie den Teufel nicht an die Wand. Das würde mindestens ein weiteres Mordopfer bedeuten. Sollte dem wirklich so sein, liegen die Herzen jetzt wahrscheinlich in irgendeiner Tiefkühltruhe.«

Mildred schüttelte sich bei diesem Gedanken.

»Gut, dass Sie das nicht im ›La Barberie‹ erwähnt haben, sonst hätte ich keinen Bissen hinuntergekriegt.«

Sie gingen zurück zum Wagen, und Doyle bedankte sich bei Mildred für ihre Begleitung.

»Oh, ich habe zu danken, Sir. In meinem Alter kommt es nicht oft vor, dass man von einem attraktiven Mann mit Sportwagen zu einer sommerlichen Spritztour über die Insel eingeladen wird. Um genau zu sein, es ist das erste Mal.«

Doyle öffnete ihr die Beifahrertür.

»Dann sollten wir es bald wiederholen.«

Als er den Zündschlüssel umdrehte und der Motor aufröhrte, wandte sich Mildred ihm zu.

»Ich begleite Sie gern wieder. Aber auch Violet kann Ihnen viel über die Legenden Guernseys erzählen.«

»Sprechen Sie von Violet Brehaut?«

»Ja, wir haben uns früher oft getroffen und uns bei einer Tasse Tee über Guernseys Geheimnisse ausgetauscht. Ein gemeinsames Hobby, wenn Sie so wollen.«

»Ich wusste gar nicht, dass Sie beide sich kennen.«

»Der Kontakt ist eingeschlafen, seit Violet so viel um die Ohren hat. Seit …«

Mildred brach den Satz ab und machte auch keine Anstalten, ihn zu beenden.

»Seit sie sich um meinen Vater kümmert, wollten Sie das sagen?«

»Ja, Sir. Aber es sollte kein Vorwurf sein.«

»Ist auch nicht so angekommen. Und sagen Sie bitte Cy zu mir, so nennen mich meine Freunde.«

»Im Dienst lieber nicht, Sir, sonst …«

Wieder beendete sie den Satz nicht. Stattdessen sah sie ihn mit verschwörerischer Miene an.

»Sonst was?«

»Sonst tuschelt man noch über uns.«

Mildred brachte das so trocken hervor, dass Doyle unwillkürlich laut lachen musste, und sie fiel darin ein.

KAPITEL 6

Colin Chadwick hatte wirklich ein Händchen dafür, sich bei den Einwohnern Guernseys unbeliebt zu machen. Das ging Doyle durch den Kopf, als er mit dem Chief Officer, mit Superintendent Barry Ogier und mit Dr. Helena Nowlan aus dem Polizeigebäude hinaus auf den Parkplatz trat. Dort stand kein einziges Fahrzeug mehr. Es war ein spontaner Einfall Chadwicks gewesen, die Pressekonferenz ins Freie zu verlegen. Getragen von der Absicht, so den immensen Andrang an Medienvertretern zu bewältigen, wie der Chief sagte. Wahrscheinlich wollte er auch das sonnige Wetter ausnutzen, um einen versöhnlichen Kontrapunkt zu den beiden blutigen Morden zu setzen. Er hatte die Straßen um das Polizeigebäude weiträumig absperren lassen, um genügend Parkplätze für die Polizeifahrzeuge und die Fahrzeuge der Gäste freizuhalten. Das allerdings hatte die Anwohner gar nicht erfreut, und der Chief Officer durfte sich jetzt schon auf wütende Leserbriefe und Kommentare im Internet freuen. Doyle hätte Mitleid mit ihm haben können, wäre er nicht mit wichtigeren Dingen befasst gewesen.

Sobald der Chief Officer und seine Begleiter das Gebäude verließen, traten Fernseh- und Fotokameras auch schon in Aktion. Die eigentümliche Ausführung der Morde und die Tatsache, dass beide Opfer der Guernsey Police angehört hatten, hatten ein Medienecho hervorgerufen, das weit über Guernsey und die Kanalinseln hinausreichte, bis nach Großbritannien und aufs Festland. Überall geisterten dieselben Fragen durch die Schlagzeilen, die auch Doyle beschäftigten: Wer war der sogenannte Pfeilmörder, und was war das Motiv für seine Untaten?

Die drei Männer und die Frau ignorierten die auf sie gerichtete Aufmerksamkeit, als sie sich auf das niedrige Podest begaben, wo Chadwick sich auf den dritten Stuhl hinter einen überlangen Tisch setzte, der aus zwei nebeneinandergestellten Kantinentischen bestand. Links von ihm nahm Dr. Nowlan Platz, rechts von ihm der Superintendent und rechts von diesem Doyle.

Der Chief Officer übernahm die einleitenden Worte und stellte die drei anderen vor, wobei er Doyle als »unseren neuen Detective Chief Inspector, dem wir vertrauensvoll die Überführung dieses perfiden Mörders übertragen haben« besonders hervorhob.

Eine geschickte Formulierung, fand Doyle. Jetzt lag die Verantwortung für die Dingfestmachung des Mörders offiziell ganz bei ihm und nicht bei Chadwick.

Letzterer gab das Wort weiter an Barry Ogier. Der Superintendent war verantwortlich für die verschiedenen Abteilungen der Guernsey Police und somit Doyles direkter Dienstvorgesetzter. Ein untersetzter, bulliger Mann um die fünfzig mit einem haarlosen runden Schädel, der im Licht der Nachmittagssonne glänzte wie eine frisch polierte Billardkugel. Die hohe, sanfte Stimme, mit der er einen Abriss der beiden bisherigen Fälle gab, wollte so gar nicht zu seiner rustikalen Erscheinung passen.

Als Doyle an die Reihe kam, räusperte er sich ausgiebiger als nötig in dem vergeblichen Bemühen, Zeit zu gewinnen. Die an ihm nagende Befürchtung, aufgrund der spärlichen Ermittlungsergebnisse, die bislang vorlagen, eine unglückliche

Figur abzugeben, bestätigte sich, und auf seiner Stirn glitzerte ein Schweißfilm, als er endlich an Dr. Nowlan übergeben konnte.

Die schlanke Mittvierzigerin mit dem strengen Haarknoten war Chefärztin am Princess Elizabeth Hospital und arbeitete daneben als Pathologin für die Polizei. Eine Neuerung, die Chadwick eingeführt hatte. Bis vor kurzem war bei unnatürlichen Todesfällen ein Pathologe aus dem Londoner Innenministerium eingeflogen worden. Chadwick wollte mit dieser Änderung die Untersuchung beschleunigen, und Doyle hielt diese Lösung auch für eine gute Idee. Helena Nowlan war eine sehr attraktive Frau. Er ertappte sich bei der Überlegung, wie ihr blondes Haar ohne den Knoten und das leicht längliche Gesicht ohne die schwarz geränderte Brille mit den viereckigen kleinen Gläsern aussehen mochte.

Sie kam auf das Messer zu sprechen, mit dem man den Opfern das Herz »eher brutal als fachmännisch«, wie sie es ausdrückte, herausgeschnitten hatte.

»Der Mörder scheint also kein Vertreter meines Berufsstands zu sein. Die Länge der Klinge beträgt ungefähr fünfzehn Zentimeter, eher etwas weniger als mehr. Es könnte sich um ein Jagdmesser handeln.«

»Das ist beim Pfeilmörder sehr wahrscheinlich!«, rief einer der Journalisten, Vertreter einer französischen Nachrichtenagentur, in seinem akzentbehafteten Englisch. »Wer mit Pfeil und Bogen auf die Jagd geht, muss seine Beute schließlich auch zerteilen.«

Colin Chadwick reckte sein spitzes Gesicht vor und setzte einen strengen, tadelnden Blick auf.

»Meine Damen und Herren, ich muss doch sehr bitten! Wir haben zwei Todesopfer zu beklagen. Zwei Männer, die sich durch ihr Wirken für die Guernsey Police Force große Meriten erworben haben und die grausam ermordet wurden. Ich sehe da keinen Anlass für billige Scherze und kann nur hoffen, dass Ihre Berichterstattung frei von solchen Attitüden sein wird.«

»Ganz meine Meinung«, sagte aus der vordersten Reihe der Medienvertreter ein sehr seriös wirkender Mann im dunkelgrauen Anzug und mit großer Hornbrille. »Timothy Frost von der Times«, stellte er sich vor. »Dr. Nowlan, wenn ich Sie richtig verstanden habe, haben die beiden Opfer noch gelebt, als der Mörder ihnen das Herz herausschnitt.«

»Das ist richtig.«

»Was ist dann die eigentliche Todesursache?«

»Multiples Organversagen, hervorgerufen durch den Schock bei der Entfernung des Herzens.«

»Also war nicht das fehlende Herz selbst die Todesursache?«

»Sie haben es erfasst, Mr. Frost. Und um Ihre vielleicht nächste Frage vorwegzunehmen: Wäre nicht das multiple Organversagen gewesen, hätte das fehlende Herz in beiden Fällen selbstverständlich zum sofortigen Tod geführt.«

»Aber hätte es zur sofortigen Tötung nicht genügt, die Herzen einfach mit dem Messer zu durchbohren?«

»Das hätte es«, bestätigte Helena Nowlan.

»Dann hat der Mörder die Herzen wohl als Trophäen mitgenommen«, schlussfolgerte der Mann von der Times. »Aber wieso? Was will er mit diesen Trophäen anfangen?«

Aus der zweiten Reihe sagte eine Journalistin mit schulterlangem brünettem Haar: »Sharon Brehaut für den *Guernsey Spectator*. Das ist eine Frage, die wir wohl eher Chief Inspector Doyle stellen müssen.«

Sharon! Doyle nahm sie jetzt erst wahr, aber natürlich befand auch sie sich unter den versammelten Journalisten. Nach ihrem heutigen Artikel im *Spectator* war das nicht anders zu erwarten gewesen. Als sich jetzt alle Augen auf Doyle richteten, verspürte er das starke Verlangen, Sharon übers Knie zu legen. In dem Bewusstsein, mit nichts außer vagen Theorien aufwarten zu können, beneidete er Helena Nowlan, die mit knallharten Fakten geglänzt hatte. Er kam sich vor wie ein fauler Schüler, der seine Hausaufgaben nicht gemacht hatte und jetzt vor der ganzen Klasse dafür gemaßregelt werden würde.

»Wir wissen zum jetzigen Zeitpunkt noch nicht, weshalb der Mörder seinen Opfern die Herzen entfernt hat«, brachte er es schließlich hinter sich. »So schlagzeilenträchtig dieses Detail der Morde auch sein mag, ich halte es für unangebracht, sich darüber in Spekulationen zu ergehen. Vollkommen unangebracht.«

»Ich stimme darin mit DCI Doyle überein«, ließ sich Chadwick vernehmen, und auch Superintendent Ogier nickte zustimmend.

Sharon aber war noch nicht zufrieden und reckte angriffslustig ihre Stupsnase vor.

»DCI Doyle, haben Sie in Erwägung gezogen, dass die Sache mit den entfernten Herzen und damit die Morde insgesamt in einem Zusammenhang mit dem Wächter der reinen Herzen stehen könnten?«

Die meisten Medienvertreter hatten – wie auch Doyle bis zum heutigen Vormittag – noch nie etwas vom Wächter der reinen Herzen gehört, und ein fragendes Stimmengewirr brach aus. Das waren ein paar wertvolle Sekunden für Doyle, um über die unerwartete Frage nachzudenken. Wusste Sharon von seiner Fahrt zum Déhus-Dolmen und zur Gràn'mère?

Oder kannte sie die Legende schlichtweg von ihrer Mutter Violet, die laut Mildred Mulholland ja eine Kennerin der Inselmythen war? Wie auch immer, Sharon hatte Doyle in Zugzwang gesetzt. Nicht nur die Journalisten, auch die anderen, die mit ihm am Tisch saßen, starrten ihn fragend an.

Doyle erläuterte in knappen Sätzen die Legende vom Wächter der reinen Herzen und fuhr fort: »Natürlich ziehen wir in Betracht, dass der Mörder sich an dieser Legende orientiert, aber bislang weist nichts darauf hin. Es bleibt also pure Spekulation.«

Sharon war immer noch nicht zufrieden, das sah er ihr an. Und schon ließ sie ihren nächsten Pfeil von der Sehne – eine gedankliche Formulierung, über die er angesichts der Morde nicht besonders glücklich war.

»Wenn es pure Spekulation ist, Chief Inspector, warum haben Sie dann einen Teil des heutigen Tages mit einer Exkursion zum Gardien und zur Gràn'mère verbracht?«

Woher wusste Sharon das? Doyle hatte jetzt keine Zeit, darüber nachzudenken. Wieder brach allgemeine Unruhe aus, und die Journalisten warteten begierig auf seine Antwort.

Er zwang ein Lächeln auf seine Lippen und sagte: »In gründlicher Vorbereitung auf diesen Termin und in der Gewissheit, dass der *Spectator* die investigativste Journalistin von ganz Guernsey dazu abstellt, wollte ich auch auf die abseitigsten Fragen vorbereitet sein, Miss Brehaut.«

Gelächter machte sich breit, und Sharon war sichtlich unwohl dabei zumute, diesmal selbst im Fokus der Aufmerksamkeit zu stehen.

Zufrieden mit seinem Konter, wollte sich Doyle gerade ein wenig entspannen, da erhob eine Frau mit kurzen schwarzen

Haaren ihre Stimme. Erst als er die vertraute, stets etwas forsch klingende Stimme hörte, nahm er das ovale Gesicht mit der leicht gebogenen Nase unter den schmalen braunen Augen wahr.

»Carol Stowalter für BBC Channel Islands. Detective Chief Inspector Doyle, empfinden Sie es als Vor- oder als Nachteil, ganz frisch aus London zu kommen und jetzt mit einem Mordfall befasst zu sein, der möglicherweise tief in den Mythen Guernseys verwurzelt ist?«

Carol!

Doyle fühlte sich wie vor den Kopf gestoßen. Jetzt wurde ihm klar, weshalb ihre nervtötenden Nachrichten auf seinem Smartphone plötzlich ausgeblieben waren. Sie war lieber gleich persönlich gekommen. Offenbar war der Mordfall für ihren Arbeitgeber, die BBC in London, wichtig genug, die Starjournalistin zur Unterstützung der hiesigen BBC-Dependance zu entsenden. Doyle hegte keinen Zweifel, dass Carol diese Entscheidung selbst angeregt hatte. Eins musste er ihr lassen: Sie hatte ihn eiskalt erwischt.

Er fasste sich und erwiderte: »Wie ich bereits ausgeführt habe, Miss Stowalter, sehe ich derzeit keinen Zusammenhang mit irgendwelchen lokalen Legenden. Was meine persönliche Biographie betrifft, sehe ich darin eher einen Vorteil. Ein Außenstehender hat manchmal einen klareren Blick auf die Dinge. Da ich aber hier auf Guernsey geboren und aufgewachsen bin, sehe ich mich gleichzeitig in der Lage, als echter Guernseyman zu denken.«

»Es ist sicher eine große Herausforderung, ganz ohne Einarbeitungszeit auf einem neuen Posten in einen so gewichtigen Fall geworfen zu werden«, gab sich Carol verständnisvoll, was sie mit einem mitfühlenden Blick noch unterstrich. »Dennoch muss die Frage erlaubt sein, ob Ihre dauerhafte

Anwesenheit hier davon abhängt, ob und wie effektiv Sie diesen Fall aufklären.«

Daher also wehte der Wind. Carol hatte seine Entscheidung – ihre Niederlage, wie sie es wohl auffasste – noch nicht verwunden und sägte an seinem Stuhl, bevor er noch richtig darauf Platz genommen hatte. Sie war eine sehr intelligente Frau, und er hatte sie oft dafür bewundert, aber wenn sie zum intelligenten Biest wurde, war sie auch zum Fürchten.

Doyle blickte nach links, zu Colin Chadwick.

»Ich werde meinen neuen Posten bei der Guernsey Police bekleiden, solange Chief Officer Chadwick sein Vertrauen in mich setzt. Aber ich bin niemand, der an seinem Stuhl klebt. Ganz unabhängig davon bin ich auch aus familiären Gründen in meine Heimat zurückgekehrt, und ich habe die Absicht, auf Guernsey zu bleiben.« Er sah Carol fest in die Augen und fügte hinzu: »Daran wird auch die BBC nichts ändern.«

Chadwick nutzte die Gelegenheit, um sein uneingeschränktes Vertrauen in Doyle zu bekräftigen, erklärte den offiziellen Teil der Pressekonferenz für beendet und lud alle Anwesenden zu einem Imbiss ein, den man in der Polizeikantine vorbereitet hatte.

Doyles Versuch, sich abzusetzen und möglichst schnell in sein Büro zu verdrücken, scheiterte an Sharon, die sich ihm in den Weg stellte. Bevor sie aber noch etwas sagen konnte, rauschte Carol heran wie ein alles hinwegfegender Sturmwind und schob Sharon einfach beiseite.

»Verzeihung, meine Liebe, ich habe etwas Privates mit Cy zu besprechen.«

Er ließ sich von Carol in eine abgelegene Ecke des Parkplatzes ziehen, weil er jedes Aufsehen vermeiden wollte. Als er Carols inquisitorischen Blick auf sich spürte und ihr vertrautes Parfum mit dem dezenten Duft von Mandeln und Vanille einatmete, fühlte er sich plötzlich wie Napoleon am Abend von Waterloo. Alle Anstrengungen waren vergeblich gewesen, er konnte Carols Einfluss nicht entkommen.

Ursprünglich hatte er das auch gar nicht vorgehabt, hatte er gehofft, Carol würde mit ihm nach Guernsey kommen. Vielleicht, um hier für BBC Channel Islands zu arbeiten. Natürlich wäre das für sie ein Karriererückschritt gewesen, aber wenn sie ihn liebte, war er es ihr vielleicht wert. Diesen Gedanken – oder diese Hoffnung – hatte sie schnell im Keim erstickt: Wenn er sie liebte, würde er so etwas nicht von ihr verlangen. Damit hatte sie vielleicht recht. Vielleicht hatten sie beide recht. Zu dieser Erkenntnis war er in den letzten Tagen gelangt. Bei allem, was sie füreinander empfunden hatten, bei aller gegenseitigen Anziehungskraft – es war wohl doch nicht die ganz große, die alles überdauernde Liebe. War der Bruch mit Carol erst schmerzhaft für ihn gewesen, so hatte er sich danach wie befreit gefühlt. Jetzt aber stand sie nur wenige Zentimeter vor ihm, zum Greifen nah, wie man sagte, und die Erleichterung, die seine Entscheidung ihm gebracht hatte, war wie weggewischt.

»Du hast meine Nachrichten nicht beantwortet, Cy.«

»Aus meiner Sicht gab es da nichts drauf zu antworten.«

»Du wolltest, dass ich mit dir nach Guernsey komme, und jetzt bin ich da. Ich finde, nun ist es an dir, den nächsten Schritt zu machen.«

Sie wartete auf eine Antwort, aber ihm fiel keine ein. Nicht jetzt auf die Schnelle, nicht hier inmitten von so vielen Medienvertretern. Wie sollte er Carol, mit der er fast fünf Jahre zusammen gewesen war, mit ein paar Worten erklären, dass er bereits mehr als einen Schritt in die andere Richtung gemacht hatte?

»Wir müssen in Ruhe über alles reden, Carol«, sagte er deshalb. »Ich lade dich heute Abend zum Essen ein, wenn es dir passt.«

»Einverstanden.«

»Fein, dann hole ich dich um halb acht ab. Wo wohnst du auf Guernsey?«

»Im ›La Fregate‹.«

Das teuerste Hotel von St. Peter Port, er hätte es sich eigentlich denken können. Schon früher hatte er den Eindruck gehabt, dass Carols Spesenkonto bei der BBC ohne Limit war. Wahrscheinlich gab es einen geheimen Sonderfonds, der den Star-Journalisten des Senders zur Verfügung stand.

»Gut, dann bis halb acht«, sagte er knapp und drängte sich ohne ein weiteres Wort an ihr vorbei.

Er war alles andere als erpicht darauf, den Abend mit Carol zu verbringen, aber wenigstens hatte er etwas Zeit gewonnen. Zeit für Napoleon, um sich von seiner einst so stolzen, jetzt aber geschlagenen Armee in Richtung Paris abzusetzen, wo er die Verteidigung gegen die nachsetzenden Feinde Wellington und Blücher planen konnte.

Doyle hatte es tatsächlich geschafft, Sharon aus dem Weg zu gehen und ungestört sein Büro zu erreichen, wo Mildred gerade ein paar Unterlagen auf seinen Schreibtisch legte.

»Der Bericht von Dr. Nowlan, Sir. Ist gerade hereingekommen.«

»Danke, Mildred. Ich könnte jetzt einen extrastarken Kaffee vertragen.«

»Kommt sofort, Sir.«

Mildred verließ das Büro.

Er setzte sich auf seinen Stuhl und blätterte den pathologischen Befund durch, um auf andere Gedanken zu kommen. Alles Wesentliche hatte die Pathologin aber schon auf der Pressekonferenz gesagt.

Als Mildred die Kaffeetasse auf seinen Schreibtisch gestellt hatte, zögerte sie und sah ihn an.

»Gibt es noch etwas?«

»Ja, Sir. Sie sollen wissen, dass sie das nicht von mir weiß.«

»Was meinen Sie, Mildred?«

»Ich habe gehört, was Sharon Brehaut draußen bei der Konferenz zu Ihnen gesagt hat. Von der Fahrt nach Le Déhus und nach St. Martin. Ich habe es ihr nicht gesagt und auch nicht ihrer Mutter. Ich habe zu niemandem davon gesprochen außer …«

»Außer?«

»Außer zu Inspector Holburn, Sir. Und auch das nur, weil sie mich ganz direkt gefragt hat.«

»Sie haben sich vollkommen richtig verhalten, Mildred«, beruhigte sie Doyle. »Schließlich ist unser Ausflug kein Geheimnis, sondern eine Dienstfahrt, und Inspector Holburn als meine Stellvertreterin hat jedes Recht, darüber im Bilde zu sein.«

»Danke, Sir.«

Mildred wirkte erleichtert, als sie hinausging.

Doyle erhob sich, zog das Fenster auf und ließ seinen Blick über das Grün von Candie Gardens streifen. Eine ganze Schar Vögel stob dort auf und verteilte sich unentschlossen in alle Himmelsrichtungen. So unentschlossen wie seine Überlegungen.

Wer hatte Sharon von der Fahrt nach Le Déhus und zur Kirche von St. Martin erzählt? Wenn Mildred die Wahrheit sagte und sich tatsächlich nicht verplappert hatte, wie war Sharon dann an die Information gelangt? Etwa durch Pat?

Unwillig schüttelte er diesen Gedanken von sich ab. Nein, nicht Pat. Das konnte er nicht glauben.

KAPITEL 7

»Und du willst wirklich nicht mit uns essen, Cy?«, fragte Violet Brehaut, als er gegen sechs Uhr abends heimkam. Er hatte sie noch vom Büro aus angerufen und ihr Bescheid gesagt, dass er zum Dinner in St. Peter Port verabredet war. Aber in dieser Beziehung war Violet ganz wie seine Mutter: ungläubig staunend, wenn man das mit viel Liebe zubereitete Essen ausschlug. »Es gibt Hühnerkeulen in Minzsoße und zum Nachtisch einen Bananen-Toffee-Kuchen.«

»Das klingt wirklich verführerisch, Tante Violet. Aber wie schon gesagt, ich bin leider bereits zum Essen verabredet.«

»Leider? Ich dachte, du triffst dich mit deiner Freundin aus London.«

»Stimmt. Nur fürchte ich, dieses Treffen wird alles andere als angenehm werden. Da wir gerade bei anderen Damen sind, ich habe heute mit Mildred Mulholland über dich gesprochen. Von ihr habe ich erfahren, dass du dich mit Guernseys Mythen und Legenden auskennst wie keine Zweite.«

Ein Lächeln huschte über Violets Gesicht, und sie winkte ab.

»Wenn sie das wirklich gesagt hat, dann hat sie aber reichlich übertrieben. Mildred ist da viel bewanderter als ich. Worum geht's denn, etwa um den Pfeilmörder?«

»Ich würde es dir sagen, wenn deine Tochter nicht ausgerechnet Journalistin wäre.«

Er konnte einen säuerlichen Unterton bei dem Wort »Journalistin« nicht ganz unterdrücken.

Violet wurde schlagartig ernst. »Was Sharon in der heutigen Ausgabe des *Spectator* geschrieben hat, war nicht richtig. Ich habe ihr deshalb schon den Kopf gewaschen. Du kannst mir eins glauben, Cy.« Sie legte dabei eine Hand auf seinen Unterarm. »Wenn du innerhalb dieser vier Wände etwas über deine Arbeit erzählst, erfährt Sharon kein Wort davon. Hier ist dein Zuhause und du kannst mir vertrauen wie deiner Mutter.«

»Ich weiß, Tante Violet. Entschuldige bitte, aber die Pressekonferenz heute Nachmittag liegt mir immer noch im Magen.«

Er berichtete ihr von Mildreds Theorie über einen möglichen Zusammenhang zwischen den Morden und der Legende vom Wächter der reinen Herzen.

»Ich habe von dieser Legende gehört, aber mehr als Mildred kann ich dir darüber auch nicht erzählen.«

»Du weißt also nicht, ob man der *Gràn'mère* vor vielen Jahrhunderten wirklich die Herzen von Verrätern geopfert hat oder ob es bloß eine Geschichte ist?«

»Nein, wirklich nicht. Ich glaube nicht, dass es auf ganz Guernsey jemanden gibt, der dir das mit Sicherheit sagen kann. Wenn Mildred das nicht weiß, dann weiß es niemand.«

Doyle wurde das Gefühl nicht los, dass sich Violet und Mildred in einem Wettstreit darin befanden, die jeweils andere als größte Kennerin der Inselmythen darzustellen. Wahrscheinlich hatten beide verinnerlicht, dass die Bescheidenheit eine Zier sei.

»Na schön, dann muss ich wohl die *Gràn'mère* selbst fragen.«

»Wie willst du das anstellen?«

»Ich werde ihr nach dem Abendessen mit Carol einen Besuch abstatten und ein Foto mit Blitzlicht von ihr schießen. Mildred sagte, dann würde die alte Dame ganz anders dreinschauen als bei Tag. Vielleicht zeigt sie mir dann nicht nur ihr wahres Gesicht, sondern erzählt mir auch die Wahrheit über sich selbst und den Wächter der reinen Herzen.«

Violet wirkte auf einmal betroffen.

»Du solltest mit diesen Dingen nicht scherzen, Cy.«

»Das ist auch kein Scherz«, sagte Doyle und ging hinauf in sein Zimmer.

Als Doyle, frisch rasiert und erfrischt von einer heiß-kalten Dusche, aus dem Bad kam, fiel sein Blick, wie magisch angezogen, auf einen versilberten Pokal, der zwischen seiner Sammlung von Johnny-Cash-Vinyl-Alben und den Corgy-Spielzeugautos, von denen er sich nie hatte trennen können, im Regal stand. Erst halb angekleidet, nahm er den Pokal zur Hand und las die Gravur: *Polizei-Boxmeisterschaften der Bailiwicks Jersey und Guernsey 1992 – 2. Platz im Halbschwergewicht: Cyrus Doyle*.

Ein Lächeln glitt über sein Gesicht, als er an damals zurückdachte. Nach der Siegerehrung war Pat ihm um den Hals gefallen und hatte ihn so fest an sich gedrückt, als wolle sie ihn nie wieder loslassen. Er fühlte ihre Nähe und ihre Wärme, ganz so, als sei die Zeit stehengeblieben. Einer der glücklichsten Momente in seinem Leben. Fast wie aus einem von Sylvester Stallones Rocky-Filmen, aber ohne das kitschige Happy End. Leider.

Es waren die ersten Polizei-Boxmeisterschaften gewesen,

die beide Bailiwicks gemeinsam ausgetragen hatten, und, soweit er wusste, auch die letzten. Aber er mochte sich täuschen, war er doch kurze Zeit später zur Metropolitan Police nach London gegangen. Sein diesbezüglicher Entschluss hatte schon festgestanden, aber niemand von denen, die ihm zu seinem Silberpokal gratuliert hatten, hatte das zu dem Zeitpunkt gewusst. Seine Eltern nicht, und Pat auch nicht. Er hatte den Preis nicht richtig genießen können, weil er sich ihnen allen gegenüber wie ein Verräter vorgekommen war.

Der Pokal diente als Aufbewahrungsort für allerlei Sport- und Wettkampfabzeichen. Er fischte ein knallrotes Plastikbändchen mit schwarzem Aufdruck heraus: *Sommerfest der Guernsey Police 1991 – CARRY YOUR LOVE – 3. Platz für Cy und Pat.*

Es war nur ein Jux-Wettstreit gewesen: Junge Polizisten hatten ihre Liebste über eine Distanz von einhundert Metern huckepack getragen. Gewonnen hatte Charlie Mourant mit seiner späteren Frau Barbara.

Doyle ließ das Band zurück in den Pokal fallen und durchwühlte dessen Inhalt, bis er eine Medaille in der Hand hielt, die in Form und Größe an eine ovale Gürtelschnalle erinnerte. Der einstige Schimmer des falschen Goldes war inzwischen ermattet, und die vorn eingravierte Figur sah aus wie Robin Hood, der gerade einen Pfeil abschoss. Auch sie hatte das Leuchten ihrer roten Farbe eingebüßt. Die schwarze Inschrift hinten war aber, so klein sie auch ziseliert sein mochte, noch deutlich zu lesen: *Leonard Doyle – Guernsey Police – Wettkampf im Bogenschießen 1949 – 1. Platz.*

Leonard Doyle befand sich an diesem Abend in einer recht guten Verfassung. Zu Doyles Freude erkannte er in ihm tatsächlich seinen Sohn Cyrus, und er stimmte Doyles Vorschlag zu, einen kleinen Spaziergang bis zum Icart Point zu unternehmen. Für seine vierundneunzig Jahre war Doyles Vater körperlich noch recht fit. Den knotigen Stock, selbstgeschnitzt, den er als Gehhilfe benutzte, schien er kaum zu brauchen. Das sprach der Demenz Hohn, die mehr und mehr von ihm Besitz ergriff. Doyle ertappte sich dabei, dass er seinen Vater fast misstrauisch beäugte. Die alte Medaille und ihre Inschrift gingen ihm einfach nicht aus dem Kopf: *Leonard Doyle – Guernsey Police – Wettkampf im Bogenschießen 1949 – 1. Platz.*

Als er ein Kind gewesen war, hatte es ihm die damals noch knallrote Robin-Hood-Figur angetan, und so hatte er die Medaille seiner Spielzeugsammlung einverleibt. Irgendwann war sie in den Pokal mit seinen eigenen Auszeichnungen gewandert, aber er hatte schon seit Jahren nicht mehr an sie gedacht – nicht an die Medaille und auch nicht daran, wofür Leonard Doyle sie erhalten hatte.

Doyle erzählte ihm, dass er die Medaille gefunden hatte.

»Wie lange hast du das Bogenschießen betrieben, Dad?«

»Das war die einzige Medaille, die ich gewonnen habe. Bald danach habe ich damit aufgehört.«

»Warum?«

»Zu viele andere Verpflichtungen. Schließlich war ich Polizist und kein Sportler.«

»Wärst du heute noch ein guter Schütze?«

»Wohl kaum. Ich bin zu alt und zu schwach, und ich habe seit Jahrzehnten keinen Bogen mehr in der Hand gehalten.«

»Wirklich nicht?«

Die Frage war ihm so herausgerutscht, und Doyle ärgerte sich, dass sie über seine Lippen gekommen war.

Leonard Doyle blieb stehen, krampfte die rechte Hand

um den polierten Stockgriff und sah seinem Sohn in die Augen.

»Was ist los, Cy? Verdächtigst du mich, der Pfeilmörder zu sein?«

»Quatsch«, sagte Doyle schnell. »Aber vielleicht kannst du mir einen Rat geben. Du kennst Guernsey besser als ich, und im Bogenschießen bin ich auch ein unbeschriebenes Blatt.«

»Was soll ich dir zu diesem Fall sagen? Charlie Mourant habe ich kaum gekannt. Ich kannte seinen Großvater gut, Jules Mourant. Er ist zur selben Zeit Constable geworden wie ich, damals, während der deutschen Besatzung. Schlimme Zeiten waren das, als Hitlers Bomber den Hafen von St. Peter Port bombardierten und als dann die Nazis im Gleichschritt und mit Marschmusik durch die Straßen zogen.«

Doyle hatte die Geschichte so oft gehört, in der Schule und außerhalb von ihr, dass er fast glaubte, sie miterlebt zu haben. Und für diejenigen auf Guernsey, die sie tatsächlich miterlebt hatten, war es immer noch ein Albtraum, ein Trauma. Im Sommer 1940, nach dem Fall Frankreichs, hatten deutsche Truppen die Inseln besetzt. Winston Churchill hatte »unsere geliebten Kanalinseln« kampflos aufgegeben, weil sie nicht befestigt waren und deshalb sowie wegen ihrer geographischen Nähe zu Frankreich nicht zu verteidigen gewesen waren. Eigentlich hätten die Bewohner dem Premierminister dankbar dafür sein sollen, dass er ihnen schwere Kämpfe erspart hatte. Aber viele der Menschen auf Guernsey hatten sich von Großbritannien verraten und dem Feind ausgeliefert gefühlt. Sie nahmen die Bombardierung des Hafens als Zeichen dafür, dass die Deutschen auf nichts anderes außer auf Kampf und Zerstörung aus waren. Dabei hatten die Briten in all der Hektik schlicht vergessen, die

Deutschen über den Abzug sämtlicher Truppen von den Kanalinseln in Kenntnis zu setzen.

Für die Menschen auf den Inseln war es der Beginn fünf harter Jahre unter deutscher Herrschaft gewesen. Die Alliierten hatten keinen Befreiungsversuch unternommen und waren im Juni 1944 lieber direkt in der Normandie gelandet, um Frankreich zu befreien. Die Kanalinseln hatten sie dabei einfach links – oder rechts, geographisch betrachtet – liegen lassen. Erst mit dem endgültigen Zusammenbruch des Deutschen Reichs im Frühjahr 1945 war auch die deutsche Herrschaft über Jersey, Guernsey, Alderney, Sark und Herm beendet gewesen.

Stolz darauf, britischen Boden besetzt zu haben, wollte Hitler die Kanalinseln erst zu seinem Sprungbrett für die geplante Invasion Englands machen. Aber auch, als er das »Unternehmen Seelöwe« längst aufgegeben hatte, ließ er Befestigung um Befestigung errichten, um die Inseln zu einem Bestandteil des gigantischen Abwehrsystems namens Atlantikwall zu machen. Deshalb stieß man hier heutzutage, quasi auf Schritt und Tritt, auf die Hinterlassenschaften jener Zeit, auf Bunker, Beobachtungstürme und Geschützstellungen. Einige waren zu Museen ausgebaut oder zumindest zur öffentlichen Besichtigung freigegeben, aber viele Bunker hatte man nach ihrer Entdeckung auch wieder zugeschüttet. Sonst hätte es bald keinen Platz mehr für die Einwohner gegeben.

Die Guernsey Police hatte während der gesamten Besatzungszeit weiterhin ihren Dienst verrichtet, allerdings unter dem Oberbefehl der Deutschen. In jener Zeit war es gewesen, 1942, wenn Doyle sich recht erinnerte, dass sein Vater gemeinsam mit ein paar anderen jungen Männern neu zur Einheit, wie die Guernsey Police von ihren eigenen Angehörigen genannt wurde, gekommen war. Die Einheit hatte damals dringend neues Personal benötigt, wegen irgendeiner dunklen Geschichte.

Als sie zur Linken den unscheinbaren Durchgang zur Saints Bay und zur Rechten das gleichnamige Hotel passierten, dessen Parkplatz gut belegt war, fragte Doyle: »Wieso sind damals, als du Polizist wurdest, auch Jules Mourant und so viele andere Neue zur Einheit gestoßen?«

Sein Vater verzog den Mund wie unter plötzlichen Zahnschmerzen.

»Das war eine üble Sache damals, nicht gerade ein Ruhmesblatt in der Geschichte unserer Truppe. Die deutsche Feldpolizei hatte Anfang 1942, es war wohl im März, zwei von unseren Jungs auf frischer Tat erwischt. Sie waren in ein deutsches Depot eingedrungen, um Versorgungsgüter und Lebensmittel zu stehlen. Das brachte eine ganze Lawine ins Rollen, und schließlich wurden siebzehn Männer aus der Einheit von den Deutschen hinter schwedische Gardinen gesteckt. Einige landeten vor einem deutschen Militärgericht, weil sie sich an deutschen Militärgütern vergriffen hatten. Wer schuldig gesprochen wurde, musste seine Haftstrafe in Frankreich oder in Deutschland verbüßen. Besonders schändlich für die Einheit war aber, dass ein paar Jungs sich an den für unsere Landsleute bestimmten Versorgungsgütern vergriffen hatten. Die wurden von unserer eigenen Justiz abgeurteilt. Was der Krieg doch aus den Menschen machen kann.«

Leonard Doyle schüttelte den Kopf, als könne er das alles nach so vielen Jahren immer noch nicht begreifen.

»Danach war die Einheit so ausgeblutet, dass sie dringend neue Rekruten brauchte.« Es war mehr eine Feststellung Doyles als eine Frage.

»Ja, so kamen Jules Mourant, ich und einige andere zur Einheit. Wir wurden schnell ein allgemein akzeptierter Bestandteil der ganzen Truppe, dafür hat schon Floyd Ingram mit seiner forschen Art gesorgt.«

Doyle horchte auf. »Der Großvater von Dennis Ingram, dem Chief Inspector der uniformierten Einsatzkräfte?«

»Der heißt Douglas und nicht Dennis.«

»Dennis ist Douglas' Sohn und der jetzige Chief Inspector«, korrigierte Doyle. »Douglas Ingram ist leider tot. Er wurde ermordet, gestern Morgen.«

Leonard Doyle blieb am Rand des Parkplatzes, der zum Aussichtspunkt Icart gehörte, stehen und drückte die flache Rechte gegen seine Stirn, wie um seine Gedanken zu ordnen.

»Floyd Ingram«, murmelte er kaum hörbar. »Tot … ermordet …«

Offenbar legte sich wieder der Schatten des Vergessens über Leonard Doyle, und das gab seinem Sohn einen Stich ins Herz.

»Floyd Ingram ist auch tot, Dad, aber das wohl schon seit vielen Jahren. Der Mann, der gestern Morgen ermordet wurde, ist sein Sohn Douglas. Doug.«

»Douglas«, wiederholte Leonard Doyle unendlich bedächtig. »Ermordet? Von wem?«

»Von demselben Unbekannten, der vor einer Woche Charlie Mourant ermordet hat, den Enkel von Jules Mourant.«

»Das ist schlimm.« Leonard Doyle nickte kräftig. »Das ist sehr schlimm.«

Doyle fixierte seinen Vater mit festem Blick. »Du hast eben von Floyd Ingram gesprochen, der dafür gesorgt habe, dass du, Jules Mourant und die anderen Neuen recht bald ein Bestandteil der Einheit geworden seid. Wie hat er das getan?«

»Floyd Ingram hatte trotz seiner Jugend keine Scheu, mit denen mitzuhalten, die schon länger zur Einheit gehörten. Er war einfach erfahrener als wir anderen, schon verheiratet. Das verschaffte ihm einen Respekt, der seinen Abglanz auf alle Neulinge warf.«

Doyle erzählte von dem Mordfall und davon, was heute Abend noch vor ihm lag, aber der Verstand seines Vaters schien das nicht mehr aufzunehmen. Leonard Doyles Geist war in der Vergangenheit geblieben, und der alte Mann erzählte zusammenhanglos von deutschen Bombern, britischen Kommandounternehmen auf Guernsey und der Hungersnot, die gegen Ende der Besatzungszeit die Insel heimgesucht hatte.

Sie gingen quer über den leeren Parkplatz. Bei klarem Himmel konnte man von hier, Guernseys Südspitze, leicht die Küste Frankreichs erspähen. Aber nicht an diesem Abend. Ein schlieriger Dunstvorhang hing über dem Meer, und am Himmel versammelte sich eine ganze Armee von Wolken. Noch leuchtete die rötliche Abendsonne auf den Icart Point herab, aber Wolken oder Dunst würden sie irgendwann verschlucken. Es würde keinen romantischen Sonnenuntergang geben, und die Nacht würde richtig finster werden.

Sie gingen ein Stück den Küstenpfad entlang. Tief unter ihnen klatschte das Meer gegen die Felsen und zeigte mit Gischtfingern auf sie. Wieder und wieder, unermüdlich.

Abrupt blieb Leonard Doyle stehen und hob die Hand mit dem Stock, der ihm eigentlich Halt verleihen sollte. Doyles Vater schwankte so stark, dass Doyle für einen Augenblick befürchtete, er könne das Gleichgewicht verlieren und über die Klippen fallen. Blitzschnell packte er mit beiden Händen den linken Oberarm seines Vaters und hielt ihn fest. Dabei registrierte er, dass sein Vater, obwohl er im Alter dünn geworden war, noch über einige Muskeln verfügte.

Leonard Doyle zeigte mit der Stockspitze in die Tiefe. Seine Hand zitterte und ebenso seine Stimme, als er erregt keuchte: »Da sind sie! Da unten! Siehst du sie, wie sie zu uns heraufwinken? Wir sollen zu ihnen kommen, jetzt sofort!«

»Wer will das?«, fragte Doyle und schalt sich einen Narren, weil er erst dann – zu spät – begriff, was sein Vater meinte.

»Deine Mutter, deine Brüder Peter und George, und deine Schwester, die kleine Jane.«

Leonard Doyles Stimme überschlug sich fast bei diesen Worten.

Doyle sah seinem Vater in die Augen und sagte eindringlich: »Es ist nur das Meer, Dad, das Rauschen der Brandung. Sie sind alle schon lange tot, seit über fünfzig Jahren. Und Liz war nicht meine Mutter. Meine Mutter war Susan. Sie ist letztes Jahr gestorben, aber nicht am Meer.«

»Nicht am Meer?«

»Nein, Dad. Susan, meine Mutter, war deine zweite Frau. Sie ist an Herzversagen gestorben, zu Hause im Bett.«

Eine ganze Weile starrte Leonard Doyle seinen Sohn an wie einen Geist, dann sagte er so leise, dass die Brandung seine Worte fast verschluckte: »Der Tod ist herzlos.«

Doyle hatte die Worte kaum verstanden und lauschte ihnen nach, bis er sie begriffen hatte. Sein Vater sah ihn weiterhin an, und doch schien er ihn nicht wirklich wahrzunehmen. Er blickte durch ihn hindurch, vielleicht in längst vergangene Zeiten. Dabei lag eine Traurigkeit in seinem Blick, wie Doyle sie noch nie im Gesicht eines Menschen gesehen hatte.

»Der Tod ist herzlos«, wiederholte Doyle langsam. »Wie meinst du das, Dad?«

»Manche sagen, der Tod sei barmherzig. Aber ist er das wirklich?« Leonard Doyle hob die einst kräftigen, jetzt knochigen Schultern an und ließ sie müde wieder sinken. »Vielleicht ist er barmherzig zu den Leidenden, die er vom Leid erlöst. Aber herzlos ist er ganz bestimmt. Herzlos zu denen, die er übrig lässt, die zurückbleiben müssen, denen er das Liebste genommen hat.«

Der alte Mann sah wieder auf die gischtende See hinaus, über der immer mehr düstere Wolken aufzogen. Eine ganze Weile hörte man nur das monotone Klatschen, wenn die Brandung gegen den Fels schlug. Dann sagte er tonlos: »Verdammt zum Weiterleben.«

Doyle dachte an die erste Frau seines Vaters und an seine drei Halbgeschwister, die er nur von Fotos und aus Erzählungen kannte. Nur wenige hundert Meter von hier hatte sie der Felsrutsch bei ihrem Picknick überrascht. Sein Vater hatte kaum darüber gesprochen, aber Nachbarn hatten es Doyle ausführlich geschildert. Man hatte damals nur den umgeworfenen Picknickkorb gefunden, eine Decke und einen Schuh der kleinen Jane. Sonst nichts. Das Meer hatte vier Menschen verschluckt und trotz intensiver Suche bei sich behalten. Auf dem Friedhof von St. Martin erinnerte ein Grab mit einem Gedenkstein an Liz Doyle und ihre Kinder, ein leeres Grab.

Er suchte nach tröstenden Worten für seinen Vater und sagte rau: »Aber du hattest noch viele schöne Jahre mit Susan, meiner Mutter. Daran solltest du auch denken, Dad.«

Leonard Doyle warf einen seltsamen Blick auf ihn, als habe er ihn nicht verstanden.

»Was sagst du da, Peter? Deine Mutter heißt Liz und nicht

Susan. Dummer Junge, willst du mich ärgern? Na, lass uns lieber nach Hause gehen. Deine Mutter wartet bestimmt schon mit dem Essen auf uns. Wenn wir uns nicht sputen, kommen dein Bruder und deine Schwester zu spät ins Bett. Und ich muss mir eine Strafpredigt von Liz anhören.«

Binnen Sekunden hatte sich Leonard Doyles Verstand so verschleiert wie der Himmel über dem Meer. War es eine Flucht vor der bitteren Erkenntnis, dass Liz, Peter, George und Jane nicht mehr waren als Erinnerung? Eine Erinnerung, an die Leonard Doyle sich klammerte und die er für sich selbst zur Realität erklärte? Wenn es so war, vielleicht musste man sogar dankbar dafür sein, durchfuhr es Doyle. Vielleicht war es das, was das Leben seines Vaters noch erträglich machte.

KAPITEL 8

Es war typisch für Carol, dass sie schon alles geregelt hatte, als Doyle pünktlich um halb acht an die Tür ihres Zimmers im »La Fregate« klopfte. Das große Gebäude, das sich auf einem Hügel erhob und einen guten Blick über St. Peter Port bot, stammte aus dem achtzehnten Jahrhundert, zumindest in Teilen. Inzwischen hatte man es um einen modernen Trakt erweitert. Aber Carol bewohnte eins der geräumigen Zimmer mit Blick auf den Hafen im älteren Teil des Vier-Sterne-Hotels. Sie fand es im »La Fregate« sehr angenehm und hatte deshalb einen Tisch im Hotelrestaurant reserviert. Dass Doyle, der ja das Dinner angeregt hatte, längst einen Tisch in einem gemütlichen kleinen Restaurant am Hafen reserviert hatte, interessierte sie nicht weiter. Als er sie in ihrem eleganten, halb schulterfreien Samtkleid betrachtete, wurde ihm klar, dass sie auch gar nicht dorthin gepasst hätte. So war es immer mit Carol, und auch deshalb fühlte er sich wie befreit, seit er sich für die Rückkehr nach Guernsey entschieden hatte. Er nahm das Smartphone und sagte seine Reservierung ab.

»Du bist doch nicht böse, Cy? Das Restaurant im ›La Fregate‹ hat eine gute Speisekarte, und man genießt von dort einen wunderbaren Blick auf den Hafen. Es heißt, bei klarem Wetter kann man bis nach Frankreich sehen.«

Er dachte an den stark bewölkten Himmel am Icart Point und lachte leise, als er das Smartphone zurück in die Tasche seines Jacketts gleiten ließ.

»Was hast du, Cy? Warum lachst du?«

»Weil es dir nicht gelingen wird, von Guernsey aus die Küste Frankreichs zu erspähen.«

»Warum nicht?«

»Du sagtest es eben selbst. Bei klarem Wetter. Schau mal nach draußen, Carol.«

Sie folgte der Aufforderung und blickte zum nahen Hafen, über dem sich ein Dunstschleier ausbreitete. Die letzten Strahlen der fast schon untergegangenen Sonne waren milchig und hatten etwas Unwirkliches an sich. Der große Komplex von Castle Cornet lag unter einer dunklen Wolkenschicht.

Carol ließ ihr glockenklares Lachen hören. »Wir sollten das Essen trotzdem genießen, Aussicht hin oder her.«

Das taten sie bei Lammrippchen auf Rosmarinjus, zu denen Doyle einen westaustralischen Cabinet Sauvignon orderte. Immerhin, dachte er leicht amüsiert, überließ Carol ihm die Auswahl des Weins.

Sie schien ganz gelöst, als sie über »die Schönheit dieser kleinen Insel« plauderte, nur um irgendwann die Vor- und Nachteile Guernseys mit denen Londons zu vergleichen. Je länger sie sprach, desto mehr Vorteile schien London und desto mehr Nachteile schien Guernsey zu haben.

»Letztlich ist das hier eine nette kleine Insel für einen netten kleinen Urlaub zwischendurch, aber nichts, um sich ein Leben und eine Karriere aufzubauen«, resümierte sie und sah ihn dann erwartungsvoll an.

Langsam stellte er das Weinglas ab. Er war zu der Erkenntnis gelangt, dass es besser war, nicht auf Carols weicher Welle mitzuschwimmen. Sie konnte mit Worten umgehen und einen dazu bringen, Dinge zu sagen, die man gar nicht hatte sagen wollen. Nicht umsonst war sie eine Topjournalistin bei der BBC.

»Für dich mag diese Erkenntnis die richtige sein, aber nicht für mich«, sagte er ruhig, aber bestimmt. »Aus diesem Grund haben wir uns ja auch getrennt.«

»Ich verstehe, dass du in der Nähe deines Vaters sein willst, jetzt, wo er nur noch dich hat. Aber Guernsey ist zu klein für einen Mann wie dich, Cy. Das hast du schon vor mehr als zwanzig Jahren erkannt, als du von hier fortgegangen bist. Und daran hat sich nichts geändert. Dass du hierher zurückgekehrt bist, geschah wider besseres Wissen.«

Er betrachtete Carol, deren Augen das Licht der Kerzen in dem silbernen Kandelaber reflektierten. Eine Schönheit von Kopf bis Fuß und eine der intelligentesten Frauen, die er in seinem Leben kennengelernt hatte. Wie viele Männer auf diesem Planeten sich wohl gewünscht hätten, jetzt an seiner Stelle zu sein? Er aber fühlte sich zunehmend unwohl, weil sie ihm einmal mehr das Gefühl aufdrängte, er müsse sich rechtfertigen.

Als seine leicht erhobene Rechte zurück auf die Tischplatte fiel, geschah das unabsichtlich so laut, dass sich zwei, drei andere Gäste zu ihnen umdrehten.

»Du bist noch keinen ganzen Tag auf Guernsey und hast dein Urteil bereits gefällt. Ich bin hier aufgewachsen, und ich habe die letzten beiden Jahrzehnte meines Lebens in London verbracht. Glaubst du wirklich, ich kann mir kein eigenes Urteil bilden?«

»Dein Urteil, Cy, zerstört unsere Beziehung, unser gemeinsames Leben.«

»Du könntest hier bleiben und dauerhaft für BBC Channel Islands arbeiten.«

Er kam sich bei diesem Vorschlag ein bisschen hinterhältig vor, wusste er inzwischen doch genau, dass das für eine Karrierefrau wie Carol keine Option war.

»Soll ich für den Rest meines Lebens darüber berichten, wie viele Fische und Krabben im letzten Monat gefangen wurden und ob mehr Touristen die Klippenwanderwege oder den Sandstrand bevorzugen?«

»Du hast dein Leben gewählt«, sagte er. »Und ich meins.«

»Lange Zeit warst du zufrieden mit dem Leben, das wir geführt haben.«

»Das stimmt, aber jetzt ist das Vergangenheit.«

»Wir könnten für deinen Vater ein hochklassiges Pflegeheim in London finden, ganz in unserer Nähe, und du könntest ihn jeden Tag besuchen.«

Sie kämpfte wirklich um ihn, und das erfüllte ihn mit einem gewissen Stolz. In diesen Stolz mischte sich Schmerz, weil es ein vergeblicher Kampf war und Carol ihm in diesem Augenblick leidtat.

»Darüber haben wir schon gesprochen, Carol. Du kennst doch das Sprichwort von dem alten Baum, den man nicht mehr verpflanzt.«

Sie maß ihn mit einem traurigen Blick und hob ihr Glas, wie um ihm zuzuprosten.

»*Touché, mon cœur,* ich strecke die Waffen. Ich habe alles versucht. Jetzt bleibt mir nur noch, dir viel Glück für dein neues Leben auf Guernsey zu wünschen.«

Sie stießen auf sein neues Leben an, und Doyle fühlte sich erleichtert darüber, dass ihr Duell endlich ausgefochten war.

Später, als Carol neben ihm in seinem Tamora saß, fragte er sich, ob sie von vornherein mit diesem Ausgang des Gesprächs gerechnet hatte und es für sie nur die Vorbereitung für ihr eigentliches Anliegen gewesen war. Es war für ihn ein wenig schmeichelhafter Gedanke, aber er konnte ihn einfach nicht aus seinem Kopf verbannen. Sich einzugestehen, dass sie ihn ausmanövriert hatte, fiel ihm schwer. Aber wie sonst konnte es dazu gekommen sein, dass sie jetzt neben ihm auf dem Beifahrersitz saß, während er den Tamora durch den Regen steuerte, der seit einer halben Stunde auf Guernsey niederprasselte?

Sie hatte ihn um einen kleinen Gefallen gebeten, wie sie es nannte.

»Eigentlich bin ich nur deinetwegen hergekommen, Cy. Wenn das schon vergeblich war, gib mir wenigstens etwas, um mit der Pfeilmörder-Story voranzukommen.«

Sie hatte das weder drängelnd noch weinerlich vorgeschlagen. Ihr ganz normaler Tonfall schien zu unterstreichen, dass es nicht mehr als seine Pflicht und Schuldigkeit war, ihr diesen Gefallen zu tun. Und er hatte sie mitgenommen, als er Viertel vor elf das »La Fregate« verließ. Aus einer Laune heraus oder weil ihn ein schlechtes Gewissen plagte? Das spielte jetzt keine Rolle mehr, da sie einmal neben ihm saß. Wie er Carol kannte, hätte er sie höchstens mit körperlicher Gewalt aus dem Wagen werfen können.

Doyle fuhr noch langsamer, als er bei Fort George nach links in die Fort Road abbog. Der verfluchte Regen und kein Stern am Himmel – man sah kaum die Hand vor Augen. Die Scheibenwischer arbeiteten unermüdlich, und zum Glück war das Verdeck seines Roadsters dicht.

Carol sah nach links. »Fort George also nicht. Ich dachte schon, du wolltest zum Fundort der ersten Leiche.«

»Nein«, sagte er nur und erhöhte die Geschwindigkeit wieder etwas, weil die Straße gut ausgebaut und das Verkehrsaufkommen zu dieser späten Stunde gering war.

»Dann bringst du mich also zum Fundort der zweiten Leiche?«

»Nein, auch nicht.«

»Wohin dann?«

»Lass dich überraschen, Carol.«

Sie ließ ein leises Kichern hören.

»Was ist los?«, fragte Doyle.

»Hätten wir nicht gerade unsere langjährige Beziehung aufgelöst, würde ich glauben, du bringst mich zu dir nach Hause, um …«

Sie kicherte wieder.

»Um? Nun sag schon!«

»Um mir deine Fußballsammelbilder zu zeigen.«

Sie sagte das in einem anzüglichen Ton.

Cy grinste. »Mach dir keine Sorgen um deinen guten Ruf. Du wirst nämlich eine Anstandsdame bekommen.«

»Eine Anstandsdame?«

»So ist es. Wir besuchen eine ältere Lady.«

»Ich bin gespannt.«

Carol lehnte sich in ihrem Sitz zurück und schwieg. Offenbar hatte sie akzeptiert, dass Doyle sich nicht alles aus der Nase ziehen ließ.

Der wolkenverhangene Nachthimmel warf seinen dunklen Mantel über die Insel. Wären nicht die erleuchteten Fenster gewesen, hätte Doyle die Häuser beiderseits der Straße kaum bemerkt. Sie waren für ihn nichts anderes als verschwommene Schemen, die sich hinter Steinmauern und Hecken vor dem Regen zusammenkauerten. Er konzentrierte sich ganz auf die Fahrbahn vor ihm, die das Licht seiner Scheinwerfer aus der Dunkelheit riss. Zum Glück hatte er die gut ausgebaute Straße gewählt, die, wenn auch ein Stück landeinwärts gelegen, dem Verlauf der östlichen Küstenlinie folgte. Wäre er, wie einige Stunden zuvor mit Mildred Mulholland, quer über die Insel gefahren, hätte er sich bei den jetzigen Sichtverhältnissen wohl mehr als einmal verfahren.

Rechts vor ihm tauchte die große Anlage von Sausmarez Manor auf, dem alten Herrenhaus, auf dessen Gelände jetzt ein kleiner Freizeitpark stand. Er ahnte es mehr, als dass er es sah, und ging mit dem Tempo herunter, weil vor ihm eine Kreuzung lag. Links ging es zu einem beliebten Ausflugsziel, dem klippenumsäumten Jerbourg Point mit dem »Hotel Jerbourg«. Die schmalere Straße geradeaus hätte ihn in Richtung Saints Bay und Icart Point geführt – und nach Hause. Aber er bog nach rechts ab, auf die breitere Route des Camps, ließ das jahrhundertealte Anwesen der Familie Sausmarez hinter sich und erhöhte wieder die Geschwindigkeit.

Sein Ziel war nicht mehr weit entfernt, und schon bald musste er das Tempo wieder drosseln. Die Scheinwerfer erfassten den weißen Van, der an derselben Stelle stand wie am Mittag. Doyle parkte den Tamora ganz in der Nähe des Lieferwagens und stellte den Motor ab.

Carol wirkte irritiert. »Wir sind da?«

»Ja, sind wir.«

»Aber wo?«

»Bei der Kirche von St. Martin.« Doyle zeigte zum Kirchhof. »Du könntest sie von hier aus sehen, wäre diese Nacht nicht so verflucht finster. Aber vielleicht freut sich die alte Dame in so einer Nacht viel mehr über unseren Besuch.«

»Die alte Dame? Sprichst du etwa von deiner Mutter, die hier begraben liegt?«

»Nein. Für einen Besuch am Grab hätte ich mir eine andere Tageszeit ausgesucht und ein anderes Wetter.«

Carol schlug sich mit der flachen Hand gegen die Stirn. »Aber natürlich, es ist diese seltsame Steinfigur! Wie nennt man sie noch?«

»*La Gràn'mère du Chimquière* – die Großmutter des Friedhofs.«

»Also stimmt das, was die Kollegin vom *Guernsey Spectator* heute auf der Pressekonferenz gesagt hat? Diese seltsame Geschichte von dem Wächter der reinen Herzen und dieser Friedhofsgroßmutter – da ist etwas dran?«

»Sagen wir, in diesem frühen Stadium der Ermittlungen ziehe ich sämtliche Möglichkeiten in Betracht. Das ist natürlich vertraulich, Carol. Was immer du daraus machst, es kommt nicht von mir. Okay?«

»Okay, Cy. Aber was hast du jetzt vor?«

»Ich möchte ein Foto von der *Gràn'mère* machen, fürs Verbrecheralbum, wenn du so willst.«

»Ein Foto mitten in der Nacht?«

Doyle erzählte Carol, was Mildred ihm über Nachtaufnahmen der *Gràn'mère* gesagt hatte.

Carol sah ihn verwundert an. »Glaubst du so eine wilde Geschichte etwa?«

»Darauf, was ich glaube, kommt es nicht an. Machen wir einfach die Probe aufs Exempel.«

Er stieß die Fahrertür auf, stieg hinaus in den Regen und öffnete den Kofferraum, in dem der alte Fotoapparat und ein Regenschirm lagen. Mit umgehängter Kamera und aufgespanntem Schirm trat er an die Beifahrerseite und öffnete die Tür.

»Wenn Gnädigste die frische Nachtluft genießen wollen.«

»Ein Schirm, wie praktisch.« Carol grinste, während sie mit seiner Hilfe ausstieg. »Ich dachte, nur ältere Herren haben so etwas im Auto.«

»Ältere Herren und echte Guernseymen, die wissen, wie das Wetter wird.« Er warf einen kurzen Blick in den wolkenverhangenen Nachthimmel und murmelte abschätzig: »Frankreichs Küste.«

Während Carol den Mantel über ihrem Abendkleid schloss, zog Doyle aus einer Tasche seines Mantels die kleine LED-Taschenlampe, und ihr bläulicher Lichtkegel huschte hinüber zu der Steinfigur, die stoisch den Eingang zur Pfarrkirche von St. Martin bewachte.

»Für mich schaut die alte Dame ganz normal drein«, sagte Carol. »Nicht gerade einladend oder sympathisch, aber auch nicht bedrohlich.«

»Warten wir das Foto ab.«

Doyle reichte ihr den Schirm und wollte unter dessen Schutz die Agfa-Kamera, die in einem braunen Futteral aus Rindsleder steckte, für die Nachtaufnahme vorbereiten. Sie gehörte seinem Vater, aber der hatte das alte Ding schon seit Äonen nicht mehr benutzt. Er hatte die Agfa schon gehabt, als Doyle noch ein Kind gewesen war, und meistens war die Kamera bei Familienfeiern und Sonntagsausflügen zum Einsatz gekommen.

»Eine vorsintflutliche Kamera für einen vorsintflutlichen

Menhir«, bemerkte Carol spitz. »Wo hast du das Ding denn her?«

»War früher das Spielzeug meines Vaters«, sagte Doyle, während er das Blitzlicht vorbereitete. »Aber das ist lange her, ich hätte die Kamera fast nicht gefunden.«

Violet Brehaut hatte seinem Vater ein Bad eingelassen und bei der Körperpflege geholfen, und es wäre Doyle unangenehm gewesen, dabei zu stören. Also hatte er die Kamera allein gesucht und sie erst nach einer geschlagenen halben Stunde gefunden. In einer Schublade im Kleiderschrank seines Vaters zwischen mehreren Knäueln dicker Wintersocken. Doyle hatte dort sogar passende Batterien und einen noch nicht benutzten Film entdeckt, der erst seit drei Jahren abgelaufen war. Er würde schon noch funktionieren.

»Warum schießt du das Foto nicht einfach mit dem Smartphone?«, fragte Carol.

»Die Blitzaufnahmen mit dem Ding sind von eher minderer Qualität.«

Doyle steckte das Agfatronic-Blitzlichtgerät auf die Kamera, und sie gingen nebeneinander auf die *Gràn'mère* zu. Carol hielt sich dicht bei ihm, um die Kamera mit dem Schirm gegen den Regen zu schützen.

Zwei Schritte vor dem Menhir, der vor einem Holzlattentor stand, hielten sie an, und Doyle machte sich bereit für die Aufnahme. Die alte Agfa war keine von den idiotensicheren Kameras, die alles von selbst erledigten. Er steckte die LED-Lampe mit dem hinteren Ende zwischen seine Zähne und beleuchtete die Kamera, um die Einstellungen noch einmal zu überprüfen. Plötzlich geschahen zwei Dinge: Ein grelles Weiß – ein Blitz – riss für Sekundenbruchteile den finsteren Himmel auf, und fast gleichzeitig spürte er einen heftigen Stoß gegen seine linke Schulter.

Doyle taumelte zur Seite, stolperte über einen Stein oder eine Bodenerhebung, verlor das Gleichgewicht und stürzte auf den schlammigen Kies. Geistesgegenwärtig spuckte er die Taschenlampe aus, bevor er Gefahr lief, sich an ihr zu verschlucken. Er konnte nicht verhindern, dass die alte Agfa seinen Händen entglitt und über den Boden schlidderte. Die Kamera seines Vaters, verdammt!

Carol, die ihm unzweifelhaft den Stoß versetzt hatte, kauerte neben ihm und sah ihn besorgt an.

»Was sollte das eben?! Du …«

Weiter kam er nicht. Der Rest seines Satzes ging in dem rollenden Donner unter, der auf den Blitz folgte.

»Weg von hier!«, schrie Carol in den abebbenden Donner hinein. »Gefahr!«

Bevor sie noch ganz ausgesprochen hatte, spürte er einen plötzlichen Luftzug ganz dicht vor seinem Gesicht. Dann hörte er ein knappes *Klack*.

Jetzt verstand er Carols Verhalten – trotz der Dunkelheit war er nah genug, um es zu erkennen: Ein Pfeil steckte neben der *Gràn'mère* in einer Latte des Holztores.

»Deckung!«, rief er. »Wir brauchen Deckung!«

Er stieß sich vom Boden ab, packte Carol an den Schultern und riss sie mit sich. Ineinander verkeilt, gingen beide erneut zu Boden, zwei Meter nur entfernt von ihrer ursprünglichen Position. Aber weit genug, um hinter dem weißen Van Schutz zu finden. Doyle hielt Carol fest und drückte sie eng gegen die Seitenwand des Lieferwagens.

»Danke«, keuchte er. »Du hast mir das Leben gerettet, Carol.«

»Bis jetzt jedenfalls.« Sie klang bemerkenswert unaufgeregt. »Als es blitzte, habe ich etwas aus den Augenwinkeln gesehen – eine Gestalt mit einem Bogen. Zum Glück habe ich sie noch rechtzeitig bemerkt und konnte dich beiseitestoßen. Glaubst du, der Schütze ist noch da?«

»Schwer zu sagen, aber wir müssen damit rechnen. Wo genau hast du ihn gesehen?«

Carol streckte den rechten Arm aus und zeigte in die Finsternis.

»Da drüben sind ein paar Bäume, und zwischen den Bäumen stand der Bogenschütze. Als habe er dort auf der Lauer gelegen.«

»Genauso wird es gewesen sein.«

Doyle starrte hinaus in die Nacht. Die von Carol bezeichneten Bäume waren für ihn nichts als ein paar undeutliche Umrisse. Da zerriss ein zweiter Blitz den Himmel, und auf einmal waren die Bäume deutlich zu sehen. Er hatte nur noch Augen für die menschliche Gestalt, die zwischen den Bäumen stand. Sie trug dunkle Kleidung, und das Gesicht war mit einer Skimaske oder etwas Ähnlichem vermummt. Auf dem Rücken hing ein Köcher mit Pfeilen, und in den Händen hielt der Unbekannte einen Bogen, den er jetzt spannte, wobei er in Doyles und Carols Richtung zielte.

»Runter auf den Boden!«

Während er die Warnung ausstieß, warf sich Doyle schützend über Carol, die er dadurch in den Matsch drückte. Der Van bot keine hundertprozentige Sicherheit. Der Attentäter hatte eine gute Schussposition gewählt.

Die Helligkeit des Blitzes war längst verglüht, der anschließende Donner verklungen, als Doyle den Druck auf Carol lockerte.

Sie hob den Kopf. »Wo ist der Pfeil eingeschlagen?«

»Keine Ahnung.« Doyle strich eine Haarsträhne aus seiner Stirn und blickte sich um, ohne einen Pfeil zu entdecken. »Vielleicht sind wir so schnell in Deckung gegangen, dass er auf den Schuss verzichtet hat.«

»Und jetzt?«

»Jetzt rufen wir Verstärkung«, brummte er und suchte nach seinem Smartphone. »Bis sie eintrifft, machen wir uns hier möglichst klein. Leider bin ich so unbewaffnet wie jeder Polizist auf Guernsey. Mit Ausnahme der Eingreiftruppe natürlich. Und genau die werden wir jetzt alarmieren. Dann werden die Leute auf der Insel mal sehen, wozu die beiden von Chadwick angeschafften BMWs gut sind.«

DRITTER TAG

Samstag, 30. August

KAPITEL 9

Mit Zeige- und Mittelfinger lockerte er den Hemdkragen und blickte durch das Fenster hinaus auf das Grün von Candie Gardens, das an diesem Samstagvormittag fast überlaufen war. Die Sonne, die aus einem strahlend blauen Himmel lachte, als wäre in der Nacht nichts gewesen, lockte Touristen wie Einheimische in Scharen nach draußen. Das Unwetter der vergangenen Nacht erschien Doyle weit entfernt, fast unwirklich, ebenso wie der geheimnisvolle Bogenschütze. Hatten Carol und er das wirklich erlebt?

Das Erlebnis wirkte so unreal beim Anblick all der Menschen da draußen, die lachend und lärmend bei Eiscreme und kalten Getränken den Sommertag genossen. Der Vermummte erschien ihm irgendwie anachronistisch, einem alten Schauerroman von Edgar Wallace oder Sax Rohmer entsprungen. Fast hatte er Mühe, sich die keine zwölf Stunden zurückliegenden Ereignisse zu vergegenwärtigen, als seien sie nur ein böser Traum gewesen, der sich im Tageslicht verflüchtigte.

Da er unbewaffnet keine Chance gegen den Bogenschützen hatte, war er mit Carol so lange in ihrer Deckung hinter dem weißen Van geblieben, bis lauter werdende Sirenen durch die nächtliche Stille vibrierten. Obwohl der Van keinen vollkommenen Schutz bot, hatte der Unbekannte keinen weiteren Pfeil abgeschossen. Erst als die beiden BMWs der Eingreiftruppe vor der Kirche abbremsten und die bewaffneten, durch kugelsichere Westen geschützten Kollegen aus den Wagen sprangen, um das Gelände zu sichern, hatte er sich etwas entspannt.

Nicht die Sorge um sein eigenes Leben hatte ihn nervös gemacht, damit hatte er in den vielen Jahren seines Polizistendaseins umzugehen gelernt. Aber er fühlte sich verantwortlich für Carols Sicherheit. Schließlich hatte er sie nach St. Martin mitgenommen, wenn sie ihn auch sehr dazu gedrängt hatte. Aber es war seine Entscheidung gewesen und damit auch seine Verantwortung.

Noch immer war er sich nicht darüber klar, was der Bogenschütze um diese Zeit bei der Pfarrkirche gewollt hatte. Doyles erster Gedanke war der an eine Falle gewesen. Aber niemand außer ihm selbst hatte gewusst, was er vorhatte. Dann fiel ihm ein, dass er es Tante Violet erzählt hatte, aber er hielt sie für genauso verdächtig wie den Geist von Mutter Teresa.

Hatte der Unbekannte jemand anderem aufgelauert? Oder hatte er etwas ganz anderes bei der *Gràn'mère du Chimquière* gewollt?

Doyle dachte an die beiden Ermordeten und an die herausgeschnittenen Herzen. Falls der Mörder sein Verhalten tatsächlich an die Legende vom Wächter der reinen Herzen anlehnte, hatte er letzte Nacht vielleicht die erbeuteten Herzen der *Gràn'mère* als Opfer darbringen wollen und war durch Doyle und Carol dabei gestört worden.

Leider war der Vermummte in der Schwärze der Nacht verschwunden, ohne Spuren zu hinterlassen. Die Eingreiftruppe und weitere Polizeikräfte hatten das Gelände um die Kirche weiträumig abgesucht, ohne jeden Erfolg. Der Pfeilmörder blieb ein Phantom.

Jemand klopfte gegen seine Bürotür, und Mildred Mulhollands Kopf mit der hochtoupierten Frisur erschien im Spalt.

»Das Team hat sich im Konferenzraum versammelt, Sir.«

»Danke«, sagte Doyle und fügte schnell, bevor sie die Tür wieder schließen konnte, hinzu: »Ach, Mildred.«

»Ja, Sir?«

»Sie haben doch niemandem außer Inspector Holburn von unserem gestrigen Ausflug zum Wächter und zur Großmutter erzählt, nicht wahr?«

»Nein, das sagte ich Ihnen bereits, Sir.«

»Auch keine Andeutung, vielleicht einer lieben Nachbarin gegenüber?«

Mildreds Stirn zerfurchte sich, und sie wirkte ein wenig pikiert.

»In all den vielen Jahren, die ich schon für die Guernsey Police arbeite, habe ich Beruf und Privates immer streng voneinander getrennt. Ich weiß sehr wohl, dass dies eine Vertrauensstellung ist.« Nach einer kurzen Pause sagte sie noch mit Nachdruck: »Sir!«

Doyle fühlte sich plötzlich wie der gemeine und undankbare Neffe in einem Boulevardstück, der seine ohnehin wenig begüterte alte Tante um ihr Erspartes angehauen hat.

»Nichts für ungut, Mildred. Falls der Bogenschütze letzte Nacht tatsächlich auf mich gewartet hat, muss ihn jemand über mein Interesse an der *Gràn'mère* informiert haben. Ich muss jeder Spur nachgehen, mag sie auch noch so fernliegend sein.«

»Für mich ist die Sache ganz einfach«, sagte Mildred in einem leicht überlegenen Ton. »Nach der Pressekonferenz gestern, auf der Sharon Brehaut die Legende vom Wächter der reinen Herzen ansprach, haben die Medien darüber berichtet. Das könnte doch für den Mörder schon Anlass genug gewesen sein, sich bei der Kirche von St. Martin auf die Lauer zu legen.«

»Gut möglich, Mildred, gut möglich. Manchmal sind die einfachen Antworten die besten.«

Im Konferenzraum erwarteten ihn Pat, Baker und Allisette, und sie alle wirkten so übernächtigt, wie er sich fühlte. Er ließ sich auf seinen Stuhl fallen und freute sich über den noch dampfenden Kaffee, den Mildred vor ihn auf die mit Aktendeckeln und Papieren gepflasterte Tischplatte stellte. Der Kaffeeduft, den er mit ein paar tiefen Atemzügen genoss, belebte seine Sinne ein wenig, und er blickte in die Runde.

»Welche neuen Erkenntnisse haben wir?«

Allisette schob eine längliche Plastiktüte in die Tischmitte, darin schwarze Pfeile mit rot-weißer Befiederung.

»Wir haben drei Pfeile eingesammelt. Einer steckte in dem hölzernen Tor hinter der *Gràn'mère*, der zweite lag im Schlamm nahe dem weißen Van, und den dritten haben wir vor der Kirche gefunden. Carbonpfeile der Firma Beman, genau wie bei den Ermordeten. Ein deutlicher Hinweis darauf, dass unser nächtlicher Bogenschütze mit dem Mörder von Mourant und Ingram identisch ist.«

»Der Typ von heute Nacht könnte aber auch nur darauf aus gewesen sein, dass wir genau das denken«, warf Baker ein.

»Kaum anzunehmen«, sagte Pat. »Wir haben der Öffentlichkeit nicht bekanntgegeben, mit welcher Art Pfeil geschossen wurde. Woher sollte ein Nachahmer das wissen?«

»Möglicherweise Insiderinformationen?«, gab Baker zu bedenken. »Außerdem könnte sich herumgesprochen haben, dass wir uns bei allen einschlägigen Händlern auf Guernsey nach diesen Carbonpfeilen erkundigt haben.«

»Insiderinformationen?«, hakte Allisette nach. »Du meinst, aus Polizeikreisen?«

»Wäre doch möglich«, sagte Baker zögernd; Allisettes strenger Blick hatte ihn verunsichert.

»Sag das bloß nicht zu laut, Calvin. Unsere Kollegen mögen es nicht, wenn man sie als mögliche Täter oder auch nur als Quasseltanten hinstellt. Dass der Täter zu uns gehört oder auch nur einen Helfer in unseren Reihen haben sollte, ist für mich unvorstellbar.«

»Für mich nicht.« Doyle fing sich mit dieser Bemerkung einen irritierten Blick der jungen Polizistin ein. »Unsere beiden Mordopfer gehörten zur Polizei, ebenso wie ich, warum also nicht auch der Täter?«

»Aber warum sollte ein Kollege das tun?«

Allisette stellte die Frage halb hilflos, halb stur, und sie fixierte dabei ihren Chef.

Doyle trank einen großen Schluck Kaffee, bevor er antwortete: »Wenn wir das Motiv hätten, wären wir bei unserer Mördersuche ein gutes Stück weiter. Aber da wir es mit zwei toten Polizisten zu tun haben, ist es keine fernliegende Idee, den Grund für die Morde mit ihrem Beruf in Zusammenhang zu bringen.«

»Wobei nicht vergessen werden sollte, dass Douglas Ingram schon etliche Jahre außer Dienst gewesen ist«, warf Pat in die Debatte. »Wenn deine Theorie stimmt, Cy, müsste der von dir angesprochene dienstliche Grund in der Zeit zu suchen sein, als Ingram noch aktiv war.«

»Ein guter Hinweis«, sagte Doyle. »Aber man sollte nicht zu viel theoretisieren, bevor man alle Fakten kennt, wie es ein Namensvetter von mir mal seiner Figur Sherlock Holmes in den Mund gelegt hat. Was für Erkenntnisse haben wir also über die vergangene Nacht?«

Pat verzog ihr Gesicht zu einer Miene des Missmuts.

»Ich fürchte, die Carbonpfeile sind das einzig Reelle, was wir haben. Der Bogenschütze war offenbar sehr vorsichtig, und der Regen hat jede Spur verwischt.«

»Zeugen?«

»Niemand außer dir und Carol Stowalter. Schließlich gab es kein lautes Feuergefecht, das die Aufmerksamkeit der Anwohner erregen konnte. Apropos, weshalb warst du mit einer Journalistin dort? Oder soll ich sagen, mit deiner Ex?«

Bei Pats letzter Bemerkung machten Baker und Allisette große Augen. Doyle hatte den Eindruck, als mustere Pat ihn scharf.

»Wir haben eine kleine Spritztour über die Insel gemacht.«

»Bei dem Unwetter?«

»Carol war schon immer hart im Nehmen. Auch das Attentat des Bogenschützen hat sie gut überstanden.«

»Ich nehme an, sie wird sich in deiner Gesellschaft sehr wohl gefühlt haben.«

Pats Bemerkung wurde von Baker und Allisette ohne ein Zeichen besonderer Aufmerksamkeit hingenommen, aber für Doyle war sie wie ein unsichtbarer Pfeil ins Herz. Carbon, schwarz und mit rot-weißer Befiederung.

»Was sagt eigentlich der Chief zu der ganzen Geschichte?«, fragte Pat.

Doyle dachte an das Gespräch, das er vor einer Stunde mit dem Chief Officer in dessen Büro geführt hatte.

»Er ist froh, dass Carol und ich nicht von den Pfeilen getroffen wurden. Ansonsten ist er wenig begeistert darüber, dass der Pfeilmörder schon wieder in Aktion getreten ist.«

»Vor den Medien wird sich das kaum verheimlichen lassen«, sagte Allisette.

»Zumal die Medien hautnah dabei waren, um nicht zu sagen involviert«, fügte Pat hinzu.

Doyle warf ihr einen genervten Blick zu. »Den Punkt haben wir jetzt ausdiskutiert. Hat noch jemand eine sachliche Frage zum Geschehen der letzten Nacht? Nein? Gut, dann habe ich noch eine Frage. Wo finde ich ein Geschäft, dem ich einen alten Fotoapparat zur Reparatur anvertrauen kann?«

Wie Doyle erfuhr, gab es nur noch ein Spezialgeschäft für Kameras auf ganz Guernsey, gar nicht weit vom Polizeihauptquartier entfernt. Er suchte es in seiner Mittagspause auf. Der junge Angestellte mit der eng sitzenden Krawatte vor dem kurzärmligen Hemd musterte die alte Agfa skeptisch und fragte, was damit sei.

»Funktioniert nicht mehr«, sagte Doyle.

»Was ist passiert?«

»Runtergefallen.«

Der Angestellte atmete tief durch und rollte mit den Augen.

»Wir können für eine erfolgreiche Reparatur von … von so einem alten Gerät keine Garantie übernehmen, Sir.«

»Einverstanden«, sagte Doyle.

»Das müssten Sie mir aber unterschreiben, Sir, dass wir nichts garantieren.«

»Einverstanden.«

»Und Sie müssten dreißig Pfund auf die Reparatur anzahlen, Sir, für die erste Begutachtung. Auch wenn sich die Kamera als nicht reparabel erweist, entstehen uns dadurch natürlich …«

»Einverstanden«, unterbrach ihn Doyle. »Ich brauche auch einen neuen Blitz. Dieser hier ist wohl definitiv zerstört.«

»Ja, das ist er«, sagte der Angestellte nach einem kurzen, gequälten Blick auf das Blitzgerät. »Leider führen wir solche Geräte seit, äh, ein paar Jahren nicht mehr.«

»Wo finde ich dann ein Ersatzgerät?«

»Bei Ebay, würde ich sagen, Sir.«

Doyle war froh, als er den Laden wieder verlassen hatte, und steckte den zusammengefalteten Reparaturschein in eine Tasche seiner Jacke. In dem Geschäft hatte er sich gefühlt wie der letzte Neandertaler. Er ging das kurze Stück zur North Esplanade, kaufte sich eine Portion Fish and Chips und spazierte am Hafen entlang.

In der Mittagssonne bereute er die Entscheidung, sein Jackett mitgenommen zu haben. Wenigstens wehte vom Meer eine leichte Brise, nicht gerade kühl, aber immerhin Luft, die sich bewegte. Immer wieder wurde es eng auf dem Gehsteig, wenn er kleinen oder größeren Touristengruppen ausweichen musste. Die munter vor sich hin plappernden Leute hatten offenbar keine Sorgen. Ihm aber gingen die Ereignisse der letzten Nacht nicht aus dem Kopf, während er langsam die Papiertüte mit seinem Lunch leerte. Vergeblich versuchte er, sich ein Gesicht hinter der Maske des Bogenschützen vorzustellen – er hatte schlichtweg nicht genügend Informationen.

Als er am Busbahnhof vorbeiging, spielte er mit dem Gedanken, nach links abzubiegen auf den Castle Pier. Wenn er, an der großen Anlage von Castle Cornet vorbei, auf dem begehbaren Wellenbrecher bis zu dessen Ende ging, wo ein kleiner Leuchtturm stand, der fast ein bisschen verloren wirkte, würde die Seebrise viel stärker sein und ihm vielleicht zu einem klareren Kopf verhelfen. Er blieb stehen und blinzelte zu dem Leuchtturm hinüber, in dessen Nähe ein paar Segelboote und Surfer kreuzten. Dann aber gab er sich einen Ruck und ging mit schnellerem Schritt weiter die Straße entlang. Vor ihm, ganz am Ende der Uferstraße, lag die Clarence Battery. Auch auf dem Felsen würde ein frischerer Wind wehen. Vielleicht brachte der ihm an dem Ort, an dem das erste Opfer gefunden worden war, eine Eingebung.

Nachdem Doyle die leere Fish-and-Chips-Tüte zusammengeknüllt und in einen Papierkorb geworfen hatte, zog er das Jackett aus und warf es, den Zeigefinger durch den Aufhänger gesteckt, über seine Schulter. Das war schon besser, und auch die Luft wurde ein wenig kühler, je weiter er die Stadt hinter sich ließ. Oben bei der Clarence Battery war es, wie erwartet, noch angenehmer. Er setzte sich auf eine niedrige Steinmauer, legte die Jacke neben sich und nahm die frische Seebrise mit tiefen Zügen in sich auf. Das erfrischte ihn, brachte ihm aber nicht die erhoffte Eingebung.

Wenn er die Augen schloss, sah er wieder die Umrisse der St. Martin's Church vor sich, die sich nur schemenhaft gegen den wolkigen Nachthimmel abhoben. Er sah einen plötzlichen Blitzstrahl, der alles in gleißendes Weiß tauchte: die Kirche mit dem Friedhof, die *Gràn'mère du Chimquière*, und er sah den Bogenschützen, der auf ihn anlegte, als habe er dort auf Doyle gewartet.

»Hast du das?«, fragte Doyle leise. »Hast du auf mich gewartet, um mich umzubringen? Und woher wusstest du, dass ich da sein würde?«

Er fühlte sich auf einmal müde, wahrscheinlich machten sich die Aufregungen der vergangenen Nacht bemerkbar.

»Cyrus Doyle?«, hörte er eine Frauenstimme. »Bist du das, Cyrus?«

Nachdem er sich gezwungen hatte, die Augen zu öffnen, sah er zwischen den alten Baracken der Clarence Battery und den zur Schau gestellten Kanonen aus der Zeit von Schwarzpulver und Musketen eine hochgewachsene, schlanke Frau in den Vierzigern, die zu ihm herübersah. Sie trug ein Kostüm, dessen Eleganz zu diesem Ort und dem warmen Sommerwetter ebenso wenig passen wollte wie der schwarze Stoff. Trauerkleidung.

»Barbara.« Seine Stimme war plötzlich schwerfällig, er suchte nach den richtigen Worten. »Was mit Charlie geschehen ist, tut mir sehr leid.« Er stand von der Mauer auf, streifte das Jackett über und trat auf sie zu. »Ich hatte ohnehin vorgehabt, dich dieser Tage aufzusuchen.«

»Um mir zu kondolieren oder um mich nach meinem Alibi zu fragen?«

»Erst einmal, um dir zu kondolieren, selbstverständlich. Aber du bist mit einem Polizisten verheiratet gewesen und weißt, dass ich dir ein paar Fragen stellen muss. Schließlich leite ich die Ermittlungen in diesem Fall. Und glaub mir, ich wollte, es gäbe den Fall gar nicht.«

Barbara Mourant strich eine hellblonde Haarsträhne aus ihrer Stirn und sah ihn abschätzend an.

»Dann wärst du wohl nicht hier, oder?«

Doyle wusste nicht recht, was er darauf erwidern sollte. Dass er nichts für die Morde konnte? Das erschien ihm zu billig. Er konnte Barbara ja verstehen, ihren Schmerz, den sie auf irgendetwas oder irgendjemanden lenken musste.

Ein schwaches Lächeln stahl sich auf ihre Züge. »Verzeih mir, Cyrus, das war nicht so gemeint. Wirklich nicht.«

»Ich weiß. Übrigens, meine Freunde nennen mich immer noch Cy.«

»Cy«, wiederholte sie leise. »Ja, natürlich, es ist schon so lange her. Bestimmt zwanzig Jahre.«

»Zweiundzwanzig.«

»Du weißt es genauer als ich. Wie auch immer, Charlie

meinte damals, er hätte dich von Guernsey vertrieben. Für zwei von eurem Kaliber sei hier kein Platz.«

»Mit dieser Feststellung hatte er gar nicht mal so unrecht, aber das war nicht der Grund. Ich bin nicht vor Charlie geflohen, sondern vor meinem Vater. Hier wäre ich immer der Sohn von Leonard Doyle geblieben.«

»Und das ist jetzt anders?«

»Ich hoffe doch. Was ich in London bei der Metropolitan erreicht habe, hat nichts mit meinem Vater zu tun. Höchstens insoweit, dass er mir vieles beigebracht hat, für das ich ihm sehr dankbar bin.«

»Er ist sicher stolz auf dich.«

»Vielleicht. Ich bin schon froh, wenn er mich erkennt.«

»Du musst mir mehr über dich und deinen Vater erzählen, Cy. Vielleicht bei mir zu Hause?« Barbara strich mit den Handflächen über ihre Oberarme. »Mir ist hier draußen plötzlich kalt.«

»Kalt?«, fragte Doyle, der unter dem Jackett schwitzte.

»Das habe ich manchmal seit Charlies …« Sie blickte über das kleine Plateau hinaus aufs Meer, wo man heute am Horizont die französische Küste als dunkle Linie ausmachen konnte. Ein weißer Fleck hatte sich vor diese Linie geschoben und wurde allmählich größer: ein Kreuzfahrtschiff, das auf Guernsey zuhielt. »Vielleicht liegt es an diesem Ort.«

»Warum kommst du dann her?«

»Ich komme jeden Tag her. Es ist wie ein innerer Zwang. Irgendwie habe ich die Vorstellung, ich könnte hier auf Charlie treffen, gesund und munter, ihn in die Arme schließen, an mich drücken …«

Ihre Stimme wurde leiser und begann zu zittern. Das Zittern befiel ihren ganzen Körper. Doyle legte die Arme um sie und drückte sie sanft an sich. Während er ihr teures Parfum einatmete, dachte er daran, dass er Barbara so nie kennengelernt hatte: verletzlich, schwach. In seiner Vorstellung war sie immer eine kraftvolle Persönlichkeit gewesen, die starke Frau hinter einem erfolgreichen Mann. Er dachte zurück an das Sommerfest der Guernsey Police, damals, 1991. An den Jux-Wettbewerb, *Carry your Love*. Wie Charlie Mourant alle anderen überholt hatte mit einer Barbara huckepack, die ihm ihre Fersen in die Seiten hieb, als gelte es, den Ascot Gold Cup zu gewinnen. Mit Schweiß auf der Stirn und schwer keuchend war Charlie an allen vorbeigelaufen. Ob Barbara die Medaille noch hatte? *1. Platz für Charlie und Barbara!*

Das Mourant-Anwesen wirkte umso eindrucksvoller, je näher sie ihm kamen. Sehr viel Glas und eine riesige Terrasse mit Blick aufs Meer. An die Terrasse grenzte ein großer Wintergarten, unter dessen Verglasung zahlreiche Pflanzen wuchsen, fast wie in einem Gewächshaus.

Als Doyle sich bewundernd äußerte, sagte Barbara: »Eigentlich ist es viel zu groß für uns, wir haben ja keine Kinder. Und jetzt, wo Charlie nicht mehr da ist, wirkt es doppelt so groß auf mich. Vielleicht sollte ich es verkaufen und nach London ziehen. Mein Vater wird älter und hat schon oft gesagt, dass er mich gern häufiger sehen würde.«

»Aber mit dem Haus sind doch viele Erinnerungen verbunden.«

»Eben drum. Ich muss es mir in Ruhe überlegen, noch bin ich nicht bereit dazu.«

Die Doppelgarage stand offen, und ein grauhaariger Mittfünfziger wienerte an einem Audi Coupé herum. Der dunkle Metalliclack glänzte dermaßen, dass es nach Doyles Meinung daran nichts mehr zu verbessern gab. Aber der Grauhaarige fuhr nach einem kurzen Seitenblick auf Barbara und ihren Begleiter unbeirrt mit seiner Arbeit fort. Der wuchtige Mercedes-Geländewagen daneben, ebenfalls im Sonnenlicht blinkend, ließ das Coupé weniger beeindruckend, fast mickrig aussehen.

»Das ist George, George Belfour«, erklärte Barbara. »Er und seine Frau Anne sind unsere ... meine guten Geister, schon seit vielen Jahren. Ohne die beiden hätte ich es nach Charlies Tod hier nicht ausgehalten.«

»Die Belfours wohnen hier?«

Barbara zeigte auf ein kleines Gebäude, das mit einer Wand an die Garage anschloss.

»In dem Haus dort.«

Anne Belfour erwartete sie im Eingangsbereich des großen Hauses. Sie war vielleicht zehn Jahre jünger als ihr Mann und hatte ihr dunkles Haar zu einem strengen Knoten zurückgebunden. Sowohl Barbara als auch Doyle lehnten ihr Angebot ab, sich einen kleinen Lunch servieren zu lassen, aber beide ließen sich von ihr einen alkoholfreien Cocktail bringen. Doyles Blick wanderte über die geschmackvolle Einrichtung des Salons und betrachtete schließlich einen Druck an der Wand, eine nackte Frau auf der Armlehne einer Couch, dahinter ein gelbes Kissen.

»Roy Lichtenstein«, stellte er fest.

Barbara lächelte.

»Hat lange gedauert, bis ich Charlie dazu gebracht habe, den schwermütigen Turner, der hier hing, gegen den Lichtenstein auszutauschen. Wofür hättest du dich entschieden, Cy?«

»Nun, ich mag Turner, aber ich habe auch nichts gegen attraktive Damen einzuwenden.«

»So etwas Ähnliches hat Charlie auch gesagt, als ich ihn endlich so weit hatte.«

»Da wir gerade bei Charlie sind, ich sagte ja, ich habe noch ein paar Fragen.«

Sie stellte ihr Cocktailglas auf die Tischplatte aus Marmor und sah ihn erwartungsvoll an.

»Ich glaube zwar nicht, dass ich dir helfen kann, aber ich will es zumindest versuchen.«

»Standardfrage«, begann Doyle. »Hatte Charlie Feinde?«

Barbara lachte kurz und trocken auf.

»Du bist wirklich ulkig, Cy. Charlie war über lange Jahre der DCI hier auf Guernsey und hat während dieser Zeit einige Leute eingebuchtet. Das sind dann wohl Feinde, oder?«

»Ja, schon. Aber gab es jemand Besonderen? Vielleicht hat ihn jemand erst in jüngster Zeit bedroht?«

»Bedroht? Nein. Charlies letzter spektakulärer Fall war ein junger Mann, der seine Freundin ermordet hat. Cameron Prideaux. Aber der ist verurteilt und sitzt ein. Und so schnell kommt er auch nicht wieder heraus. Außerdem verstehe ich nicht so recht, was Charlies Fälle mit seinem Tod zu tun haben sollen, zumindest nicht die der letzten Jahre. Das zweite Opfer des Mörders, Douglas Ingram, konnte ja wohl kaum in einem Zusammenhang damit stehen.«

»Schon wahr, das spricht eher für Fälle aus der Zeit, als Doug Ingram und Charlie gemeinsam bei der Einheit waren, und diese Fälle nehmen wir uns auch vor. Andererseits könnte Ingrams Ermordung ein Täuschungsmanöver sein, um uns von einem möglichen Intimfeind Charlies abzulenken.«

Barbara presste die Handflächen gegeneinander wie zum Gebet und sah an Doyle vorbei durch die Glasfront, die den Salon vom Wintergarten trennte. Die Verglasung war geschlossen, und eine kaum hörbare Klimaanlage sorgte hier drinnen für eine konstant angenehme Temperatur.

»Ich weiß nicht, was ich davon halten soll. Die Sache mit den Herzen, das alles ist so schrecklich …«

Sie begann wieder zu zittern, und das hatte nichts mit der Raumtemperatur zu tun.

Doyle setzte sich neben sie auf die Couch und legte einen Arm um sie.

»Barbara, soll ich dir einen Arzt rufen? Vielleicht könnte ein Beruhigungsmittel dir …«

»Nein, lass nur, es geht schon wieder.« Sie sah ihn an, um ein Lächeln bemüht, und tippte ihm mit dem Zeigefinger gegen die Brust. »Und nun frag mich schon, was du dich die ganze Zeit nicht getraut hast.«

»Wovon sprichst du?«

»Von meinem Alibi. Du musst mich noch fragen, wo ich zur Tatzeit war.«

»Aber das steht in den Akten. Du warst hier im Haus, in deinem Atelier, und hast gemalt. Ich wusste übrigens gar nicht, dass du malst.«

»Erst seit etwa zehn Jahren. Ich habe ein kleines Atelier im Obergeschoss. Ich will gar kein weiblicher Turner werden, und zum weiblichen Lichtenstein wird es wohl auch nicht reichen. Aber es bereitet mir Freude, und ein paar Bilder habe ich auch schon verkauft. Doch zurück zu deiner Frage, die du dich nicht zu stellen getraut hast. In den Akten steht bestimmt auch, dass ich keine Zeugen dafür habe.«

»Das ist richtig.«

»Douglas Ingram wurde letzten Donnerstag ermordet, kurz nach Sonnenaufgang, nicht wahr?«

»Ja.«

»Da lag ich noch im Bett, auch ohne Zeugen.«

»Aha«, machte Doyle und fragte sich, was das Spiel sollte.

»Und wo warst du vergangene Nacht, sagen wir, zwischen elf und zwölf?«

Doyle bemerkte einen Ausdruck der Irritation in Barbaras hellblauen Augen.

»Vergangene Nacht? Warum fragst …«

»Wo warst du?«

»Ich bin so gegen elf ins Bett.«

»Auch ohne Zeugen?«

»Ich bin erst seit einer Woche Witwe.«

»Das eine muss mit dem anderen nichts zu tun haben.«

»Sei nicht gemein, Cy. Aber wenn du es unbedingt hören willst: Ich habe die ganze Nacht im Bett verbracht, allein. Verrätst du mir jetzt, warum das wichtig ist?«

Doyle tat ihr den Gefallen, und die Irritation in ihrem Blick wich einem anderen Ausdruck: Sie wirkte erschrocken.

»Bedeutet das, du bist der Nächste auf der Todesliste?«

»Möglicherweise, falls es kein zufälliges Zusammentreffen war.«

»Aber was für Gemeinsamkeiten gibt es zwischen Charlie, Douglas Ingram und dir?«

»Wir sind oder waren alle drei Angehörige der Guernsey Police Force.«

»Aber habt ihr mal an einem gemeinsamen Fall gearbeitet?«

»Als ich zur Metropolitan ging, waren Charlie und ich noch Constables. Ich kann mich an keinen sensationellen Fall aus der Zeit erinnern.«

Barbara legte eine Hand auf Doyles Rechte.

»Pass gut auf dich auf, Cy. Ich bin sehr froh, dass du wieder hier bist, und ich möchte nicht, dass dir auch noch etwas zustößt!«

Die Eindringlichkeit, mit der sie das gesagt hatte, beschäftigte Doyle noch, als er zurück in die Stadt ging. Vorher hatte er kurz mit dem Ehepaar Belfour gesprochen, ohne daraus neue Erkenntnisse zu gewinnen. Die Belfours hatte er bald vergessen. Immer wieder sah er Barbaras strenges, schönes, trauriges Lauren-Bacall-Gesicht vor sich, und das Zusammentreffen mit ihr erschien ihm wie eine Szene aus einem Film Noir.

Barbara hatte ihn unleugbar beeindruckt, aber er fragte sich, ob sie der Bacall nur im Aussehen ähnelte oder ob sie vielleicht auch über ähnliche schauspielerische Qualitäten verfügte. Trotz ihres Zitterns erschien sie ihm eine Spur zu gefasst, auch wenn sie eine starke Persönlichkeit war. Charlies Tod lag immerhin erst eine Woche zurück.

KAPITEL 10

»Auch schon aus der Mittagspause zurück, Doyle?«

Die scharfen Worte trafen Doyle, der gedankenverloren zu seinem Büro ging, wie ein Schlag. Er blieb stehen und wandte sich zu dem Sprecher um. Dennis Ingram stand ein paar Schritte hinter ihm auf dem Gang, das fleischige Gesicht leicht gerötet, das Uniformhemd verschwitzt.

»Während wir hier auf Hochtouren arbeiten, machen Sie sich einen schönen Tag am Meer, was?«

Doyle zählte in Gedanken bis fünf, um ruhig zu bleiben.

»Wollen Sie mir schon wieder sagen, wie ich meine Arbeit zu erledigen habe, Chief Inspector? Glauben Sie mir, das weiß ich mindestens genauso gut wie Sie.«

Er hatte ruhig gesprochen, fast leise, aber in seiner Stimme hatte eine unangenehme Schärfe gelegen.

»Sie sind ein Blender, Doyle«, blaffte Ingram mit unverminderter Lautstärke, so dass bald etliche Zuhörer ihre Köpfe auf den Gang hinausstreckten. »Colin Chadwick mögen Sie mit Ihrer Art beeindrucken können, mich nicht. Ich habe Sie durchschaut. Die Jungs in London werden schon wissen, weshalb sie Sie nach Guernsey abgeschoben haben.«

Eins, zwei, drei, vier, fünf.

»Ich verstehe ja Ihren Schmerz, Ingram, aber was Sie da sagen, ist blanker Unsinn.«

Doyle setzte seinen Weg fort, aber Ingram war mit zwei, drei schnellen Schritten bei ihm und legte seine Rechte, groß und fleischig wie sein Gesicht, auf Doyles Schulter.

»Bleiben Sie gefälligst stehen, wenn ich mit Ihnen rede, Mann!«

Abermals blieb Doyle stehen und wandte sich zu Ingram um. Schmerz, Trauer und Zorn standen dem Leiter der Uniformed Operations deutlich ins Gesicht geschrieben. So groß Doyles Verständnis für die Gefühle seines Gegenübers auch war, Ingrams Verhalten konnte er nicht billigen.

»Nehmen Sie die Hand von meiner Schulter, Ingram, sofort!«

Ein paar Sekunden lang starrte Ingram ihn an wie ein Raubtier seine Beute. Dann erst schien er sich der Situation und der vielen Zuschauer bewusst zu werden, und zögernd nahm er die Hand herunter.

»Danke«, sagte Doyle kühl und ging weiter.

Diesmal blieb er nicht wieder stehen, als er hinter sich Ingrams Stimme hörte: »Wir sind noch nicht fertig miteinander, Doyle!«

Er saß noch nicht lange an seinem Computer, um eine Zusammenfassung seiner Gespräche mit Barbara und ihren Hausangestellten niederzuschreiben, als Pat nach kurzem Klopfen eintrat. Mit besorgtem Blick musterte sie ihn.

»Ich höre, du hast neuen Ärger mit Ingram gehabt. Ging es wieder um mich?«

»Nein, diesmal hat er mich direkt attackiert. Er war auf hundertachtzig. In ihm scheint es wirklich zu brodeln. Ich verstehe nur nicht, weshalb er es ausgerechnet auf mich abgesehen hat.«

»Aus psychologischen Gründen nicht besonders schwierig zu erklären«, sagte Pat und setzte sich ihm gegenüber. »Am liebsten würde er selbst die Ermittlungen leiten, um den Mörder seines Vaters zur Strecke zu bringen. In dir sieht er deshalb nichts als ein Hindernis.«

»Aber er ist Chef der Uniformierten, nicht der Kriminalabteilung. Säße ich nicht auf diesem Stuhl, er täte es auch nicht, sondern ein anderer.« Jetzt erst wurde Doyle sich seiner Worte richtig bewusst, und er fügte hinzu: »Oder eine andere.«

»Schon gut, lassen wir das. Ich denke, wir sollten dieses Thema als abgehakt betrachten.«

Doyle konnte nicht recht glauben, dass Pats Worte ihre tatsächliche Gemütslage widerspiegelten. Der Schatten, der dabei über ihr Antlitz huschte, strafte sie Lügen. Letztlich würde die Angelegenheit ein Missklang zwischen ihnen bleiben, und er war froh, als Pat ein anderes Thema anschnitt.

»Baker hat sich eben gemeldet. Er und Allisette haben den Halter des weißen Vans ermittelt, der so oft bei der St. Martin's Church steht. Er heißt Ronald Pearson und ist als selbständiger Kurierfahrer unterwegs. Er wohnt nur ein paar Meter von der Kirche entfernt. Allerdings liegt er seit zwei Wochen mit einer Lungenentzündung im Bett.«

»Womit er als Pfeilmörder ausscheidet«, resümierte Doyle.

»Hat er wenigstens etwas Verdächtiges bemerkt? Wenn er die ganze Zeit im Bett liegt, wäre das ja nicht abwegig.«

»Falls sich bei der Kirche etwas Verdächtiges ereignet hat.«

»Falls, Pat? Wie bezeichnest du das, was Carol und ich dort letzte Nacht erlebt haben?«

»Als sehr bedrohlich. Wir haben aber keine weiteren Hinweise auf weitere Aktivitäten des Bogenschützen in der Nähe der St. Martin's Church. Genau genommen sind die einzigen Hinweise die drei Pfeile und das, was du mit deiner Carol erlebt hast.«

»Sie ist nicht *meine* Carol, nicht mehr«, erwiderte er im Ton leichter Gereiztheit. »Also hat dieser Pearson nichts von dem mitbekommen, was sich in der Nacht ereignet hat?«

»Seine Medikamente haben für einen tiefen Schlaf gesorgt, sagt er jedenfalls. Er wurde erst wach, als unsere Einsatzkräfte bei der Pfarrkirche auftauchten. Damit bleiben du und … Carol Stowalter die Einzigen, die den Attentäter gesehen haben.«

»Jetzt rede mir nicht ein, wir hätten uns das nur eingebildet.«

»Keine Spur, die aufgefundenen Pfeile sprechen für sich.«

»Aber rund um die Kirche wohnen doch noch mehr Leute. Hat wirklich niemand etwas Verdächtiges bemerkt?«

»Baker und Allisette kümmern sich zurzeit darum. Vielleicht bringt uns das weiter.«

»Ich hoffe es. Solange der Mörder ein bloßes Phantom bleibt, wird es schwer sein, ihn zu fassen. Man könnte fast glauben, er sei kein Mensch, sondern tatsächlich der zum Leben erwachte Wächter der reinen Herzen.«

Als Detective Sergeant Baker und Detective Constable Allisette am späten Nachmittag ins Polizeihauptquartier zurückkehrten, brachten sie zur Enttäuschung Doyles keine neuen Erkenntnisse mit. Niemand der Anwohner hatte den Bogenschützen gesehen, geschweige denn letzte Nacht oder sonst wann etwas Verdächtiges bemerkt. Die beiden waren darüber etwas geknickt. Doyle bedankte sich bei ihnen für ihren Einsatz und versicherte ihnen, dass sie für das Ergebnis nichts konnten. Das musste ihnen auch so klar sein, und doch hellten sich ihre Gesichter ein wenig auf, als sie es aus dem Mund ihres Vorgesetzten hörten.

Mildred Mulholland, die zum Feierabend ihren Schreibtisch penibel aufräumte, zeigte sich überrascht, als Doyle ihr vorschlug, sie in seinem Wagen mitzunehmen.

»Sie haben wohl Spaß an der Gesellschaft älterer Damen, Sir. Wohin soll es denn gehen?«

»Zu Ihnen nach Hause, Mildred.«

»Zu mir?« Sie sah Doyle an, als habe er sich gerade einen rüden Scherz mit ihr erlaubt. »Sagen Sie das nicht zu laut, sonst hört es noch jemand.«

»Es geht um die *Gràn'mère du Chimquière*«, erläuterte er.

»Das habe ich mir fast gedacht. Sollte ich jetzt enttäuscht sein?«

Er überging ihre letzte Bemerkung und fragte: »Sie haben doch Fotos von der *Gràn'mère*?«

»Jede Menge. Auch Nachtaufnahmen, wenn Sie das meinen. Davon ist aber nur eine von mir selbst aufgenommen, das sagte ich ja schon. Letzte Nacht ist es bei Ihnen wohl nichts damit geworden?«

»Nein, dazu bin ich nicht mehr gekommen, und nach der Begegnung mit dem geheimnisvollen Pfeilmörder habe ich einfach nicht daran gedacht, dem Polizeifotografen eine entsprechende Anweisung zu geben.«

»Habe ich Sie nicht gewarnt, Sir? Besonders in der Nacht

sollte man vorsichtig und respektvoll mit der *Gràn'mère* umgehen.«

»Glauben Sie, die *Gràn'mère* hat mir den Bogenschützen auf den Hals gehetzt?«

»Wer weiß? Wir älteren Damen haben so unsere Tücken.« Als Doyle sie forschend anstarrte, um herauszufinden, ob sie das ernst meinte, begann Mildred zu lachen. »Keine Sorge, Sir, wenn wir bei mir sind, ist es ja noch nicht dunkel.«

Mildred wohnte in der ländlich geprägten Gemeinde St. Saviour im Westen Guernseys. Ihr kleines Cottage aus dem unvermeidlichen Guernseygranit – selbst auf dem Dach lagen Granitschindeln – erhob sich, etwas abgelegen von den nächsten Häusern, auf einem künstlich aufgeschütteten Hügel und wurde auf drei Seiten von dicht beieinanderstehenden Kiefern umringt wie von einer Garde riesenhafter Wächter. Es wirkte auf Doyle, der den Tamora vor dem kleinen Hügel ausrollen ließ, wie ein Hexenhaus aus den Märchen seiner Kindheit. Unwillkürlich musste er daran denken, dass es nicht weit von hier, oberhalb der Perelle Bay, ein Megalithgrab gab, Le Trépied. Dort sollten sich einst, so hatte er es als Kind von seiner Mutter gehört, die Hexen der ganzen Insel zu ihren wilden Feiern getroffen haben.

Als er Mildred die wenigen Stufen der aus Granitplatten errichteten Treppe zu ihrem Häuschen folgte, wäre Doyle fast auf der letzten Treppenstufe gestürzt, weil etwas zwischen seine Beine fuhr und ihn stolpern ließ. Etwas Großes, Schwarzes. Ein Kater, der jetzt mit einem schnellen Sprung zwischen Doyle und Mildred landete, den Rücken zu einem Buckel formte und den Besucher anfauchte. Seine auf Doyle gerichteten grünen Augen schienen dabei zu brennen.

»Ach, das ist nur Hogarth«, lächelte Mildred. »Machen Sie

sich keine Sorgen, Sir, er spielt sich nur ein bisschen auf, um Ihnen zu zeigen, wer hier der Herr im Haus ist.«

»Hogarth?« Doyle dachte an den Maler und Kupferstecher William Hogarth und an den Comiczeichner Burne Hogarth. »Ein ungewöhnlicher Name für einen Kater.«

»Er hat ihn sich selbst ausgesucht.«

»Hätte ich mir denken sollen.«

»Nein, wirklich. Als er mir damals zulief, wusste ich ja nicht, wie er heißt. Also habe ich ihm eine lange Liste mit Namen vorgelesen, und bei Hogarth hat er mir zugeblinzelt.«

»Interessante Methode. Die sollte man bei Menschen auch mal anwenden.«

Sobald Mildred die Tür aufgeschlossen und auch nur einen Spalt geöffnet hatte, flitzte Hogarth an ihr vorbei ins Haus. Mildred führte Doyle ins Wohnzimmer, das wegen der Kiefern draußen düster wirkte, und verschwand in der Küche, um Tee aufzubrühen. Er war trotzdem nicht allein. Hogarth kauerte in einem Ohrensessel, der im bunten Patchworkstil bezogen war, und starrte ihn unverwandt an, offenbar bereit, Doyle augenblicklich anzuspringen, sollte dieser etwas tun, das Hogarth unliebsam war.

Um den vierbeinigen Hausherrn nicht zu provozieren, setzte sich Doyle in einen anderen Sessel und blickte sich in dem Zimmer um, das auf ihn behaglich und ordentlich, aber nicht penibel gepflegt wirkte. Ganz klar das Heim einer Frau mit einem Ganztagsjob. Der Sessel, in dem er saß, und die kleine Couch zu seiner Linken waren in demselben Patchworkmuster bezogen wie Hogarths Ohrensessel. Auch die Decke auf dem runden Tisch passte dazu. Ein paar Töpfereiwaren aus vermutlich einheimischer Fertigung, dienten als Blickfänger. An einer Wand hing die Kopie eines Gemäldes von Edmund Marriner Gill, ein brausender Wasserfall, der sich zwischen links und rechts aufragenden Felsen Bahn brach. Ein Bücherschrank enthielt zahlreiche Werke zur Geschichte der Kanalinseln, Bildbände über Dolmen und Menhire und auch etliche Romane, hauptsächlich Krimis aus weiblicher Feder: Agatha Christie, Dorothy L. Sayers, Ruth Rendell, Elizabeth George.

Als Mildred mit einem Tablett aus der Küche zurückkehrte, sagte Doyle: »An Ihrer Lektüre sehe ich, dass Sie Frauen für die Spezialisten in Sachen Mord halten, Mildred.«

»Zumindest in der Literatur, Sir. Frauen haben da mehr Phantasie, gehen raffinierter vor, heimtückischer und auch grausamer, wo Männer oft einfach nur brutal sind.«

Mildred servierte Doyle Granatapfel-Pfefferminz-Tee in einem heimeligen Service, das mit dem Bild reifer Erdbeeren verziert war, dazu Schokoladenplätzchen und ein in Leder gebundenes Fotoalbum, wie es spätestens mit der Digitalfotografie aus der Mode gekommen war.

»Hier drin sind meine Fotos von der St. Martin's Church und der *Gràn'mère*. Milch, Zucker?«

»Etwas Zucker, keine Milch, bitte.«

Er schlug das Album auf.

»Die Fotos von der *Gràn'mère* bei Nacht sind ganz hinten«, erklärte Mildred, während sie ihm mit einer kleinen Silberzange einen Würfel Zucker in die Tasse gab.

Doyle nahm seinen Silberlöffel, um den Zucker zu verrühren, schloss das Album wieder, drehte es um, und öffnete es von hinten. Schon beim ersten Foto, auf das sein Blick fiel, wäre ihm fast der Löffel aus der Hand gefallen. Es war eine große Schwarzweißaufnahme der *Gràn'mère* bei Nacht, ein Bild, das auch in einem Gruselkabinett hätte hängen können. Dabei war es dieselbe Statue, die er letzte Nacht mit eigenen Augen gesehen hatte. Jetzt aber schien ihm ihr Blick nicht länger freundlich, sondern abwehrend, geradezu bösartig, wie ein Fluch, der ihn mit aller Gewalt traf.

»Wie kann das sein?« Doyle rührte seit mindestens dreißig Sekunden mechanisch in seinem Tee. »Ich habe die *Gràn'mère* doch selbst in der Nacht gesehen, aber da wirkte sie nicht so … so böse.«

»Es soll am Blitzlicht liegen«, antwortete Mildred, die auf der Couch Platz genommen hatte, und nahm einen Schluck Tee. »Manche sagen, das Blitzlicht fördere ihr wahres Ich zutage. Andere, die ein entspannteres Verhältnis zur Großmutter des Friedhofs haben, halten das für eine Verleumdung. Ihrer Meinung nach verfälscht das Blitzlicht den Ausdruck der *Gràn'mère*, ihrer Seele. Aber kann ein Stein eine Seele haben?«

Trotz – oder wegen – des erschreckenden Gesichtsausdrucks übte die Schwarzweißfotografie eine große Faszination auf Doyle aus. Es dauerte eine Weile – er hatte inzwischen mit dem Umrühren aufgehört –, bis er es fertigbrachte weiterzublättern. Auch die folgenden Fotos, einige schwarzweiß, andere farbig, zeigten die *Gràn'mère* bei Nacht, und auf allen wirkte sie furchterregend.

Mit einem Ruck klappte Doyle das Album zu und legte es beiseite.

»Ich frage mich gerade, warum ich mir das ansehe. Diese Fotos von der *Gràn'mère* bei Nacht helfen bei der Suche nach dem Mörder nicht weiter. Genauso unsinnig war es, heute Nacht zur St. Martin's Church zu fahren.«

»Wirklich, Sir? Aber dadurch hatten Sie Ihren ersten Kontakt zu dem Mörder.«

»Da haben Sie nicht ganz unrecht«, gab er zögernd zu. »Der Mörder ist jedenfalls ein Mensch aus Fleisch und Blut, kein Geist und schon gar nicht eine alte Statue.«

»Vielleicht hilft Ihnen diese alte Statue aber, den Mörder zu verstehen.«

»Sie meinen, ich kann mich dann besser in ihn hineinversetzen?«

»Dann zumindest, wenn er wirklich die alte Legende vom Wächter der reinen Herzen nachzustellen versucht.«

Mildred erhob sich, ging zu einer Kommode, auf der eine tönerne Schale mit eingewickelten Bonbons stand, und nahm einen großen weißen Umschlag aus der obersten Schublade. Zurück am Tisch, öffnete sie das Fotoalbum ebenfalls von hinten, nahm das große Schwarzweißfoto mit der *Gràn'mère* bei Nacht heraus, das Doyle so aus dem Konzept gebracht hatte, und steckte es in den Umschlag.

Sie reichte den Umschlag Doyle mit den Worten: »Nehmen Sie das mit, Sir. Vielleicht hilft es Ihnen bei der Jagd nach dem Mörder. Es ist übrigens die Nachtaufnahme, die ich selbst gemacht habe.«

»Danke«, sagte Doyle nur, als er den Umschlag entgegennahm. Dabei fragte er sich, was Chadwick dazu sagen würde, wenn er hörte, dass sein DCI sich mit Geisterbildern beschäftigte.

Nach dem Tee mit Mildred und Hogarth beschloss Doyle, nach Hause zu fahren. Er rief Violet Brehaut an, um ihr zu sagen, dass er zum Abendessen da sein würde. Er freute sich auf eine heißkalte Dusche, auf frische Kleidung und auf Violets Lammkoteletts in Minzsauce mit Hash Browns. Als er die Hälfte des Weges zurückgelegt hatte – er befand sich auf der Höhe des Flughafens –, vermischte sich der Anfang des *Eye Level Theme* aus *Van der Valk* mit dem Motorgeräusch. Fast automatisch trat er auf die Bremse und bog von der gut ausgebauten Straße nach rechts in eine kleinere Straße ab, die, nachdem sie sich gegabelt hatte, rechts zur Forest Parish Church und links zum German Occupation Museum führte. Er hielt am Straßenrand und zog das Smartphone aus seinem Jackett auf dem Beifahrersitz. Es war Pat.

»Hoffentlich keine weitere Leiche gefunden, Pat?«, meldete er sich.

»Wieso? Hast du keine Lust mehr auf deinen Job?«

»Im Augenblick nicht. Ich bin nämlich auf dem Weg nach Hause und freue mich auf Tante Violets Rinderkoteletts.«

»Woher kommst du?«

»Von Mildred Mulholland und Hogarth.«

»Wer ist Hogarth?«

»Der vierbeinige Herr im Haus Mulholland, zumindest hält er sich dafür.«

»Ach so, ihr Kater. Was hast du dort gemacht?«

»Tee getrunken und mir Fotos angesehen.«

Pat lachte trocken.

»Das klingt ja heimelig.«

»Die Fotos waren alles andere als heimelig«, sagte Doyle und erläuterte Pat, um was für Fotos es sich handelte. »Und was hast du in der Zwischenzeit getan?«

»Recherchiert. Über die andere Dame, die du heute besucht hast.«

»Barbara Mourant?«

»Wieso fragst du, Cy? Bei wie vielen Damen warst du denn noch?«

»Sonst bei keiner«, sagte er schnell, um nicht erneut das Thema Carol anzuschneiden. »Muss ich Sherlock Holmes sein, um zu erraten, dass du etwas Interessantes über Barbara herausgefunden hast?«

»Keineswegs, zumal Holmes sich niemals aufs Raten verlegt. Hat Barbara dir erzählt, dass sie eine Expertin im Bogenschießen ist?«

»Nein«, antwortete Doyle verblüfft.

»Mir auch nicht, als ich sie kurz nach dem Tod ihres Mannes vernommen habe.«

»Hast du sie ausdrücklich danach gefragt, Pat?«

»Das nicht, aber angesichts der Todesumstände von Charlie Mourant wäre es doch für seine Witwe naheliegend gewesen, das zu erwähnen.«

»Stimmt. Erzähl mir mehr.«

»Möglicherweise betreibt Barbara Mourant den Sport schon lange nicht mehr aktiv, aber bevor sie nach Guernsey kam, hat sie mehrere lokale Titel in London und der Umgegend errungen.«

»Und ein Alibi hat sie auch nicht.«

»Darum rufe ich dich an. Wir sollten sie im Auge behalten.«

Doyle stimmte Pat zu und fragte, ob sie am Sonntag ins Büro käme.

»Das habe ich vor«, antwortete sie ohne jede Begeisterung. »Der Anschlag auf dich und Carol Stowalter beweist, dass der Mörder höchst aktiv ist. Wäre nicht schlecht, wenn wir ihm auf die Spur kommen, bevor er erneut zuschlägt. Also werde ich mir noch einmal die Akten vornehmen. Möglich, dass wir etwas übersehen haben.«

»Gute Idee.«

»Schön, dann magst du dich vielleicht am Aktenwälzen beteiligen?«

Zögernd erwiderte Doyle: »Ja, das werde ich. Aber ich kann jetzt noch nicht sagen, wann ich im Büro aufschlage. Ich möchte morgen gern etwas Zeit mit meinem Vater verbringen, falls es seine Verfassung zulässt. Man kann nicht vorhersagen, wann sein Verstand klar ist und wann nicht.«

»Das verstehe ich, Cy.«

Täuschte sich Doyle, oder schwang in Pats Worten ein Anflug von Warmherzigkeit mit, der vorher nicht da gewesen war?

»Wenn du etwas Wichtiges rausfindest, ruf mich jederzeit an, Pat.«

Sie versprach es, und er wünschte ihr einen schönen Feierabend. Dann wendete er den Tamora und kehrte zur Hauptstraße zurück, wo er sich hinter einem blauen Reisebus einordnete, der gerade vom Flughafen kam und einen Schwung neuer Touristen zu ihren Unterkünften brachte. Eine Gruppe Senioren. Die vielen weißhaarigen Köpfe, die er hinter den leicht getönten Scheiben des Busses sah, ließen daran keinen Zweifel. Schon bald hatte der Bus sein erstes Ziel erreicht und bog nach rechts auf den Parkplatz des »Le Chêne Hotels« ab. Augenblicklich trat Doyle das Gaspedal ein Stück nach unten, und das Raubtier unter der Motorhaube stieß dankbar ein tiefes Brummen aus.

Der Feierabend im »Petit Château« und damit auch Violets Lammkoteletts rückten mit jeder Minute näher, aber nach Pats Anruf ging Barbara Mourant ihm nicht mehr aus dem Kopf, zum zweiten Mal an diesem Tag, und er hatte keinen rechten Appetit mehr.

VIERTER TAG

Sonntag, 31. August

KAPITEL 11

»Einen Ausflug wollt ihr machen?«, fragte Violet mit gerunzelter Stirn, als Doyle ihr von seinem Plan erzählte. »Wohin?«

»Zum German Occupation Museum.« Sein kurzer Halt in der Nähe des Museums gestern, als Pat ihn angerufen hatte, hatte ihn auf die Idee gebracht. »Das ist doch etwas für Dad, hat er mir jedenfalls eben gesagt. Er scheint heute richtig gut drauf zu sein.«

Leonard Doyle war an diesem Sonntagmorgen tatsächlich sehr munter und machte auf seinen Sohn auch einen geistig regen Eindruck. Keine Spur von Vergessen schien seine Gedanken zu trüben, und bei dem üppigen Frühstück, das Violet aufgetragen hatte, hatte er tüchtig zugelangt. Er hatte fast sämtliche Bratwürste im Alleingang verschlungen, und auf seinem Teller war auch nicht eine einzige Bohne zurückgeblieben.

Violet schien nicht überzeugt. »Eigentlich halte ich es für besser, wenn Leonard sich nicht zu weit vom Haus entfernt. Du hast selbst schon erlebt, wie schnell sein Zustand umschlagen kann.«

»Wir sind ja nicht aus der Welt. Sollte es Dad nicht gut gehen, sind wir mit dem Auto ruckzuck wieder hier.«

»Dann bin ich wohl überstimmt«, seufzte Violet und lächelte von einer Sekunde auf die andere. »Wenn ihr mögt, komme ich mit.«

»Wir kriegen das schon hin. Ich möchte nicht, dass Dad sich beaufsichtigt fühlt. Schließlich habe ich ihm einen Vater-Sohn-Sonntagsausflug versprochen.«

Violet nickte verständnisvoll. »Vielleicht solltet ihr nicht unbedingt in deinem schnellen Flitzer fahren, Cy. Er sieht zwar schnittig, aber nicht sonderlich bequem aus.«

»Da hast du recht, wir nehmen den Rover.«

Aber als er wenige Minuten später mit seinem Vater auf den Rover Streetwise zusteuerte, versteifte sich Leonard Doyle wie ein bockiges Kind und zeigte mit der Spitze seines Stocks auf den Tamora.

»Lass mich doch mal da drin mitfahren, Sohn! Oder hast du Angst, ich mache was kaputt – so wie du meine Agfa-Kamera?«

Doyle starrte ihn mit offenem Mund an. »Du … du weißt von der Kamera?«

Ein Funkeln trat in die alten Augen. »Hältst du mich für blöd, nur weil ich mich manchmal an Sachen nicht erinnere?«

»Nein, Dad, ich dachte …«

»Das nächste Mal fragst du mich, wenn du die Agfa haben willst. Verstanden?«

»Ja, Dad. Aber woher weißt du, dass sie kaputt ist?«

Leonard Doyle lächelte hintersinnig. »Als ich meine Lieblingssocken gesucht habe, habe ich gemerkt, dass die Agfa weg ist. Du hast schon als Kind gern mit meinen Sachen gespielt. Ich erinnere mich noch, wie du deine Mutter mit meinen Handschellen an einen Stuhl gefesselt und die Schlüssel aus dem Fenster geworfen hast.«

»Da war ich aber noch sehr klein«, verteidigte sich Doyle.

Unbeirrt fuhr sein Vater fort: »Ich habe deine Sachen durchsucht und den Reparaturschein gefunden. Auch ich war mal bei der Polizei, Junge.« Wieder hob er den Stock und deutete auf den Tamora. »Und jetzt lass uns den da mal ausprobieren. Wehe, du trittst nicht ordentlich aufs Gas, dann setze *ich* mich hinters Steuer!«

Während er den Tamora vom Hof auf die Straße lenkte, sah Doyle im Rückspiegel Violet, die in der Haustür stand und ihnen besorgt nachblickte. Sobald sie aus seinem Sichtfeld verschwunden war, drückte er ein paarmal kräftig aufs Gaspedal, und der Motor antwortete mit einem tiefen Dröhnen. Sein Vater lächelte beglückt. Doch ein paar Wanderer am Straßenrand, die das sonnige Wetter zu einem Ausflug zum Icart Point nutzten, zuckten erschrocken zusammen, und einer zeigte Doyle einen Vogel.

Es waren viele Ausflügler unterwegs, zu Fuß, mit dem Fahrrad oder mit dem Mietwagen, die diesen sonnigen letzten Augusttag genießen wollten. Doyle fuhr daher vorsichtig, spielte aber immer mal wieder mit dem Gaspedal, was seinem Vater offensichtlich großes Vergnügen bereitete. Auch Doyle genoss den Vormittag und fühlte sich an die Sonntagsausflüge seiner Kindheit erinnert. Fast glaubte er, das leicht orientalisch angehauchte Parfum seiner Mutter zu riechen, als säße sie mit im Wagen. Aber da waren nur Vater und Sohn, die irgendwann in den letzten Jahren ihre Rollen getauscht hatten. Er wollte sich ganz auf die gemeinsamen Stunden mit seinem Vater konzentrieren, nicht an die gescheiterte Beziehung mit Carol denken und auch nicht an den maskierten Bogenschützen.

Sie näherten sich dem Flughafen, und der blaue Himmel darüber bildete einen hübschen Kontrast zu einem weißen Fleck, der größer und größer wurde. Keine Wolke, die sich bedrohlich ausbreitete, sondern ein zur Landung ansetzendes Flugzeug der Air Aurigny, benannt nach dem normannischen Namen der Insel Alderney. Die Triebwerke des weißen Fliegers mit dem charakteristischen gelben Heck erfüllten die Luft mit ihrem tiefen Dröhnen und übertönten selbst seinen Tamora. Mit einem stillen Lächeln im Gesicht verfolgte er die Landung und dachte zurück an die alten Zeiten, als die Aurigny-Maschinen ganz im gelben Anstrich über der Insel geglänzt hatten. Noch bevor das Gummi der Flugzeugreifen die Betonpiste berührte, bog Doyle nach links ab, sie hatten ihr Ziel fast erreicht.

Er fand einen Parkplatz vor dem Museum und musste seinem Vater helfen, aus dem tiefliegenden Wagen hochzukommen.

»Ein schönes Auto ist das, Junge. Du musst dich nur noch trauen, ein bisschen schneller damit zu fahren.«

Doyle grinste in sich hinein, bemühte sich bei seiner Antwort aber um eine ernste Miene. »Klar doch, Dad, ich muss mich nur erst wieder an die engen Straßen hier gewöhnen.«

»Wer auf Guernsey fahren kann, kann überall fahren.«

Sie sahen sich die Ausstellungsstücke auf dem Freigelände an, hauptsächlich Geschütze aus der Zeit des Zweiten Weltkriegs. Darunter befand sich der Turm eines Panzers, bestückt mit einem Maschinengewehr. Leonard Doyle zeigte mit seinem Stock auf den mit einem Tarnanstrich versehenen Turm.

»Ein Renault FZ-17. Diese alten französischen Panzer aus dem Ersten Weltkrieg haben die Deutschen nach Guernsey gebracht. Sie hatten eine ganze Menge davon erobert, als sie Frankreich besetzten.«

»Für Kampfeinsätze waren die doch hoffnungslos veraltet.«

»Man hat sie oder auch einfach nur die Türme für Sicherungsmaßnahmen genutzt, an Straßenkreuzungen zum Beispiel. Hier auf der Insel mussten die Jerrys ja nicht mit einem massiven Angriff feindlicher Panzer rechnen.«

Jerrys – so hatte man im Zweiten Weltkrieg die Deutschen oft genannt. Heutzutage benutzten den Begriff nur noch alte *Gurns*, die den Krieg noch erlebt hatten. Solche wie Leonard Doyle.

Doyle bezahlte den Eintritt bei einer freundlichen älteren Dame und betrat mit seinem Vater das Museum, das ihn schon als Kind beeindruckt hatte. An musealen Einrichtungen, die sich mit der deutschen Besatzung beschäftigten, herrschte auf Guernsey kein Mangel, aber das German Occupation Museum hatte in seinen Augen schon immer einen besonderen Stellenwert eingenommen. Vielleicht lag es an der Occupation Street, dem Nachbau einer Geschäftsstraße in St. Peter Port während der Besatzungszeit. Schaufensterpuppen in historischer Kleidung belebten die Szenerie. Die Straße befand sich nicht im Freien, sondern innerhalb des Museumgebäudes, aber gerade das sorgte für eine düstere Atmosphäre, für etwas Klaustrophobisches, das die Einheimischen damals empfunden haben mussten, als die feindlichen Jerrys ihr Leben für fünf lange Jahre bestimmt hatten. Ihn fröstelte plötzlich, und ihm wurde bewusst, dass es hier drin recht kühl war – ein krasser Gegensatz zu der Augustwärme draußen.

Leonard Doyle wusste zu vielen der Ausstellungsstücke etwas zu erzählen und hätte, wäre er etwas rüstiger gewesen, einen erstklassigen Museumsführer abgegeben. Einiges von dem, was alte Möbel, Uhren und Küchengeräte seinem Vater ins Gedächtnis riefen, kannte Doyle aus Kindheitstagen, nur war die Erinnerung daran zum Teil verschüttet gewesen.

Die kleinen Geschichten seines Vaters erweckten eine Zeit zum Leben, die von Verboten und Ausnahmeregelungen geprägt gewesen war. Davon zeugten auch viele alte Dokumente in den Vitrinen: eine Erlaubnis, mehr als die zugeteilten Lebensmittel zu kaufen; eine Erlaubnis, sich zwecks beruflicher Tätigkeit während der Sperrstunden im Freien zu bewegen; eine Fahrerlaubnis für Autos; ein Registrierungsblatt für ein Fischerboot, auf dem jedes einzelne Besatzungsmitglied mit Namen, Adresse, Geburtsdatum und Geburtsort aufgeführt werden musste. Vieles, was vorher alltäglich gewesen war, musste auf einmal registriert, beantragt, geprüft und genehmigt werden.

Später, als sie sich in dem kleinen Museumscafé mit hausgemachtem Karottenkuchen stärkten, sagte Leonard Doyle: »Damals, als sich die Krauts auf Guernsey eingenistet hatten, war es nicht immer leicht, Polizist zu sein. Besonders für uns, die wir uns stolz die fabelhaften Fünf nannten.« Er lachte und spuckte dabei unabsichtlich ein Stückchen von dem Kuchen quer über den Tisch. »Fabelhaft war wohl allein unser Gottvertrauen. Wir waren ja eigentlich nur Hilfspolizisten und hatten keine richtige Ausbildung. Am Anfang hatten wir nicht einmal Uniformen, nur Ärmelbänder. Nun ja, die Guernsey Police Force brauchte dringend neue Leute, und für uns war es eine Möglichkeit, Geld zu verdienen. An Geld zu kommen war im Krieg keine einfache Sache, nachdem die Deutschen jedweden Handel mit Großbritannien untersagt hatten.«

»Der Großvater von Dennis Ingram und Vater von Douglas Ingram gehörte auch zu den fabelhaften Fünf, nicht wahr?«, fragte Doyle. »Du hast schon bei unserem Spaziergang zum Icart Point von ihm erzählt.«

»Ja. Der alte Floyd war ein harter Bursche, dem saß die Faust oft locker. Und wo seine Faust landete, da wuchs kein Gras mehr.«

»Da scheint der Enkel nach dem Großvater zu kommen«, murmelte Doyle und fragte laut: »Wer gehörte noch dazu?«

»Wozu?«

»Na, zu euch frisch rekrutierten Hilfspolizisten, den fabelhaften Fünf.«

»Ach so. Du meinst, außer mir und Floyd Ingram.«

»Ja«, sagte Doyle geduldig, »genau das meine ich.«

Leonard Doyle stützte das Kinn auf beide Hände.

»Tja, da war noch Lefty Broker aus St. Sampson. Eigentlich hieß er Lewis mit Vornamen, aber er war Linkshänder. Dann war da Bobby Ozanne, der wohnte an der Cobo Bay. War ein braungebrannter Kerl, ein guter Schwimmer. Vor dem war keine Frau sicher. Lefty meinte mal, Bobby sei nur Polizist geworden, um auch während der Sperrstunden auf Weiberjagd zu gehen.«

Sein Vater biss herzhaft in den saftigen Kuchen, und Doyle erkundigte sich nach dem fünften Mann.

»Wie du vorgestern sagtest, gehörte auch der Großvater von Charlie Mourant zu eurer Truppe.«

»Jaja, der Fünfte im Bunde, das war Jules Verne.«

»Wie?«

»So haben wir ihn manchmal scherzhaft genannt, weil er doch Jules hieß wie der Schriftsteller. Jules Mourant, aus Vale, ein armer Schlucker mit großen Rosinen im Kopf. Wir hielten ihn erst für einen Angeber, aber er hatte wirklich Köpfchen, und auch sein Sohn hat es in der Einheit weit gebracht. Und danach sein Enkel.«

»Charlie.«

»Ja, Charlie«, wiederholte sein Vater sehr undeutlich, da er heftig am Kauen war. »Der ist doch jetzt ermordet worden. Und der Sohn von Floyd Ingram auch, nicht?«

»Charlie Mourant und Doug Ingram, ja.«

»Und?«, fragte Leonard, den das nicht weiter zu erschüttern schien. »Hast du schon eine Spur?«

Er kaute dabei munter vor sich hin.

»Ich beginne gerade, eine wahrzunehmen«, antwortete Doyle nachdenklich und hätte den Faden in seinem Gehirn gern weitergesponnen, den aufkeimenden Gedanken an einen Zusammenhang, der sich plötzlich anzubieten schien, auch wenn er ihm gar nicht gefallen wollte. Aber er zwang sich, sich auf das Gespräch mit seinem Vater zu konzentrieren. Leonard Doyles Erinnerung war selten so gut wie an diesem Tag, und das musste er ausnutzen. »Diese Sache mit den Lebensmitteldiebstählen durch Angehörige der Einheit muss damals viel Staub aufgewirbelt haben.«

»Das kannst du laut sagen, Junge. Das war eine ganz große Sache, auch wenn sie nie vollständig aufgeklärt wurde. Ein düsteres Kapitel in der Geschichte der Einheit, vielleicht das düsterste. Ich würde gern den Jerrys die Schuld an allem geben, aber das wäre wohl zu einfach.«

Leonard Doyle brummte etwas Unverständliches im Tonfall des Bedauerns, und dabei fielen ein paar halbzerkaute Krümel aus seinem fast zahnlosen Mund.

»Wir litten während der Besatzungszeit Mangel an vielen Lebensmitteln, mit den Jahren wurde es immer schlimmer. Schwarzmarktgeschäfte waren an der Tagesordnung, aber auch Einbrüche und Diebstähle. Zu den Tätern gehörte leider auch eine Anzahl Constables. Am Anfang war es wohl so eine Art patriotischer Akt. Die BBC rief ja damals zum Widerstand gegen die Deutschen in allen besetzten Gebieten auf. Also begannen einige Constables damit, in Lager und Geschäfte einzubrechen, die den Jerrys vorbehalten waren. Naja, später nahmen einige von ihnen es wohl nicht allzu genau damit. Aber die ganze Wahrheit ...«

Er zuckte mit den schmalen Schultern.

»Aber du hast mir doch von einer Untersuchung erzählt. Wieso kam es nicht zu einer vollständigen Aufklärung?«

»Frag die Deutschen! Sie haben fast die gesamte Einheit in Haft genommen. Die Gefangenen wurden so lange misshandelt und erpresst, bis sie vorbereitete Aussagen unterschrieben haben. Aussagen in deutscher Sprache, die sie nicht einmal lesen konnten. Darin beschuldigte einer unwissentlich den anderen, und so kamen die Jerrys zu einer hübschen Zahl an Geständnissen. Natürlich waren ein paar der Jungs wirklich schuldig, aber im Nachhinein lässt sich nicht mehr sagen, wer wirklich was getan hatte. Mehr als fünfzehn Mann wurden verurteilt, zu Haftstrafen oder Zwangsarbeit, sogar ein paar Sergeants waren darunter. Die Verurteilten wurden aus dem Polizeidienst entlassen. Selbst der damalige Chief Officer wurde aus dem Amt entfernt und inhaftiert, obwohl man ihm keine Straftat nachweisen konnte. Die Jerrys haben die ganze Affäre genutzt, um noch mehr Einfluss auf die Einheit zu nehmen und sie ihrer Feldgendarmerie zu unterstellen.«

Leonard Doyle hatte jetzt die zahlreichen Krümel rund um seinen Teller bemerkt und wischte mit fahrigen Bewegungen über die Tischplatte.

»Und um die entstandenen Lücken zu füllen, wurden die fabelhaften Fünf in die Einheit aufgenommen, nicht wahr?«

»Mmm«, grunzte Doyles Vater, ganz mit der Krümelbeseitigung beschäftigt, aber es hieß wohl Ja.

Fast hätte Leonard Doyle mit seinen Armbewegungen seine Teetasse vom Tisch gefegt. Doyle konnte im letzten Moment rettend eingreifen.

Besorgt musterte er seinen Vater. Der kam ihm zunehmend unkonzentriert vor. Wahrscheinlich hatte ihn der Ausflug erschöpft. Es wurde wohl Zeit, den Heimweg anzutreten, aber Doyle war noch nicht fertig mit seinen Fragen.

»Wie eng war der Zusammenhalt zwischen euch, Dad, zwischen den fabelhaften Fünf? Wart ihr so etwas wie eine verschworene Gemeinschaft?«

Leonard Doyle hob den rechten Arm und machte eine wegwerfende Bewegung.

»Das wäre zu viel gesagt. Zu Anfang vielleicht, als wir die Neuen waren. Aber es wurden dann ja noch mehr Hilfspolizisten eingestellt, und man fand neue Freunde.«

»Gab es einen bemerkenswerten Vorfall, in den die fabelhaften Fünf verwickelt gewesen sind?«

»Mmm? Was für ein Vorfall?«

»Keine Ahnung. Ich suche nach einem Zusammenhang zwischen damals und den jetzigen Morden.«

»Zusammenhang? Junge, das ist mehr als siebzig Jahre her!«

»Ich weiß, Dad, das ist ja auch nur so eine Idee.«

Eine verrückte Idee vielleicht, sagte Doyle in Gedanken zu sich. Er selbst und Charlie Mourant waren damals noch nicht mal geboren gewesen. Aber er hatte gelernt, dass auch aus einer verrückten Idee manchmal ein konkreter Verdacht werden konnte.

»Wie ist es, Dad, erinnerst du dich an einen Vorfall, der mit den Pfeilmorden in Zusammenhang stehen könnte?«

Leonard Doyle schien angestrengt nachzudenken und sagte nach einer kleinen Ewigkeit: »Ich bin jetzt müde und will ins Bett, Peter.«

»Ich bin nicht Peter, ich bin Cy.«

Aber Leonard Doyle lächelte nur.

Da das Gespräch ebenso an seinem natürlichen Ende angelangt war wie der Museumsbesuch, ging Doyle mit seinem

Vater zum Parkplatz und half ihm, auf dem Beifahrersitz des Tamoras Platz zu nehmen. Nachdem Leonard Doyle sich in das schwarze Leder hatte sinken lassen, wirkte er völlig apathisch. Die Rückfahrt mit offenem Verdeck konnte ihm ebenso wenig ein Zeichen der Begeisterung entlocken wie das Spiel mit dem Gaspedal, das Doyle bei jeder sich bietenden Gelegenheit betrieb. Erst als »Le Petit Château« vor ihnen auftauchte, stieß sein Vater einen Laut aus, der ein Ausdruck der Erleichterung sein mochte. Offenbar war er wirklich erschöpft.

Während Violet seinen Vater zu Bett brachte, stöberte Doyle in den Fotoalben, bis er das mit den Bildern aus der Besatzungszeit fand. Er schlug den in Leder gebundenen Folianten auf und blätterte hastig die Seiten durch, bis er das gesuchte Foto fand. Seit vielen Jahren hatte er es nicht mehr betrachtet.

Ein altes, schon etwas ausgeblichenes Bild, Sepia, mit gezacktem Rand. Es zeigte fünf junge Männer, die in einer Reihe vor dem alten Polizeigebäude in St. Peter Port standen. Sie trugen Zivilkleidung, aber die gestreiften Armbinden wiesen sie als Auxiliary Constables aus, als Hilfs-Constables. In der präzisen Handschrift, die Leonard Doyle früher eigen gewesen war, stand darunter in blauer Tinte: *Die fabelhaften Fünf kurz nach ihrer Vereidigung.*

Sein Vater war, aus Doyles Sicht, der Zweite von links. Die leicht schief sitzende Schiebermütze ließ ihn eher wie einen Ganoven als wie einen Polizisten aussehen. Das scharfkantige Gesicht bewies, dass man Doyle zu Recht schon oft als seinem Vater wie aus dem Gesicht geschnitten bezeichnet hatte. Das markante Kinn mit dem Grübchen vorgereckt, blickte er direkt in die Kamera und lächelte zuversichtlich. Ganz so, als hätte er damals schon gewusst, dass eine lange, erfolgreiche Karriere bei der Guernsey Police Force vor ihm lag.

Der Constable ganz außen neben Leonard Doyle war noch um einen halben Kopf größer und blickte seinen Nebenmann an. Für einen Augenblick war Doyle irritiert, weil er glaubte, auf dem alten Foto Dennis Ingram zu erkennen, den Chief Inspector der Uniformierten. Aber nein, da war keine Zeitmaschine im Spiel. Es war Ingrams Großvater, Floyd, auch hier war die Ähnlichkeit verblüffend. Auf dem Foto wirkten Leonard Doyle und Floyd Ingram wie ein Herz und eine Seele. Nun, zumindest hier endete die Übereinstimmung der Vorfahren mit den Nachkommen.

Nach etwas längerem Betrachten machte Doyle den Mann ausfindig, den sein Vater als Jules Verne bezeichnet hatte, Jules Mourant. Hier war die Ähnlichkeit zwischen Großvater und Enkel nicht so groß, aber die schmale Augenpartie war doch eine Übereinstimmung. Ja, der Mann in der Mitte, der leicht verträumt in die Kamera blickte, war Jules Mourant, Charlies Großvater.

Der Hilfspolizist neben ihm musste Bobby Ozanne von der Cobo Bay sein. Jedenfalls wirkte der muskulöse Mann mit dem breiten, unechten Lächeln – es sah eher aus wie ein Zähneblecken – auf Doyle ganz wie der Frauenheld, als den sein Vater ihn beschrieben hatte.

Dann war der Mann rechts außen also Lewis »Lefty« Broker. Er war mittelgroß und von normalem Körperbau. Viel mehr gab es nicht zu sagen, da ein tief in die Stirn gezogener Hut das halbe Gesicht bedeckte. Lefty Broker, das klang in Doyles Ohren nach Eliot Ness und Al Capone.

Er zog vorsichtig das Foto aus der Halterung der Klebeecken und nahm es mit in sein Turmzimmer, wo er es auf den Schreibtisch legte, direkt neben das Foto, das Mildred ihm gestern mitgegeben hatte. Sein Blick wanderte von den fünf jungen Polizisten zu der gruseligen Nachtaufnahme der *Gràn'mère* und zurück. Gab es da wirklich einen Zusammenhang? Oder hatte er die Zügel seiner Phantasie schleifen lassen? Je länger er die beiden Aufnahmen betrachtete, desto unsinniger erschien es ihm, eine Verbindung ziehen zu wollen.

»Die fabelhaften Fünf und die uralte Großmutter, das passt einfach nicht zusammen«, sagte er leise zu sich selbst.

Als Doyle den Treppenaufgang des Turms verließ, traf er auf Tante Violet und auf ihre vorwurfsvollen Blicke.

»Du hast deinen alten Vater ganz schön rangenommen, Cy, er ist richtiggehend erschöpft. Eigentlich sollte ich dir nachher zur Strafe nichts von meinem frisch gebackenen Banoffee Pie anbieten.«

»Banoffee Pie, wie verführerisch!«, flötete Doyle, der sich normalerweise in den Bananen-Toffee-Kuchen reinlegen konnte. Da er aber noch pappsatt von dem Karottenkuchen war, fiel ihm der nächste Satz nicht schwer: »Aber ich akzeptiere die Strafe, Tante Violet.«

Ein Ausdruck des Unglaubens trat in ihre Augen.

»Einfach so?«

»Schweren Herzens, glaub es mir, aber ich werde zur Teestunde nicht da sein. Ich muss noch ins Büro.«

»Heute? Am Sonntagnachmittag?«

»Ich glaube nicht, dass der Pfeilmörder sich an die Sonntagsruhe hält.«

»Aber zum Dinner bist du doch wieder da?«

»Warte nicht auf mich, Tante Violet. Ich weiß nicht, wie lange es dauert.«

KAPITEL 12

Doyle fuhr nicht sofort ins Büro, sondern folgte einer Eingebung und bog nach St. Andrew ab, das nördlich an St. Martin grenzte. St. Andrew konnte als einzige Gemeinde auf Guernsey keinen Küstenstreifen sein Eigen nennen und ließ einen fast vergessen, dass man sich auf einer Insel befand. Die sanft gewellten, grasbedeckten Hügel hätten sich auch irgendwo in England erheben können. Doch da er mit offenem Verdeck fuhr, schmeckte er mit jedem Atemzug das Salz des nur scheinbar fernen Meeres.

Die Landschaft wirkte nicht nur friedlich, sie *war* es. Fast schien es ihm unglaublich, dass die Deutschen hier vor siebzig Jahren mit Gewalt eine Festung im Ärmelkanal errichtet hatten, auf eine Landung der Alliierten wartend, die nie erfolgt war. Für den wahnsinnigen Diktator im fernen Berlin hatte die Besetzung der Kanalinseln eine so starke symbolische Bedeutung gehabt, dass ihm etwas anderes nicht in den Kopf gewollt hatte. Die Alliierten mussten einfach kommen und versuchen, ihn von ihrem Boden zu vertreiben! Waren sie das nicht ihrer Bevölkerung und ihrer Ehre schuldig? Also spielten die Deutschen hier Inselfestung, während im Juni 1944 die eigentliche Invasion stattfand – in der französischen Normandie und nicht auf ein paar strategisch bedeutungslosen Inseln im Ärmelkanal.

Er parkte den Tamora auf der dafür vorgesehenen, mit Findlingen umgrenzten Freifläche vor dem ehemaligen Gemeindesaal der Pfarrkirche von St. Andrew. Vor dreißig Jahren hatte der »Island Police Sports and Social Club« den Saal gekauft und nach umfangreichen Renovierungs- und Umbaumaßnahmen zu seinem Domizil gemacht. Naturgemäß war hier am Sonntagnachmittag eine Menge los, und er schätzte sich glücklich, noch einen freien Parkplatz zu finden.

Im Eingangsbereich schnarrte ihm ein forsches »Willkommen zurück auf Guernsey, Sir!« entgegen.

Hinter einem schmalen Tresen erhob sich ein grauhaariger Alter mit faltigem Spencer-Tracy-Gesicht von seinem Hocker und salutierte mit dem rechten Arm, seinem einzigen. Mit seiner Einarmigkeit, fand Doyle, übertrieb der ehemalige Police Sergeant Fred Lovell die Ähnlichkeit mit Spencer Tracy entschieden, auch wenn *Stadt in Angst* ein verdammt guter Film war. Lovell hatte die Motorradstaffel der Guernsey Police geführt, bis ihm bei der Verfolgung eines betrunkenen Rasers in Vale ein kleines Mädchen vor die Maschine laufen wollte. Er konnte sein Motorrad im letzten Augenblick zur Seite reißen und krachte gegen eine Mauer. Die Maschine war ebenso Schrott wie sein linker Arm, und seitdem war er *Ex*-Sergeant Lovell – Portier, Aufseher und gute Seele des Polizeiclubs.

»Freut mich ehrlich, Sie so gesund und munter zu sehen, Sergeant.« Doyle lächelte, salutierte lässig und reichte dem Alten dann die Hand. »An Ihnen kommt immer noch keiner ungesehen vorbei, wie?«

Lovell erwiderte das Lächeln und zeigte dabei seine vom vielen Rauchen dunkelgelben Zähne.

»Sie wissen doch, Sir, immer im Dienst.«

»Sagen Sie doch Cy zu mir, schließlich waren Sie schon Polizist, als ich mir noch in die Windeln gemacht habe.«

»Das waren noch Zeiten, als der alte Leonard Doyle noch im Dienst war. Ist ein harter Hund gewesen, Ihr Vater.«

»Ich werde mich bemühen, ihm keine Schande zu machen.«

»Das weiß ich, Sir, da bin ich ganz beruhigt.«

Offenbar hatte Fred Lovell beschlossen, Doyles Angebot, ihn beim Vornamen zu nennen, nicht anzunehmen.

Doyle beugte sich über den Tresen und fragte leise, fast im Flüsterton: »Sagen Sie mal, Sergeant, was erzählt man sich im Club über diese Pfeilmörder-Geschichte?«

»Kaum etwas, soweit ich es mitkriege. Das hier ist Freizeit, und die ist rar bei Polizisten. Die will man sich nicht verderben.«

»Verstehe. Etwas anderes: Ist heute jemand beim Bogenschießen?«

»Recherchen am heiligen Sonntag?« Lovell zwinkerte ihm zu. »Kommen Sie, Sir, ich führe Sie hin. Und wenn Sie zurückkommen, habe ich auch schon den Papierkram erledigt.«

»Welchen Papierkram?«

»Den Antrag, Ihre Club-Mitgliedschaft wiederaufleben zu lassen. Oder wollen Sie das etwa nicht?«

»Doch, selbstverständlich.«

Für einen Mann in Doyles Position gehörte die Mitgliedschaft im Polizeiclub einfach dazu. Außerdem wollte er den alten Lovell nicht verärgern. Er erinnerte sich deutlich an die Filmszene, in der ein einarmiger Spencer Tracy den bulligen Ernest Borgnine eiskalt niederschlägt.

Ein kurzer Gang quer durchs Haus, und sie traten auf der Rückseite wieder in Freie. Auf einer großen Rasenfläche waren, siebzig Meter vom Gebäude entfernt, drei Zielscheiben aufgestellt. Dicht an der Hauswand standen drei Bogenschützen in heller Sportkleidung, die sich bei näherer Betrachtung als zwei Bogenschützinnen und ein Bogenschütze entpuppten. Die beiden Frauen waren Jasmyn Allisette und Sharon Brehaut. Den Mann kannte Doyle nicht. War er ein Polizist? Jedenfalls hatte der große, athletische Typ eins mit dem sich verabschiedenden Fred Lovell gemeinsam: Er erinnerte Doyle an einen Hollywood-Star. Mit seinem Oberlippen- und Kinnbart und dem Sportbogen in der Hand sah er aus wie Errol Flynn als Robin Hood.

Jasmyn Allisette jagte einen Pfeil ins gelbe Zentrum ihrer Zielscheibe und lächelte zufrieden.

»Sehr gut, Jasmyn, wirklich sehr gut!«, lobte der Mann, der zwischen ihr und Sharon stand. »Bald kann ich Ihnen nichts mehr beibringen.«

Die rothaarige Polizistin wollte etwas erwidern, bemerkte dann aber Doyle und trat, den Bogen noch in ihren Händen, auf ihn zu.

»Guten Tag, Sir. Wollen Sie sich auch als Bogenschütze versuchen?«

»Nein, danke, derzeit fliegen schon zu viele Pfeile durch die Luft. Haben Sie zwei Minuten für mich?«

Die hatte sie selbstverständlich, und nach einem kurzen Gruß an Sharon entfernte sich Doyle mit Constable Allisette ein Stück von den anderen.

»Gibt es etwas Neues, Sir?«

Allisettes Tonfall verriet, dass sie um ihren dienstfreien Sonntagnachmittag fürchtete.

»Nur eine Kleinigkeit.« Doyle berichtete, was Pat über Barbara Mourant herausgefunden hatte. »Wussten Sie das?«

»Nein, sonst hätte ich es doch zu den Akten gegeben.«

»Ich frage mich, ob Mrs Mourant nur der Malerei frönt, oder ob sie immer noch das Bogenschießen betreibt.«

»Eine gute Frage, Sir.«

»Ist es möglich, dass sie vielleicht hier auf dem Club-Gelände mit Pfeil und Bogen schießt?«

»Das kann ich mir nicht vorstellen. Früher kam sie sonntags mit ihrem Mann in den Club, aber ich habe weder sie noch ihn jemals mit einem Bogen in der Hand gesehen. Wenn sie den Sport noch ausübt, dann nicht hier.«

Doyle bedankte sich bei Allisette und blickte in Richtung des Bogenschützen.

»Wer ist denn Ihr Robin Hood? Ich habe ihn im Hauptquartier noch nicht gesehen.«

»Oh, er ist auch kein Polizist. Justin Deseaux ist Inhaber eines Sportartikel-Shops in St. Martin. Er ist ein ausgezeichneter Bogenschütze und hat schon mehrere internationale Turniere gewonnen. Wir im Club sind sehr froh, dass er uns kostenlos Unterricht gibt.«

»So, kostenlos also. Aber Ihre Ausrüstung werden Sie wohl bei ihm kaufen, oder?«

»Selbstverständlich.«

»Dann kommt er vielleicht doch auf seine Kosten«, sagte Doyle und bat Allisette, ihn Deseaux vorzustellen.

Das aber war nicht nötig, der Bogenschütze kannte Doyles Gesicht aus den Medien.

Deseaux war ungefähr so groß wie Doyle, sein Haar war etwas dunkler, und in den ebenfalls dunklen Augen lag ein melancholischer Ausdruck. Die Augen erinnerten ihn an tiefe Seen, die ein trauriges Geheimnis hüteten. Von nahem betrachtet, wirkte Deseaux nicht mehr wie ein zweiter Errol Flynn auf ihn. Ihm fehlte das Unbeschwerte, ewig Jungenhafte, das Flynn in seinen Rollen ausgestrahlt hatte. Sein Alter schätzte Doyle auf ungefähr fünfzig.

»Hoffentlich schnappen Sie den Mörder bald, DCI Doyle«, sagte Deseaux. »Was der hier treibt, ist nicht gerade die beste Werbung für unseren Sport.«

»Immerhin scheint er ein guter Schütze zu sein. So ein Schuss in den Hals eines Menschen ist doch sicher nicht einfach.«

»Das kommt auf die Entfernung an.«

»Auf welche Entfernung würden Sie das hinbekommen, Mr Deseaux?«

Statt einer Antwort wandte sich Deseaux nach rechts, griff nach einem Pfeil und spannte die Bogensehne. Alles war eine einzige fließende Bewegung, und schon sirrte der Pfeil durch die Luft. In ungefähr hundert Metern Entfernung ragte ein schlanker Mast auf, und an ihm flatterte Guernseys Nationalflagge mit dem rot-goldenen Doppelkreuz im Wind. Die Brise war stark genug, dass auch der hölzerne Mast leicht schwankte. Mit einem trockenen *Klack* bohrte sich die Pfeilspitze in den Mast, und das Geschoss blieb zitternd stecken.

»Wahnsinn!«, entfuhr es Allisette, und sie applaudierte wie ein Kind in der Zirkusvorstellung.

»Alle Achtung!«, sagte auch Sharon. »Da müssen wir zwei noch eine ganze Weile üben, Jasmyn.«

Deseaux sah Doyle an. »Zufrieden? Ich hoffe, Sie halten mich jetzt nicht für den Pfeilmörder.«

»Ich will nicht hoffen, dass Sie der Mörder sind. Sonst müsste ich mir noch mehr Sorgen machen. Aber vielleicht haben Sie eine Idee, wer hier auf Guernsey so gut mit Pfeil und Bogen umgehen kann, dass er als Täter in Betracht kommt?«

»Da muss ich passen.«

Doyle hatte sich schon von allen verabschiedet und durchquerte das Clubhaus, als ihm Sharon nachgelaufen kam.

»Warte einen Augenblick, Cy!« Sie blieb vor ihm stehen, und der angenehme Duft eines sommerlichen Landregens kitzelte seine Nase. »Noch böse auf mich?«

»Warum sollte ich?«

»Weil ich, hm, meine journalistischen Pflichten ernst nehme?«

Er zuckte mit den Achseln. »Ich tu meine Pflicht, du deine.«

»Schön, dass du es so siehst. Wir sollten unbedingt einmal zusammen essen und uns ausgiebig unterhalten. Keine Angst, ich will dich nicht aushorchen. Ich möchte nur vermeiden, dass etwas zwischen uns steht, Cy.«

»Einverstanden.«

Ihre Nähe und ihr Parfum blieben nicht ohne Wirkung auf ihn.

»Heute Abend? Ich koche für uns.«

»Nein, heute nicht. Da habe ich schon etwas vor.«

Sie reckte ihre Stupsnase vor.

»Eine andere Verabredung etwa?«

»Nicht mit einem Menschen, nur mit der Vergangenheit.«

Sharon bohrte nicht weiter nach, sondern fragte: »Dann morgen Abend, zwischen sechs und sieben?«

»Einverstanden, ich freu mich drauf.«

Einige Clubmitglieder und ihre Angehörigen sahen von der Bar zu ihnen herüber und wunderten sich wohl, was der Chef des Kriminaldienstes mit der Journalistin zu bereden hatte. Doyle grüßte freundlich zu ihnen hinüber und ging weiter Richtung Ausgang, ohne ihnen eine Gelegenheit zu geben, ein Gespräch mit ihm anzufangen.

Ex-Sergeant Lovell wedelte ihm schon mit einem Papierbogen entgegen.

»Alles Wichtige ist bereits ausgefüllt, Sir, Sie müssen nur noch unterschreiben.« Kaum hatte Doyle ihm das Formular aus der Hand genommen, hatte der Alte auch schon einen Kugelschreiber mit Brauereiwerbung gezückt. »Bitte, Sir.«

Doyle überflog den Antrag, unterschrieb ihn und gab ihn

an Lovell zurück. Den Kugelschreiber legte er auf den Tresen.

»Und die Einstandsfeier, Sir, soll ich schon etwas vorbereiten?« Als Lovell Doyles zusammengezogene Augenbrauen bemerkte, fügte er hastig hinzu: »Ist hier so üblich, das wissen Sie bestimmt noch.«

»Sicher, aber wir sollten damit warten, bis wir den Mörder gefasst haben.«

Der Alte sah ihn zustimmend an. »Die Pietät, selbstverständlich, Sir.«

An einer Seite des Tresens stand eine unscheinbare kleine Holzbox Marke Eigenbau mit einem schmalen Schlitz an der Oberseite. Mit den hier gesammelten Trinkgeldern besserte Lovell seinen kargen Lohn auf. Doyle zog einen Fünf-Pfund-Schein aus seinem leichten Sommerjackett, faltete ihn und steckte ihn dann durch den Schlitz.

»Danke, aber das wäre nicht nötig gewesen, Sir. Grüßen Sie bitte Ihren Vater von mir, dén Chief Inspector.«

»Das bin jetzt ich«, murmelte Doyle, aber da war er schon auf dem Weg zum Parkplatz, und Fred Lovell konnte ihn nicht mehr hören.

St. Peter Port war am Sonntag eher ruhig, da nur wenige Geschäfte geöffnet hatten. Naja, fast ruhig, korrigierte sich Doyle, als er vor dem Polizeigebäude aus dem Tamora stieg und die Melodie von *The Girl I Left Behind Me* an seine Ohren drang, das von einem Blasorchester zu laut und zu schnell gespielt wurde. Offenbar hatte in Candie Gardens bereits das traditionelle Sonntagskonzert begonnen. Es klang sehr martialisch, und vor seinem geistigen Auge rückte unter im Wind flatternden Fahnen eine Kavallerieschwadron, angeführt von John Wayne, aus dem Fort aus.

Er fand Pat in ihrem Büro vor dem Computer, den Kopf in

beide Hände gestützt, die Augen starr auf den Bildschirm gerichtet. Da sie ihn noch nicht bemerkt zu haben schien, blieb er in der halb geöffneten Tür stehen und betrachtete ihr Gesicht. Ihm war in den vergangenen zweiundzwanzig Jahren nicht klar gewesen, wie sehr er diesen Anblick vermisst hatte.

Noch immer auf den Bildschirm fixiert, sagte Pat plötzlich: »Ich habe neulich ein Gerichtsurteil gelesen, demzufolge das ständige Anglotzen am Arbeitsplatz bereits als sexuelle Belästigung eingestuft wird.«

»Entschuldigung«, sagte er und betrat den Raum. »Zeiten sind das heutzutage.«

Sie blickte ihn fragend an. »Wieso?«

»Na, da hat man Sex miteinander, ohne es zu wissen.«

Pat musste lachen, und ihm ging dabei das Herz auf. Er zwang sich, nur an das Berufliche zu denken.

»Hast du etwas rausgefunden?«

»Leider nicht, Cy. Ich bin noch mal alle Routinesachen durchgegangen. Personen, die in der Nähe der Tatorte wohnen oder sich dort aufgehalten haben. Handys, die dort zum ungefähren Tatzeitpunkt eingeloggt waren. Und so weiter und so fort. Manchmal findet man auf den zweiten Blick etwas, das man auf den ersten übersehen hat. Aber heute hatte ich kein Glück. Und bei dir? Du kommst spät.«

Doyle erzählte ihr von seinem Besuch im Polizeiclub und von Justin Deseaux' Meisterschuss auf den Flaggenmast.

In Pats blauen Augen blitzte es auf. »Deseaux? Deseaux? War da nicht was vor ein paar Jahren? Hat er sich nicht zu Tode gefahren?«

»Justin Deseaux? Der Mann war quicklebendig, als er mir gegenüberstand.«

»Nein, nicht Justin. Der Vorname lautete anders. Ich war

damals nicht dabei, hatte Urlaub und war in Paris.« Pats Finger flogen über die Tastatur, und ihr Blick fixierte erneut den Bildschirm. »Ah, hier haben wir's ja. Drogensüchtiger auf Flucht vor der Polizei zu Tode gekommen.«

Sie drehte den Bildschirm so, dass auch er den Artikel aus dem *Guernsey Spectator* lesen konnte. Bei einer Razzia in einem Pub in der Nähe des Flughafens war ein Verdächtiger in seinem Auto geflohen. Zwei Polizisten hatten die Verfolgung aufgenommen, DCI Charles Mourant und Detective Constable Susan Barnes. Der Wagen des Flüchtigen war auf der regennassen Straße ins Rutschen gekommen und hatte sich mehrmals überschlagen. Der Fahrer, bei dem eine geringe Menge einer synthetischen Droge gefunden wurde, hatte den Unfall nicht überlebt. Sein Name war Andrew Deseaux, wohnhaft in St. Martin, Les Camps du Moulin.

»Ich erinnere mich jetzt an das, was ich, als ich damals aus dem Urlaub kam, über die Angelegenheit gehört habe«, sagte Pat. »Dieser Justin Deseaux ist tatsächlich Andrews Vater.«

»Ist seine Adresse auch Les Camps du Moulin?«

Wieder flogen Pats Finger über die Tasten des Computers.

»Ja, Geschäft und Wohnung, wie es aussieht.«

»Ein besseres Motiv, Charlie Mourant zu ermorden, kann man sich kaum vorstellen. Was ist mit seiner damaligen Begleiterin, wie hieß sie doch?«

»Constable Susan Barnes.«

»Ja. Ist sie noch im Dienst?«

»Nein, Barnes ist vor zwei Jahren ausgeschieden. Sie hatte einen gut betuchten Portugiesen kennengelernt, ihn geheiratet und ist dann mit ihm nach Portugal gegangen. Wenn ich mich recht erinnere, in die Gegend von Lissabon.«

Doyle nahm sein Smartphone und fragte Pat nach der

Telefonnummer des »Island Police Sports and Social Club«. Diesmal sah sie nicht in Internet nach, sondern in einem altmodischen Adressbuch, gebunden in weinrotes Leder oder Lederimitat. Nach kurzem Blättern fand sie die gewünschte Nummer, und Doyle gab sie mit seiner etwas zu kleinen Tastatur ein.

Es klingelte am anderen Ende nur einmal, und schon ertönte Fred Lovells knarzige Stimme: »Police Sports and Social Club, Sergeant Lovell.« Doyle nannte seinen Namen, und sofort fuhr der andere fort: »Schön, so bald wieder von Ihnen zu hören, Sir. Haben Sie es sich mit dem Termin Ihrer Einstandsfeier anders überlegt?«

»Nein«, antwortete Doyle. »Ich suche Justin Deseaux. Ist er noch im Club?«

»Mr Deseaux hat den Club vor etwa zehn Minuten verlassen, Sir. Ich sah ihn um den Parkplatz gehen und nehme an, er ist heimgefahren.«

Doyle bedankte sich und beendete das Gespräch.

»Ich habe das dringende Bedürfnis, mich eingehend mit Justin Deseaux zu unterhalten. Begleitest du mich, Pat?«

»Du bist der Chef und hast hier das Sagen.«

»Heute ist Sonntag, alles ist freiwillig. Aber ich hätte dich gern dabei.«

Sie stand auf und langte nach ihrer Jacke, die an einem Wandhaken hing.

»Dann ist dein Wunsch mir Befehl.«

Doyle fuhr zunächst zur St. Martin's Parish Church, hielt ganz in der Nähe der *Gràn'mère du Chimquière*, stieg aus und betrachtete die alte Dame aus Stein. Ein frischer Kranz aus Gänseblümchen und ein paar Münzen lagen auf ihrem Haupt. Ihr Gesichtsausdruck wirkte entspannt, fast fröhlich. Der azurblaue Nachmittagshimmel und ein wahres Konzert, das die zahlreichen Vögel in den Bäumen veranstalteten, taten ein Übriges, die vorletzte Nacht mit ihrem Unwetter und den Pfeilen, die auf ihn und Carol abgeschossen worden waren, wie einen Albtraum erscheinen zu lassen, bedrohlich, aber absolut unwirklich.

Auch Pat hatte den Tamora verlassen und war neben ihn getreten.

»Wonach hältst du Ausschau, nach zwei blutigen Herzen?«

»Ehrlich gesagt, ich weiß es nicht. Aber wenn hier die Herzen von Charlie Mourant und Douglas Ingram lägen, wäre ich auch nicht verwundert. Irgendwo müssen sie schließlich geblieben sein.«

»Und dabei denkst du an Mildreds Geschichte, die Legende vom Wächter der reinen Herzen?«

»Schon seltsam, dass ausgerechnet hier die Pfeile auf mich abgeschossen wurden, oder?«

»Auf dich und Carol Stowalter«, korrigierte Pat.

»Ich glaube nicht, dass Carol gemeint war. Mourant und Ingram waren Polizisten. Ich passe ins Opferschema, aber nicht Carol.«

Pat blickte zum Friedhof hinüber. »Warst du nach deiner Rückkehr schon am Grab deiner Mutter?«

»Bis jetzt hatte ich nicht die Ruhe dazu.«

»Nimm dir die Zeit, jetzt, wo wir einmal hier sind.«

Doyle warf ihr einen bittenden Blick zu. »Kommst du mit? Sie hat dich immer gemocht und war sehr betrübt, als wir …«

Er stockte und ließ den Satz unbeendet.

»Besuchen wir sie«, sagte Pat einfach und hakte sich bei ihm ein, ganz so, als seien sie noch ein Paar.

Sie gingen zwischen den Grabreihen hindurch, bis sie vor dem Keltenkreuz aus Guernseygranit standen, unter dem seine Mutter zur letzten Ruhe gebettet war. Daneben, nur durch einen schmalen Grasstreifen getrennt, erhob sich das leere Grab mit dem schlichten Gedenkstein an Leonard Doyles erste Frau und die drei gemeinsamen Kinder. Unter ihren Namen stand: *Für immer vermisst, für immer geliebt.* Der Rasenstreifen war die für Leonard Doyle freigehaltene Grabstelle.

Doyle fragte sich, wo einmal sein Grab sein würde. Vielleicht auf dem noch unbelegten großen Stück Rasen, das auf der anderen Seite an das Grab seiner Mutter grenzte? Eine Vorstellung, die gar nicht so fernlag, sollte der Pfeilmörder seinen nächtlichen Anschlag wiederholen und beim zweiten Versuch nur ein wenig mehr Glück haben. Die Aussicht auf den eigenen Tod machte ihn beklommen, gerade jetzt, da er zu seinem Vater zurückgekehrt war – und da er Pat wiedergetroffen hatte.

Er drängte den düsteren Gedanken beiseite und betrachtete das Grab seiner Mutter. Unter dem eigentlichen Kreuz war die Inschrift eingemeißelt: *Hier ruht in Frieden Susan Doyle, geborene Woodward, 12. März 1936 bis 12. Januar 2013.* Darunter ein Ausspruch von Saint-Exupéry:

Wenn ihr mich sucht,
so sucht mich in euren Herzen.
Habe ich dort eine Bleibe gefunden,
bin ich immer bei euch.

Doyle verharrte im stillen Gebet vor dem Grab. Er war nicht sonderlich religiös, aber er tat es zum Gedenken an seine Mutter, die regelmäßig gebetet hatte. Er vermisste sie, und er war nach Guernsey zurückgekommen, um bei seinem Vater zu sein, solange er wenigstens das noch konnte. Manchmal machte er sich Vorwürfe, dass er nicht bei seinen Eltern gewesen war, als seine Mutter starb. Es war alles sehr schnell gegangen, und als er in Gatwick das Flugzeug nach Guernsey bestiegen hatte, war sie bereits verstorben.

Eine große Vase stand auf dem Grab, in dem ein bunter Dahlienstrauß steckte. Tante Violets Werk, da war er sich sicher, und eine Welle der Dankbarkeit durchflutete ihn. Ohne die fürsorgliche Violet Brehaut hätte er den Tod seiner Mutter viel schwerer verkraftet.

Eine tiefe Stimme in seinem Rücken holte ihn ins Hier und Jetzt zurück: »Cy und Pat, seid ihr beide es wirklich?«

Sie drehten sich um und blickten auf eine Gestalt wie aus einem Roman von Dickens, die mit freudigem Gesicht auf sie zueilte. Wie alt mochte der Pfarrer von St. Martin's jetzt sein, überlegte Doyle, aber er kam nicht drauf. Fitzgerald Burgoyne schien beschlossen zu haben, den Alterungsprozess einzustellen. Der altmodische Priesterrock, die viel zu langen weißen Haare, die wie eine Fahne hinter ihm wehten, das heitere Gesicht mit den geröteten Wangen, genauso hatte er schon in Doyles Jugend ausgesehen. Der Pfarrer war ein Gemütsmensch alter Prägung, etwas zu red- und etwas zu leutselig, aber das Herz auf dem rechten Fleck. Wenn auch spitze Zungen behaupteten, sein Herz sei mindestens doppelt so groß wie sein Hirn, und der Geistliche habe einen zu starken Hang zu geistigen Getränken.

Er blieb vor ihnen stehen, streckte seine schaufelgroßen Hände aus und legte eine auf Doyles und eine auf Pats Schulter.

»Als ich eben aus dem Fenster sah, wollte ich es erst nicht glauben. Cy und Pat Seite an Seite wie in den alten Tagen. Es tut gut, euch zwei wieder zusammen zu sehen.«

»Wir sind nur beruflich zusammen, nicht privat«, sagte Pat nachdrücklich.

Ein breites Lächeln überzog das Gesicht des Pfarrers. »Nur keine Sorge, Mädchen, was nicht ist, kann ja noch werden.«

Pat setzte zu einer – vermutlich harschen – Erwiderung an, aber Doyle beeilte sich, ihr zuvorzukommen.

»Wir sind quasi dienstlich hier, Reverend. Sie haben sicher von den beiden Morden gehört.«

»Wer hat das nicht, wer hat das nicht.« Burgoyne bemühte sich um eine ernste Miene, und seine Mundwinkel zeigten nach unten, aber auch das konnte seinem runden Gesicht nicht jene Grundheiterkeit nehmen, mit der er offenbar schon zur Welt gekommen war. »Schreckliche Geschichte, aber ihr beide werdet das schon aufklären. Kann ich euch irgendwie helfen?«

Der Pfarrer nahm langsam die Hände von ihren Schultern, als sei ihm klar geworden, dass eine solche Geste gegenüber Polizisten zu vertraut war.

»Ich nehme an, das Grab von Andrew Deseaux befindet sich hier irgendwo«, sagte Doyle. »Können Sie es uns zeigen, Reverend?«

»Ich führe euch gern hin. Aber was hat der verstorbene Sohn von Justin Deseaux mit den Morden zu tun? Sein Unfall ist doch schon Jahre her.«

»Tut mir leid, Dienstgeheimnis«, sagte Doyle.

Der Pfarrer führte sie quer über den Friedhof zu einem Grab mit einem rechteckigen Marmorstein und der Inschrift: *Hier ruht unser geliebter Sohn Andrew Deseaux, 1. Februar 1991 bis 23. März 2011.*

»Zwanzig, das ist kein Alter, um zu sterben«, sagte Doyle leise, mehr zu sich selbst.

Der Pfarrer hatte ihn gleichwohl gehört und erwiderte: »Es hat seine Eltern auch schwer getroffen, die Ehe ist daran zerbrochen.«

»Scheidung?«, fragte Doyle.

»Ja, Scheidung. Angela Deseaux lebt jetzt in Südafrika. Vielleicht heißt sie auch schon anders. Sie wollte einen Mann heiraten, der dort lebt, einen alten Schulfreund oder etwas in der Art.« Er wischte sich mit einem Ärmel über die Stirn. »Ist es nicht viel zu heiß in Südafrika?«

»Hat Justin Deseaux eine Neue?«

»Hm, nicht, dass ich wüsste. Ich glaube, er lebt jetzt ganz allein in seinem großen Haus. Traurig, sehr traurig.«

»Das Haus, steht es in den Camps du Moulin?«

»Ja, Cy, nicht zu verfehlen, das große Sportgeschäft. Deseaux wohnt direkt darüber.«

Es war wirklich nicht zu verfehlen. Das Sportartikelgeschäft »Deseaux – Sport & Fun« befand sich im Erdgeschoss eines großen, zweistöckigen Hauses. Das grenzte auf der einen Seite an einen Kundenparkplatz mit drei Stellflächen und auf der anderen an eine Doppelgarage.

Doyle parkte auf dem Kundenparkplatz. Das breite Garagentor war geschlossen, ebenso das Geschäft. Er und Pat betrachteten das Schaufenster, dessen Angebot vom Taucheranzug über diverse Sportbögen bis hin zur kompletten Golfausrüstung reichte. Sie fanden einen Seiteneingang neben der Garage, der offenbar zu Deseaux' Wohnung gehörte, und Doyle drückte sich fast den Daumen platt, bis endlich der Türsummer ertönte. Sie betraten ein kleines, muffig riechendes Treppenhaus, in dem zu lange nicht mehr gelüftet worden war.

Am oberen Ende der Treppe wurde die Wohnungstür einen

Spalt geöffnet, gerade so weit, dass Justin Deseaux mit einem Auge herausblicken konnte.

»Was ist los? Wer ist das? Was wollen Sie? Ach, Sie sind's, DCI.«

Seine Stimme klang schwerfällig, als stünde er unter schweren Drogen.

Die Droge hieß Alkohol, erkannte Doyle bei Erreichen des oberen Treppenabsatzes. Deseaux öffnete die Tür, und eine dicke Whiskyfahne wehte Doyle entgegen. Pat, die neben ihn trat, verzog angewidert das Gesicht.

»Das ist meine Kollegin, DI Holburn«, sagte Doyle förmlich. »Wir würden Ihnen gern noch ein paar Fragen stellen, Mr Deseaux.«

»Ich bin jetzt gar nicht auf Besuch vorbereitet«, sagte Deseaux langsam, als müsse er sich auf jede Silbe konzentrieren.

Doyle lächelte, aber nicht aus Erheiterung. Es war ein rein berufsmäßiges Lächeln. Das Dickfelligkeitslächeln eines Polizisten, so hatte es sein Vater einmal genannt.

»Das stört uns nicht, so was sind wir gewohnt.«

Zögernd trat Deseaux zurück und ließ sie eintreten. Er trug ein Adidas-Polohemd und Blue Jeans, beides fleckig. Das Wohnzimmer, in das er sie führte, war unaufgeräumt und verströmte einen ähnlich muffigen Geruch wie das Treppenhaus. Überall lagen Kleidungsstücke herum. Auf einem fleckigen Glastisch standen eine fast leere Flasche Glenfiddich und ein Glas, das zur Hälfte mit dem hochprozentigen Gerstensaft gefüllt war. Er ließ sich auf ein abgewetztes Ledersofa fallen, setzte das Glas an die Lippen und gönnte sich einen guten Schluck.

»Für Sie beide auch einen Single Malt?«

Wie aus einem Mund lehnten Doyle und Pat dankend ab,

und Doyle fragte: »Ist ein Glas Glenfiddich Ihr Sonntagnachmittagsritual, Sir?«

Deseaux hob den Kopf und sah ihn durchdringend an, sein eben noch wässriger Blick gewann an Schärfe.

»Nicht nur *ein* Glas, nicht nur sonntags und nicht nur am Nachmittag, aber das werden Sie sich schon gedacht haben. Eine verdammt schlechte Angewohnheit, ich weiß, aber mehr ist mir nicht geblieben.«

Sein Blick wanderte zu einer Anrichte, auf der Pokale und eingerahmte Fotos standen. Pokale für vordere Plätze im Sportbogenschießen, sie stammten aus verschiedenen Ländern. Auf den Fotos war ein junger Mann zu sehen, aufgrund der Ähnlichkeit ohne Frage Andrew Deseaux, manchmal gemeinsam mit seinem Vater. Auf einem Foto trugen beide Sportkleidung, und jeder hielt einen Bogen in Händen.

»Ihr Sohn war auch Sportbogenschütze?«, fragte Pat.

»Ja, und ein guter. Ich habe ihn trainiert. Vor Andrew lag eine große Karriere.«

Auch an der Wand über der Anrichte hingen zahlreiche gerahmte Fotos, die Andrew, seinen Vater oder beide zeigten. Aber Doyle konnte kein einziges Bild von Angela Deseaux entdecken, nur ein paar freie Stellen zwischen den anderen Aufnahmen. Die hellen Flecke an der einst weißen, jetzt fast grauen Tapete und kleine Nagellöcher ließen erkennen, dass dort einmal weitere Fotos gehangen hatten.

Deseaux' Blick war seinem gefolgt. »Meine Frau ist weg, nicht nur von der Wand. Nach Andrews Tod ist alles den Bach runtergegangen. Ihn als Drogensüchtigen zu bezeichnen, so ein Unsinn!«

Doyle musterte ihn eingehend und konnte nur wenig Ähnlichkeit mit dem Mann feststellen, den er erst vor kurzem im Polizeiclub kennengelernt hatte. Der Mann auf dem Sofa wirkte wie sein älterer, vom Leben schwer gezeichneter Bruder. Wahrscheinlich gelang es Deseaux nur für ein paar Stunden am Tag, trocken zu sein, ohne dass sich Entzugserscheinungen bemerkbar machten.

»Sie geben also der Polizei die Schuld an Andrews Tod, Sir?«

Die Mundwinkel des Mannes zuckten heftig, und seine Lider flatterten im schnellen Takt, aber im letzten Augenblick verbiss er sich die Antwort, die er ursprünglich hatte geben wollen.

Er legte den Kopf schief und sagte: »Ich ahne jetzt, auf was Sie hinauswollen, DCI Doyle. Halten Sie mich allen Ernstes für den Pfeilmörder?«

»Wenn ich mir Ihre Auszeichnungen so ansehe, sind Sie vermutlich der beste Bogenschütze von ganz Guernsey«, erwiderte Doyle nach einem erneuten Blick zur Anrichte. »Und Sie haben ein erstklassiges Motiv für den Mord an DCI Mourant, das können Sie nicht bestreiten.«

»Nein, kann ich nicht. Aber ich hab's trotzdem nicht getan. Ich war's einfach nicht, verstehen Sie? Außerdem ist doch noch einer ermordet worden, dieser pensionierte Bulle. Wie hieß er noch? Egal. Was für ein Motiv sollte ich da haben?«

»Ganz einfach, eine Verschleierungstat, um von sich selbst als Täter abzulenken«, beschied Pat. »Wie steht es denn mit Ihrem Alibi für beide Taten?«

»Alibi? Für wann denn?«

Pat nannte ihm die Tage und die jeweilige Uhrzeit.

»Letzten Donnerstag in aller Herrgottsfrühe habe ich noch gepennt. Und am Donnerstag davor hatte ich, wenn ich mich recht erinnere, zur Todeszeit von Mourant meinen

Laden bereits geschlossen, um meinem Hobby zu frönen.« Er zeigte dabei auf die Glenfiddich-Flasche, dann streckte er beide Arme, eng aneinander gehalten, zu ihnen aus. »Kein Alibi, dann nehmen Sie mich mal fest!«

»Ich habe keine Lust, mir den Sonntag zu verderben«, sagte Doyle. »Aber verraten Sie mir eins: Wenn Sie die Polizei nicht mögen, weshalb geben Sie dann in unserem Club Unterricht?«

»Weil es da hübsche Damen gibt wie Sharon und Jasmyn.« Deseaux lachte auf. »Jetzt, wo meine Frau nicht mehr da ist, habe ich ja freies Schussfeld.«

Doyle und Pat verabschiedeten sich, und beide waren froh, als sie die frische Luft vor dem Haus einatmen konnten.

»Hältst du ihn für den Mörder, Cy?«, fragte Pat.

»So wenig wie du. Um diese Taten zu planen und auszuführen, hat er sich zu wenig unter Kontrolle.«

»Oder er hat uns eben was vorgespielt.«

»Möglich«, gab Doyle mit einem Blick zu den Fenstern im oberen Stockwerk zu. »Aber ich hatte nicht den Eindruck. Machen wir für heute Feierabend.«

»Wie du befiehlst, Chef. Ich hoffe, du fährst mich nach St. Peter Port zurück. Mein Wagen steht nämlich noch vor dem Hauptquartier.«

»Gern. Was hältst du von einem gemeinsamen Abendessen irgendwo am Hafen?«

»Und dann ein nächtlicher Ausflug zur *Gràn'mère*? Nein, danke. Ich denke, ich ruhe mich heute Abend mal so richtig aus.«

Pats Anspielung auf seinen nächtlichen Ausflug mit Carol versetzte ihm einen Stich, aber er ließ es sich nicht anmerken. »Ist auch besser so, ich habe heute Abend noch etwas zu erledigen.«

Später, als Pat in ihren VW Golf umgestiegen war und den Parkplatz vor dem Polizeihauptquartier verlassen hatte, stand Doyle noch eine Weile neben seinem Wagen und lauschte den Abendgeräuschen. Obwohl das Sonntagskonzert längst vorbei war, war ihm, als trage der Wind ihm wieder die Melodie aus Candie Gardens zu, *The Girl I Left Behind Me*. Leise begann er zu singen:

I'm lonesome since I crossed the hill
And over the moor that's sedgy
Such lonely thoughts my heart do fill
Since parting with my Betsey.
I seek for one as fair and gay
But find none to remind me
How sweet the hours I passed away
With the girl I left behind me.

Als er in den Tamora stieg, fragte er sich, ob er eben tatsächlich Patsey gesungen hatte statt Betsey.

Er ließ den Motor an und murmelte: »Junge, du musst wirklich was dagegen tun!«

KAPITEL 13

Tante Violet war hocherfreut, als Doyle rechtzeitig zum Dinner zurück war.

»Irgendwie habe ich mit dir gerechnet, Cy, es ist ausreichend Roastbeef mit Yorkshire Pudding vorhanden. Sharon kommt übrigens auch. Sie rief an und sagte, dass du heute Abend etwas vorhättest.«

»Für Roastbeef mit Yorkshire Pudding habe ich Zeit genug.«

Als er sich geduscht und rasiert hatte und den Turm verließ, war Sharon gerade angekommen, und ihre Augen blitzten ihn an.

»Nanu, wen sehe ich da, etwa Mr Ich-bin-heute-Abend-schwer-beschäftigt?«

Er zuckte mit den Schultern.

»Deine Mutter sagt, es gibt Roastbeef mit Yorkshire Pudding.«

Sharon musterte ihn mit spielerischer Strenge.

»Du lässt dich also lieber von meiner Mutter bekochen als von mir? Das sollte einer Frau im heiratsfähigen Alter zu denken geben. Oder glaubst du, bei mir bekommst du nur angebrannte Eier mit Speck?«

Doyle lachte. »Das wäre doch geradezu köstlich. Was meinst du, wie oft ich mir selbst angebrannte Eier mit Speck gemacht habe?«

»Ist ja trotzdem was aus dir geworden.« Sie umfasste mit beiden Händen seinen rechten Bizeps. »Oder sogar deswegen.«

Ihm gefiel ihre lockere, fröhliche Art. Es war genau das, was er jetzt brauchte. Sing nicht länger *The Girl I Left Behind Me*, sagte er zu sich selbst, sondern lieber *The Girl I See Before Me*!

Mit einer leichten Verbeugung hielt er ihr seinen rechten Arm hin. »Darf ich Euch zur Tafel bitten, Milady?«

Sharon verkniff sich ein Grinsen und antwortete mit ernster Miene: »Ihr dürft Euch von meiner Gesellschaft geehrt fühlen, Milord.«

Als sie in den Salon traten, saß Leonard Doyle bereits an seinem Platz und löffelte fleißig die Suppe, die Violet gerade aufgetragen hatte.

Sie lächelte, als sie Doyle und Sharon Arm in Arm eintreten sah. »Setzt euch, Kinder, sonst isst Leonard die Suppe ganz allein auf.«

»Was gibt es Leckeres, Tante Violet?« fragte Doyle, während er, ganz »Milord«, Sharon zu ihrem Platz geleitete.

»Eine Karottensuppe mit Ingwer und Haselnüssen.«

»Das passt ja zum Karottenkuchen.«

Sharon sah Doyle irritiert an. »Was für ein Karottenkuchen?«

Er erklärte es ihr.

»Und?«, fragte sie neugierig. »Wie war euer Ausflug ins German Occupation Museum?«

»Hat Spaß gemacht.« Er blickte seinen Vater an. »Oder nicht, Dad?«

Leonard hielt im Essen inne und sah auf, ein Faden rötlicher Suppe rann an seinem Kinn entlang. Schnell griff Violet nach einer Serviette und säuberte das Kinn.

»Was meinst du, Junge?«

»Ich sagte zu Sharon, unser Spaziergang durchs Museum heute Vormittag hat Spaß gemacht. Stimmst du mir zu?«

Schon Leonards Blick verriet, dass er nicht wusste, wovon Doyle sprach.

»Von was für einem Museum redest du? Unser Ausflug zum Castle Cornet ist doch schon eine ganze Weile her. Ein paar Monate, glaube ich. Oder hast du einen Ausflug mit deiner Schulklasse gemacht, Peter?«

Violet sagte halblaut: »So klar wie am Vormittag ist er den ganzen Tag nicht mehr gewesen.«

»Für mich war es jedenfalls ein schöner Ausflug«, sagte Doyle, während sein Vater das Gesprächsthema bereits vergessen zu haben schien und sich wieder mit Hingabe der Karottensuppe widmete.

Sharon legte eine Hand auf Doyles Unterarm und blickte ihn mitfühlend an.

»Für dich war es schön, mit deinem Vater zusammen zu

sein, und für deinen Vater sicher auch. Im Augenblick mag er sich nicht daran erinnern können, aber er hat es sicher genossen. Es ist gut, dass du nach Hause gekommen bist, Cy.«

Dankbar blickte er Sharon an und probierte dann die Suppe. Ein bisschen zu viel Ingwer für seinen Geschmack, aber das sagte er nicht laut. Als er seinen Teller geleert hatte, lobte er die Suppe in höchsten Tönen.

»Nachschlag gefällig?«, fragte Violet hoffnungsvoll.

Er hob abwehrend die Hände.

»Lieber nicht, sonst wird der Platz in meinem Magen knapp. Ich habe da etwas von Roastbeef mit Yorkshire Pudding gehört.«

Als Violet die zartrosa Roastbeefscheiben und den goldbraun schimmernden Yorkshire Pudding auftrug, wusste er, dass es die richtige Entscheidung gewesen war, genug Platz zu lassen. Es schmeckte so gut, wie es aussah, und zusammen mit dem italienischen Cabernet, den Doyle selbst ausgewählt hatte, versetzte ihn die Mahlzeit in einen kurzzeitigen Zustand der Glückseligkeit.

Die Brombeermousse, die Violet (»Ich habe die Brombeeren heute Vormittag frisch gepflückt.«) zum Nachtisch servierte, war ein krönender Abschluss. Nachdem Doyle auch den letzten Rest aus seinem Kristallschälchen gekratzt hatte, stand er auf, ging um den Tisch herum, beugte sich zu der noch auf ihrem Stuhl sitzenden Violet vor und gab ihr einen dicken Kuss auf die Wange.

»Vielen Dank, Tante Violet! Wen du bekochst, der hat keinen Grund auszugehen.«

Violet freute sich über das Kompliment, und er setzte sich wieder.

Sharon legte ihre Stirn in Falten. »Langsam mache ich mir Sorgen. Was hat meine Mutter, was ich nicht habe?«

»Deine Kochkünste muss ich erst noch testen, Sharon.«

»Na, vielen Dank. Da muss ich mich morgen ja kräftig anstrengen.«

»Wieso morgen?«, fragte Violet.

»Morgen Abend will ich für Cy kochen.« Sharon wandte sich wieder an Doyle. »Treib bloß ordentlich Sport, sonst bekommst du durch diesen Kochmarathon noch einen Bauch.«

»Soll ich den Bogenschützen des ›Island Police Sports and Social Clubs‹ beitreten?«

»Bogenschießen wird da nicht reichen. Außerdem wirst du Justin Deseaux kaum dazu bringen, dich zu trainieren.«

Er wurde schlagartig ernst. »Wie meinst du das?«

»Dein Besuch bei ihm zu Hause hat Justin fürchterlich aufgeregt.«

»Hat er sich bei dir beschwert?«

»Nicht bei mir, bei Jasmyn. Wir beide saßen nach dem Training noch im Club zusammen, um eine kleine Stärkung einzunehmen. Justin rief auf Jasmyns Handy an und erzählte ihr, dass du ihn verdächtigst, der Pfeilmörder zu sein. Ist das wahr?«

»Spricht jetzt die Journalistin zu mir?«, fragte Doyle skeptisch.

Kopfschüttelnd sagte sie: »Es bleibt unter uns, es sei denn, du erlaubst mir ausdrücklich, etwas zu veröffentlichen.«

»Diese Art von Pressefreiheit gefällt mir«, grinste er und berichtete von dem Besuch bei Deseaux.

Violet nahm einen mitfühlenden Gesichtsausdruck an. »Das war schlimm für den armen Mr Deseaux, sehr schlimm. Erst verliert er seinen Sohn durch diesen Unfall, dann verlässt ihn auch noch seine Frau. Kein Wunder, dass er trinkt.«

Doyle war erstaunt. »Das hast du gewusst, Tante Violet?«

»So etwas spricht sich schnell rum.«

Er sah wieder seine Tischnachbarin an.

»Dann hast du es wohl auch gewusst, Sharon?«

»Ja, klar, aber zum Training ist er immer nüchtern erschienen.«

»Dafür scheint er sich danach die Kante zu geben«, sagte er. »Weißt du, was er zu Constable Allisette alles über meinen Besuch gesagt hat?«

»Es waren einige Obszönitäten darunter, die hat Jasmyn nicht so genau wiederholt. Das Gespräch hat ein paar Minuten gedauert, dann hatte sie ihn einigermaßen beruhigt. Er hat auf dich geschimpft, auf die Polizei im Allgemeinen und auf DCI Mourant, der seinen Sohn in den Tod getrieben habe. So oder ähnlich muss er sich ausgedrückt haben. Jasmyn kann es dir sicher genauer sagen.«

»Ich werde sie morgen danach fragen. Dieser Deseaux scheint es geradezu darauf anzulegen, sich verdächtig zu machen.«

Violet stand auf und stützte die Hände auf den schweren Tisch aus Nussbaumholz.

»Wie könnt ihr zwei am Sonntagabend nur so ein Thema haben? Die Luft ist noch warm, gleich geht die Sonne unter. Ich an eurer Stelle würde einen Spaziergang zum Icart Point oder zur Saints Bay machen.«

»Aber das Geschirr und …«, begann Doyle.

»Nichts da *Geschirr*!«, sagte Violet streng. »Das überlasst mal schön mir. Ihr beide geht spazieren!«

Die Sonne stand schon tief drüben über dem Icart Point, als Doyle und Sharon das Haus verließen. Noch immer war es sommerlich warm, aber das Blau des Himmels hatte seine Klarheit verloren und wirkte milchig, unentschlossen schwankend zwischen der Helligkeit des Tages und dem Dunkel der nahenden Nacht. Ein paar Hummeln umschwirrten sie, bis die pelzigen Brummer sich ein neues Objekt der Begierde suchten. Tante Violet hatte recht, es war perfekt für einen Abendspaziergang.

Doyle sog die Luft tief in seine Lungen. Es war fast windstill, nur eine leichte, die Haut sanft streichelnde Brise wehte über die nahen Klippen. Der Geschmack von Salz und Meer vereinigte sich mit dem Geruch von Kiefern und Brombeersträuchern, von Stechginster und wild wachsendem Thymian zu dem schweren, eigenartigen, wohlvertrauten Duft seiner Kindheit. An wie vielen Sommertagen hatte er ihn eingeatmet, wenn er mit seinen Freunden zum Spielen hinunter zur Saints Bay gelaufen war. Er brauchte nur die Augen zu schließen, und schon war er wieder zwölf und verteidigte mit seinen Kameraden England gegen die spanische Armada oder Guernsey gegen angreifende Franzosen. Der alte Wehrturm in der Bucht, die zerklüfteten Felsen, die Fischerboote unten im Saints Harbour, das alles hatte eine wunderbare Kulisse für ihre Spiele abgegeben. Manch ein Abendessen hatte er versäumt, gefangen in der Welt kindlicher Phantasie, und manch aufgeschlagenes Knie, manch zerrissene Hose hatte er nach Hause gebracht.

Als er und Sharon geduckt zwischen ein paar zu üppig wachsenden Sträuchern, die sich über ihnen zu einer Art Torbogen zusammenschlossen, hindurchgingen, war ihm, als betrete er durch eine Geheimtür das Zauberreich längst vergangener Kindheitsträume, das dem Erwachsenen sonst für immer verschlossen ist. Einzig die magischen Schlüssel, die Erinnerung und Sehnsucht heißen, können die Tür für kurze Zeit öffnen, um einen Blick zu gewähren auf das, was einmal war und niemals wieder sein wird.

Langsam gingen sie den schmalen Trampelpfad zwischen Sträuchern und Büschen entlang, unter dem die lange Schatten werfenden Klippen lagen und das Meer, das in sanften, dunkelblauen Wellen heranrollte. Sharon hielt sich so dicht bei ihm, dass ihr Duft sich mit dem seiner Kindheit vermischte, als wolle sie ein Teil davon werden.

Als sie anhielten, um den Blick über die Bucht schweifen zu lassen, sagte sie: »Abends ist es hier besonders schön. Ich liebe die eigentümliche Stimmung, wie ein Zauberland in einem Märchen.«

»Du liest meine Gedanken«, antwortete Doyle und verspürte ein angenehmes Prickeln, als sie ihre linke Hand in seine rechte legte.

»Schön, dass du mich nicht wegscheuchst.«

»Warum sollte ich?«

»Als Kind hast du das getan, wenn ich dir nachgelaufen bin.«

Doyle erinnerte sich an das kleine Mädchen mit den langen braunen Zöpfen, das sich wie eine Klette an ihn hängen wollte.

»Jungs haben andere Interessen als kleine Mädchen, die stören da nur.«

Sie schaute ihn von der Seite an. »Bis die Jungs älter werden und neue Interessen entwickeln.«

Er grinste frech. »Deshalb nennt man die Kindheit ja auch die unbeschwerte Zeit.«

Dabei erwiderte er ihren Blick, ihre Gesichter näherten sich einander, und ihre Lippen vereinten sich zu einem langen Kuss. Selbst dieser Kuss schmeckte nach Sommer, nach Brombeeren und Wärme.

Als sie sich wieder voneinander lösten, wirkte Sharon plötzlich sehr ernst. »Ich kann mir gut vorstellen, dass dir alles andere als unbeschwert zumute ist, Cy. Nicht nur wegen des Pfeilmörders, auch dein Vater liegt dir sehr am Herzen. Nicht jeder hätte das auf sich genommen, seinen Job aufzugeben und sein ganzes Leben umzukrempeln, um bei seinem alten Vater zu sein.«

»So schlimm ist es gar nicht, ich habe hier ja einen ganz ähnlichen Job.«

»Aber das Leben, das du in London geführt hast, ist nicht mehr. Selbst deine Freundin ...« Sie stockte und suchte nach Worten. »Entschuldige, Cy, ich hätte das Thema nicht anschneiden sollen. Es steht mir nicht zu.«

»Nein, es ist okay.« Er lächelte sie beruhigend an. »Was zwischen Carol und mir zerbrochen ist, hatte schon vorher einen ordentlichen Knacks weg. Nur hatten wir das nicht bemerkt. Oder sagen wir besser, wir haben es überspielt.«

»Ist es denn wirklich vorbei?«, fragte sie zögernd, fast ängstlich.

»Ja, das ist es.«

Er zog sie an sich zu einem zweiten langen Kuss. Es fühlte sich gut an, ihren warmen Körper in den Armen zu halten, und doch konnte er nicht vermeiden, dass er plötzlich Pats Gesicht vor sich auftauchen sah. Er fühlte sich schuldig und konnte nicht sagen, wem gegenüber, ob Pat oder Sharon. Denk nicht mehr an Pat, hämmerte er sich ein, denk an die Gegenwart und an die Zukunft, nicht an die Vergangenheit!

Hand in Hand gingen sie die in den Fels gehauene Straße hinunter zum Hafen, der in keiner Weise mit dem großen Areal in St. Peter Port zu vergleichen war. Hier legten keine Fähren an, keine Frachtschiffe und schon gar nicht die großen Kreuzfahrtriesen, nicht einmal kleine Jachten. Die einheimischen Angler nutzten die windgeschützte Bucht, um ihre kleinen Ruder- und Motorboote in dem flachen ufernahen Wasser zu parken. Mit langen Seilen, die bis ans Land reichten, waren sie vertäut. Eine ganze Flotte kleiner und kleinster Boote, die spanische Armada seiner Kindheit, dümpelte da unten vor sich hin, nur aufgescheucht von den Wellen der nicht sonderlich starken Brandung, in deren Rhythmus sie auf dem Wasser tanzten. Richtige Hafenanlagen gab es nicht, nur ein paar kleine Schuppen, in denen die Bootsbesitzer ihre Außenbordmotoren und andere Habseligkeiten deponiert hatten. Das war auch schon der sogenannte Hafen, Saints Harbour. Die Straße war nicht mehr als eine zum Wasser hin von einer Steinmauer begrenzte Fahrbahn, die den Anglern ermöglichte, unten in die Bucht zu gelangen. Niemand schien bei den Booten zu sein, soweit Doyle es überblicken konnte, und auch auf den Felsen hatten sich keine Angler niedergelassen.

»Erzähl mir von dir«, bat er Sharon. »Ich kann mir nicht vorstellen, dass eine Frau wie du ein Single-Dasein führt. Wo sind die Verehrer, die dich umschwirren sollten?«

»Derzeit tut sich da nicht viel. Meine letzte Beziehung liegt über ein Jahr zurück, ein Fotograf, der als Freier für den *Spectator* arbeitet. Sein Coming-out hat unserer Beziehung ein abruptes Ende gesetzt.«

»Sein Coming-out? Ist er jetzt eine Fotografin?«

»Nein, ein schwuler Fotograf.«

»Schwul? Warum war er dann mit dir zusammen?«

»Ein letzter Test, er wollte sich noch einmal prüfen. So jedenfalls hat der Idiot es mir erklärt. Offenbar konnte ich ihn nicht von der Fortführung seines Daseins als Hetero überzeugen.«

»An deinen Küssen kann es nicht gelegen haben.« Sie küssten sich erneut und setzten erst nach einer kleinen Ewigkeit ihren Weg fort. »Dann gibt es niemand, dem gegenüber du jetzt ein schlechtes Gewissen haben musst, auch nichts Kurzzeitiges?«

»Um deine poetische Frage prosaisch zu beantworten, Cy: Gegenwärtig liegt niemand in meinem Bett.«

»Das ist mal eine klare Aussage, wie ein Polizist sie liebt«, sagte er heiter, und dann platzte es irgendwie aus ihm heraus: »Also auch nicht Justin Deseaux?«

Sharon blieb stehen und wirkte verblüfft.

»Deseaux? Warum sollte ich ausgerechnet mit ihm etwas am Laufen haben?«

»Entschuldige, Sharon, aber ich musste an das denken, was er Pat und mir heute Nachmittag gesagt hat. Er unterrichte im Polizeiclub, weil es da hübsche Damen, wie er sich ausdrückte, gebe. Wie dich und Jasmyn Allisette. Er hat euch zwei namentlich genannt.«

Zu seiner Erleichterung war Sharon nicht erbost über seine Frage, im Gegenteil, die Vorstellung schien sie zu belustigen.

»Ehrlich gesagt, ich stehe nicht auf einen Errol-Flynn-Verschnitt.«

»Hat er es denn bei dir versucht?«

»Schon, aber ich habe ihn gleich abgeblockt. Wie gesagt, er ist nicht mein Typ, und auf Freizeit-Alkoholiker stehe ich schon gar nicht.«

»Weißt du, ob er bei Constable Allisette mehr Erfolg hatte?«

»Jasmyn hat ihn auch abblitzen lassen, sie hat es mir erzählt. Erfolg, wenigstens vorübergehend, hatte er nur bei Nancy.«

»Wer ist Nancy?«

»Nancy Picquet. Sie war auch bei uns im Club und hat sich von Deseaux trainieren lassen. Die beiden sind tatsächlich zusammen im Bett gelandet, da haben sie keinen Hehl draus gemacht. Aber das hielt nur ein paar Monate, und kürzlich gab es einen großen Krach. Ja, heute vor einer Woche war das. Nancy hat heulend den Club verlassen. Seitdem habe ich sie nicht mehr gesehen.«

Heute vor einer Woche, überlegte Doyle, also drei Tage nach dem ersten Mord. Gab es da einen Zusammenhang? War Justin Deseaux doch nicht das Unschuldslamm, als das er sich hingestellt hatte?

»Worum ging es bei diesem Krach?«

»Davon habe ich nichts mitbekommen. Jasmyn und ich haben an der Bar etwas getrunken, und Nancy war mit Deseaux nach draußen gegangen, um alles für unser Training vorzubereiten. Plötzlich hörten wir ihre lauten Stimmen. Sie schrien sich gegenseitig an, und dann kam Nancy auch schon herein, stürmte an uns vorbei zum Haupteingang und ist nach draußen zu ihrem Wagen gelaufen. Ich sah durchs Fenster, wie sie wegfuhr. Sie war ziemlich erregt und hätte beim Ausparken fast meinen Aygo gerammt.«

»Und du hast wirklich nichts von dem Streit verstehen können?«

»Naja, eine Bemerkung von Nancy, die sie Deseaux laut an den Kopf geworfen hat, mehr nicht.«

»Was für eine Bemerkung?«

»Sie sagte: Du mieses Schwein!«

»Wirklich nicht sehr aufschlussreich«, fand Doyle. »Wie gut kennst du diese Nancy Picquet?«

»Es geht. Sie arbeitet als Verkäuferin in einem Modegeschäft in St. Peter Port, in dem ich hin und wieder einkaufe. So haben wir uns kennengelernt. Sie hat mich überhaupt erst auf die Idee gebracht, mit dem Bogenschießen anzufangen. Sie war schon vor mir dabei.«

»Wie heißt das Geschäft?«

»›Girls, Ladies and More‹.«

»Wo finde ich das?«

»Am unteren Ende der High Street, neben dem großen Süßwarengeschäft.«

»Was kannst du mir sonst noch über deine Bekannte sagen? Wie alt ist sie? Ist oder war sie verheiratet?«

»Ungefähr mein Alter, unverheiratet.« Sharon lächelte. »Ein spätes Mädchen halt, so wie ich.«

»In deinem Fall zum Glück.« Er gab ihr einen Kuss auf die Wange. »Wenn Nancy Picquet als Verkäuferin arbeitet, wie kam sie dann in den Polizeiclub?«

»Über Mildred.«

»Mildred Mulholland?«, erkundigte er sich ungläubig.

»Ja, sie ist doch bei der Polizei, wenn auch als Zivilangestellte. Deine Sekretärin, oder?«

»Richtig. Aber was haben die beiden miteinander zu tun?«

»Mildred Mulholland ist Nancys Tante.«

»Wirklich?«, fragte Doyle und wunderte sich, dass Mildred ihre Nichte mit keinem Wort erwähnt hatte. Immerhin spielte das Bogenschießen bei ihrem Fall eine große Rolle.

»So hat Nancy es mir erzählt. Warum sollte sie lügen? Und was ist daran so ungewöhnlich?«

»Ich bin etwas verwirrt, weil Mildred nichts von ihrer Nichte gesagt hat.«

»Frag deine Sekretärin doch einfach.«

»Das werde ich, mit Sicherheit.«

»Findest du die Geschichte mit Deseaux und Nancy Picquet so bedeutungsvoll, dass wir über nichts anderes mehr reden?«

»Entschuldige«, sagte Doyle und strich über ihr seidiges

Haar. »Aber dauernd tauchen neue Fakten auf, und ich versuche verzweifelt, die Puzzlesteine aneinanderzusetzen. Gleich bin ich wieder ganz privat. Erlaubst du mir eine allerletzte berufliche Frage?«

»Nur, weil du es bist und ich mich auf *ganz privat* freue. Was willst du wissen?«

»Bei der Pressekonferenz am Freitag hast du dich nach dem Ausflug erkundigt, den ich mit Mildred zum Déhus-Dolmen und zur *Gràn'mère* gemacht habe. Woher wusstest du davon?«

»Ach, das. Ich habe mir im Laufe der Zeit ein gutes Netz von Informanten zugelegt, die ich selbstverständlich geheim halte. Klar?«

»Klar.«

»Einer davon hat dich mit Mildred wegfahren sehen und mich umgehend angerufen. Daraufhin habe ich durch einige Telefonate mit anderen Informanten eure Route rekonstruiert. Das Ganze war nicht besonders schwer, dein Roadster ist nämlich ein ziemlich auffälliger Wagen.«

»Aber woher wusstest du, welche Spur wir verfolgt haben?«

Sharon tippte mit dem Zeigefinger gegen ihre Stirn.

»Kopfarbeit, das kennst du doch. Ich habe mich gefragt, was den Bogenschützen von Déhus mit der Großmutter von St. Martin's verbindet. Dank meiner Mutter kenne ich mich mit den Legenden unserer Heimat recht gut aus, und so musste ich nur zwei und zwei zusammenzählen. Neugier befriedigt?«

»Absolut, total und komplett.«

»Dann sind wir ab jetzt ganz privat?«

»Privater geht's gar nicht«, versprach er und nahm Sharon wieder an der Hand.

Als sie ganz unten in der Bucht angelangt waren und sich auf einem vorspringenden Felsen niedergelassen hatten, beobachteten sie eng umschlungen das Farbenspiel von Himmel und Meer, während die Sonne, für sie bereits unsichtbar, endgültig jenseits von Icart unterging. Wolken waren aufgezogen und spiegelten das letzte Rot aufs Wasser, bis es rosa wurde, hellrosa und dann verblasste. Während die Bucht ihre Farben verlor, küssten sie sich und flüsterten sich Worte ins Ohr, die für niemand anderen bestimmt waren.

Irgendwann wurde es so kühl, dass ihre erhitzten Leiber nicht mehr dagegen ankamen. Sie lösten sich voneinander, ordneten ihre Kleider und verließen vorsichtig den Felsvorsprung, der im jetzt herrschenden Dämmerlicht leicht zu einer tückischen Falle werden konnte.

»Passen Sie bloß auf, Sir, sonst landen Sie beide noch im Wasser«, ertönte wie aus dem Nichts eine knarrende Stimme, die Doyle heute schon einmal gehört hatte.

Er half Sharon, wieder festen Boden unter den Füßen zu bekommen, und blickte sich suchend um. Auf einem Felsen ganz in der Nähe hockte eine Gestalt mit einer Angelrute. Ein alter Mann mit dem Gesicht von Spencer Tracy und nur einem Arm. Neben ihm standen ein Eimer und eine Plastikbox.

»Sie hier, Sergeant? Wie lange …«

»Oh, eine knappe halbe Stunde, Sir. Ich wollte Sie nicht stören, Sie waren sehr, äh, beschäftigt. Aber ein Tipp vielleicht für die Zukunft: Wenn Sie ganz privat sein wollen, gehen Sie besser nach Hause.«

Sharon kicherte. »Das haben wir vor, Mr Lovell.«

Doyles Augen waren noch immer auf den Angler gerichtet. Offenbar lief heute Abend nicht *Stadt in Angst*, sondern *Der alte Mann und das Meer*.

»Ist bestimmt nicht einfach, das Angeln mit einem Arm.«

»Man gewöhnt sich an alles«, knurrte Lovell. »Auf jeden Fall ist es für einen einarmigen Angler einfacher als für einen einarmigen Bogenschützen.«

»Wie kommen Sie darauf?«

»Neulich lief ein Bericht im Fernsehen über einarmige Bogenschützen.«

»Was es nicht alles gibt«, staunte Sharon.

»Da sagen Sie was, Miss Brehaut, da sagen Sie was Wahres.«

»Sind Sie öfter hier, Sergeant?«, fragte Doyle.

»Kann man sagen. Ich angle gern hier.«

»Dann wohnen Sie in der Nähe?«

»Was heißt Nähe? Ich habe eine kleine Wohnung in den Camps du Moulin.«

»Les Camps du Moulin?«, wiederholte Doyle. »Da wohnt doch auch Justin Deseaux.«

»Und ob er da wohnt. Schließlich hat er mir die Wohnung vermittelt.«

»Das ist ein ganz hübscher Weg bis in die Saints Bay, Sergeant. Den sind Sie doch nicht zu Fuß gegangen.«

»Ganz sicher nicht.«

»Dann sind Sie mit dem Auto hier?«

Lovell blickte dahin, wo einmal sein linker Arm gewesen war.

»Na, mit dem Motorrad bestimmt nicht.«

FÜNFTER TAG

Montag, 1. September

KAPITEL 14

Der Wecker sah aus wie ein Kriegsschiff aus der Zeit des Zweiten Weltkriegs, und er spielte in ohrenbetäubender Lautstärke *Rule Britannia*. Es war nicht Doyles Wecker, und er hörte ihn zum ersten Mal, aber er hasste ihn von der ersten Sekunde an. Es war auch nicht sein Bett, in dem er erwachte, aber das hasste er nicht. Neben ihm räkelte sich Sharon so, wie der Herr sie erschaffen hatte, und da der größte Teil ihres Körpers nicht von der leichten Sommerbettdecke verhüllt wurde, war es ein faszinierender Anblick.

Die Erinnerung an die vergangene Nacht kehrte zurück. Beide hatten das Zusammensein genossen, so dass der Schlaf eindeutig zu kurz gekommen war. Er beugte sich über Sharon, strich mit dem Zeigefinger eine dichte Strähne ihres brünetten Haars aus ihrem Gesicht und küsste sie zärtlich auf die Wange.

»Guten Morgen, mein Vögelchen.«

Das war eine Anspielung auf den Namen des Brehaut-Hauses, in das sie gestern Abend nach ihrem Ausflug in die Saints Bay gegangen waren: »Little Bird«.

Ein undefinierbarer Laut irgendwo zwischen Stöhnen und Seufzen war die Antwort, und er fuhr fort: »Falls du dich zu vollständig artikulierten Silben entschließen kannst, würde ich gern wissen, wie man den Höllenlärm ausschaltet. Oder muss ich dieses Prunkstück der Royal Navy erst versenken?«

»Vorderer Schornstein, drücken«, murmelte Sharon undeutlich, und er tat es.

Augenblicklich erstarben die blechernen Klänge, und man hörte durch das leicht geöffnete Fenster sogar die Vögel zwitschern.

War die Sonne bereits aufgegangen? Jedenfalls drang durch die zugezogenen Vorhänge genug Licht ins Zimmer, dass er die Zeiger der Schiffsuhr erkennen konnte.

»Halb sieben? Du stehst ja genauso früh auf wie ich.«

»Auch in meinem Job fängt nur das frühe Vögelchen den Wurm. Das solltest du eigentlich von deiner Carol wissen.«

»Sie ist nicht *meine* Carol, nicht mehr«, blaffte Doyle. »Wie es aussieht, muss ich das erst in einer ganzseitigen Anzeige im *Spectator* kundtun, bevor es jemand glaubt.«

Sharon stützte einen Ellbogen auf die Matratze und legte ihre rechte Wange in die nach hinten gebogene Hand, um ihn mit einem frechen Lächeln anzusehen.

»Das wollte ich doch nur hören, du Dummkopf.«

»Frauen und ihre Spielchen«, sagte er mit nicht ernst gemeintem Tadel, als er sich vorbeugte, um sie erneut zu küssen.

Diesmal war es kein Kuss auf die Wange, sondern eine lange, leidenschaftliche Berührung ihrer Lippen und Zungen. Er wollte sich wieder neben ihr in das Bett sinken lassen, das noch die Wärme und den Geruch ihrer Körper verströmte, aber sie stieß ihn von sich weg.

»Was soll das?«, fragte er empört.

»Ich muss ins Büro, du musst ins Büro«, sagte sie mit einer keinen Widerstand duldenden Vernunft. »Also ab ins Bad mit dir, sonst gehe ich zuerst. Und du weißt ja, was man gemeinhin über die Aufenthaltsdauer von Frauen im Bad sagt.«

»Ich halte mich dort auch gern mit dir zusammen auf«,

startete er einen letzten und, wie er sich eingestehen musste, plumpen Versuch.

Sharon lächelte wie eine Verkäuferin, die einem Kunden nach Ladenschluss den Zutritt verwehrt. »Geht nicht, ist zu klein.«

Damit hatte sie recht. »Little Bird« war ein kleines Haus, und Sharon bewohnte das Obergeschoss, ihre Mutter das Erdgeschoss. Da Violet inzwischen aber mehr im »Petit Château« anzutreffen war als in ihrem Haus, hoffte Sharon, »Little Bird« bald ganz für sich allein zu haben.

»Für mich und dich, Cy«, hatte sie gestern Abend gesagt, und wenn er jetzt darüber nachdachte, fand er die Aussicht sehr verlockend.

Nach dem Duschen gab es ein schnelles Frühstück mit Müsli, Milch und Orangensaft.

»Die Kaffeemaschine streikt«, entschuldigte sich Sharon. »Aber Mildred macht dir sicher einen Kaffee, wenn du im Büro bist.«

Das tat Mildred Mulholland, kurz nachdem er sein Büro betreten hatte, und für einen Augenblick überlegte er, ob er sie auf ihre Nichte ansprechen sollte. Er beschloss, das zu verschieben. Vorher wollte er mit Nancy Picquet selbst reden, ohne dass sie vielleicht durch ihre Tante vorgewarnt worden war. Stattdessen bat er Mildred, Constable Allisette zu ihm zu schicken. In ihrer leichten Baumwollbluse und der enganliegenden Hose, die wiederum in Stiefeletten aus braunem Leder steckte, war Jasmyn Allisette wie ein frischer Morgenwind, der durch seine Tür wehte.

»Schließen Sie die Tür und nehmen Sie Platz, Constable«, sagte er mit reservierter Höflichkeit.

Als Allisette auf einem der Besucherstühle saß, war das

anfängliche Lächeln aus ihrem sommersprossigen Gesicht verschwunden.

»Die Fragen, die ich Ihnen jetzt stelle, mögen Ihr Privatleben berühren. Ich versichere Ihnen aber, dass ihr Hintergrund rein beruflicher Natur ist.«

»Selbstverständlich, Sir.«

Jetzt war ihr die aufkeimende Unsicherheit ins Gesicht geschrieben.

»Constable, haben Sie oder hatten Sie, und sei es auch nur kurzzeitig, eine Affäre mit Justin Deseaux?«

»Waaas?« Sie beugte sich auf dem Stuhl zu ihm vor und sah ihn an, als hätte er sie gefragt, ob sie noch an den Klapperstorch glaube. »Wie kommen Sie bloß auf so etwas, Sir?«

»Ich habe zuerst gefragt.«

»Die Antwort ist Nein, sowohl fürs Haben als auch fürs Hatten«, sagte sie und gab sich keine Mühe, zu verbergen, wie pikiert sie über seine Frage war.

»Dann will ich gern Ihre Frage beantworten, Constable.«

Doyle erzählte von dem gestrigen Besuch bei Deseaux und dessen Begründung dafür, weshalb er im »Island Police Sports and Social Club« Unterricht im Bogenschießen gab.

»Ach, so ist das.« Allisette schien ein wenig versöhnlicher gestimmt. »Ja, er hat es auch bei mir versucht, aber ich habe ihn abblitzen lassen.« Sie strich über ihr kurzgeschnittenes rötliches Haar, das wie eine Haube auf ihrem Kopf wirkte. »Auf Anmachsprüche wie ›Rotkäppchen, darf ich dein Wolf sein?‹ stehe ich nun wirklich nicht. Ist nicht einundzwanzigstes Jahrhundert, oder?«

»Allenfalls frühes zwanzigstes«, stimmte er ihr zu und konnte sich ein Lachen nicht verkneifen. Dann sagte er: »Bei Nancy Picquet hatte er wohl mehr Glück.«

»Wer hat Ihnen davon erzählt?«

»Sharon Brehaut.«

Er nannte sie ganz bewusst mit Vor- und Nachnamen, um dem Verdacht zu großer Nähe vorzubeugen. Sie waren übereingekommen, ihre noch junge Beziehung nicht an die große Glocke zu hängen, solange der Pfeilmörder noch nicht gefasst war. Zu leicht hätte man Sharon oder ihm einen Interessenkonflikt unterstellen können. Er dachte an die unerwartete Begegnung gestern in der Saints Bay. Sollte sich Fred Lovell als Plappermaul erweisen, war die Übereinkunft mit Sharon Schnee von gestern.

Er konzentrierte sich wieder auf das Gespräch mit Constable Allisette und berichtete ihr, was Sharon ihm über die Beziehung zwischen Justin Deseaux und Nancy Picquet erzählt hatte. Allisette bestätigte alles, hatte dem aber nichts hinzuzufügen.

»Glauben Sie wirklich, dass Deseaux und Nancy etwas mit den Morden zu tun haben, DCI?«

»Glauben ist gut, Wissen ist besser«, zitierte er einen Ausspruch, den sein Vater früher oft gebraucht hatte. »Zumindest hat Deseaux auffallend viele Verbindungen zur Polizei.« Er zählte sie an den Fingern seiner linken Hand auf. »Da ist zunächst sein Sohn, der auf der Flucht vor der Polizei ums Leben kam. Dann seine Trainertätigkeit für den Polizeiclub. Seine Beziehung zu Nancy Picquet, deren Tante unsere Mildred ist. Und wussten Sie, dass Ex-Sergeant Fred Lovell in Les Camps du Moulin wohnt, genauso wie Deseaux?«

»Nein, das wusste ich nicht.«

»Lovell sagte, Deseaux habe ihm die Wohnung verschafft.«

»Das kann sein. Ich kann mich erinnern, dass Lovell vor ein paar Monaten auf der Suche nach einer günstigen Wohnung war. Seine Pension ist wohl nicht allzu üppig. Jedenfalls war ihm seine vorherige Wohnung zu teuer.«

»Mag sein, dass Deseaux einfach ein netter Kerl ist, aber vielleicht versucht er, sich in Polizeikreisen möglichst gut einzunisten, um uns auszuspionieren.«

»Wie geht es jetzt weiter, Sir?«

»Ich will zunächst mit Nancy Picquet sprechen. Vorher kein Wort zu ihr oder zu Mildred!«

»Geht klar«, versprach Allisette und schüttelte sich. »Jetzt bin ich doppelt froh, dass ich nicht Deseaux' Rotkäppchen geworden bin.«

Doyle beauftragte Pat und Sergeant Baker, Les Camps du Moulin Haus für Haus abzuklappern und die Anwohner nach Justin Deseaux zu befragen. »Deseaux kann das ruhig mitbekommen, machen wir ihm etwas Feuer unter dem Allerwertesten.« Constable Allisette sollte am Computer alles Auffindbare über Lovell und Mildreds Nichte zusammentragen. Er selbst verließ das Hauptquartier, um Nancy Picquet persönlich zu sprechen.

Er genoss den kleinen Spaziergang. Die Luft war noch angenehm kühl, eine sanfte Brise vom nahen Meer streichelte seine Haut, und über ihm segelten anmutig ein paar Möwen durch den klaren Morgenhimmel. Die Geschäfte öffneten nach und nach, und noch waren die Straßen nicht gefüllt mit Einkaufslustigen. Ihm fiel ein, dass er sich gar nicht nach den Öffnungszeiten von »Girls, Ladies and More« erkundigt hatte. Aber er griff nicht zum Smartphone, um sich schlauzumachen, in ein paar Minuten würde er es ohnehin wissen. Und ein bisschen Zeit für sich allein konnte ihm nicht schaden. Er hatte gestern noch einiges überdenken wollen, aber der Spaziergang mit Sharon hatte seine Prioritäten rasant verschoben.

Er nahm den längeren Weg die Hospital Lane hinunter

und dann durch die kleine Gasse, in der sich früher das Gericht befunden hatte, während er die Erkenntnisse des vergangenen Tages zu ordnen versuchte. Sehr schnell hatte sich Justin Deseaux zu einem ernstzunehmenden Verdächtigen entwickelt. Justin – das hieß »der Gerechte«. Wollte Justin Deseaux seinem Namen Ehre machen, indem er den Tod seines Sohns rächte? Doyle störte jedoch das Offensichtliche daran: Ausgerechnet der wohl beste Bogenschütze der Insel sollte der Pfeilmörder sein?

Vergiss darüber nicht andere Möglichkeiten, ermahnte er sich selbst und dachte an das, was sein Vater ihm bei ihrem Museumsbesuch erzählt hatte. Die fabelhaften Fünf gingen ihm nicht aus dem Kopf. Jules Mourant war einer von ihnen gewesen, und dessen Enkel Charlie war das erste Mordopfer. Der Vater von Douglas Ingram, dem zweiten Opfer, hatte zu den fabelhaften Fünf gehört. Und natürlich Leonard Doyle, dessen Sohn nur knapp den tödlichen Pfeilen entronnen war. Eigentlich hatte er gestern Abend die MP3-Dateien auf dem USB-Stick, den er bei seiner Ankunft von Sharon erhalten hatte, nach weiteren Hinweisen auf die fünf Constables durchforsten wollen. Das musste er heute unbedingt nachholen, die bezaubernde Sharon hin oder her.

An der Stelle, wo sich High Street, Smith Street und Le Pollet trafen, hatte ein kleiner Laden für Zeitungen, Zeitschriften und Tabakwaren bereits geöffnet. Er ging hinein und kaufte den neuesten *Guernsey Spectator*. Auf der Titelseite prangte die taschenbuchgroße Zeichnung eines Bogenschützen, das Gesicht ersetzt durch ein dickes Fragezeichen. Die Überschrift des dazugehörigen Artikels – der Aufmacher des Tages – lautete: *Pfeilmörder noch nicht gefasst! Ist die Polizei unfähig?* Darunter stand: *Von Sharon Brehaut*. Er wollte sich nicht noch mehr ärgern und ersparte sich den Text, faltete die Zeitung zu einem länglichen Konstrukt und steckte sie in eine Außentasche seines Jacketts.

»Warte nur, du Biest!«, knurrte er, als er seinen Weg die High Street hinunter fortsetzte. Natürlich war Sharon ihm keine Rechenschaft über ihre journalistische Arbeit schuldig, aber sie hätte ihn wenigstens vorwarnen können.

Er schlenderte über das grobe Pflaster an den Geschäften in der Haupteinkaufsstraße von St. Peter Port vorüber, die angesichts ihrer Bedeutung erstaunlich schmal war, kein Vergleich zu den breiten Shoppingstraßen Londons. Letztlich war die Hauptstadt Guernseys nur eine bessere Kleinstadt, und wäre die High Street keine Fußgängerzone gewesen, hätte es zu gutbesuchten Zeiten kein Durchkommen gegeben.

Aber es gab auch Positives: Hier befanden sich noch viele kleine Geschäfte in Privatbesitz, was der High Street ihren besonderen Charme verlieh. »Girls, Ladies and More« schien eins davon zu sein. Die auffallend schmale Geschäftsfront deutete auf einen persönlichen Inhaber oder eine persönliche Inhaberin hin, nicht auf eine große Firma mit wer weiß wie vielen Filialen. Das Süßwarengeschäft nebenan war bedeutend größer. Beim Betrachten der vielen Leckereien in der Auslage schmunzelte Doyle. Auch heute hatte ein Bote eine in violettes Samtpapier verpackte und mit einer weißen Schleife verzierte Praline zu Jasmyn Allisette gebracht. Sie hatte da offenbar einen hartnäckigen Verehrer, der auf das alte Rezept »Liebe geht durch den Magen« setzte.

»Girls, Ladies and More« versprach den Kundinnen auf einem pinkfarbenen Schild mit silberner Schrift *pfiffige Klamotten und elegante Designs in allen Alters- und Gewichtsklassen auf drei Etagen*. Demnach war das *More* eine geschickte Umschreibung für Übergrößen. Gerade kam eine sehr schlanke

Frau im beigen Hosenanzug, die gewiss kein *More* trug, durch die sich öffnende Tür, hantierte mit einem großen Schlüssel an dem eisernen Gitter, das den Eingang absperrte, und wollte es zur Seite schieben. Doyle trat einen Schritt vor und half ihr.

»Vielen Dank.« Die Stimme war geschäftsmäßig, das Lächeln auch, das Gesicht stark geschminkt, das kurze schwarze Haar wahrscheinlich gefärbt, es hatte einen Hauch von Blau. Trotz des Make-ups war dem schmalen Gesicht sein Alter anzusehen, Mitte bis Ende fünfzig.

»Sie öffnen jetzt?«, fragte Doyle.

»Ja, gerade eben. Sind Sie Kunde?«

»Nein, Polizist, mein Name ist Doyle.« Er zeigte ihr seinen Dienstausweis. »Und Sie sind?«

»Sandra Hastings, die Inhaberin.« Die grauen Augen unter den angeklebten Wimpern musterten ihn argwöhnisch. »Sie sind also dienstlich hier, Mister, äh …«

»Doyle«, wiederholte er geduldig und lächelte verbindlich. »Detective Chief Inspector Doyle.«

»Detective Chief Inspector?« Sie betonte jede Silbe, als sei sein Rang ein unheilvolles Orakel. »Was wollen Sie von mir?«

»Eigentlich habe ich es auf eine Mitarbeiterin von Ihnen abgesehen, Nancy Picquet. Sie arbeitet doch bei Ihnen, oder?«

»Ja. Hat sie etwas angestellt?«

»Das wollen wir doch nicht hoffen«, antwortete Doyle onkelhaft. »Es geht nur um eine Zeugenbefragung. Ist sie da?«

»Schon, aber sie hat noch eine Menge Arbeit zu erledigen.«

Doyle versuchte es mit einem treuen Hundeblick.

»Können Sie Miss Piquet nicht für kurze Zeit entbehren, Miss Hastings? Sie würden der Polizei damit einen großen Gefallen tun.«

Nach kurzem Nachdenken schien die zierliche Frau zu dem Schluss gekommen zu sein, dass es nicht schaden konnte, sich mit der Polizei gut zu stellen. Sie setzte, wie zuvor Doyle, ein unechtes Lächeln auf.

»Also schön, Chief Inspector, folgen Sie mir bitte.«

Er betrat den Laden, und augenblicklich kitzelte ein etwas zu penetranter Rosenduft seine Nase.

Sandra Hastings rief laut und dann noch lauter: »Naaancyyy!«

»Ich komme schon«, antwortete eine Frauenstimme, und kurz darauf kam jemand die Wendeltreppe zu den oberen Stockwerken herab.

Zuerst sah Doyle braune Lederstiefel, die knapp unterhalb der Knie endeten. Dann eine enge schwarze Hose, eine rosafarbene Bluse und darüber eine braune Lederweste, die zu den Stiefeln passte. Zu dem Ganzen gehörte ein rundliches, puppenhaftes Gesicht, das von langen, glatten blonden Haaren umrahmt wurde. Er schätzte die Frau auf Mitte bis Ende dreißig. Sie war allenfalls mittelgroß und der üppige Typ, mit einer entsprechenden Oberweite.

»Nancy, die Polizei will dich sprechen«, sagte ihre Chefin in einem Ton, als wolle sie hinzufügen: »Dass mir das aber ja nicht noch einmal vorkommt!«

Doyle zückte erneut seinen Ausweis und stellte sich vor.

»Würden Sie mich für ein paar Minuten begleiten, Miss Picquet?«

Sie willigte zögernd ein, trat mit ihm vor die Tür und fragte: »Gehen wir etwa zu Ihnen, zur Polizei?«

Ihre Stimme drückte Unbehagen aus.

»Nein, das müssen wir nicht, falls Sie befürchten, dort Ihrer Tante Mildred über den Weg zu laufen.«

»Sie kennen Tante Mildred?«

»Ihre Tante ist meine Sekretärin.«

»Oh.«

Ihr Unbehagen schien zu wachsen, aber dann fing sie sich wieder, sah ihm in die Augen und fragte ihn, warum er sie sprechen wolle.

»Es geht um Justin Deseaux«, sagte Doyle und schlug vor, zum Hafen zu gehen.

Nancy Picquet war einverstanden, und sie schlenderten durch eine enge Gasse zum Quay. Sie nutzten eine Lücke im sonst steten Strom der Autos, um die Fahrbahn zu überqueren, und wandten sich nach rechts. Links von ihnen schaukelten Dutzende von Segel- und Motorjachten in dem Hafenbecken zwischen Albert Pier und Crown Pier.

»Haben wir ein bestimmtes Ziel, Mr Doyle?«

»Nein. Ich dachte nur, Sie möchten nicht, dass Ihre Chefin mithört.«

»Da haben Sie recht.« Zum ersten Mal sah er sie lächeln, und das stand ihr gut, nahm ihrem Gesicht das Puppenhafte. Dann wurde sie wieder ernst. »Weshalb ermitteln Sie gegen Justin Deseaux?«

»Das darf ich Ihnen natürlich nicht sagen, Nancy, aber eigentlich müssten Sie selbst draufkommen. Darf ich Sie Nancy nennen?«

»Ja, klar.« Nach einer kurzen Pause fuhr sie fort: »Glauben Sie etwa, Justin hat etwas mit den Pfeilmorden zu tun?«

»Er ist ein hervorragender Bogenschütze, wahrscheinlich der Beste auf der ganzen Insel. Und nach eigener Aussage hat er kein Alibi für die Tatzeiten.«

»Aber braucht man nicht auch so etwas wie ein Tatmotiv? Im Fernsehen ist das so.«

»Nicht nur dort, auch im richtigen Leben. Deseaux hat übrigens ein sehr stichhaltiges Motiv. Sie werden doch vom

Tod seines Sohns gehört haben. Als der Unfall geschah, wurde Andrew Deseaux von meinem Vorgänger verfolgt, DCI Charles Mourant. Zufällig – oder eben nicht – war DCI Mourant das erste Opfer des Pfeilmörders.«

Sie hatten den Albert Pier erreicht, und Nancy blieb plötzlich stehen.

»Justin ist ein Schwein, ein richtiges Dreckschwein, ganz sicher. Aber ein Mörder? Das kann ich mir nicht vorstellen, wirklich nicht.«

»Warum ist er in Ihren Augen ein Dreckschwein?«

Nancy hob die rechte Hand und winkte ab. »Schnee von gestern, die Sache ist ein für alle Mal vorbei.«

»Der Streit, den Sie beide vorletzten Sonntag im Polizeiclub hatten, soll recht heftig gewesen sein.«

Sie schien überrascht. »Woher wissen Sie … Ach so, Jasmyn. Sie ist ja Ihre Kollegin. Was hat sie denn alles gehört?«

»Es war sehr laut.«

»Das war es, ja. Mehr müssen Sie auch nicht wissen.«

»Doch, muss ich.«

»Wieso?«

»Sie können sich vielleicht nicht vorstellen, dass Justin Deseaux ein Mörder ist«, sagte Doyle ruhig. »Meine Vorstellungskraft geht da weiter.«

Er hatte längst gemerkt, dass Nancy trotz ihres puppenhaften Aussehens nicht dumm war. Sie sollte selbst darauf kommen, weshalb er sich für ihren Streit mit Deseaux interessierte, dann würde sie vielleicht einsichtig sein und ihm Rede und Antwort stehen.

Sie gingen ein Stück den Albert Pier entlang und blieben an dem Geländer auf der Südseite stehen. Dahinter lagen ein weiteres Hafenbecken mit kleineren Jachten, der Castle Pier und das graubraune Ungetüm von Castle Cornet mit seinen Mauern, Wehrgängen, Türmen und Gebäuden, die von ihrem Standpunkt aus wirkten wie auf willkürliche Weise ineinander verschachtelt. Ein grün-roter Reisebus hielt am Beginn des Castle Pier und spuckte eine Touristengruppe aus, die sich unter den Zurufen ihres Reiseführers zu einer geordneten Kolonne formierte und auf Castle Cornet zuhielt.

Nancy drehte den Kopf zur Seite und sah Doyle an. »Halten Sie mich wirklich für eine Mörderin oder für die Komplizin eines Mörders?«

Sie hatte also verstanden, weshalb er nach dem Streit fragte.

»Nein. Aber vielleicht hatten Sie einen Verdacht gegen Deseaux, eine Vermutung vielleicht nur, die Sie dazu veranlasst hat, mit ihm Schluss zu machen.«

Sie schüttelte heftig den Kopf, und ihr langes Haar wehte dabei, streifte seine Wange.

»Keinen Verdacht und auch keine Vermutung. Ich kann einfach nicht glauben, dass Justin etwas mit den Morden zu tun hat.«

Er lächelte nachsichtig. »Was meinen Sie, wie oft ich diesen Satz schon gehört habe?«

»Ich kann Ihnen nichts anderes sagen, Mr Doyle.«

»Doch. Sagen Sie mir, warum Sie mit Deseaux gestritten und mit ihm gebrochen haben.«

Sie sog hörbar die Luft ein und sagte entschlossen: »Nein, das geht Sie nichts an!«

Er blieb bei seinem ruhigen Ton. »Alles, was mit Justin Deseaux zusammenhängt, kann für meine Ermittlungen interessant sein. Wenn Sie mir nicht antworten, Nancy, behindern Sie die polizeilichen Ermittlungen und machen sich damit strafbar.«

»Aber es hat nichts mit den Morden zu tun, das müssen Sie mir glauben!«

»Es nur zu *glauben*, reicht in diesem Fall nicht. Ich muss es *wissen*.«

Sie wirkte jetzt fast verzweifelt. »Es ist wirklich rein privat!«

Doyle ahnte, weshalb sie so hartnäckig war.

»Ich werde alles tun, damit Ihre Tante Mildred nichts von dem erfährt, was Sie mir sagen.« Als Nancy das mit einem zweifelnden Blick quittierte, fügte er hinzu: »Großes Pfadfinderehrenwort.«

»Es ging um Bettgeschichten«, sagte sie schließlich leise und zögernd.

»Hat er Sie betrogen?«

»Nein, das nicht. Jedenfalls wüsste ich nichts davon. Aber er war im Bett sehr dominant. Anfangs hat mir das gefallen, aber dann wurde er immer fordernder, immer härter. Und er wollte Dinge von mir, die ich einfach nicht mitmachen wollte.«

»Als da wären?«

»Reicht das nicht als Erklärung?«, fragte sie empört.

»Nein, Nancy, leider nicht. Ich muss verstehen, wie Deseaux tickt. Was wollte er von Ihnen?«

»Sachen wie aus harten Pornos«, antwortete sie leise, ohne ihn anzusehen. »Analsex und noch ekligeres Zeug. Ich fand das alles widerwärtig und habe es rundweg abgelehnt. Als Justin sagte, seine Freundin müsse auf seine Bedürfnisse eingehen, habe ich ihm gesagt, dann sei ich nicht länger seine Freundin. Das war ein paar Tage vor dem Streit, den Jasmyn mitbekommen hat. Ich hatte geglaubt, beim Bogenschießen könnten wir auf rein sportlicher Ebene miteinander umgehen. Aber Justin hat mir schwere Vorwürfe gemacht, ich sei eine prüde Zicke. Er hat noch andere, schlimmere Ausdrücke benutzt. Da bin ich weg aus dem Club. Seitdem bin ich nicht wieder hingegangen.«

Sie sah ihn immer noch nicht an, blickte nur starr hinüber zur alten Festung.

»Danke«, sagte Doyle. »Danke für Ihr Vertrauen.«

»Kommt das jetzt in einen Bericht?«

»Was denn?«

»Was ich Ihnen eben über Justin und mich erzählt habe.«

»Ich weiß nicht, wovon Sie sprechen.«

Nancy lächelte schwach und wirkte erleichtert. »Danke!«

»War Deseaux betrunken oder angetrunken, als er von Ihnen diese Dinge verlangt hat?«

»Angetrunken auf jeden Fall. Er kann einen Stiefel vertragen, bevor er richtig betrunken wird. Das macht wohl die Übung.«

»Übung macht den Meister, nicht nur im Bogenschießen. Hat Deseaux sich auch mal abfällig über die Polizei geäußert?«

»Sie meinen wegen Andrews Tod?«

»Ja.«

»Manchmal schon. Dann hat er richtig geflucht und wüste Beschimpfungen auf die Polizei ausgestoßen.«

»Waren darunter auch Drohungen?«

»Nichts Konkretes, soweit ich mich erinnere. Sicher hat er auch mal so etwas gesagt wie: Man müsste die Bullen alle totschlagen.«

»Immerhin. *Darüber* werde ich eine Notiz anlegen.«

»Das macht ihn doch nicht gleich zu einem Mörder.«

»Aber zu einem Verdächtigen.«

Mehr war nach Doyles Einschätzung aus Nancy Picquet nicht herauszubringen. Er bot ihr an, sie zurück zur High

Street zu begleiten, aber sie wollte noch ein paar Minuten am Hafen bleiben.

Bevor er sich von ihr verabschiedete, sagte er: »Glauben Sie Deseaux nicht, Nancy. Sie sind weder eine Zicke noch prüde.«

Sie lächelte dankbar und sah hinaus aufs Meer, über dem aus Richtung Frankreich dunkle Wolken aufzogen. Eine richtige grau-schwarze Front, die ihre gierigen Finger nach der kleinen Insel im Kanal ausstreckte. Noch war es über St. Peter Port nur leicht bedeckt, aber das konnte sich nach Doyles Erfahrung schnell ändern. Wenn die Reisegruppe aus Castle Cornet zu ihrem Bus zurückkehrte, konnten sich vermutlich jene glücklich schätzen, die Schirme oder Regencapes dabeihatten. Während er am Quay stand und auf eine Gelegenheit wartete, die Fahrbahn zu überqueren, sah er zum wiederholten Mal prüfend in den Himmel. Kündigte sich da nur ein kräftiger Regen an, ein neues Unwetter oder gar das Ende des Sommers?

KAPITEL 15

Patricia Holburn und Calvin Baker erledigten die ihnen von DCI Doyle übertragene Aufgabe ohne großen Enthusiasmus. Klinkenputzen. Pat kannte keine Kollegen, die dabei ein Strahlen im Gesicht gehabt hätten. Sie hatten sich aufgeteilt, Pat die eine und Baker die andere Straßenseite. So drückten sie auf jede Klingel, zeigten jedem, der öffnete, brav ihren Dienstausweis und erkundigten sich dann nach Justin Deseaux und Auffälligkeiten in seinem Verhalten.

Als Inhaber des Sportartikelgeschäfts war er so gut wie jedem in Les Camps du Moulin bekannt, auch mit dem Tod seines Sohns und der Trennung von seiner Frau schien ein jeder vertraut. Von Auffälligkeiten wollte anfangs kaum jemand etwas wissen, aber Nachbohren, das hatte Pat dem Sergeant am Anfang ihrer Befragungsaktion eingetrichtert, half nicht nur dem Zahnarzt. Einige erinnerten sich dann doch an diverse Frauengeschichten und hatten Deseaux – »ganz bestimmt ein ehrenwerter Mann, dem man sonst nichts nachsagen kann« – auch schon betrunken gesehen. Bei längerem Grübeln traute man ihm dann doch so einiges zu, schließlich war die Polizei wohl nicht zufällig hier, um nach ihm zu fragen. »Ich will ja nichts sagen, aber …«

Pat klingelte an dem kleinen einstöckigen Anbau eines größeren zweistöckigen Hauses. Vermutlich mal als Ferienapartment gedacht, schoss es ihr durch den Kopf, dann erst las sie den Namen auf dem Klingelschild: F. Lovell. Da wurde die Tür auch schon geöffnet, und der ehemalige Sergeant der Motorradstaffel stand vor ihr. In seiner einzigen Hand hielt er ein großes Küchenmesser.

Pat lächelte ihn an. »Ich hoffe doch, Fred, das ist nicht persönlich gemeint.«

»Oh, Inspector Holburn.« Er nahm die Hand mit dem Messer nach unten. »Ich war gestern noch angeln und filetiere gerade meinen Fang.«

»Ist sicher nicht einfach mit …«, rutschte es ihr heraus, bevor sie sich auf die Unterlippe beißen konnte.

»Nichts ist einfach damit«, sagte er und blickte seine linke Seite mit dem leeren Hemdsärmel an, dessen unteres Ende, vermutlich mit einer Sicherheitsnadel, irgendwo an dem Hemd befestigt war. »An vieles gewöhnt man sich aber.«

»Tut mir leid, Fred, ich habe nicht nachgedacht.«

»Ist schon in Ordnung.« Er betrachtete sie aus zusammengekniffenen Augen. »Irgendwie habe ich das Gefühl, das hier ist kein Freundschaftsbesuch.«

»Ist es auch nicht. Wir hören uns hier in der Straße nach Justin Deseaux um.«

»Warum?«, schnappte Lovell, plötzlich misstrauisch.

»Er ist ein sehr guter Bogenschütze, und der Mörder von Charlie Mourant und Douglas Ingram ist auch ein sehr guter Bogenschütze. Da ist es nicht schwer, einen Zusammenhang zu vermuten.«

»So ein Unsinn! Deseaux ist ganz in Ordnung, er müsste nur die Sauferei lassen. Andererseits kann ich ihn gut verstehen. Ich kenne mich mit harten Schicksalsschlägen aus.« Lovell blickte abermals auf seinen leeren linken Ärmel. »Ich habe auch ziemlich viel getrunken, als das damals passiert war. Der Arzt würde das wohl nicht empfehlen, aber mir hat's geholfen. Ohne Deseaux hätte ich die günstige Wohnung hier nicht gekriegt. Er hat sich für mich eingesetzt, so einer ist er. Und wenn Sie noch mehr über ihn wissen wollen …«

Er stockte und blickte an Pat vorbei auf die andere Straßenseite.

Der Mann, über den sie sich unterhalten hatten, kam mit schnellen Schritten quer über die Fahrbahn auf sie zu und rief, den Blick auf Pat geheftet: »Was soll die Schnüffelei? Ich beobachte Sie und den Dicken schon eine ganze Weile durchs Fenster. Wollen Sie die ganze Straße gegen mich aufbringen?«

Er hatte sich vor Pat aufgebaut und blies ihr eine Alkoholfahne ins Gesicht, wie sie sie selten hatte riechen müssen. Und das, obwohl ihr Ex Randy auch eine unselige Neigung zum Alkohol gehabt hatte. So unrasiert und ungepflegt, wie Deseaux jetzt vor ihr stand, erinnerte er sie sehr an Randy, wenn der von einer seiner Zechtouren heimgekommen war und sich aufgespielt hatte wie der liebe Gott. Widerworte hatte er einfach niedergebrüllt oder durch den Einsatz seiner kräftigen Fäuste verstummen lassen. Deseaux mochte auf ein schweres Schicksal zurückblicken, aber im Augenblick empfand Pat nicht die geringste Sympathie für ihn, nur Abscheu.

»Gehen Sie wieder nach Hause, Mr Deseaux«, sagte sie kalt. »Sie stören die polizeilichen Ermittlungen.«

»Ich störe, so lange ich will!«, brüllte Deseaux mit schwerer Zunge. »Von euch Bullen lasse ich mir gar nichts sagen, schon gar nicht von einer Fotze!«

»Gehen Sie nach Hause, legen Sie sich hin und schlafen Sie Ihren Rausch aus«, riet sie ihm, noch immer ruhig, aber deutlich fordernder.

»Ich lass mir von einer Muschi nichts sagen!«

Deseaux holte mit dem rechten Arm aus und wollte sie beiseiteschieben wie ein lästiges Insekt. Vielleicht wäre ihm das im nüchternen Zustand gelungen, aber der Alkohol ließ seine Bewegungen langsam und fahrig werden. Pat tauchte einfach unter seinem Arm hinweg, brachte sich mit einer schnellen Bewegung hinter Deseaux, packte seine beiden Arme und zog sie nach hinten. Als der Betrunkene realisierte, wie ihm geschah, hatte sie ihm schon Handschellen angelegt. Er brüllte laut auf, und zahlreiche Fenster wurden in der Straße geöffnet.

»Justin Deseaux, ich nehme Sie fest wegen tätlichen Angriffs auf eine Polizistin«, sagte Pat und klärte ihn über seine Rechte auf.

Unterdessen kam Sergeant Baker, wahrscheinlich durch das Gebrüll aufgeschreckt, angelaufen und blieb, schwer atmend und mit gerötetem Gesicht, vor ihr stehen.

»Ist was passiert, Ma'am?«

»Wonach sieht's denn aus?«, fragte sie, und Baker schluckte auf der Suche nach einer Antwort. Pat ersparte sie ihm und sagte: »Rufen Sie einen Streifenwagen, Sergeant. Mr Deseaux ist bis auf weiteres unser Gast.«

Im Hauptquartier traf Doyle auf Jasmyn Allisette, deren Computerrecherche nichts Neues ergeben hatte. Trotzdem wirkte sie leicht nervös.

»Der Chief hat nach Ihnen gefragt, Sir. Sie sollen sich bei ihm melden, sobald Sie wieder da sind. Der Unterton in seiner Stimme klang nicht gerade freundschaftlich, wenn Sie mich fragen.«

»Danke für die Warnung, Constable. Chadwick hat keine Andeutung gemacht, worum es geht?«

»Nein, Sir.«

»Dann frage ich ihn selbst.«

Chadwicks Fuchsgesicht wirkte tatsächlich alles andere als entspannt. Er schien sich über etwas geärgert zu haben.

Da er seinem Besucher keinen Platz anbot, blieb Doyle mitten in Chadwicks Büro stehen und sagte: »Sie wollten mich sprechen, Sir?«

Diesmal verzichtete der Chief Officer auf die Aufforderung, ihn doch Colin zu nennen.

Er betrachtete Doyle für ein paar lange Sekunden und schnarrte: »Wie ich sehe, haben Sie das Pamphlet auch schon gelesen.«

»Was, Sir?«

Mit spitzen Fingern, als könne er sich mit Pest oder Cholera infizieren, hob Chadwick etwas von seinem Schreibtisch hoch: die heutige Ausgabe des *Guernsey Spectator*.

»Dieses Lügenwerk meine ich.«

Jetzt verstand Doyle. In seinem Jackett steckte immer noch die Zeitung, die er in der High Street gekauft hatte.

»Ich habe nur die Überschrift gelesen.«

»Warum nicht weiter?«

»Ich wollte mich nicht aufregen.«

Der Chief Officer lächelte zum ersten Mal, seit Doyle das Büro betreten hatte, wenn auch nur ganz leicht.

»Das war sehr vernünftig von Ihnen, Cyrus, hätte ich auch tun sollen. Aber nehmen Sie doch Platz, das hier ist ja keine Stehtribüne.« Nachdem Doyle sich hingesetzt hatte, fuhr Chadwick fort: »Dieses Miststück benutzt die Tatsache, dass der Pfeilmörder noch auf freiem Fuß ist, um mich anzugreifen. In Wahrheit geht es in dem Artikel darum, meine Autorität und meine Fähigkeit, die Pflichten meines Amtes zu erfüllen, in Frage zu stellen. Es liest sich so, als beschäftige ich mich lieber mit der Aufrüstung der Polizei als mit der Jagd nach dem Pfeilmörder. Sie werden schon sehen, wenn Sie dieses … dieses Elaborat gelesen haben. Dann werden auch Sie die Verfasserin, diese impertinente Sharon Brehaut, zur Hölle wünschen.«

»Tja«, sagte Doyle nur und entschied, dass er dem Chief lieber ein andermal beibringen würde, wie es um ihn und Sharon stand.

»Und wie sieht es bei Ihnen aus, Cyrus?« Der Fuchs beugte sich vor und schien auf Beute zu lauern. »Gibt es schon konkrete Ergebnisse, irgendetwas, das uns auf der Jagd nach dem Mörder voranbringt?«

»Nun«, begann Doyle gedehnt, »es gibt zwar ein paar Spuren, aber der entscheidende Durchbruch steht noch aus.«

Und wie der noch ausstand, aber das sagte er lieber nicht. Er wollte Chadwicks derzeitige Gefühlsaufwallung nicht noch befeuern.

Das Telefon auf dem Schreibtisch schlug an, und der Chief griff wenig begeistert nach dem Hörer.

»Ja?« Er lauschte kurz und reichte den Hörer an Doyle weiter. »Für Sie.«

Doyle nannte seinen Namen und hörte eine vertraute Stimme: »Allisette hier, Sir. Gerade kam die Meldung durch, dass DI Holburn und Sergeant Baker eine Festnahme vorgenommen haben.«

»Wen?«

»Justin Deseaux. Man bringt ihn ins Hauptquartier.«

»Danke«, sagte Doyle und reichte den Hörer an Chadwick zurück, der ihn auflegte. »Holburn und Baker haben Justin Deseaux festgenommen, Sir.«

»Wer ist das?« Als Doyle es ihm erklärte hatte, sagte der Chief: »Doch, an den erinnere ich mich aus dem Polizeiclub. Sieht irgendwie aus wie so ein alter Filmstar. Clark Gable, glaube ich.«

»So ähnlich.«

»Und er ist der Pfeilmörder?«

»Ehrlich gesagt, Sir, ich weiß es nicht. Er ist Guernseys bester Bogenschütze und hatte allen Grund, Charlie Mourant zu hassen. Aber was Holburn und Baker zu der konkreten Festnahme veranlasst hat, kann ich nicht sagen. Sie sollten in seiner Gegend Erkundigungen über ihn einholen, vielleicht sind sie dabei auf einen Beweis oder einen Zeugen gestoßen.«

Chadwick wirkte deutlich entspannter als zu Beginn ihrer Unterhaltung und lehnte sich auf seinem ledernen Bürostuhl, der ein halber Sessel war, zurück.

»Halten Sie mich auf dem Laufenden, Cyrus. Und sagen Sie endlich Colin zu mir.«

Doyle nickte und stand auf, aber der Chief war noch nicht fertig.

»Sie sind doch heute Nachmittag dabei, Cyrus?«

»Erst wollte ich nicht kommen, da ich für Dennis Ingram so etwas wie ein rotes Tuch bin. Aber in meiner Position kann ich es mir wohl nicht leisten, der Veranstaltung fernzubleiben. Außerdem hat mein Vater mich gebeten, ihn mitzunehmen.«

Die Veranstaltung, von der er sprach, war Douglas Ingrams Beerdigung.

»Ja, Sie sollten dabei sein. Aber halten Sie sich im Hintergrund, und am besten vermeiden Sie die direkte Begegnung mit Dennis Ingram.«

»Das wird schwer beim Kondolieren. Aber ich werde mein Möglichstes tun – Colin.«

»Was ist das für eine Geschichte mit Justin Deseaux' Festnahme?«, fragte Doyle Constable Allisette, als er wieder in seinem Büro war, aber sie wusste darüber nicht mehr als sie am Telefon gesagt hatte. »Geben Sie mir Bescheid, sobald Holburn und Baker mit ihrer Beute zurück sind, Constable, und sagen Sie Mildred, ich möchte mit ihr sprechen.«

»Ja, Sir.«

Allisette verließ den Raum, und er zog die mittlerweile zerknitterte Zeitung aus seiner Jacketttasche und faltete sie auseinander. Er starrte auf die Titelstory und den Bogenschützen mit dem Fragezeichengesicht.

»Bist du wirklich Justin Deseaux?«, fragte er leise, kaum hörbar.

Lustlos faltete er den *Spectator* wieder zusammen und beförderte ihn mit einem gezielten Wurf in den Papierkorb neben dem Schreibtisch.

Im selben Augenblick klopfte es kurz, und Mildred Mulholland trat ein. Ihr auberginefarbenes Kostüm saß tadellos, ebenso ihre hochgesteckte Frisur.

»Sir?«

Er wies auf den Besucherstuhl vor sich.

»Setzen Sie sich doch, Mildred.«

»Ich habe noch einiges zu erledigen, Sir. Vielleicht können wir es kurz …«

»Setzen Sie sich, Mildred!« Verunsichert folgte sie seiner Aufforderung, die beim zweiten Mal wie ein Befehl geklungen hatte. »Haben Sie von der Festnahme durch DI Holburn und Sergeant Baker gehört?«

»Ja, natürlich«, antwortete Mildred mit der zögernden Zurückhaltung einer Schülerin, die nicht recht weiß, was der Lehrer von ihr erwartet.

»Was sagen Sie dazu?«

»Was soll ich dazu sagen? Die beiden werden schon ihre Gründe haben.«

»Sicher werden sie das. Mich interessiert mehr, was Sie zu dem Festgenommenen sagen. Justin Deseaux ist Ihnen doch bekannt?«

»Ja, natürlich. Er hat dieses Sportwarengeschäft und gibt Unterricht im Polizeiclub.«

»Unterricht im Bogenschießen«, ergänzte Doyle.

»Ja, das stimmt.«

»Mildred, halten Sie es für möglich, dass Deseaux der Pfeilmörder ist?«

Ihre Verunsicherung wandelte sich in Erstaunen.

»Das fragen Sie mich? Ich bin keine Polizistin, erledige hier nur die Büroarbeit.«

»Aber Sie haben doch eine Meinung zu Deseaux, oder?«

»Wie kommen Sie darauf?«

»Immerhin war Ihre Nichte Nancy mit ihm zusammen.«

Mildred, jetzt verblüfft, öffnete den Mund zu einer Erwiderung, aber ihr fehlten die Worte.

Doyle fuhr fort: »Nancy hält Deseaux für ein ziemliches Schwein, aber nicht für einen Mörder.«

»Sie … Sie haben mit Nancy gesprochen?«

»Ist noch keine Stunde her. Aber das bleibt unter uns, einverstanden?«

»Ja, natürlich.« Mildred wirkte betrübt. »Ich habe Deseaux von Anfang an nicht über den Weg getraut und Nancy eindringlich vor ihm gewarnt. Sie hatte ihren eigenen Kopf, und wir haben uns darüber ziemlich in den Haaren gelegen. Seitdem reden wir nicht mehr miteinander.«

»War Ihr Verhältnis vorher sehr eng?«

»Meine Schwester Judith, Nancys Mutter, ist vor vier Jahren gestorben. Seitdem habe ich mich sehr um Nancy gekümmert. Ihr Vater ist nicht viel wert, hängt meistens in seiner Dartkneipe herum und kommt betrunken nach Hause. Mich hat es sehr geärgert, dass sie meinen Rat in den Wind geschlagen und sich mit einem ähnlichen Taugenichts, wie ihr Vater einer ist, eingelassen hat.« Nach einer kurzen Pause fragte Mildred: »Hat dieser Kerl Nancy in etwas reingezogen?«

»Ich denke, dazu war sie zu klug und selbstbewusst.« Mildred wirkte erleichtert, und Doyle fuhr fort: »Wie ist es mit Ihnen? Halten Sie Deseaux nur für einen Taugenichts oder auch für einen potentiellen Mörder?«

»Welches Motiv sollte er haben?«

»Den Tod seines Sohns. DCI Mourant war daran in gewisser Weise beteiligt. Vielleicht hasst Deseaux deshalb alle Polizisten und wünscht ihnen den Tod. Oder der Mord an Douglas Ingram und der Anschlag auf mich waren Verdeckungstaten.«

»Verdeckungstaten?« Mildred wiederholte das Wort langsam und betonte jede einzelne Silbe. »Ich traue Deseaux vieles zu, aber so etwas nicht. Vielleicht könnte er im Rausch jemanden töten, aber ein geplanter Mord? Das kann ich mir einfach nicht vorstellen. Aber natürlich kann man in einen Menschen nicht hineinsehen.«

»Was ich manchmal bedaure«, sagte Doyle und bat Mildred noch einmal, ihr Gespräch gegenüber Nancy nicht zu erwähnen. »Kümmern Sie sich um Ihre Nichte, ja? Ich glaube, sie kann es gebrauchen. Aber stellen Sie ihr keine Fragen nach Deseaux, und machen Sie ihr keine Vorwürfe. Sie ist ein nettes Mädchen.«

»Das ist sie.«

»Die Tante dieses netten Mädchens könnte ruhig etwas mehr Vertrauen in ihren Vorgesetzten haben.«

Mildred sah ihn schuldbewusst an.

»Weil ich Ihnen nichts von Nancy und Deseaux erzählt habe, meinen Sie?«. Als er nickte, fuhr sie fort: »Das war dumm von mir, ich weiß. Mehrmals habe ich daran gedacht, es Ihnen zu sagen, aber ich wollte Nancy nicht in die Sache reinziehen. Es wird nicht wieder vorkommen, Sir.«

Doyle lächelte. »Ich weiß.«

Mildred erhob sich und wandte sich zur Tür, drehte sich aber noch einmal zu Doyle um.

»Danke, vielen Dank!«

»Wofür?«

»Dafür, dass Sie mich an meine Pflichten erinnert haben. Beruflich wie privat. Auch wenn ich sauer auf Nancy war, ich hätte sie nicht so lange alleinlassen dürfen.«

Keine drei Minuten, nachdem Mildred gegangen war, klingelte Doyles Telefon. Es war Allisette mit der Mitteilung, dass man Deseaux ins Hauptquartier gebracht hatte und er jetzt erkennungsdienstlich behandelt wurde. Er hatte den Hörer noch nicht aufgelegt, da trat auch schon Pat ein, um

Bericht zu erstatten. Was sie sagte, wirkte ernüchternd auf ihn.

»Zwar habe ich mir Deseaux nicht so richtig als Mörder vorstellen können, aber die Nachricht von seiner Festnahme hatte in mir eine gewisse Hoffnung geweckt. Übrigens hat sich auch der Chief Officer bereits gefreut.«

Pat setzte eine bekümmerte Miene auf. »Vielleicht habe ich überreagiert, aber Deseaux' Aggressivität hat mich genervt. Ich bin da wohl überempfindlich, noch aus der Zeit mit Randy. Der schlug auch am liebsten zu, nachdem er ordentlich getankt hatte.«

Doyle spürte, wie die bloße Vorstellung von dem Klotz Randy Holburn, der mit seinen Riesenfäusten auf Pat losging, in ihm das Blut zum Wallen brachte. Er zwang sich, dieses Bild zu verdrängen und nur an den aktuellen Fall zu denken.

»Ist schon in Ordnung, Pat. Ein kleiner Aufenthalt hinter Gittern wird ihm nicht schaden. Offiziell steht er unter Verdacht, der Pfeilmörder zu sein, das müssen Baker und du in den Bericht schreiben. Und noch etwas: Seine Festnahme bleibt geheim, davon darf nichts an die Presse dringen!«

Er nahm sich vor, auch Sharon kein Sterbenswörtchen davon zu sagen.

»Warum die Geheimnistuerei?«, fragte Pat.

»Falls der Mörder in der Zeit, in der Deseaux in unserem Gewahrsam ist, erneut zuschlägt, ist das der Beweis für Deseaux' Unschuld.«

Pats ohnehin schon betrübtes Gesicht wurde noch finsterer. »Glaubst du denn, dass der Mörder wieder zuschlägt?«

»Ich würde darauf wetten. Leider.«

KAPITEL 16

Obwohl die Ingrams in der Gemeinde Forest wohnten, fand die Beerdigung von Douglas Ingram nicht auf dem Friedhof der kleinen Pfarrkirche St. Marguerite de la Forêt statt, sondern auf dem der Pfarrkirche St. Martin's. Die Ingrams hatten früher in der östlichen Nachbargemeinde gelebt und besaßen hier ein Familiengrab, in dem bereits Floyd Ingram, seine Frau und zwei früh verstorbene Töchter sowie Douglas Ingrams Frau lagen. Der marmorne Grabstein war entschieden zu pompös, wurde an jeder Seite von einem Marmorengel flankiert und verschlankte sich nach oben, um in einem Kreuz auszulaufen. Wahrscheinlich musste der Stein eine gewisse Größe haben, wenn er noch auf die Namen vieler Familienmitglieder wartete, dachte Doyle, aber die beiden gen Himmel blickenden Engel waren ihm entschieden zu viel.

Wenn sie wenigstens bei Petrus für gutes Wetter gesorgt hätten. Die schwarzen Wolken aus Frankreich hatten sich über Guernsey eingenistet wie sture Tauben auf dem Balkon, und er verstand jetzt, was die Floskel »es regnet Bindfäden« bedeutete. Der Friedhof war angefüllt mit dunklen Regenschirmen über Menschen in dunklen Mänteln und mit düsteren Gesichtern. Ein Heer von Regenschirmen und ein Heer von Menschen. Wenn es im Film bei einer Beerdigung goss wie aus Kübeln, hielt Doyle das immer für ein künstlerisches Stilmittel. So wie die Käuzchen, die in alten Gruselfilmen nachts schrien.

Fast die gesamte Guernsey Police schien auf dem Friedhof versammelt, und ganz vorn stand Chief Officer Colin Chadwick, nicht in einem dunklen Mantel unter seinem dunklen Schirm, sondern in Uniform. Ebenso sein Stellvertreter, Superintendent Barry Ogier. Neben den beiden hatte sich die Familie des Toten gruppiert, aber Doyle kannte nur einige von ihnen. Er hatte gehört, eine ganze Anzahl Angehöriger sei zur Beerdigung von England herübergekommen.

Chief Inspector Dennis Ingram hatte, wie viele der hier Erschienenen, seine Uniform angelegt, um seinen verstorbenen Vater zu ehren. Aufrecht und reglos, die breiten Schultern nach hinten durchgedrückt, stand er am offenen Grab, das Gesicht wie versteinert. Er wirkte wie eine Statue aus Marmor, als wolle er den beiden Grabsteinengeln Konkurrenz machen – ein Fleisch gewordener Racheengel.

Die große Frau neben ihm musste seine Ehefrau sein. Ihr Gesicht war unter dem Regenschirm und dem schwarzen Hut mit Trauerschleier nicht zu erkennen, zumal sie den Kopf gesenkt hatte. An jeder Hand hielt sie ein Kind, einen ungefähr zehn Jahre alten Jungen und ein etwa sechsjähriges Mädchen. Der Junge war ganz still und starrte auf das Grab, das Mädchen aber zappelte unruhig hin und her. Bis die Mutter sich zu ihr hinunterbeugte und ihr etwas ins Ohr flüsterte. Das Mädchen sah seinen Vater an und war schlagartig still.

Doyle warf einen besorgten Seitenblick auf seinen eigenen Vater, aber der alte Herr hielt sich wacker. Er trug einen schwarzen Mantel und darunter einen schwarzen Anzug, der ihm inzwischen viel zu groß war, doch der Mantel kaschierte das. Mit dem linken Arm hatte er sich bei seinem Sohn eingehakt, der einen großen – natürlich schwarzen – Schirm über sie beide hielt. Leonard Doyle war heute bemerkenswert gut beieinander, und er hatte schon am Vortag Tante Violet gegenüber den Wunsch geäußert, der Bestattung beizuwohnen. Er und der Tote waren über viele Jahre hinweg Kollegen gewesen, und der Vater des Verstorbenen hatte mit Doyles Vater zu den fabelhaften Fünf gehört. In der rechten Hand hielt Leonard Doyle seinen knotigen Stock, und an seiner rechten Seite stand Violet Brehaut, ebenfalls unter einem Schirm.

Sharon stand wohl mit anderen Reportern, Fotografen und Medienleuten draußen vor dem Friedhof. Die Ingrams hatten Wert darauf gelegt, dass die Vertreter der Medien zur Beerdigung nicht auf den Friedhof kamen. Ein Trupp uniformierter Constables sorgte dafür, dass man ihren Wunsch respektierte. Vermutlich war auch Carol da draußen, aber Doyle dachte nur kurz an sie; das Kapitel war für ihn abgeschlossen.

Doyle trug, wie sein Vater, einen schwarzen Mantel und Anzug, keine Uniform. Zwar gehörte auch zur Ausstattung eines DCIs eine Uniform für formelle Anlässe, aber heute war offiziell sein erster Arbeitstag bei der Guernsey Police, und er hatte noch keine Zeit gefunden, sich vorschriftsmäßig einzukleiden. Wie er erkennen konnte, trug auch Pat, die mit anderen Polizisten ein ganzes Stück links von ihm stand, Zivil. Sie sagte etwas zu dem ebenfalls in Zivil gekleideten Calvin Baker. Der zückte daraufhin hastig ein Taschentuch und wischte sich damit mehrmals über die Lippen. Ein Grinsen huschte trotz des traurigen Anlasses über Doyles Gesicht, als er sich vorstellte, wie Baker angestrengt die verklebten Reste eines Schokoriegels zu entfernen versuchte. Jasmyn Allisette war nicht hier; sie hatte Dienst.

Der Pfarrer hatte laut gebetet, hob jetzt zu einer Rede über das Leben und die Verdienste des Verstorbenen an und traf keine Anstalten, wegen des schlechten Wetters irgendetwas abzukürzen. Mit seinem langen weißen Haar wirkte er wie eine biblische Gestalt, die sich den Naturgewalten im Bewusstsein göttlichen Schutzes furchtlos entgegenstellt. Der schräg hinter ihm stehende Kirchendiener, ein fast kahlköpfiger älterer Herr von recht mickrigem Körperbau, musste sich auf die Zehenspitzen stellen und den Arm mit dem Schirm regelrecht in den Himmel hineinrecken, um Fitzgerald Burgoyne vor dem ärgsten Regen zu schützen. Es sah furchtbar anstrengend aus, selbst auf die Entfernung. Doyle hatte für sich und seine Begleiter einen Platz weiter weg vom Grab gewählt, um Dennis Ingram nicht unnötig zu provozieren.

Burgoyne hielt eine sehr schöne Rede, in der viele Einzelheiten aus Douglas Ingrams Lebenslauf vorkamen. Entweder hatte er ein extrem ausführliches Gespräch mit den Hinterbliebenen geführt, oder der Pfarrer von St. Martin's war über die Einwohner der Nachbargemeinde Forest erstaunlich gut im Bilde.

Der anfangs leichte Wind schwoll zu einer steifen Brise an und zwang die Trauergäste, ihre Schirme schräg zu halten, um sich noch irgendwie der schweren Regentropfen zu erwehren, die jetzt von der Seite kamen. Aber auch das konnte einen Fitzgerald Burgoyne nicht dazu bringen, seine Rede abzukürzen. Zum Abschluss wurde auch noch gesungen, und der in den Baumkronen rauschende Wind spielte die Musik dazu.

Argwöhnisch warf Doyle einen verstohlenen Blick zum Friedhofstor, vor dem, nur schemenhaft zu erkennen, die *Gràn'mère du Chimquière* stand. War das Unwetter die Rache der Alten dafür, dass sie, die einstmals auf dem Areal des Friedhofs gestanden hatte, von der frommen Christenheit nach draußen verbannt worden war?

Endlich war das Lied beendet. Der Pfarrer trat ein paar Schritte zurück und nahm dem erleichterten Kirchendiener den Schirm ab. Douglas Ingrams Angehörige warfen Erde und Blumen auf seinen Sarg, um anschließend die Beileidsbekundungen der hier Versammelten entgegenzunehmen. Doyle betrachtete das mit gemischten Gefühlen, ohne sich von der Stelle zu bewegen. Würde er Dennis Ingram provozieren, wenn er ihm die Hand reichte und ihm sein Beileid aussprach? Oder konnte das vielleicht sogar der Beginn einer Versöhnung zwischen ihnen sein? Er blickte zu Colin Chadwick hinüber, der als einer der Ersten kondolierte. Ein Eklat auf dem Friedhof würde den Chief Officer vermutlich an den Rand eines Herzinfarkts bringen.

Die Entscheidung traf Leonard Doyle, der am rechten Ärmel seines Sohns zupfte.

»Wir müssen Ingrams Sohn und seiner Familie noch unser Beileid aussprechen, Cy. Das gehört sich so.«

Sein Vater hatte recht, es gehörte sich so. Also reihten sich Cyrus Doyle, Leonard Doyle und Violet Brehaut in die Schlange ein, die sich im Gänsemarsch über den aufgeweichten Boden auf die Ingrams zubewegte. Über ihnen riss ein Blitz den Himmel auf, dem kurz darauf ein gewaltiges Donnergrollen folgte. Doyle fühlte sich an die Nacht erinnert, als der Bogenschütze ihn und Carol bei der *Gràn'mère* unter Beschuss genommen hatte. Die Trauergäste wichen vor dem Gewitter ebenso wenig zurück wie Pfarrer Burgoyne, der unter seinem Schirm stand wie ein Fels in der Brandung.

Genauso unerschütterlich stand Dennis Ingram am Grab seines Vaters und nahm eine Beileidsbekundung nach der anderen entgegen. Er streckte seine Hand auch Doyle mit demselben starren Gesichtsausdruck und demselben auf einen fernen Punkt gerichteten Blick entgegen, wie er es während der gesamten Begräbnisprozedur getan hatte. Ihre Hände berührten sich fast, da flackerte etwas in Ingrams

Blick auf, als sei einer der Blitze in ihn gefahren, und er zog seine Hand zurück.

»Dass Sie es auch noch wagen herzukommen, Doyle!«, brüllte er gegen das Unwetter an. »Mein Vater ist tot, und Sie, der neue DCI, sind unfähig, seinen Mörder zu finden. Sie sollten lieber auf der Suche nach dem Mörder sein, als hier Ihre Zeit zu vergeuden!«

Doyle wollte gar nichts erwidern, um Ingram nicht noch mehr zu reizen. Am besten ging er schnell mit seinem Vater und Tante Violet zu dem vor dem Friedhof geparkten Rover und dann nichts wie weg.

Aber Leonard Doyle verharrte auf seinem Platz, hob seinen Stock und zeigte mit der Metallspitze auf Ingrams Brust.

»Sie haben meinem Jungen gar nichts zu befehlen, hören Sie. Cy ist ein guter Polizist, und er wird den Mörder finden. Merken Sie sich das!« Er ließ den Stock sinken und fügte leiser hinzu: »Mein Beileid zu Ihrem schweren Verlust und dem Ihrer Familie, Chief Inspector.«

Als sie zum Friedhofsausgang gingen, bedankte sich Doyle bei seinem Vater. Dass der so für seinen Sohn eingetreten war, erfüllte ihn mit Stolz.

»Jetzt musst du diesen Pfeilmörder aber auch erwischen, Junge«, sagte sein Vater.

»Das wird er, Leonard«, sagte Violet mit einem zuversichtlichen Lächeln. »Das wird er ganz sicher.«

Der Rover stand nahe der *Gràn'mère*, noch innerhalb des Bereichs, der den zahlreich vorhandenen Medienvertretern verwehrt war. Doyle sah ein Kamerateam von BBC Channel Islands, mittendrin Carol unter einem roten Schirm. Ihre Blicke kreuzten sich kurz, mehr nicht.

»Warten Sie, Cyrus!«, rief ein Uniformierter, der mit einem vom Wind verbogenen Regenschirm auf ihn zueilte.

Es war Colin Chadwick, und fast wäre er genau vor der *Gràn'mère* ausgerutscht und hingefallen. Im letzten Augenblick packte Doyle ihn mit beiden Händen am Oberarm und hielt ihn fest. Nur Chadwicks ohnehin lädierter Schirm landete im Matsch.

»Danke, gerade noch mal gutgegangen.« Die Erleichterung im Gesicht des Chief Officers verschwand und wich einem ernsten Ausdruck. »Die Szene am Grab eben war dagegen nicht so schön.«

»Ansichtssache«, erwiderte Doyle mit unbewegtem Gesicht, während er seinem Vater und Violet beim Einsteigen half.

»Was ist Ihre Ansicht, Cyrus?«

»Dass es Chief Inspector Ingram mit seinen Angriffen gegen mich allmählich übertreibt, selbst in Anbetracht seines großen Verlustes. Er hilft den Ermittlungsarbeiten kein bisschen, aber er schadet damit dem Ansehen unserer Einheit.«

»Das lässt ich nicht leugnen. Ich werde morgen mal mit ihm sprechen.« Der Chief Officer nestelte an seiner Schirmmütze herum, und ein kleiner Bach, der sich darauf angesammelt hatte, ergoss sich auf seine Uniformjacke. Er verzog angewidert das Gesicht. »Wir müssen noch über diesen Deseaux reden. Sagen wir, in zwei Stunden in meinem Büro?«

»Ich werde da sein«, versprach Doyle und stieg in den kleinen Rover, während Chadwick zurück auf den Friedhof eilte.

Als Doyle die Tür schloss, fiel sein Blick erneut auf die Journalisten, Fotografen und Kamerateams. Er entdeckte Sharon in der Menge, die ihn offenbar schon eine ganze Weile beobachtet hatte. Sie lächelte ihm zu, und er lächelte zurück. Ein wärmendes Gefühl durchströmte ihn bei dem Gedanken an sie und an die vergangene Nacht.

Über eine Stunde später fluchte Doyle leise vor sich hin, als er im Tamora nach St. Peter Port fuhr. Die französische Schlechtwetterinvasion hatte an Intensität kein bisschen nachgelassen, und er hätte seinen Roadster bei Sturm und Regen lieber geschont. Aber der Rover hatte auf der Fahrt vom Friedhof zum »Petit Château« Probleme gemacht: ein wiederholtes Motorstottern. Die vermutlich von zu viel Nikotin kratzige und berufsmäßig genervte Frauenstimme in der Werkstatt in St. Martin hatte sich – Glück im Unglück – nach einigem Hin und Her bereit erklärt, den Wagen heute noch abzuholen.

»Na schön, dann schicke ich heute Nachmittag einen Abschleppwagen. Ich kann aber nicht sagen, wann. Ist viel los heute, kann auch Abend werden. Es muss also jemand bei Ihnen zu Hause sein, groß warten können wir nicht.«

Nachdem Doyle sich umgezogen und noch schnell eins der von Tante Violet frisch zubereiteten Sandwiches gegessen hatte, war er notgedrungen auf den Tamora umgestiegen. Er fuhr sehr vorsichtig, aus Rücksicht auf die Witterungsverhältnisse und aus Rücksicht auf seinen teuren Wagen. Die Scheibenwischer arbeiteten wie verrückt, und doch konnte er im besten Fall nur wenige Meter weit sehen. Danach kam eine Wand aus Wasser, die alles verschluckte.

In St. Peter Port schaukelten die Yachten in den Hafenbecken so heftig, dass es gefährlich wirkte. Wie Spielzeuge eines Kindes, das übermütig in der Wanne planscht. Große Lagen Wasser schwappten wieder und wieder über die Hafenmauern. Der Tamora begann zu schwimmen, obwohl Doyle nicht viel schneller als Schrittgeschwindigkeit fuhr. Augenblicklich nahm er den Fuß vom Gaspedal und ließ den Wagen im Leerlauf ausrollen, bis die Reifen wieder Haftung hatten. Zum Glück hatte er sein Ziel bald erreicht, dachte er, als er auf der Höhe des St. Julien Pier nach links abbog und den Hafen hinter sich ließ. Der Taxistand, an dem er vorbeifuhr, war leer. Kein Wunder, bei dem Sauwetter machten die Taxifahrer ein Bombengeschäft. Kaum vorstellbar, dass er noch vor ein paar Stunden mit Nancy Picquet auf dem Albert Pier gestanden und die Aussicht auf Castle Cornet genossen hatte.

Zum Glück fand er einen freien Parkplatz direkt vor dem Polizeigebäude. Beim Aussteigen schlug er den Kragen seines alten Trenchcoats hoch. Der Wollmantel, den er bei der Beerdigung getragen hatte, war zu durchnässt gewesen, um ihn anzubehalten. Als er in dem Trenchcoat auf den Eingang zulief, den Kopf zum Schutz gegen Regen und Wind zwischen die Schultern gezogen, wirkte er auf den Constable in der Pförtnerloge vielleicht wie Philip Marlowe auf der Flucht vor den korrupten Bullen von Bay City. Falls der junge Mann wusste, wer Philip Marlowe war.

»Scheußliches Wetter, Sir, nicht wahr?«

Der Constable hinter der Glasscheibe sah ihn vollkommen ernst an, aber Doyle fragte sich, ob der Mann ihn veralbern wollte.

»So etwas hatten wir in London jeden Tag«, gab Doyle mit ebenso ernster Miene zurück und sah noch aus den Augenwinkeln, wie das Gesicht des Constables zu einem Fragezeichen wurde.

Die Sekretärin des Chief Officers beglückte ihren Chef und seinen Gast mit heißem Tee und einer Schale voller Schokoladenkekse. Doyle bedankte sich bei ihr mit einem Lächeln, und sie lächelte zurück. Eine freundliche, hübsche Dunkelhaarige in den Vierzigern, die an diesem Tag wohl nicht zufällig ein schwarzes Kleid trug. Er dachte kurz an das Lächeln Sharons vor dem Friedhof. Jedes Lächeln tat gut an einem Tag wie diesem. Und auch der Tee war eine Wohltat, als das Getränk ihn von innen mit Wärme erfüllte. Alles Unerfreuliche schien ausgesperrt hinter den Fensterscheiben, die heute keine Aussicht auf Candie Gardens boten. Nur graue Wasserschlieren, die pausenlos draußen an ihnen hinabliefen, und ein Trommelfeuer aus Regentropfen wie ein Maschinengewehr in einem Kriegsfilm. Tock-tock-tock-tock-tock.

Colin Chadwick tat etwas Zucker und – im Gegensatz zu Doyle – Milch in seinen Tee, rührte sorgfältig den Inhalt der Tasse um und trank dann, langsam und mit Genuss. Als er die Tasse von den Lippen nahm, sah er Doyle über den Rand hinweg an.

»Alles scheint sich gegen uns verschworen zu haben, Cyrus. Der Pfeilmörder, die Presse und jetzt auch noch das Wetter.« Er stieß einen kurzen Seufzer aus. »Vielleicht halten Sturm und Regen wenigstens unseren Unbekannten von weiteren Morden ab.«

Doyle gab sich keine Mühe, seine Zweifel zu verbergen.

»In der Nacht, als ich mit Carol Stowalter die *Gràn'mère* besucht habe, hat das Unwetter ihn nicht beeindruckt.«

»Immerhin hat er da zum ersten Mal danebengeschossen.«

»Ja, zum Glück.«

»Vielleicht müssen wir uns aber darüber auch gar keine Gedanken mehr machen«, fuhr der Chief Officer nach einem weiteren Schluck Tee fort.

»Wie kommen Sie darauf, Colin?«

Doyle benutzte den Vornamen, weil er sich endlich mal daran gewöhnen musste.

»DI Holburn und Sergeant Baker haben doch diesen Justin Deseaux festgenommen. Wissen Sie übrigens, dass Holburn sich für Ihren Posten beworben hat?«

»Sie hat es mir erzählt. Hätte ich das vorher gewusst, hätte ich den Job vielleicht abgelehnt.«

Chadwick stellte die Tasse ab, stützte die Ellbogen auf die Schreibtischplatte, verschränkte die Hände wie zum Gebet ineinander und stützte sein spitzes Kinn auf die gegeneinander gepressten Daumen. So betrachtete er Doyle, der sich fühlte wie ein Labortier unter den Augen eines Wissenschaftlers.

»Ein guter Rat, Cyrus, man muss alte Klamotten nicht nur ablegen, man muss sie auch in die Altkleidersammlung geben und dann vergessen. Was mich betrifft, ich habe den DCI bekommen, den ich haben wollte. Holburn könnte es sicher nicht besser machen, auch wenn sie Deseaux festgenommen hat. Geschah das auf Ihre Veranlassung?«

»Nein, DI Holburn hat die Entscheidung vor Ort getroffen.«

»Aufgrund welcher Umstände, mit denen Deseaux sich verdächtig gemacht hat?«

Der Chief Officer saß immer noch in seiner Wissenschaftlerpose da, und Doyle fühlte sich mehr und mehr unwohl unter seinem forschenden Blick. Wie in einer Examensprüfung, in der für den Prüfling die Stunde der Wahrheit geschlagen hat. Der Zeitpunkt, um Colin Chadwick reinen Wein einzuschenken, war gekommen.

»Genau genommen«, begann er zögernd, »sitzt Deseaux nicht unter dem Verdacht, ein Mörder zu sein, in seiner Zelle.«

»Sondern?«

»Wegen tätlichen Angriffs auf DI Holburn«, sagte Doyle und berichtete in kurzen Worten, was er von Pat gehört hatte.

»Nett, dass ich das auch mal erfahre.« Der Chief Officer lehnte sich in seinem Stuhl zurück und wirkte kein bisschen überrascht oder gar verärgert. »Um ehrlich zu sein, ich hatte mir so etwas schon gedacht.« Als er Doyles fragenden Blick bemerkte, lachte er kurz. »Wissen Sie, Cyrus, wenn man ganz und gar dämlich ist, kommt man gar nicht erst auf diesen Stuhl.«

»Das habe ich auch keinen Augenblick lang angenommen«, sagte Doyle und gestand sich in Gedanken ein, dass er seinen Chef unterschätzt hatte.

»Dann fischen wir in Sachen Pfeilmörder also weiterhin im Trüben?«, vergewisserte sich Chadwick.

»Sagen wir, das Wasser ist momentan mehr trüb als klar, leider.«

»Und Deseaux? Wir können ihn nicht ewig festhalten, zumal er einen festen Wohnsitz hat.«

»Vielleicht so lange wie möglich, Sir?«

»Warum?«

»Falls der Pfeilmörder wieder zuschlägt, während Deseaux noch einsitzt, wissen wir mit Sicherheit, dass er unschuldig ist.«

»Ich werde tun, was ich kann. Wie hoch schätzen Sie die Wahrscheinlichkeit ein, dass er doch der Mörder ist?«

»Seine Fähigkeiten im Bogenschießen und die Verbitterung über den Tod seines Sohns, an dem DCI Mourant beteiligt war, stempeln ihn natürlich erst einmal zu einem Verdächtigen, zumal er kein Alibi vorweisen kann. Aber ...«

»Aber?«, wiederholte Chadwick, als Doyle plötzlich schwieg.

»Ich weiß nicht genau, wie ich es ausdrücken soll. Für mich macht ihn das schon zu verdächtig, zumal er unter Alkoholeinfluss nicht gerade sympathisch rüberkommt. Er wirkt auf mich wie der typische Verdächtige in einem Fernsehkrimi, von dem man sofort weiß, der ist es nicht. Außerdem neigt er dem Alkohol wirklich sehr stark zu, soweit ich das beurteilen kann. Ich glaube nicht, dass so ein Mensch die Taten des Pfeilmörders begehen kann. Der Mörder verfolgt einen ausgeklügelten Plan, von dem wir leider nur Bruchstücke kennen. So jemand muss sich ständig unter Kontrolle haben. Der Justin Deseaux aber, den ich kennengelernt habe, kann das nicht von sich behaupten. Offenbar hat er Zeiten, zu denen er vollkommen normal erscheint und agiert, aber es scheint auch regelrechte Ausraster zu geben, wie der Angriff auf Pat Holburn gezeigt hat. So etwas kann sich unser Pfeilmörder nicht leisten.«

»Eine gute Analyse, Cyrus, ich stimme Ihnen zu. Was sind Ihre nächsten Schritte, um den Mörder zu finden?«

»Im Augenblick fehlen mir noch konkrete Anhaltspunkte. Alles, was wir an Fakten und auch nur an Vermutungen haben, kauen mein Team und ich immer wieder durch in der Hoffnung, auf ein bislang unbeachtetes Detail zu stoßen. Ein Detail, das uns den entscheidenden Hinweis gibt.«

»Falls so ein Detail existiert.«

»Meistens tut es das. Die Schwierigkeit ist eher, es zu finden.«

»Ich wünsche Ihnen in unser aller Interesse viel und vor allen Dingen schnellen Erfolg bei der Suche. Ach ja, noch etwas.«

»Ja?«, fragte Doyle, der sich schon halb erhoben hatte.

Chadwick reichte ihm die Hand.

»Willkommen bei der Guernsey Police Force, Detective Chief Inspector.« Sein Chef grinste. »Heute ist ja schließlich Ihr erster offizieller Tag hier!«

KAPITEL 17

»Sorry, Cy, ich schaffe es heute Abend wirklich nicht, aber das habe ich ja schon angedeutet. Ist noch eine Menge Arbeit, bis wir die morgige Ausgabe fertig haben. Aufmacher ist natürlich die Beerdigung. Wir durften erst spät auf den Friedhof, war ja alles abgeriegelt. Und dann das Mistwetter. War nicht einfach, ein paar gute Fotos zu machen und Interviewpartner aufzutreiben. Frag deine Ex, wenn du mir nicht glaubst. Die BBC-Leute sind mit ihrer Kamera fast ins offene Grab gefallen.«

Die Szene musste sehr erheiternd gewesen sein; er hörte Sharon leise kichern. Dann knackte es plötzlich, und sie war kaum noch zu verstehen. Vermutlich das Wetter. Gegen Abend war ein neues Gewitter über Guernsey hereingebrochen.

»Ist schon in Ordnung, Sharon«, sagte Doyle sehr laut in sein Smartphone, damit sie ihn auch verstand. »Vielleicht gehe ich einfach mal früh ins Bett, den fehlenden Schlaf von letzter Nacht nachholen.«

Jetzt hörte er sie laut lachen, aber er verstand nur noch Bruchstücke: »... Idee, tu das. Ich ... ganze Menge ... Redaktionsschluss verschoben ... Nachtarbeit ... vermisse dich ...«

»Ich vermisse dich auch!«, brüllte er fast, bevor er das Gespräch beendete.

Angesichts der schlechten Qualität der Verbindung brachte es nichts mehr. Er fühlte sich enttäuscht und seltsam leer, obwohl er den Abend schon für sich selbst eingeplant hatte. Alles in ihm sehnte sich nach Sharons Gesellschaft, nach ihrem Lachen, ihrem Duft, ihrem seidigen Haar und ihrer warmen, weichen Haut.

In seinem Büro hatte noch einiges an Routinearbeit auf ihn gewartet, und er hatte mit Pat eine Strategie abgesprochen, wie sie Deseaux möglichst lange in Haft behalten konnten.

»Das Ganze ist schon ein wenig illegal«, hatte Pat bemerkt und dann gelächelt. »Ich bin dabei.«

Als er nach einer anstrengenden Rückfahrt endlich »Le Petit Château« erreichte, war die Sonne fast untergegangen. Den Carport hatte er leer vorgefunden, und Tante Violet hatte ihm berichtet, dass der Abschleppwagen vor einer halben Stunde da gewesen war.

»Ein ungehobelter Kerl, der seine Zigarre nicht mal beim Sprechen aus dem Mund genommen hat. Und dann hat er auch noch frech die Hand aufgehalten.«

»Du hast ihm doch nichts gegeben?«, hatte Doyle gefragt.

Ein verschmitztes Lächeln war über ihr Gesicht geglitten.

»Doch, den alten Plastikaschenbecher, der seit fünfhundert Jahren im Schrank stand.«

»Ach, das Ding, das kannte ich schon als Kind.«

Es war das Werbegeschenk eines Spielzeuggeschäfts in St. Martin gewesen, das seine Tür schon vor ewigen Zeiten geschlossen hatte. Er hatte dort als Junge seine Airfix-Modellbausätze gekauft und irgendwann den Aschenbecher in die Hand gedrückt bekommen. »Für deinen Dad, Kleiner.« Damals hatte er sich kein bisschen darüber gewundert, dass ausgerechnet ein Spielzeugladen einen Aschenbecher verschenkte.

Violet hatte die Käsesuppe, die sie zum Dinner zubereitet hatte, für ihn aufgewärmt, und er hatte drei volle Teller verdrückt. Danach hätte er sich gern mit seinem Vater über den heutigen Tag unterhalten und sich bei ihm noch einmal dafür bedankt, was er auf dem Friedhof zu Dennis Ingram gesagt hatte. Aber Leonard Doyle war nicht mehr aufnahmefähig, und Violet brachte ihn früh ins Bett.

»Und jetzt?«, sagte Doyle leise zu sich selbst.

Er legte das Smartphone beiseite und blickte durch ein Fenster seines Turmzimmers hinaus aufs Meer, das in der abendlichen Dunkelheit und in dem strömenden Regen nur zu erkennen war, weil gerade ein weiterer Blitz den Himmel aufriss und die Saints Bay für einen Herzschlag in sein gleißendes weißes Licht tauchte. Die zerklüfteten Klippen erwachten in dem zuckenden Lichtschein zum Leben und führten einen wilden Tanz auf wie verwunschene Riesen, die ihre Auferstehung aus dem steinernen Schlaf der Jahrtausende feierten.

Als es draußen wieder dunkel war, wandte er den Blick vom Fenster ab und zog die Schubladen seines Schreibtisches auf, bis er den schlüsselförmigen USB-Stick fand, den Sharon ihm am Tag seiner Ankunft gegeben hatte. Er hörte sie wieder sagen: »Mum nimmt die Gespräche auf. Ich habe die Audiodateien bearbeitet und versucht, sie in eine Chronologie zu bringen, damit du es beim Anhören leichter hast. Es wird dich sicher interessieren, was dein Vater aus seinem ereignisreichen Leben zu berichten hat.«

Und ob ihn das interessierte. In einer anderen Schublade fand er seinen MP3-Player. Dem kleinen Kühlschrank, den er zum fünfzehnten Geburtstag für sein Turmzimmer bekommen hatte und der mittlerweile ungefähr so veraltet war wie Schwarzweißfilme im Kino, aber der noch munter vor sich hin brummte, entnahm er eine Coca-Cola-Dose. Er riss die Dose auf, trank einen Schluck von der kalten Coke, und legte sich, nur noch mit T-Shirt und Shorts bekleidet, aufs Bett. Die kleinen Kopfhörer des MP3-Players waren schnell justiert, und schon war vom Rauschen des Sturms und vom Prasseln des Regens nur noch wenig zu hören. Andächtig lauschte er der im Alter kratzig gewordenen Stimme seines Vaters.

Sharon hatte sich offenbar viel Mühe damit gegeben, die Dateien chronologisch zu ordnen. Mehr noch, sie hatte zum selben Thema gehörende Teile aus verschiedenen Gesprächen mit seinem Vater geschnitten und neu zusammengefügt. Er erkannte das an einem hin und wieder abrupten Schnitt, an den unterschiedlichen Hintergrundgeräuschen und daran, dass Leonard Doyle innerhalb einer Datei mal in besserer und mal in schlechterer Verfassung war. In den ersten MP3s berichtete er über seine frühe Kindheit, teilweise Dinge, von denen Doyle noch nie gehört hatte. So interessant er das auch fand, er würde sich das ein andermal anhören. Für heute hatte er sich die erste Zeit seines Vaters bei der Polizei vorgenommen, die Zeit der fabelhaften Fünf.

Leider ging aus der Bezeichnung der einzelnen MP3s nicht hervor, welchen Zeitraum sie behandelten. Sharon hatte sie einfach durchnummeriert von *LD001* bis *LD103*. Sosehr sich Doyle auch bemühte, die entsprechenden Dateien einzukreisen, er fand keine, in denen es um den jungen Hilfs-Constable Leonard Doyle und seine vier Kameraden ging. Einmal klickte Doyle aus Versehen eine Datei mit hoher Nummerierung an: *LD093*. Er wollte schon eine andere Datei auswählen, da hörte er, wie sein Vater in einem Atemzug die Namen Doug Ingram und Charlie Mourant nannte. Neugierig geworden, ging er ein kleines Stück zurück, um sich den ganzen Passus anzuhören.

»Ich war schon lange pensioniert, als die Sache mit Doug Ingram und dem jungen Charlie Mourant geschah. Sie haben nur ihre Pflicht getan. Aber das zeigt, wie schnell sich ein Polizist dabei Feinde machen kann.«

»Was ist den beiden passiert?«, fragte eine Frauenstimme, und Doyle erkannte Tante Violet.

»Sie sind einem großen Betrug auf die Schliche gekommen, Schwarzarbeit, um genau zu sein. Dieser junge Schnösel, Randy Holburn, hatte massenhaft unangemeldete Arbeiter aus dem Ausland angeworben. Dann war er auch noch so blöd, sich von Ingram und Mourant erwischen zu lassen. Randys Vater Sam war ja auch kein Engel, aber er war auch kein Blödmann wie sein Sohn. Ein Blödmann und ein Großmaul, das ist dieser Randy Holburn. Er musste ordentlich blechen und konnte froh sein, dass er nicht hinter Gittern gelandet ist. Aber dann war er so frech, auch noch Doug Ingram und Charlie Mourant zu bedrohen. Dafür würde er sich rächen, eines Tages, da würde er mit den beiden abrechnen. Die warten heute noch darauf, dass dieser Hohlkopf seine Drohung wahrmacht.«

Das war alles zu diesem Thema. Anschließend erzählte sein Vater etwas über die Veränderungen bei der Guernsey Police seit seinem Ausscheiden. Doyle schaltete den Player aus, nahm die Hörer ab und griff zu der roten Coke-Dose. Während die süße Flüssigkeit seine Kehle hinunterrann, dachte er über das eben Gehörte nach. So unglaublich es auch war, er schien das Motiv des Pfeilmörders erfahren zu haben – und damit auch seine Identität.

Er sprang vom Bett und nahm sein Smartphone vom Schreibtisch. Pats Nummern hatte er in den Kurzwahlspeicher eingegeben, auch die ihres Smartphones. Es dauerte eine kleine Ewigkeit, bis sie endlich mit einem knappen »Hallo?« antwortete.

»Cy hier. Sag mal, dein Ex Randy, ist der ein Ass im Bogenschießen?«

»Ich verstehe dich sehr schlecht. Was soll mit Randy sein?«

Pats Reaktion kam sehr abgehackt bei ihm an, schwankend in der Lautstärke, und immer wieder fehlten kleine Teile. Die internationalen Smartphonehersteller hatten sich offenbar noch nicht auf ein richtiges Guernsey-Gewitter eingestellt. Er wiederholte seine Frage, betont langsam, laut und deutlich.

Unglaube lag in Pats Stimme, als sie erwiderte: »Randy und Bogenschießen? Davon weiß ich nichts. Mir gegenüber hat er es jedenfalls nie erwähnt. Vielleicht nach unserer gemeinsamen Zeit. Aber, ehrlich gesagt, ich kann ihn mir einfach nicht mit Pfeil und Bogen vorstellen. Wie kommst du darauf?«

Doyle berichtete, was er eben gehört hatte, und fragte anschließend Pat, was sie von der ganzen Geschichte wusste.

»Rein gar nichts, das muss vor meiner Zeit bei der Guernsey Police gewesen sein. Seltsam, dass es auch später niemand mir gegenüber erwähnt hat.«

»Gar nicht seltsam«, entgegnete Doyle. »Die Kollegen haben einfach Rücksicht darauf genommen, dass Randy dein Ex ist. Oder sie hielten ihn auch einfach für einen Blödmann und ein Großmaul wie mein Vater.«

»Randy ist ein Blödmann und ein Großmaul, aber er kann auch sehr jähzornig und sehr nachtragend sein.« Die Verbindung wurde immer schlechter, und das meiste musste er sich zusammenreimen. »Ich werde ihn ganz einfach fragen, auch nach seinem Alibi. Er wohnt in der Nähe und …«

Mehr hörte er nicht, nur noch ein Rauschen und Knacken.

»Pat, tu das nicht!«, rief er in sein Smartphone. »Fahr auf keinen Fall allein zu Randy! Hörst du?«

Aber sie hörte ihn nicht, konnte ihn gar nicht hören. Die Verbindung war unterbrochen, und Cy erreichte sie nicht mehr, so oft er es auch versuchte.

»Verdammte Technik!«

Er machte sich Sorgen um Pat, große Sorgen. Nach allem,

was er über Randy Holburn gehört hatte, schien der Typ unberechenbar zu sein. Was leider nur zu gut zu dem Randy passte, den er aus seiner Jugend kannte. Er brauchte unbedingt Holburns Adresse, aber er konnte sich mit dem Smartphone einfach nicht ins Internet einwählen. Immer wieder bekam er einen Verbindungsfehler angezeigt. Er hasste diese Dinger und hätte das kleine schwarze Teil am liebsten gegen die Wand gepfeffert. Im letzten Augenblick beherrschte er sich und legte das Scheißding zurück auf den Schreibtisch.

Hastig zog er sich an: feste Jeans, robuste Schnürschuhe und eine schwere Lederjacke, die er einfach über sein T-Shirt streifte. Er schnappte seine Autoschlüssel, nahm die enge Turmtreppe mit gefährlichen Sprüngen und stürzte zum Festnetztelefon im Eingangsbereich. Er hatte Pats Festnetznummer nicht im Kopf und wollte die Auskunft anrufen, aber die Leitung war tot.

»Scheißgewitter!«, zischte er und rief dann laut: »Tante Violet!«

Violet kam ihm entgegen, eine zerbrechliche Lesebrille auf der Nase. Sie nahm die Brille ab und betrachtete verwundert seinen Aufzug.

»Willst du bei dem Wetter wirklich nach draußen, Cy?«

»Ich muss. Weißt du, wo Randy Holburn wohnt?«

»Der Sohn von Sam Holburn?«

»Ja, der.«

»Was willst …«

»Ich hab's wirklich eilig!«, fuhr er ihr ins Wort.

Violet verstand und sagte hastig: »Vazon Bay, ungefähr in der Mitte. Das Haus sieht sehr protzig aus, ein bisschen wie aus *Vom Winde verweht*. Es steht etwas erhöht und überblickt quasi die ganze Bucht.«

Ein Blitz erhellte die Nacht, als er in den Tamora stieg,

den Motor anließ und rückwärts aus dem Carport stieß. Er wendete den Wagen und war auch schon auf der Straße. Das Licht der Scheinwerfer reichte nur zwei, drei Armlängen weit und wurde dann von den Regenschleiern und der Dunkelheit verschluckt, trotzdem drückte er aufs Gaspedal. Schon an der ersten Abbiegung merkte er, dass er zu schnell war. Der Wagen geriet ins Schleudern und schrammte mit dem Heck an einer Steinmauer entlang. Er hörte ein lautes Kreischen und sah im Rückspiegel Funken aufsprühen. Das musste ein paar fette Schrammen im Lack gegeben haben, aber er achtete nicht weiter darauf. Eine höllische, fast schon irrationale Angst hatte von ihm Besitz ergriffen. Angst um Pat. Sein heißgeliebter Tamora war ihm auf einmal ganz und gar gleichgültig. Er ließ den Motor aufheulen wie ein verwundetes Raubtier und schoss hinaus in die Nacht aus Regen, Sturm und Finsternis.

KAPITEL 18

Patricia Holburn nippte an ihrem Rotwein, während sie auf das Kriminalpuzzle starrte. So hatte sie es getauft, um es sich selbst ein wenig schmackhafter zu machen, dass sie ihre Arbeit mit nach Hause nahm. Warum auch nicht? Andere Leute spielten am Computer gegen die künstliche Intelligenz oder auf die gute alte Art auf einem guten alten Brett Schach gegen sich selbst. Sie versuchte, einem Mörder auf die Spur zu kommen. Das war nicht nur ihr Job, sie empfand es auch als geistiges Training. So wie andere die anspruchsvollen Kreuzworträtsel in der *Times* lösten, um sich geistig fit zu halten. Das Lösen von Rätseln war das tägliche Brot bei der Kriminalpolizei. Wie hatte ein Polizeiausbilder in Cardiff doch einmal, mit einem anzüglichen Seitenblick auf den weiblichen Teil seiner Klasse, bei der Präsentation einer Falllösung gefragt: »Meine Damen und Herren, empfinden Sie dabei keinen kriminologischen Orgasmus?«

Bei dem Gedanken lachte sie kaum hörbar in sich hinein, allerdings war es ein bitteres Lachen. Seitdem ihre letzte Beziehung in die Brüche gegangen war, war dies die einzige Art von Orgasmus, die sie erlebte.

Cyrus Doyle kam ihr in den Sinn, wie so oft in den letzten Tagen. Kein Wunder, stand sie zu ihm doch in einer ebenso vielfältigen wie komplizierten Beziehung. Er war ihre große Liebe gewesen und hatte ihr dann den Rücken gekehrt, um nach London zu gehen. Damals war ihre Mutter schwer krank gewesen, und Pat hatte sie nicht im Stich lassen wollen. Sonst wäre sie vielleicht mit nach London gegangen, und alles wäre anders gekommen. Sie wäre dann bestimmt nicht auf den selbstsüchtigen Blender Randy reingefallen. Und jetzt? Wie aus dem Nichts war Cy wieder da und hatte den Posten inne, für den sie sich selbst als qualifiziert ansah. Auch das war ein Grund für ihr Puzzlespiel. Sie hatte den Ehrgeiz, den Fall vor Cy zu lösen, um allen, und besonders dem Chief Officer, ihre Qualitäten als Ermittlerin zu beweisen.

Immer wieder verschob sie die kleinen gelben und hellroten Karteikarten zu anderen Anordnungen, um die Personen miteinander in Beziehung zu setzen. Auf den gelben Karten standen die Namen der bisherigen Opfer: Charlie Mourant, Douglas Ingram und Cyrus Doyle. Cy war dem Pfeilmörder zwar nicht zum Opfer gefallen, aber offensichtlich hatte der Unbekannte es auch auf ihn abgesehen. Die roten Karten hatte sie mit weiteren Namen sowie ein paar Anmerkungen versehen.

– Justin Deseaux: hat Motiv für Mord an Mourant; Tod seines Sohns Andrew hat ihn aus der Bahn geworfen; offenbar Hass auf alle Polizisten; ganzes Leben zerstört; Meister im Bogenschießen; schwerer Alkoholiker.

– Nancy Picquet: hatte Verhältnis mit Deseaux (wirklich beendet?); Verbindung zur Polizei über ihre Tante Mildred Mulholland.

– Mildred Mulholland: Verbindung zu Deseaux über ihre Nichte Nancy Picquet möglich; könnte bei der Polizei für Deseaux spionieren; kennt sich gut mit Legende vom Wächter der reinen Herzen aus.

– Barbara Mourant: Motiv unbekannt; war früher erfolgreiche Bogenschützin; evtl. Beziehungstat; Mord an Douglas Ingram und Anschlag auf Cy Doyle evtl. Verdeckungstaten.

– Dennis Ingram: seltsam aggressives Verhalten gegenüber Cy Doyle; will Ingram von etwas ablenken?

Dennis Ingram war der größte Wackelkandidat in ihrer Liste von Verdächtigen, aber seine häufigen Wutanfälle wirkten fast übertrieben. Täuschte er sie nur vor, um von seiner eigenen Verstrickung abzulenken? Näheres darüber herauszufinden, dürfte mehr als schwierig sein. Ermittlungen gegen den Chief Inspector der uniformierten Einsatzkräfte würden die ganze Guernsey Police in Aufruhr versetzen.

Pats Blick richtete sich auf eine andere Karte: Mildred Mulholland. Die langjährige, vertrauenswürdige und stets korrekte Sekretärin des Kriminaldienstes als Beteiligte an einem Mordkomplott? Eigentlich unvorstellbar. Aber über ihre Nichte Nancy war der Bezug zu Justin Deseaux gegeben. Vielleicht hatte der etwas in der Hand, mit dem er Mildred erpresste. Möglicherweise drohte er, sich sonst an Nancy zu vergreifen. Andererseits war es Mildred gewesen, die Pat und ihre Kollegen auf die Legende vom Wächter der reinen

Herzen hingewiesen hatte. Was aber, wenn sie absichtlich eine falsche Fährte gelegt hatte, um die Polizei zu beschäftigen?

Nach einem weiteren Schluck Wein stützte Pat den Kopf in beide Hände und starrte hinunter auf ihr kleines Puzzle, das ihr einfach keine neuen Erkenntnisse bringen wollte. Ihre Schläfen pochten. Sie versuchte, sich zu entspannen, indem sie den Klängen des Royal Philharmonic Orchestra lauschte, das tapfer gegen das draußen tobende Unwetter anspielte. Sie hatte eine CD von Barrington Pheloung eingelegt; er dirigierte das Orchester bei Einspielungen eigener Kompositionen und bei zwei Stücken von Johann Sebastian Bach. Beides passte gut zueinander. Bei seinen Eigenkompositionen blieb Pheloung der Klassik eng verbunden. Aber auch die Suite, die den Namen eines sehr erfolgreichen, allerdings fiktiven Kriminalisten trug, verhalf ihr nicht zu neuen Ideen.

Seltsame Klänge mischten sich unter die *Morse Suite*, und erst nach ein paar Sekunden wurde ihr klar, dass es ihr Smartphone war. Ein Anruf, der durch ein paar Takte aus John Barrys *Born Free* gemeldet wurde. Wo steckte das Ding? Sie fand es in ihrer Jacke an der Garderobe und meldete sich mit einem kurzen »Hallo?«.

»… hier. Sag mal, dein … Randy, ist der … ein … im … ießen?« Das war Cys Stimme, so undeutlich, als riefe er vom Mond an. Sie sagte es ihm, und er sprach jetzt lauter, schrie fast: »Ich möchte wissen, ob dein Ex Randy ein Ass im Bogenschießen ist.«

Was Cy ihr dann erzählte, war überaus erstaunlich. Als die Verbindung schließlich ganz unterbrochen war, stand sie noch eine ganze Weile in der Diele und musste das Gehörte erst einmal verarbeiten.

Dann eilte sie zurück ins Wohnzimmer, setzte sich an den Tisch und griff nach einer der hellroten Karten. Mit einem Plastikkugelschreiber, der den Werbeaufdruck eines Supermarkts trug, schrieb sie: *Randy Holburn: belastet durch Leonard Doyle; kann sehr jähzornig und brutal sein; im Suff zu allem fähig; Motiv für Morde an Mourant und Ingram von L. Doyle erklärt; Motiv für Anschlag auf C. Doyle evtl. ICH.*

Sie wusste nicht, warum sie *ICH* in Blockbuchstaben geschrieben hatte. Vielleicht aus persönlicher Betroffenheit. Vielleicht auch, weil es ihr eher unwahrscheinlich erschien. Schließlich waren sie und Cy schon seit über zwanzig Jahren kein Paar mehr. Das Ganze war vor ihrer kurzen, katastrophalen Ehe mit Randy gewesen. Aber wer konnte schon sagen, was in Randys Kopf vorging, wenn er mal wieder einen Kurzschluss hatte? Vielleicht gab er aus irgendwelchen Gründen, die einem vernünftig denkenden Menschen völlig irrational erschienen wären, Cy die Schuld am Scheitern ihrer Ehe. Was auch immer, sie würde versuchen, es herauszufinden. Und das augenblicklich, es ließ ihr einfach keine Ruhe. Wenn das auch bedeutete, in den Sturm hinauszumüssen.

Mit Regenjacke und Gummistiefeln sah sie nicht gerade aus wie aus dem Modejournal, aber das war jetzt unwichtig. Auf einen Schirm verzichtete sie, der Sturmwind hätte ihn ihr innerhalb weniger Sekunden aus der Hand gerissen. Sie wohnte, reiner Zufall oder eine Laune des Schicksals, nur ein Katzensprung von Randy entfernt, in einer Hälfte eines kleinen Doppelhauses in der Rue des Goddards, die in die Vazon Road mündete. Unter normalen Umständen wäre es ein angenehmer Spaziergang gewesen. Aber schon beim Öffnen der Haustür trieb der heftige Wind ihr eine Breitseite Regen ins Gesicht, und sie musste sich nach vorn gegen den Sturm stemmen. Ihr nicht mehr ganz taufrischer VW Golf stand zum Glück ganz in der Nähe, in einer schmalen Kieszufahrt neben dem Haus, und nach ein paar Schritten saß sie in dem schützenden Käfig aus Blech, Kunststoff und Glas.

Die Straße war leer, aber Pat fuhr nicht schneller als Schrittgeschwindigkeit. Sie sah die Fahrbahn kaum, und der Sturm zerrte und rüttelte an ihrem Wagen. Als sie die Vazon Road erreichte, fiel ihr Blick automatisch auf die gleichnamige Bucht mit dem breiten Sandstrand, der bei gutem Wetter Badegäste, Sonnenanbeter und Surfer magnetisch anzog. Jetzt aber sah die große Bucht nicht einladend aus, sondern bedrohlich. Der Sturm peitschte das Meer auf, und immer wieder schwappte Gischt über die dunkle Steinmauer, die an der Vazon Bay entlanglief, und verwandelte die Straße in eine Wasserrutschbahn. Sie beglückwünschte sich zu dem Entschluss, so vorsichtig wie in der ersten Fahrstunde zu fahren.

Ungefähr in der Mitte der Vazon Bay, kurz hinter der Einmündung in die Le Gele Road, tauchte der protzige Kasten auf, den Randy sich nach dem Tod seines Vaters, als Pat schon lange von ihm geschieden war, hierhergesetzt hatte. Wer ihm die Erlaubnis zum Bau des weißen Marmorpalastes mit den großen Säulen gegeben hatte, wusste sie nicht, aber sie nahm an, dass Randy da ein paar fette Scheine über den Tisch des zuständigen Beamten geschoben hatte. Er hatte seinem Domizil den passend-protzigen Namen »Princess of Vazon« gegeben, aber die meisten Leute nannten es spöttisch »Little Tara« in Anspielung auf das Herrenhaus in *Vom Winde verweht*.

Als sie die geschwungene Auffahrt zu dem leicht erhöht stehenden Möchtegernpalast hinauffuhr, dachte sie an den Film mit Clark Gable, Janet Leigh und Olivia de Havilland. Ein Großvater von Olivia de Havilland war ein Guernseyman gewesen, und einer der Vorfahren, Sir Peter de Havilland, hatte den damaligen Vizegouverneur Sir John Doyle bei seinen Plänen für eine umfangreiche Erneuerung des Straßensystems auf Guernsey unterstützt. Eine so noble Familie hatte es nicht verdient, mit Randys Bausünde in Verbindung gebracht zu werden, und sei es auch nur indirekt, dachte Pat, als sie vor dem gut beleuchteten Eingang aus dem Wagen stieg. Es kostete sie einige Mühe, die Fahrertür, gegen die der Sturm seine unsichtbare Faust drückte, aufzustemmen.

Mit schnellen Schritten lief sie die kleine Treppe zum Eingang hoch unter das mächtige Vordach, das sie wenigstens etwas vor dem Regen schützte. Neben der von einer verschnörkelten Messingplatte umfassten Klingel stand kein Name. Wozu auch? Wer hierherkam, wusste, mit wem er es zu tun hatte. Fehlte nur noch ein Schild mit der Aufschrift *Lieferanten bitte den hinteren Dienstboteneingang benutzen*. Entschlossen drückte sie auf die Klingel, mehrmals hintereinander. Im Haus läutete es, als hätte sich Quasimodo persönlich an die Seile seiner geliebten Glocken gehängt.

Drinnen gingen Lichter an, was sie durch die schmalen Glasscheiben neben und über der Haustür sah, und endlich wurde die Tür geöffnet. Einen Spalt nur, und eine schwere Kette war von innen als Sicherheit angebracht. Durch den Spalt lugte eine Frau mit langem blondem Haar und sah sie fragend an.

Dann erkannte sie Pat und sagte ohne jede Begeisterung: »Ach, Sie sind's. Was wollen Sie, noch dazu um diese Uhrzeit?«

»Eintreten und mit Randy sprechen«, sagte Pat zu Eve Holburn, Randys zweiter Frau.

»Warum? Es ist schon spät.«

»Es ist dringend. Glauben Sie, ich fahre nur so zum Spaß bei diesem Wetter durch die Gegend und besuche alte Bekannte?«

Eve zuckte mit den Achseln, jedenfalls mit der einen, die Pat durch den Türspalt sehen konnte.

»Ich kann mir nicht vorstellen, was es zwischen Ihnen und Randy Dringendes zu besprechen gibt.« Nach einigen Sekunden fuhr sie fort: »Nach all den Jahren.«

»Keine Sorge, ich will Randy nicht zurückhaben, ganz sicher nicht. Ich muss ihn dienstlich sprechen.«

»Dienstlich?«

»Sie wissen doch, dass ich bei der Polizei bin. Oder muss ich Ihnen erst meinen Dienstausweis zeigen?«

Pat hoffte, dass Eve das nicht von ihr verlangte, weil ihr einfiel, dass der Ausweis in einer anderen Jacke steckte.

»Ist Randy etwa wieder betrunken gefahren?«

»Ich würde gern mit ihm persönlich sprechen.«

»Na gut, wenn es dienstlich ist.«

Eve drückte die Tür ein Stück zu und löste die Kette.

Als Pat mit einem knappen »Danke« eintrat, sah sie gleich die Blutergüsse in Eves Gesicht. Randy konnte es also immer noch nicht lassen. Er und Eve waren schon ein paar Jahre verheiratet, vier oder fünf, und sie fragte sich, weshalb Eve bei ihm blieb. Angst? Geldsorgen? Oder war die Liebe so groß? Doch, man konnte einen Mann wie Randy lieben; Pat hatte das selbst erlebt. Aber konnte man ihn auch dann noch lieben, wenn man ihn näher kannte?

Eve traf keine Anstalten, Pat zu Randy zu bringen. Mit pikiertem Gesichtsausdruck starrte sie auf Pats Gummistiefel, um deren Sohlen sich kleine Pfützen auf den Terrakottafliesen bildeten.

»Wir haben es gern sauber, vielleicht könnten Sie die Stiefel ausziehen?«

»Verstößt gegen die Polizeidienstordnung«, log Pat, die nicht die geringste Lust verspürte, sich mit ihren Stiefeln abzumühen. »Paragraph achtunddreißig, Absatz zwei: Im Dienst ist auch in geschlossenen Räumen stets festes Schuhwerk zu tragen.«

Sie setzte eine Miene des Bedauerns auf.

»Ach so, das wusste ich nicht.« Eve wirkte nicht so richtig überzeugt und starrte immer noch auf die Gummistiefel und die sich langsam ausbreitenden Pfützen. »Dann hole ich mal kurz was zum Abwischen.«

Pat lächelte geschäftsmäßig. »Das wäre reizend.«

Eve verschwand für ein, zwei Minuten und kehrte mit einem Lappen und einer halb vollen Rolle Küchenpapier zurück. Sie kniete sich tatsächlich vor Pat auf den Boden wie ein Dienstmädchen in einer Szene aus *Downton Abbey*. Pat tat es ein wenig leid, wie sie sich ihr gegenüber eben verhalten hatte. Sie schien keinen schlechten Charakter zu haben, und sie hatte bestimmt kein leichtes Leben – niemand hatte das an Randys Seite. Gehorsam hob Pat einen Fuß nach dem anderen und ließ ihn von Eve mit dem Küchentuchpapier säubern. Anschließend benutzte Pat den Lappen als Fußabtreter.

»So, das müsste gehen«, sagte Eve erleichtert und wischte mit ein paar Papierstücken die Bodenfliesen restlos sauber. »Ich bringe das Papier kurz weg.«

Als Eve zurückkam, rief eine raue Männerstimme: »Wo bleibst du bloß, Eve? Trödelst du wieder rum? Wer war denn an der Tür?«

Pat erkannte Randys Stimme sofort, und sie wusste auch augenblicklich, dass er an diesem Abend schon eine Menge getankt hatte. Seine Tonlage war ihr nach all den Jahren noch sehr vertraut, und darüber war sie alles andere als glücklich. Er hatte kein bisschen mit schwerer Zunge gesprochen, aber das hatte nichts zu bedeuten. Randy vertrug so einiges.

»Wir kommen schon, Randy«, rief Eve und nickte Pat zu. »Bitte.«

»*Wir?*«, dröhnte der unsichtbare Randy. »Wer ist *wir?*«

Eve führte Pat in ein Wohnzimmer, das drei- bis viermal so groß war wie ihr eigenes, mindestens. In einem großen Wandkamin flackerte ein elektrisches Feuer. Stil hatte Randy noch nie besessen, was man schon am Äußeren seines Domizils erkannte. An den Wänden mischten sich Turner- mit Warhol-Kopien. Eben alles, was jeder irgendwie kannte. Eine breite Glastür mit zwei Flügeln, jetzt verschlossen, führte hinaus auf eine riesige, zum Teil überdachte Terrasse, auf der man Grillpartys für eine ganze Kompanie veranstalten konnte. Die überall verteilten Flaschen Wodka, Gin, Scotch, Bourbon und einiges mehr – Hauptsache hochprozentig – gaben ihr einen Eindruck, welcher abendlichen Beschäftigung Randy sich hingab. Auch das kannte sie aus eigener Erfahrung. Wenn man ihn davon abhalten wollte, auf Sauftour zu gehen, musste man ein häusliches Saufgelage dulden. Sie fragte sich heute noch, wie er es geschafft hatte, seine schlechten Angewohnheiten bis zu ihrer Heirat vor ihr zu verbergen.

Randy lag mit übereinandergeschlagenen Füßen, die in braunen Wildlederschuhen steckten, auf einer samtig glänzenden Couch, hielt ein fast volles Whiskyglas in der Hand und starrte Pat über den Rand hinweg an.

»Sieh an, welch seltener Glanz in meiner Hütte. Die gute alte Pat, verkleidet als Rumpelstilzchen. Oder willst du heute Abend noch auf ein Galadiner?«

Er war der Einzige, der das komisch fand, lachte dafür aber umso lauter.

Eve räusperte sich und sagte vorsichtig: »Miss Holburn ist dienstlich hier, Randy. Sie muss mit dir sprechen.«

Randy legte seine mit den Jahren höher gewordene Stirn in Falten und sah seine Frau an, als hätte er sie vorher gar nicht wahrgenommen.

»Wer hat dich denn gefragt, Kleines? Du hältst lieber den Mund, wenn sich Erwachsene unterhalten!«

»Das ist nicht nett von dir, Randy«, beschwerte sich Eve mit leisem Trotz in der Stimme. »Sei doch nicht so!«

»Das ist nicht nett von dir, Randy. Sei doch nicht so!«, äffte er sie nach. »Fang bloß nicht an zu heulen wie ein kleines Baby!« Sein Blick fiel wieder auf Pat, und er lachte erneut. »Du kannst dich ja bei der Polizei beschweren, wenn dir mein Ton nicht passt.«

Pat trat einen Schritt vor und bemühte sich um einen rein sachlichen Tonfall.

»Vielleicht können wir uns alle ein wenig beruhigen. Ich bin nur gekommen, um dir ein paar Fragen zu stellen, Randy. Dann bin ich auch schon wieder weg.«

Er setzte sich auf, leerte das Glas in einem Zug und knallte es auf die Marmortischplatte.

»Warum so eilig, Pat? Du weißt doch, bei so einem Wetter jagt man keinen Hund vor die Tür, nicht mal eine Hündin. Sag mal, jetzt, wo dein geliebter Cyrus Doyle wieder da ist, treibt ihr es da ordentlich miteinander? Du wie eine Hündin und er von hinten?«

Seine fischgrauen Augen glänzten, entweder durch die Vorstellung dieser Sexualpraktik oder durch den Whisky beflügelt.

»Ich möchte gern dienstlich bleiben«, sagte Pat im selben ruhigen Ton wie eben.

Sie gab sich Mühe, ihren Ärger auf Randy zu unterdrücken. Seit ihrer Scheidung war sie ihm nur gelegentlich begegnet, auf der Straße oder bei offiziellen Anlässen. Aber jetzt, so nah gegenüber, Auge in Auge, merkte sie, dass sich in ihr einiges an Zorn auf ihn aufgestaut hatte. Wer mit Randy verheiratet war, brauchte wohl zwangsläufig eine Psychotherapie.

»In meinem Haus bestimme ich, was geschieht.« Er stand von der Couch auf und präsentierte sich in seiner ganzen Lebensgröße von mindestens einem Meter neunzig. »Eve hätte dich gar nicht reinlassen dürfen mit deinen schmutzigen Stiefeln. Du stehst nämlich auf einem echten Perserteppich, falls du weißt, was das ist.«

»Das weiß ich.« Pat konnte den Zorn, der in ihr hochstieg, nicht länger unterdrücken. »Ein Perser ist etwas, mit dem ein Banause prima angeben kann.«

»Willst du mich vor meiner Frau lächerlich machen? Du kommst in mein Haus und kommandierst hier rum wie die Hausherrin! Das wärst du wohl gern, was?«

»Mach dich nicht lächerlich, Randy. Mich von dir zu trennen, war die klügste Entscheidung meines Lebens.«

Randy kam um den Tisch herum auf sie zu. Pat fragte sich, ob es wirklich eine gute Idee gewesen war, herzukommen. Als die große Rechte des Hünen sie am linken Ohr traf und durch den halben Raum schleuderte, kannte sie die Antwort. Sie krallte sich in die Lehne eines Sessels, sonst hätte die Wucht des Schlags sie zu Boden geschleudert. Ihr linkes Ohr brannte und pochte laut, und nur wie von fern hörte sie Eves Stimme. Wahrscheinlich versuchte Randys Frau, ihn zurückzuhalten. Vergebens. Pat wusste noch von früher, dass er nicht so schnell aufhörte, wenn er erst mal in Fahrt war.

Ein zweiter Schlag auf ihre rechte Wange ließ sie herumwirbeln, und dann sank sie auf den Perserteppich. Ihr Versuch, dem Schlag auszuweichen, war viel zu langsam gewesen. Damals, bei ihrer Polizeiausbildung in Cardiff, war sie eine gute Kampfsportlerin gewesen. Aber zwischen damals und heute lagen zu viele Jahre, zu viel im Dienst schnell in sich reingestopftes Fast Food und zu viele Flaschen Rotwein an einsamen Abenden. Sie hatte weder die nötigen Reflexe noch die nötigen Muskeln, um sich gegen Randy zu wehren.

Der baute sich über ihr auf und grinste auf sie herab.

»Komm schon, Liebling, steh auf! Wir fangen doch gerade erst an, Spaß miteinander zu haben.« Wieder rief Eve irgendetwas, und Randy wandte sich zu ihr um. »Du solltest ganz still sein, sonst knöpfte ich mir dich als Nächstes vor, dummes Stück!«

Pat hatte sich erneut an die Sessellehne geklammert und kam schwankend auf die Füße. In ihrem Schädel hämmerte es. Ihre rechte Wange brannte, als hätte sie Kontakt mit einer heißen Herdplatte gehabt. Jetzt wäre sie nur zu gern Polizistin in Frankreich oder sonst wo auf dem Kontinent gewesen, dann hätte sie eine Schusswaffe gehabt. Sie brauchte etwas, mit dem sie sich gegen den körperlich hoffnungslos überlegenen Randy wehren konnte, aber ihr suchender Blick huschte vergebens durch den Raum.

Randy packte sie an den Haaren und zwang sie vor sich auf die Knie.

»Was mache ich jetzt mit dir? Vielleicht willst du mal die Hündin eines richtigen Mannes sein, hm?«

Das Gewitter schickte einen neuen Donnerschlag, der sich in seine Worte mischte, aber da war noch etwas anderes: ein seltsames Klirren. Wie in Zeitlupe sah Pat einen Flügel der breiten Terrassentür bersten, und eine Gestalt sprang durch das splitternde Glas in den Raum. Ein Mann in einer Lederjacke, die Arme zum Schutz gegen die Glassplitter vor das

Gesicht erhoben, den Kopf gesenkt. Als er im Wohnzimmer stand, den Kopf hob und die Arme herunternahm, sah sie, dass ihn die Splitter doch erwischt hatten. Ein blutiger Riss lief über seine linke Wange, vom Augenwinkel bis fast zum Kinn.

»Cy!«

In all den Jahren, seit er Guernsey und sie verlassen hatte, hätte sie sich nicht vorstellen können, so froh über seine Anwesenheit zu sein.

»Das wird ja immer besser!« Randy grinste breit, als er Cy ansah. »Du möchtest wohl zusehen, wie ich's deiner Pat mal richtig besorge.«

Cy erwiderte seinen Blick und sagte mit harter Stimme: »Lass sie los!«

»Und wenn nicht? Willst du mich dann festnehmen?«

»Du befindest dich quasi schon hinter Gittern«, sagte Cy. »Lass Pat sofort los!«

»Hol sie dir doch, wenn dir so viel an ihr liegt!«

Als Cy ohne weitere Worte auf sie und Randy zukam, versuchte Pat, sich seine Chancen auszurechnen. Er war groß und alles andere als ein Schwächling, aber Randy war noch einen halben Kopf größer als er. Außerdem war Randy skrupellos, und das konnte ein entscheidender Vorteil sein.

Kaum war ihr dieser Gedanke gekommen, da riss ihr Ex sie auch schon an ihren Haaren ein Stück in die Höhe und schleuderte sie vor Cys Füße. Cy wich zur Seite aus, um nicht über Pat zu stolpern. Diese kleine Unaufmerksamkeit, Sekundenbruchteile nur, nutzte Randy, um Cy einen Schlag gegen die linke Schläfe zu verpassen.

Cy taumelte zurück, und Randy sprang über Pat, um nachzusetzen. Erneut hob Randy seine Fäuste, aber Pats Befürchtung, dass Cy wieder von einem harten Schlag getroffen würde, bewahrheitete sich nicht. Der Schlag ging ins Leere, als Cy unter Randys rechtem Arm hinwegtauchte und zur Seite auswich.

Als auch Randy sich drehte, krachte Cys Faust bereits gegen seine Nase. Blut spritzte, und Randy stieß einen gutturalen Laut aus, ähnlich dem Schmerzensschrei eines Tieres. Cy schlug erneut zu, wieder und wieder. Offenbar hatte er das Boxen nicht verlernt. Seine Fäuste hämmerten auf den Kopf und den Oberkörper des zurücktaumelnden Gegners ein. Bis Randy das Gleichgewicht verlor und rücklings gegen einen riesigen Plasmabildschirm fiel, der unter seinem Gewicht zu Bruch ging. Benommen lag Randy in den Trümmern und schien gar nicht zu begreifen, wie ihm geschehen war.

Mit einem Satz war Cy bei ihm und sagte mit einer seltsamen Kälte: »Steh auf, Scheißkerl. Du liebst doch Schläge. Ich habe noch eine Menge davon für dich!«

Eve, die den Kampf mit stummem Entsetzen verfolgt hatte, warf sich schützend über ihren Mann und sah zu Cy auf.

»Bitte, hören Sie doch auf. Er hat genug. Sehen Sie das nicht?«

Tränen liefen über ihre Wangen. Es waren Tränen, für die Pat jedes Verständnis fehlte, zumal Eve sich, wenn sie Pech hatte, als Dank für ihr Eingreifen nichts als ein paar weitere Blutergüsse einhandeln würde. Randy war so ein Kerl, der sich durch die Hilfe einer Frau in seiner Ehre gekränkt sah.

»Ich habe keine Handschellen dabei«, sagte Cy. »Bleib also einfach auf dem Boden liegen, Randy, sonst schicke ich dich wieder dahin. Im Übrigen nehme ich dich fest wegen Angriffs auf zwei Polizeibeamte. Über deine Rechte halte ich dir gleich noch einen hübschen Vortrag.«

Cy wandte sich zu Pat um, die sich benommen fühlte, schwindlig. Er half ihr beim Aufstehen, wofür sie ihm sehr dankbar war. Sie rang sich trotz aller Schmerzen und Übelkeit ein Lächeln ab.

»Schön, dich zu sehen, Cy. Wie bist du so schnell hergekommen?«

Er lächelte zurück, was mit dem Blut, das von dem Schnitt in seiner Wange an seinem Mundwinkel vorbeifloss, etwas verwegen aussah. Sein vom Regen nasses und vom Wind zerzaustes Haar und die mit ein paar Glassplittern gespickte Lederjacke trugen noch mehr dazu bei, ihn eher wie Indiana Jones aussehen zu lassen als wie den Detective Chief Inspector der Guernsey Police. Das stand ihm gut, fand Pat, und sie ertappte sich dabei, ihn sehr anziehend zu finden.

»Ich habe den Tamora etwas gekitzelt, was bei dem Unwetter nicht ganz einfach war«, sagte er. »Der Lack ist jetzt ab, wie man so schön sagt.«

SECHSTER TAG

Dienstag, 2. September

KAPITEL 19

Es war früher Vormittag, aber genauso gut hätte es später Nachmittag sein können. Wenn Doyle durch die Fenster seines Büros nach draußen blickte, sah er nur dunkles Grau und Regen. Irgendwann weit nach Mitternacht hatte der Sturmwind sich gelegt, und auch das Gewitter hatte beschlossen, endlich genug zu haben. Aber die dichte Wolkendecke, die Frankreich herübergeschickt hatte, lastete schwer und unbeweglich über Guernsey, und es regnete in einer Tour. Er fühlte sich müde und zerschlagen, und mehrmals schon hatte ihn ein Sekundenschlaf übermannt. Wo blieb der Kaffee, den Mildred ihm versprochen hatte?

»Heiß wie ein ausbrechender Vulkan und stark wie Superman.«

Wie Superman? Bei einer Frau wie Mildred hätte er eher an einen Vergleich mit Herakles gedacht oder mit dem heiligen Georg, dem Drachentöter. Er musste grinsen, als er an ihre Worte dachte. Sie überraschte ihn immer aufs Neue.

Das Grinsen ließ er schnell wieder bleiben. Ein heftiger Schmerz durchfuhr dabei seine linke Wange. Dort klebte ein großes Pflaster über dem Schnitt, der noch in der Nacht im Princess Elizabeth Hospital genäht worden war. (»Das wird ganz hübsch werden, man wird die Narbe kaum sehen.«) Außerdem schmerzte seine rechte Schulter. Er war das Boxen nicht mehr gewohnt und beschloss, wieder zu trainieren, sobald diese elende Pfeilmördergeschichte erledigt war. Sein Schädel brummte nur leicht, und er hatte es dankend abgelehnt, zur Beobachtung im Krankenhaus zu bleiben. Der Schlag, den Randy Holburn an seiner Schläfe gelandet hatte, könnte eine leichte Gehirnerschütterung bewirkt haben, hatte die aus Indien stammende Ärztin erklärt. Aber Doyle hatte keine Zeit, um faul im Bett zu liegen, und er hatte auch keine Ruhe dazu.

Endlich klopfte es, und er rief: »Immer herein mit dem frischen Kaffee, Mildred!«

»Nimmst du den Kaffee auch, wenn ich ihn dir bringe?«

In der halboffenen Tür stand eine attraktive Frau mit einem Plastiktablett. Bekleidet mit einem grauen Rollkragenpullover und schwarzen Jeans. Beides saß sehr eng und betonte ungeachtet ihrer schlanken Figur ihre weiblichen Formen.

»Sharon!«

Er war so froh über ihren Anblick, dass ein breites Lächeln auf seinem Gesicht erschien, und schon machte sich die frische Wunde auf seiner Wange wieder bemerkbar.

»Was hast du, Cy?«, fragte sie besorgt.

»Ach, nur ein kleiner Schnitt, der sehr gut verheilen wird. Sagt jedenfalls Dr. Gupta-Jones.«

»Du machst aber auch Sachen, wenn man dich nachts allein lässt«, sagte Sharon mit gespielter Strenge, als sie eintrat und das Tablett vorsichtig auf dem Schreibtisch absetzte. Auf dem Tablett befanden sich zwei dampfende Kaffeebecher, ein Milchkännchen und ein paar in Plastikfolie eingeschweißte Sandwiches. »Ich dachte mir, du könntest Hunger haben.«

»Ich habe mir nicht nur eine ausgesprochen attraktive Frau ausgesucht, sondern dazu auch noch eine enorm kluge«, sagte Doyle und vermied es diesmal zu lächeln. »Glück muss der Mensch haben.«

Er kam um den Schreibtisch herum und schloss Sharon in die Arme. Als sie sich küssten, kitzelte eine Strähne ihres langen brünetten Haares seine linke Wange. Es fühlte sich gut an, Sharon in den Armen zu halten, und es ging ihm gleich viel besser.

»Ich habe dich vermisst, Liebes«, sagte er leise zu ihr.

Als er sich von Sharon löste, fiel sein Blick auf eine andere Frau in der Tür, die ihnen zugesehen und zugehört hatte – wie lange, das wusste er nicht. Pat sah zum Gotterbarmen aus mit mehreren Blutergüssen und zwei Pflastern im Gesicht. Sie war von Dr. Gupta-Jones noch viel drängender ermahnt worden, ein paar Tage im Princess Elizabeth zu bleiben – mit demselben Erfolg wie in Doyles Fall.

»Ich wusste nicht, dass ich störe, Cy. Dann verschieben wir unser Gespräch über gestern Abend besser. Du findest mich in meinem Büro.«

Pat ging über den Flur, und Doyle schloss die Tür. Als er sich zu Sharon umwandte, grinste sie schelmisch.

»Jetzt wirst du die Sache mit uns beiden nicht länger geheim halten können. Bald weiß die ganze Guernsey Police, dass du es mit einer bösen Journalistin treibst.«

»Pat ist kein Plappermaul.« Er deutete auf das Tablett. »Außerdem ist es kein Geheimnis mehr, seitdem du Mildred den frisch gekochten Kaffee abgeluchst hast.«

»Mildred hätte schon nichts gesagt. Wir kennen uns recht gut über meine Mum.«

»Dann ist ja alles in bester Ordnung«, sagte er wenig begeistert, weil ihm aus anderen Gründen nicht gefiel, dass Pat ihn und Sharon eben eng umschlungen gesehen hatte.

Er strich mit der Hand über Sharons Haar, setzte sich wieder hinter den Schreibtisch und beugte sich über die drei Sandwich-Packungen.

»Was haben wir denn da Schönes? Thunfisch mit Ei, Huhn mit Ei und Schinken mit Ei. Sehr kreativ, diese Sandwichfabrikanten.«

Sharon setzte sich auf einen Besucherstuhl und zog eine Schnute.

»Soll ich das alles wieder mitnehmen? In der Redaktion finde ich bestimmt ein paar hungrige Mäuler, die sich darauf stürzen.«

»Bloß nicht, ich habe Hunger wie ein Bär nach dem Winterschlaf.« Er öffnete die Packung Huhn mit Ei und hielt Sharon das halbe Sandwich hin. »Halbe-halbe? Dann kann jeder von uns die sicher elementaren Geschmacksunterschiede dieser Variationen mit Ei durchprobieren.«

»Mitgefangen, mitgehangen.«

Sharon schnappte sich ihren Teil Huhn mit Ei, biss herzhaft hinein und kaute ebenso herzhaft.

»Nun, wonach schmeckt es?«, fragte Doyle, der noch nicht von seiner Hälfte probiert hatte, vorsichtig.

»Nach Ei«, lautete Sharons undeutliche Antwort, während sie noch kaute. Sie schluckte den ersten Bissen hinunter und sagte: »Erzähl doch mal, wie war dein gemeinsamer Abend mit Pat Holburn? Man hört ja so allerlei darüber. Zumindest seht ihr beide reichlich ramponiert aus.«

»Mit wem spreche ich gerade?«, fragte Doyle, nachdem auch er den ersten Bissen verzehrt hatte (er teilte Sharons Geschmacksbewertung). »Mit meiner reizenden neuen Freundin oder mit der knallharten und auf Schlagzeilen versessenen Enthüllungsjournalistin des *Guernsey Spectator*?«

»Sagen wir, mit deiner reizenden und dich anhimmelnden Freundin. Sonst kriege ich gar nichts aus dir raus. Einiges weiß ich sowieso schon. Wenn ich von dir zusätzliche Infos kriege, werde ich mit dir Rücksprache halten, bevor ich sie für den *Spectator* verwerte. Haben wir einen Deal?«

»Haben wir.« Doyle trank den ersten Schluck Kaffee, heiß und belebend rann Mildreds Gebräu seine Kehle hinunter. »Was weißt du schon alles?«

»Nächtliches Tohuwabohu in ›Little Tara‹, darin verwickelt DCI Doyle und DI Holburn, pikanterweise die Ex des Hausherrn Randy Holburn. Dieser festgenommen, Zusammenhang mit den Morden an Mourant und Ingram vermutet.«

Er trank einen weiteren Schluck Kaffee und lächelte ganz vorsichtig.

»Dann weißt du ja schon alles. Hut ab vor deinen Informanten.«

»Vielleicht hast du doch die eine oder andere zusätzliche Information für mich. Zum Beispiel die, inwieweit Randy Holburn, immerhin Guernseys größter Bauunternehmer, verdächtig ist, der Pfeilmörder zu sein?«

»Ich werde es dir verraten. Wenn du dein Zeitungsarchiv sorgfältig durchforstest, wirst du ohnehin darauf kommen.«

Er berichtete ihr von der Drohung, die Randy Holburn laut der Erzählung seines Vaters gegen die beiden Mordopfer ausgesprochen hatte.

»Das ist ein Motiv für die beiden Morde, wenn auch kein besonders starkes. Aber wo ist das Motiv für den Anschlag auf dein Leben, Cy?«

»Das hat vorhin in der Tür gestanden.«

»Okaaayyy«, sagte Sharon gedehnt und schien zu überlegen, sie hielt sogar im Kauen inne. »Das alles kann man so auslegen, aber ein guter Rechtsanwalt wird sich damit nicht abspeisen lassen. Ich schätze, Dandy-Randy hat nicht nur *einen* guten Rechtsanwalt, sondern gleich einen ganzen Trupp von der Sorte. Leisten kann er sich's. Er lebt recht gut von der Firma, die sein Vater aufgebaut hat.«

»Dandy-Randy?«

»So nennt ihn meine Kollegin Cary, die im *Spectator* die Klatschspalte schreibt. Wenn Randy abends auf Tour geht, spielt er gern den Großkotz von Welt. Einmal hat Cary ihn in der Klatschspalte auch so genannt. Die Ausgabe war noch keine zwei Stunden draußen, da stand schon einer seiner Anwälte in der Redaktion.«

»Dandy-Randy«, wiederholte Doyle. »Gestern Abend hat er sich eher wie ein Randy Frazier benommen.«

Sharon kicherte.

»Und du warst bestimmt Muhammad Doyle.«

Er rieb über seine schmerzende Schulter.

»So ungefähr.«

Sie klatschte in die Hände.

»Herrlich, ich sehe schon die Schlagzeile vor mir: *Muhammad Doyle gegen Randy Frazier – Thriller in der Villa!*«

»Wenn du das wagst!«

»Ja, was dann?«

Er hob drohend die rechte Hand. »Dann versohlt dir Muhammad Doyle den Hintern.«

»Wirklich?«

»Und ob, und zwar den nackten.«

»Man soll sich nie gegen neue Erfahrungen sperren«, grinste sie. »Aber bevor wir ausführlich über unsere abendlichen Vergnügungen plaudern, wüsste ich doch gern, wo sich Randy jetzt befindet und wie es mit ihm weitergehen soll.«

»Er liegt unter polizeilicher Bewachung im Princess Elisabeth.«

»Alle Achtung, so schwer hast du ihn erwischt?«

Doyle winkte ab. »Ist doch alles nur Show, wahrscheinlich auf Rat seiner Anwälte.«

»Habt ihr denn, abgesehen von dem Motiv, das ihr euch gestrickt habt, etwas Handfestes gegen ihn in der Hand, um ihn mit den Pfeilmorden in Verbindung zu bringen?«

»Noch nicht«, antwortete er zögernd. »Vielleicht finden wir noch etwas.«

»Heißt das, ihr macht bei ihm eine Hausdurchsuchung?«

»So ist es. Wir warten nur auf die richterliche Genehmigung. Aber die Info ist nur für dich privat. Ich will nicht, dass du mit einem Fotografen vor ›Little Tara‹ stehst, bevor wir dort aufkreuzen.«

»Also gut«, sagte sie schweren Herzens. »Versprochen.«

Sie teilten sich noch das dritte Sandwich, Schinken, das nach beider Meinung den stärksten Eigengeschmack besaß, wenn auch hier das unvermeidliche Ei dominierte. Mit einem stark nach Ei schmeckenden Kuss verabschiedeten sie sich voneinander, und Doyle ging die wenigen Schritte zu Pats Büro. Durch die geschlossene Tür hörte er den veralteten Tintenstrahldrucker arbeiten, und er klopfte laut an.

»Komm ruhig rein, ohne anzuklopfen, Cy. Ich befinde mich in keiner verfänglichen Situation.«

Als er eintrat, nahm Pat gerade zwei Papierbögen aus dem Drucker, unterschrieb auf einem mit ihrem Namen und heftete beide zusammen.

»Woher wusstest du, dass ich es bin, Pat? Kannst du hellsehen, oder hast du einen Röntgenblick wie Superman?«

Er dachte kurz an Mildred, die ihn wohl auf diesen Vergleich gebracht hatte.

»Nur Intuition. Wer sonst sollte um diese Zeit an meine

Tür klopfen?« Sie hielt ihm die Papierbögen hin. »Für dich.«

Er nahm sie, las sie aber nicht, sondern sah Pat an.

»Was ist das?«

»Lies einfach.«

Aber er betrachtete weiterhin ihr Gesicht, und jede Wunde darin schmerzte ihn.

»Was ist das?«, wiederholte er.

»Meine Erklärung, dass die Verantwortung für das, was gestern Abend geschehen ist, ganz allein bei mir liegt. Ich war übereifrig und bin ohne jede Anweisung zu Randy gefahren, weil ich Punkte sammeln wollte.«

»Was für Punkte?«

»Als Kriminalistin, die vor allen anderen Randy verhört. Damit Chief Chadwick sieht, dass ich auch ein guter DCI geworden wäre. Naja, wie wir seit gestern Abend wissen, wäre ich das nicht. Er hat die richtige Entscheidung getroffen, als er dir den Posten gegeben hat. Meine Erklärung hält dich so weit wie möglich aus der Sache raus. Nur für deine Geraden und Haken wirst du dich wohl selbst verantworten müssen. Danke übrigens dafür – du warst meine sprichwörtliche Rettung in letzter Sekunde.«

»Vielleicht habe ich nur einen Hang zu dramatischen Auftritten.« Er zerriss die beiden Blätter in kleine Schnipsel und warf sie in den Papierkorb. »Lügen akzeptiere ich nicht.«

Pat starrte irritiert auf den Papierkorb und dann wieder auf ihn.

»Wieso Lügen?«

»Bist du nicht in Wahrheit zu Randy gefahren, um es deinem Ex mal richtig zu zeigen?«

»Auch«, gestand sie nach kurzem Zögern ein. »Das sicher auch. Aber trotzdem war nicht gelogen, was ich eben geschrieben habe. Ich kann es ja um eine Bemerkung über meinen emotionalen Kurzschluss in Bezug auf Randy ergänzen und noch einmal ausdrucken.«

»Das wirst du nicht, und du wirst den ganzen Schrieb da augenblicklich von deiner Festplatte löschen. Das ist ein Befehl. Oder willst du mich als Lügner hinstellen?«

»Dich? Wieso?«

»Weil ich meinen Bericht an Chadwick bereits abgeschickt habe. Darin steht, dass du in meinem ausdrücklichen Auftrag zu Randy gefahren bist. Wir wollten uns dort treffen, aber das Unwetter hat mich aufgehalten. Der Sturm war so schlimm, dass du bei Mrs Holburn Nummer zwei um Einlass gebeten hast. Anschließend ist die Situation ohne deine Schuld eskaliert.«

»Das hast du geschrieben?«

»Ja.«

»Warum?«

»Ich versuche, ein guter DCI zu sein. Der stellt sich hinter seine Leute und fällt ihnen nicht in den Rücken.«

»Nur deshalb?«, hakte Pat nach und sah ihn prüfend an.

»Welchen Grund sollte es sonst noch geben?«

Während er auf eine Antwort wartete, fiel sein Blick auf ein paar Familienfotos, die auf dem Schreibtisch standen. Eins zeigte Pat mit drei kleinen Kindern. Nein, das war nicht Pat, sondern ihre jüngere Schwester. »Alison«, erinnerte er sich an ihren Namen und bemerkte dann, dass er ihn laut ausgesprochen hatte.

»Ja, das ist Alison«, bestätigte Pat, deren Blick seinem gefolgt war. »Mit ihren Kindern. Sie und ihr Mann Ralph leben in Nordschottland. Ralph ist dort ein hohes Tier beim Küstenschutz.«

Für ein paar Sekunden betrachteten beide schweigend das

Bild, und vielleicht dachten beide dasselbe über das, was hätte sein können und niemals sein würde, aber keiner sprach es aus. Als Doyle das Büro verließ, versuchte er, sich wieder auf das Berufliche zu konzentrieren. Er sollte jetzt schnellstmöglich den verdammten Bericht für Colin Chadwick schreiben.

KAPITEL 20

Der richterliche Beschluss zur Durchsuchung von Randolph Holburns Anwesen kam schneller als erwartet, und gegen elf Uhr vormittags setzte sich ein kleiner Polizeikonvoi vom Hauptquartier in St. Peter Port aus in Richtung Vazon Bay in Bewegung. Im vordersten Wagen, einem dunkelblauen Audi, saßen Doyle und Pat, gefolgt von Baker und Allisette in dem metallicsilbernen Škoda. Dahinter kamen ein Streifenwagen und ein Kleintransporter in den Polizeifarben mit den uniformierten Kollegen.

Die Vazon Bay lag auf der Westseite Guernseys, ungefähr auf derselben Höhe wie die Hauptstadt. Doyle lenkte den Audi, nachdem sie St. Peter Port verlassen hatten, auf die Straße Les Rohais de Haut, die, unter wechselnden Namen, Guernsey quasi auf seiner Ost-West-Achse durchschnitt. Noch immer regnete es heftig, und die Scheibenwischer arbeiteten unermüdlich. Überall sah man die Verheerungen, die der nächtliche Sturm hinterlassen hatte: abgedeckte Häuser, zerstörte Fensterscheiben, abgerissene Äste und ganze umgestürzte Bäume. Auf der gesamten Strecke sahen sie Arbeiter in gelb oder orange leuchtenden Schutzwesten, die sich bemühten, die ärgsten Schäden zu beseitigen. Zum Glück im Unglück, so der bisherige Stand, hatte es keine Toten gegeben, allerdings eine Menge Verletzter.

Doyle dachte mit Erleichterung an »Le Petit Château«, das glimpflich davongekommen war. Nur das Küchenfenster hatte dran glauben müssen, als der Sturmwind einen schweren Ast dagegen geschleudert hatte. Doyle hatte bereits einen Glaser aus St. Martin angerufen und um den schnellen Einbau einer neuen Scheibe gebeten.

»Schnell?« Der Glaser hatte am Telefon laut gelacht. »Guter Mann, Sie sind so ungefähr der achtzigste Anrufer heute Morgen.«

An der Kreuzung zur Rue de Presbytère, wo ein Mann in dicker Schutzkleidung gerade seine Kettensäge anwarf, um einen an die Seite geräumten Baumstamm zu zerlegen, räusperte sich Doyle und sagte zu Pat: »Versteh bitte nicht falsch, was du heute Morgen in meinem Büro gesehen hast.«

»Wovon sprichst du?«

»Von Sharon und mir.«

»Was gibt es da falsch zu verstehen?«, fragte Pat kühl. »Ihr seid zusammen, oder? Das ist doch euer gutes Recht.«

»Ich meine ja nur«, sagte er zerfahren, weil er selbst nicht recht wusste, was er nun eigentlich meinte. »Du könntest ja denken …«

Er räusperte sich erneut, als hindere ihn ein Frosch im Hals am Weitersprechen.

»Ich denke da gar nichts, Cy. Es ist deine Privatangelegenheit, und daher geht es mich rein gar nichts an.«

»Du sollst nicht glauben, dass ich irgendwelche Dienstgeheimnisse an Sharon weitergebe, weil sie Journalistin ist.«

Pat warf ihm einen kurzen Seitenblick zu.

»Wohl eher, weil sie eine verdammt sexy aussehende Journalistin ist.«

»Das glaubst du?«, fragte er empört.

»War nur ein Scherz. Ich halte dich für den integersten DCI, den Guernsey in den letzten Jahrzehnten hatte.«

Überrascht nahm er für eine Sekunde den Blick von der Straße und sah fragend zu Pat hinüber. »Geht das gegen Charlie Mourant?«

»Vergiss es«, sagte sie nur und dann nach kurzem Schweigen: »Aber deine Freundin ist wirklich verdammt sexy, das kannst du nicht bestreiten.«

»Warum sollte ich? Aber letztlich kommt es nicht auf die Figur an, sondern auf das, was drinsteckt.«

Pat lachte aus vollem Hals.

»Wenn du das wirklich glaubst, Cy, gehörst du aber zu einer eklatanten Minderheit der Spezies Mann.«

»Falls das bedeutet, dass ich anders bin als dein Ex Randy, nehme ich das als großes Kompliment.«

»Zum Glück bist du anders als Randy.«

»Warum hast du den Kerl überhaupt geheiratet?«, entfuhr es Doyle, ehe er sich auf die Zunge beißen konnte. Wenn jemand kein Recht hatte, das zu fragen, dann wohl er.

Aber Pat schien es ihm nicht übelzunehmen und antwortete: »Randy kann eine Menge Charme versprühen, wenn er will und wenn er nicht total betrunken ist. Er war jung, er sah gut aus, er hatte Charme und auch noch Geld – und er hat mich gefragt.«

Doyle verstand die letzte Bemerkung und beschloss, lieber still zu sein. Er bog nach links auf die Rue de la Porte ab und nach einiger Zeit wieder nach rechts, auf die Le Gele Road, die ganz in der Nähe von »Little Tara« in die Vazon Road mündete. Der Konvoi hielt in der Auffahrt zu Randys Anwesen, und beim Aussteigen las er das große Schild mit dem offiziellen Namen »Princess of Vazon«. Dicke schwarze Buchstaben, verschnörkelt wie in einer alten Urkunde, auf einer trapezartigen Tafel aus weißem Marmor. Der Name so pompös wie das Haus.

Von dem kleinen Hügel aus hatte man einen guten Blick über die Bucht, die, wie der Rest der Insel, immer noch unter dicken Franzosenwolken lag. Auch wenn der Sturm sich beruhigt hatte, rollte die See wieder und wieder mit schweren Brechern an Land, und die hochspritzende Gischt vermischte sich mit dem Regen, der auf den längst in eine Schlammbrache verwandelten Sandstrand platschte. Um die Unverbesserlichen davon abzuhalten, trotz des gefährlichen Wetters, der Absperrungen und der Warnschilder die Badebucht zu besuchen, die tollkühnen Surfer und die stählernen Schwimmer, die sich für unzerstörbar hielten – die Bekloppten also –, patrouillierten zwei weibliche Special Constables an den Strandzugängen. Doyle hatte Mitleid mit den Frauen, die trotz ihrer Regenjacken wahrscheinlich schon bis auf die Knochen durchnässt waren.

Auf sein wiederholtes Klingeln öffnete Eve Holburn. Mit ihrem strähnigen Haar, dem ungeschminkten bleichen Gesicht und den tiefen schwarzen Rändern unter den Augen wirkte sie so übermüdet und mitgenommen, wie auch er selbst sich fühlte. Sein Anblick und der des Polizeitrupps in seinem Rücken trugen nicht dazu bei, sie aufzuheitern.

»Was wollen Sie schon wieder? Randy liegt noch im Krankenhaus.«

»Wir müssen Ihr Haus durchsuchen, Miss Holburn. Hier ist die richterliche Anordnung.«

Er hielt ihr das Dokument unter die Nase, aber sie schien es gar nicht wahrzunehmen.

Sie wandte das Gesicht um und rief: »Tom, sie sind da.«

Ein schlanker, fast hagerer Mann um die vierzig im dunkelgrauen Dreiteiler, sehr elegant und bestimmt nicht von der Stange, kam mit federnden Schritten zur Haustür und blieb neben Eve stehen. Er fuhr sich mit der Hand über das lockige Blondhaar, rückte seine Brille mit schwarzem Rand zurecht und musterte Doyle, den er fast um einen Kopf überragte, fragend.

»Sie wünschen?«

»Ich wünsche mir vieles«, sagte Doyle, dem der Lockenkopf auf Anhieb unsympathisch war. »Aber zunächst wünsche ich zu erfahren, wer Sie sind.«

»Oh, Verzeihung, wie unhöflich von mir«, sagte der Lockenkopf, ohne es wirklich zu meinen. »Ich war davon ausgegangen, dass die führenden Polizisten auf Guernsey mich kennen. Aber bei Ihnen kann das natürlich nicht zutreffen, Sie sind ja der Neue.«

»Ja, ich bin der Neue. Und der weiß immer noch nicht, mit wem er es zu tun hat.«

Der Lockenkopf deutete eine Verbeugung an und wirkte dabei wie einer Jane-Austen-Verfilmung entsprungen.

»Thomas Taylor Trudeau von der Kanzlei ›Trudeau, Trudeau and Billington‹.«

»Rechtsanwalt also«, fasste Doyle zusammen. Er hatte nichts gegen Rechtsanwälte, ohne die konnte ein Rechtsstaat nicht funktionieren. Aber der Lockenkopf schien ihm, das sagte ihm sein Gefühl, zu der Sorte der Rechtsverdreher zu gehören, und auf die konnte die Welt gut verzichten. »Welcher Trudeau sind Sie denn?«

»Wie bitte?«

»Sie sagten, Sie seien von der Kanzlei ›Trudeau, Trudeau and Billington‹. Ich frage mich jetzt, sind Sie ›*Trudeau*, Trudeau and Billington‹, oder sind Sie ›Trudeau, *Trudeau* and Billington‹?«

»Was spielt das für eine Rolle?«

»Ich kenne gern meine Feinde.«

»Ich bin doch nicht Ihr Feind.«

»Umso besser, dann werden Sie sich ja kooperativ verhalten.«

Der Lockenkopf lächelte dünn. »Ich bin der zweite Trudeau. Der erste ist mein Vater, Taylor Terrance Trudeau.«

»Was ist mit Billington, gehört wohl nicht zur Familie, wie?«

»Doch, er ist mein Cousin, mütterlicherseits.«

Doyle reichte ihm den Durchsuchungsbeschluss.

»Ich nehme an, das hier möchten Sie sehen.«

»In der Tat hat mich Mr Holburn mit der Wahrnehmung seiner rechtlichen Interessen in dieser Angelegenheit beauftragt.« Trudeau der Zweite hörte sich an, als hätte er noch stundenlang in seiner geschwollenen Art weiterreden können. Nach kurzem Studium reichte er Doyle das Papier zurück. »Ohne Zweifel formell rechtsgültig, trotzdem muss ich Einwendungen gegen die Durchsuchung vorbringen.«

»Wieso das?«, fragte Doyle, ohne wirklich überrascht zu sein. Leute wie Lockenkopf Trudeau hatten immer etwas vorzubringen.

»Aus der richterlichen Anordnung geht hervor, dass die Hausdurchsuchung der Überprüfung eines konkreten Verdachts dient, nämlich der Frage, ob mein Mandant etwas mit den sogenannten Pfeilmorden zu hat.«

»Und?«

»Er kann gar nichts damit zu tun haben, weil er für die fraglichen Zeiten ein lückenloses Alibi hat.«

Gelangweilt sagte Doyle: »Ich nehme an, dieses Alibi steht neben Ihnen.«

Mit einem kurzen Blick auf Eve erwiderte der Anwalt, zum ersten Mal ein wenig aus der Fassung: »Woher wissen Sie das?«

»Nach mehr als zwanzig Jahren Polizeidienst brauche ich zu solchen Erkenntnissen keine Glaskugel mehr. Ich an Mrs Holburns Stelle würde meinem Mann auch jedes Alibi dieser Welt liefern, wenn ich so viele Blutergüsse im Gesicht hätte wie sie.«

»Das ist eine Unterstellung«, ereiferte sich Trudeau. »Eine bodenlose Unterstellung, für die ich Sie zur Rechenschaft ziehen werde, Detective Chief Inspector.«

»Tun Sie das.« Doyle wedelte mit dem Dokument. »Wir tun derweil unsere Arbeit.«

»Wie ich eben schon sagte, habe ich dagegen schwere Einwände vorzubringen.«

»Wie Sie eben schon sagten, Sir, ist dieser richterliche Beschluss *ohne Zweifel formell rechtsgültig*, und allein darauf kommt es an.« Er wandte sich zu seinen Leuten um. »Ladys und Gentlemen, wir fangen an. DI Holburn wird Sie in Arbeitsgruppen einteilen.«

Sie durchsuchten das Haus akribisch und systematisch, ließen keine Schublade ungeöffnet, kein Kleidungsstück unberührt und kein Buch – es gab davon glücklicherweise nicht viele – im Regal stehen, aber sie fanden nichts. Doyle war darüber nicht sonderlich enttäuscht. Er sah die Sache ähnlich wie Sharon. Zwar konnten sie Randy Holburn ein grundsätzliches Motiv unterstellen, aber ihn für den Pfeilmörder zu halten, dazu reichte es nicht. Doyle glaubte auch nicht daran, aber er hatte gehofft, in »Little Tara« irgendetwas zu finden, dass Holburn belastete, und seien es gefälschte Abrechnungen für das Finanzamt. Damit hätte er wenigstens ein bisschen Munition gegen den Bauunternehmer in der Hand gehabt, wenn dieser versuchte, sich für den vergangenen Abend zu revanchieren. Dass Holburn so etwas versuchen würde, daran bestand für ihn kein Zweifel.

Pat trat zu ihm und machte ein langes Gesicht.

»Ich fürchte, wir sind durch, Cy. Wir könnten höchstens noch den Garten umgraben, aber dafür fehlt uns jeder Anhaltspunkt, und ›Trudeau, Trudeau and Billington‹ würden uns dafür eine gesalzene Rechnung präsentieren.«

»Sogar eine gepfefferte«, sagte Doyle. »Ich stimme dir zu, Pat. Wir werden im Garten kaum die Ausrüstung eines Bogenschützen finden, zusammen mit einer Anleitung *Zum Robin Hood in dreißig Minuten – Bogenschießen leicht gemacht*. Sag den Leuten also, dass wir abrücken.«

Da hörten sie einen Ruf aus dem Kellereingang im Hausflur. Der Keller war in den künstlich aufgeschütteten Hügel gebaut, auf dem das Haus stand.

»Das ist Jasmyn«, stieß Baker hervor, der zum wiederholten Mal die übersichtlich gefüllten Bücherregale durchgesehen hatte. »Vielleicht ist sie in Gefahr!«

Mit einer für seine Körperfülle beachtlichen Behändigkeit huschte er an Doyle und Pat vorbei und verschwand auf der Kellertreppe.

»Ihm nach«, sagte Doyle zu Pat. »Mit der Gefahr hat er hoffentlich unrecht, aber auf irgendetwas ist Allisette da unten gestoßen.«

Er sollte recht behalten. Dort unten war eine Art Geheimversteck, wenn auch nicht besonders professionell angelegt. Hinter einem Vorrat an Konservendosen in einem großen Holzregal war ein Loch in der Wand mit einer Sperrholzplatte verdeckt. In diesem Loch stand eine Blechdose, unverschlossen, und in der lag, sorgfältig in ein Wachstuch eingewickelt, ein alter, gut erhaltener Revolver. Jedenfalls hatte er dort gelegen, bis Constable Allisette ihn, an einem in dem Lauf gesteckten Kugelschreiber haltend, herausgenommen hatte.

Doyle betrachtete die Waffe, während Allisette sie langsam vor seinen Augen drehte.

»Ein Webley-Militärrevolver, Kaliber .38. Meine Güte, damit hat vielleicht noch jemand bei El Alamein oder am Strand der Normandie geschossen.«

»So alt ist das Ding?«, fragte Allisette ungläubig.

»Scheint ein Familienerbstück zu sein. Wenn mich nicht alles täuscht, wurde dieses Modell 1942 bei den britischen Truppen eingeführt.«

Allisette staunte immer noch und sah ihren Vorgesetzten an.

»Woher wissen Sie so etwas, Sir?«

Er lächelte und bereute es augenblicklich, als ein Stich durch seine linke Wange jagte.

»Fortbildungslehrgang Waffenkunde bei der Metropolitan Police.«

»Ist schon ein toller Haufen, die Metropolitan«, bemerkte Pat ein wenig säuerlich. »Du warst bestimmt Lehrgangsbester.«

»Aber nein, nur der Zweitbeste.«

Sie gingen nach oben und präsentierten ihren Fund Eve Holburn und Thomas Taylor Trudeau.

»Was wollen Sie damit beweisen?«, fragte der Rechtsanwalt. »Der Mörder, den Sie suchen, schießt mit Pfeilen, nicht mit Kugeln. Schon vergessen? Das alte Ding hat wahrscheinlich Randys Großvater gehört, der war im Zweiten Weltkrieg Major bei der Achten Armee. Randy wird gar nicht gewusst haben, dass die Waffe existiert.«

»Dieses Haus steht erst seit ein paar Jahren«, erwiderte Pat. »Irgendjemand muss die Waffe in dem Geheimversteck deponiert haben. Der Geist von Randys Großvater war es ganz bestimmt nicht. Außerdem gibt es einen Zeugen dafür, dass Randy von der Waffe wusste.«

»Wen?«, fragte Trudeau scharf.

»Mich«, antwortete Pat. »Als wir verlobt waren, hat er mir gegenüber mal damit geprahlt, dass er einen Revolver seines Großvaters aus dem Krieg hat. Eine Waffe, die nirgendwo registriert ist, wie er ausdrücklich sagte.«

»Und? Das macht ihn immer noch nicht zum Pfeilmörder.«

»Aber es verschafft ihm neben der Anzeige wegen tätlichen Angriffs auf zwei Polizisten auch noch eine wegen unerlaubten Waffenbesitzes«, sagte Doyle. »Kleinvieh macht auch Mist. Im Übrigen ist der Revolver konfisziert. Sie, Mr Trudeau, erhalten darüber selbstverständlich eine Quittung.«

Bevor sie »Little Tara« verließen, ließ Doyle seinen Blick noch einmal durch das Wohnzimmer schweifen. Die meisten Spuren der abendlichen Auseinandersetzung waren verschwunden. Ein neuer Plasmabildschirm stand am Platz des zerstörten, und die Terrassentür sah aus wie neu.

»Zu einem Randy Holburn kommt der Glaser natürlich sofort.«

»Was sagst du?«, fragte Pat.

Er machte eine wegwerfende Handbewegung.

»Ach, nichts.«

KAPITEL 21

Mildred Mulholland war eine Mutter der Kompanie, wie sie leibt und lebt. Da Doyle und seine Kollegen erst von der Vazon Bay zurückkehrten, als die Zeit für den Lunch längst vorüber war, servierte sie ihnen heißen Tee, Schokoladen-Karamell-Plätzchen und selbstbelegte Gurkensandwiches, hinter denen sich die abgepackten Sandwich-Kameraden aus dem Kühlregal verstecken konnten – samt Ei. Doyle, Pat, Baker und Allisette langten ordentlich zu, und das stärkte ihre Moral, die angesichts des mageren Ergebnisses der Hausdurchsuchung nicht besonders hoch war.

»Dieser geschniegelte Rechtsanwalt hat schon recht«, fasste Pat es zusammen. »Ein illegaler Revolver aus der Zeit von Rommel und Montgomery macht aus Randy noch lange keinen Pfeilmörder.«

Doyle zwang sich zu einem Lächeln, obwohl es weh tat.

»Freuen wir uns über die kleinen Dinge. Wenigstens kannst du bezeugen, dass Randy schon früher mit dem Revolver geprahlt hat.«

»Wer sagt das?«, erwiderte Pat mit einem unschuldigen Augenaufschlag.

»Du hast es gesagt, zu Mr Trudeau dem Zweiten.«

Pat tat verwundert. »Bist du sicher, Cy, dass du dich da nicht verhört hast?«

»Du hast gelogen«, dämmerte es ihm.

»Sagen wir, ich habe geblufft. Randy erinnert sich ganz bestimmt nicht mehr daran, ob er es mir gesagt hat oder nicht. Trudeau wird ihm jetzt raten, den illegalen Waffenbesitz zuzugeben, um mit einer milden Strafe davonzukommen.«

Doyle war nicht so ganz zufrieden.

»Hauptsache, der geschniegelte Lockenkopf von Rechtsverdreher kommt dir nicht auf die Schliche. Sonst singt er dir das Lied von Verleumdungsklage und Dienstbeschwerde vor.«

»Wer sollte mich verraten?«, fragte Pat und sah in die Runde.

Alle lächelten einander verschwörerisch zu.

Mildred, die mit der nachgefüllten Teekanne in der Tür stand, sagte treuherzig: »Ich war draußen in der Küche und habe gar nicht mitbekommen, worum es geht. Aber es war bestimmt nicht wichtig.«

Als alle Plätzchen und Sandwiches aufgegessen waren, fischte Sergeant Baker aus den Tiefen seiner Jackentaschen einen Schokoriegel, öffnete routiniert die Plastikverpackung und biss herzhaft in die Schokoladen-Erdnuss-Irgendwas-Mischung.

Bislang schweigsam, schien sein Geist jetzt auf Touren zu kommen, und er sagte, während er noch kaute: »Randy Holburn und sein Revolver hin oder her, ich werde den Eindruck nicht los, dass wir uns auf Nebenschauplätzen verzetteln. Das bringt uns doch auf der Suche nach dem Pfeilmörder keinen Schritt weiter. Die Glaubwürdigkeit des Alibis, das seine Frau ihm gibt, ist meines Erachtens unerheblich. Ich kann mir einfach nicht vorstellen, dass Holburn unser Mann ist. Seine Sachen sind das spontane Zuschlagen im Suff, das Verprügeln von Frauen oder eine Kneipenschlägerei, aber ausgetüftelte Morde?« Er schüttelte den Kopf, wobei sich ein kleines Erdnussstück von seinem Mundwinkel löste und auf die Tischplatte fiel. »Dazu halte ich ihn nicht für fähig.«

Constable Allisette sah ihn erstaunt an, als hätte sie mit Bakers plötzlichem Energieschub nicht gerechnet, nickte dann aber.

»Ich bin ganz Calvins Meinung. Da käme für mich eher noch Justin Deseaux in Betracht, der kennt sich wenigstens mit Pfeil und Bogen aus, und zwar meisterhaft.«

»Aber auch er ist ein Säufer«, gab Baker zu bedenken.

»Stimmt«, sagte Allisette.

Baker schien froh darüber, dass sie seiner Meinung war. Er kam jetzt so richtig in Fahrt.

»Gut, dass unser DCI den Anschlag des Pfeilmörders überlebt hat.«

»Danke«, sagte Doyle. »Das finde ich auch.«

Unbeirrt fuhr Baker fort: »Da Sie, Sir, unzweifelhaft auf der, wenn Sie das Wort gestatten, Abschussliste des Mörders stehen, brauchen wir eigentlich nur zu warten, bis er einen zweiten Versuch unternimmt, Sie zu töten. Natürlich sollten wir Sie immer im Auge behalten, damit der Versuch nicht von Erfolg gekrönt ist.«

»Vielen Dank für die Rücksichtnahme«, sagte Doyle ohne jede Begeisterung. »Aber wie stellen Sie sich das in der Praxis vor, Sergeant? Soll ich mich unter Polizeischutz stellen? Der Pfeilmörder ist schlau, und ich werde die Befürchtung nicht los, dass er gute Kontakte zur Polizei hat. Besondere Sicherheitsmaßnahmen für meine Person würden ihn wahrscheinlich warnen, und er würde sich zurückhalten. Außerdem gibt es noch einen Punkt, der uns davon abhalten sollte, uns auf meine Person zu konzentrieren. Wir wissen nicht, ob nicht noch mehr Personen auf seiner *Abschussliste* stehen. Und falls es so ist, wer ist dann das nächste Opfer?«

Nach der Konferenz nahm Pat ihn zur Seite und sagte: »Auch wenn wir nicht wissen, wer das nächste Opfer ist, sei trotzdem vorsichtig, Cy!«

»Warum so besorgt? Wenn der Pfeilmörder mich erwischt, ist der Posten des DCI wieder zu haben.«

Pat sah ihn ernst an. »Um diesen Preis möchte ich ihn ganz sicher nicht haben.«

»Tee mit Plätzchen oder ein paar Sandwiches, Cyrus?«, fragte Chief Officer Colin Chadwick eine Stunde später, als Doyle sein Büro zum Rapport betrat.

Doyle lehnte dankend ab, lobte Mildreds Fürsorglichkeit und ahnte, als er auf einem Besucherstuhl Platz nahm, dass die Atmosphäre in Chadwicks Büro nicht lange so freundlich bleiben würde. Er musste kein ausgebildeter Polizeispürhund sein, um den Ärger zu riechen, der in der Luft lag. Es genügte zu wissen, dass Randy Holburn die Kanzlei »Trudeau, Trudeau and Billington« im Rücken hatte.

Der Chief Officer trank einen Schluck Tee und ließ sich damit alle Zeit der Welt. Entweder wollte er sich selbst zur Ruhe zwingen, dachte Doyle, oder er wollte seinen Besucher in Sicherheit wiegen.

»Sie sind ja recht aktiv, Cyrus. Ich habe Ihren Bericht über die Aktion gestern Abend im Haus von Randolph Holburn gelesen. Das war ja wohl eine Verkettung recht unglücklicher Umstände.«

»Sie sagen es, Colin.«

Chadwick zeigte auf Doyles verletzte Wange. »Ist es schlimm?«

»Nur, wenn ich lache. DI Holburn hat es schlimmer erwischt. Aber auch sie ist im Dienst.«

Chadwick ließ einen unverständlichen Laut hören, eine Mischung aus Zweifel und Unzufriedenheit.

»Vielleicht war es nicht so ganz durchdacht, DI Holburn zu einem Einsatz bei ihrem ehemaligen Mann zu schicken.«

»Sie haben vollkommen recht«, sagte Doyle und beeilte sich, den Zerknirschten zu spielen. »Es war mein Fehler, und ich mache mir deshalb große Vorwürfe.«

»In Holburns Haus ist einiges zu Bruch gegangen. Seine Anwälte haben mir eine Liste geschickt.« Chadwick wühlte in den Papieren auf seinem Schreibtisch und fand endlich den gesuchten Computerausdruck. »Zersplitterte Terrassentür, zertrümmerter Plasmabildschirm und so weiter, von Holburns Verletzungen ganz zu schweigen. Er liegt noch im Krankenhaus, nicht wahr?«

»Ja, in Polizeigewahrsam. Ich musste durch die Terrassentür springen, um DI Holburn beizustehen. Randolph Holburn war gerade dabei, sie in einen Klumpen rohes Fleisch zu verwandeln. Es ist ein Hobby von ihm, Frauen zu schlagen. Das Gesicht von Eve Holburn spricht Bände.«

»Verstehe«, murmelte der Chief Officer und legte den Computerausdruck zur Seite. »Das Ganze ist höchst unerfreulich für alle Beteiligten. Randolph Holburn mag privat eine unangenehme Seite haben, aber er ist auch der bedeutendste Bauunternehmer hier. Viele für Guernsey wichtige Bauprojekte, auch solche der öffentlichen Hand, werden von ihm durchgeführt. Dementsprechend hat er hochgestellte …«

»Freunde?«, fragte Doyle, als sein Vorgesetzter zögerte.

»Das ist vielleicht das falsche Wort. Sagen wir, Fürsprecher. Personen, auf die es zurückfällt, wenn Holburn öffentlich diskreditiert wird. Solche, die ihm zu den großen Aufträgen verholfen haben und die es in eine peinliche Situation brächte, wenn man sie öffentlich mit einem Frauenverprügler in Verbindung bringt.«

Während Chadwick sprach, blickte er immer wieder auf sein Schreibtischtelefon. Wahrscheinlich hatten heute schon mehrere von Holburns Fürsprechern, angestachelt durch »Trudeau, Trudeau and Billington«, angerufen und eindringlich Fürsprache für ihren Schützling gehalten.

»Besteht denn nach der Hausdurchsuchung ein hinreichender Verdacht, dass Holburn mit den Pfeilmorden zu tun hat?«

Als Doyle »Nein« sagte, sah er seinem Gegenüber an, dass ihm ein Stein vom Herzen fiel. »Zudem gibt seine Frau Holburn ein Alibi, wenn auch vermutlich ein nicht ganz astreines.«

»Also liegt nach der Durchsuchung nichts weiter gegen Holburn vor?«

»Der schwere tätliche Angriff auf DI Holburn sowie der körperliche Widerstand gegen mich stehen noch im Raum. Außerdem der illegale Waffenbesitz.«

»Illegaler Waffenbesitz?«, wiederholte der Chief Officer. »Klären Sie mich auf, Cyrus.«

Nachdem Doyle das getan hatte, herrschte eine Weile Schweigen, bis Chadwick sich ruckartig vorbeugte.

»Wie ich das sehe, haben sich gestern Abend beide Seiten nicht mit Ruhm bekleckert. Es wäre daher zum Vorteil aller, wenn man von einem Verfahren gegen Randolph Holburn absieht. Oder sehen Sie das anders?«

»Nein«, antwortete Doyle wahrheitsgemäß. Es ging ihm gehörig gegen den Strich, dass ein Typ wie Randy nur wegen seines Geldes und seiner Beziehungen ungeschoren davonkommen sollte. Aber Chadwick hatte leider recht damit, dass Randys Anwälte Pat und auch ihm selbst einiges einbrocken konnten. »Meinetwegen haben wir einen Deal, falls Holburns Rechtsverdreher damit einverstanden sind.«

Das Fuchsgesicht hinter dem großen Schreibtisch heiterte sich schlagartig auf.

»Sie sind ein vernünftiger Mann, Cyrus, das habe ich gleich gewusst. Eines Tages werden Sie auf diesem Stuhl hier sitzen.«

Die Aussicht erschien Doyle angesichts der Verbiegungen, die Chadwick vor Randys Fürsprechern vollführen musste, wenig erstrebenswert.

Der Chief Officer fuhr fort: »Wenn nichts mehr gegen Randolph Holburn vorliegt, werde ich seine Entlassung aus dem Polizeigewahrsam anordnen. Übrigens, auch Justin Deseaux kommt heute noch auf freien Fuß.«

»Wird der etwa auch von ›Trudeau, Trudeau and Billington‹ vertreten?«

Chadwick war überrascht.

»Woher wissen Sie das?«

»Eine Eingebung. Wahrscheinlich ist Billington sein Anwalt.«

»Auch das stimmt. Wie kommen Sie darauf?«

»Da Deseaux nicht so reich und auch nicht so einflussreich wie Randy Holburn ist, habe ich auf den Cousin mütterlicherseits getippt.«

Doyles Team war von der Freilassung von Randy Holburn und Justin Deseaux ebenso wenig angetan wie Doyle selbst, und alle verließen nach Dienstschluss das Polizeigebäude in gedrückter Stimmung. Der permanente Regen und die Wolkendecke, die sich für die Ewigkeit über Guernsey breitgemacht zu haben schien, taten ein Übriges.

Die einzigen positiven Nachrichten der letzten Stunden für Doyle waren zwei Anrufe gewesen. Der erste kam von Sharon, die vorschlug, sich einen gemütlichen Abend im Haus der Brehauts zu machen, was er dankbar annahm. Die zweite Anruferin war Sharons Mutter gewesen. Die Werkstatt hatte angerufen, dass er den Rover abholen könne. Was an dem Wagen defekt gewesen war, hatte Tante Violet sich nicht merken können.

Er fuhr mit dem Tamora zu der Werkstatt mitten in St. Martin, wo ihn ein ölverschmierter Mechaniker empfing. Beim Anblick des Roadsters bekam der Mann Stielaugen. Doyle zeigte ihm die Schrammen und Beulen, die der Wagen auf der nächtlichen Fahrt zur Vazon Bay abbekommen hatte. Irgendwann hatte Doyle nicht mehr mitgezählt, wenn er einen Mauervorsprung an einer engen Biegung gestreift hatte.

»Ich nehme den Rover mit und lasse den Tamora hier, falls Sie das wieder hinkriegen.«

»Natürlich kriegen wir das hin, Chef. Ist doch Alltagsarbeit. Ich freue mich schon auf die Probefahrt.«

»Von wegen«, sagte Doyle, dem die leuchtenden Augen des Mannes alles verrieten. »Bei der Art von Reparatur bedarf es keiner Probefahrt.«

»Alles klar, Chef«, grinste der Ölverschmierte.

»Ich merke mir den Meilenstand.«

»Selbstverständlich, Chef.« Der Mann grinste immer noch.

Doyle zeigte ihm seinen Dienstausweis.

»Wenn jemand den Zähler manipuliert, finden meine Kollegen das sehr schnell raus.«

Jetzt grinste der Mann nicht mehr.

Dieser billige kleine Triumph war nicht geeignet, Doyles Laune wesentlich aufzubessern. Vielleicht war es auch mehr die fast überwältigende Müdigkeit, die ihm stark zu schaffen machte.

Die Rindersteaks, die Sharon für sie gebraten hatte, waren wirklich gut, innen noch rot, wie er es am liebsten mochte. Trotzdem aß er ohne jeden Appetit, und auch der von Sharon gekaufte Rotwein, der nicht ganz billig gewesen war, wollte ihm nicht munden. Das Beste an dem Abend kam, als Sharon sich an ihn schmiegte, ihn umarmte und ihn alles andere vergessen ließ. Aber die Müdigkeit lastete auf ihm so zäh und schwer wie die dunklen Wolken über Guernsey, und am nächsten Tag schämte er sich, weil ihm allen Bemühungen Sharons zum Trotz bald die Augen zugefallen waren.

SIEBTER TAG

Mittwoch, 3. September

KAPITEL 22

Moira Ingram konnte es kaum glauben: Über Nacht hatte es aufgehört zu regnen, wirklich und wahrhaftig. Ohne das ständige Trommeln der schweren Tropfen aufs Dach und gegen die Fenster kam es ihr auf einmal seltsam still vor. Es war heller als am vergangenen Morgen. Die Wolkenglocke, die sich über die Insel gestülpt hatte, löste sich allmählich auf. Trotzdem konnte sie nicht sonderlich weit sehen, wenn sie aus dem Küchenfenster blickte. Dicker Nebel hüllte den Rasen hinter dem Haus ein, und sie konnte kaum die Kinderschaukel und das Baumhaus erkennen, die Dennis für Joel und Isabel gebaut hatte. Das Land rings um das Haus schien zu atmen wie ein großes Tier, und mit jedem Atemzug stieß es die Feuchtigkeit wieder aus, die es während des langen Regens in sich aufgenommen hatte.

Dennis war ein guter Ehemann und ein guter Vater, aber die Ermordung seines Vaters hatte ihn aus der Bahn geworfen. Er hatte seinen Vater bewundert und geliebt, und seit Douglas Ingrams Tod hatte Moira das Gefühl, ihr Mann sei nicht mehr er selbst. Trauer, Wut und Zorn hatten Besitz von ihm ergriffen, bestimmten sein Denken und Handeln. Sie hatte mit ihm darüber gesprochen, gestern Abend, und ihm klarzumachen versucht, dass er seine Trauer ausleben, seinen Zorn aber bekämpfen musste. Er hatte sich einsichtig gezeigt. Sogar bei dem neuen DCI, Cyrus Doyle, wollte er sich für seine aggressive Art entschuldigen. Hoffentlich tat er es auch.

Zumindest das Alltagsleben war wieder eingekehrt, und noch nie war sie so froh darüber gewesen. Die Kinder hatten heute den ersten Schultag nach den Sommerferien. Dennis, der gestern noch wegen der Beerdigung freigehabt hatte, musste wieder zur Arbeit. Die letzten Verwandten, die zur Beerdigung angereist waren, hatten Guernsey gestern verlassen. Der Alltagstrott half Dennis vielleicht, seinen Zorn zu unterdrücken und wieder ein normales Leben zu führen.

Die Kinder, die am Küchentisch ihr Frühstück zu sich nahmen, wurden plötzlich lauter und zogen Moiras Aufmerksamkeit auf sich.

»Was habt ihr denn?«

»Joel hat gesagt, dass ich doof bin«, beschwerte sich die sechsjährige Isabel und zog einen Schmollmund.

Der zehnjährige Joel fuhr mit der linken Hand durch sein rötliches Haar, das er von seiner Mutter geerbt hatte, und zeigte mit dem Zeigefinger der anderen Hand auf seine Schwester.

»Aber Isabel hat zuerst gesagt, dass ich doof bin. Ich hab mich nur gewehrt.«

»Stimmt das, Isabel?«

Das dunkelhaarige Mädchen mit den schulterlangen Zöpfen bejahte es mit leiser, schuldbewusster Stimme.

»Und warum hast du das gesagt?«

»Weil Joel gesagt hat, die Schule ist doof«, erklärte Isabel. »Das ist sie aber nicht. Die Schule ist wichtig, sonst kann man nichts lernen.«

»Das stimmt«, sagte Moira mit jener Gelassenheit, die sie sich in ihren zehn Jahren als Mutter angeeignet hatte. »Joel darf ruhig anderer Meinung sein, aber hingehen muss er trotzdem. Eins aber solltet ihr euch abgewöhnen, nämlich euch gegenseitig zu beschimpfen.«

»Hm«, machte Isabel unzufrieden. »Ist Joel denn nicht doof, wenn er eine falsche Meinung hat?«

»Keiner von euch beiden ist doof, und keiner darf den anderen so nennen!« Moira legte mütterliche Strenge in ihre Stimme, damit die Botschaft auch verstanden wurde. »Ist das jetzt klar?«

»Ja«, maulten beide wie aus einem Mund.

Auch wenn sie nach außen die strenge Mutter spielte, innerlich schmunzelte Moira über die beiden. Zuweilen stritten sie sich wie die Kesselflicker, aber sobald es gegen Dritte ging, vorzugsweise gegen die eigenen Eltern, hielten sie zusammen wie Pech und Schwefel.

Sie hörte schwere Schritte auf der Treppe zum Obergeschoss, und Dennis betrat die Küche.

Lächelnd sagte sie: »Es wird Zeit, dass du kommst, du hast noch nicht gefrühstückt.«

»Kein Hunger.«

Er wirkte irgendwie angeschlagen. Kein Wunder, er hatte schlecht geschlafen und sich immer wieder im Bett hin und her gewälzt. So wie in allen Nächten seit Dougs Tod.

»Dann trink wenigstens einen Schluck Tee.«

»Ich gehe lieber noch eine rauchen.«

Das Rauchen war eine Leidenschaft, die er mit seinem Vater geteilt hatte, und trotz allen guten Zuredens mochte er nicht davon lassen. Zum Glück rauchte er niemals im Haus, das hatte Moira ihm und auch ihrem Schwiegervater rasch abgewöhnt.

»Du musst die Kinder noch zur Schule bringen, bevor du nach St. Peter Port fährst«, ermahnte sie ihn.

Er blickte kurz auf seine Armbanduhr.

»Erst kurz nach acht, noch Zeit genug. Sie müssen erst um Viertel vor neun da sein.«

»Wenn sie zu spät kommen, gibt es einen Vermerk. Das sieht am ersten Schultag nach den Ferien nicht schön aus.«

»Und wenn sie mehr als eine Viertelstunde zu früh da sind, übernimmt die Schule keine Haftung für ihre Sicherheit. Die machen es sich einfach.« Er gab ihr einen Kuss auf die Wange. »Nur eine Zigarette. Ich bin rechtzeitig wieder da, versprochen.«

Der allgegenwärtige Nebel hüllte ihn ein wie ein gigantischer Wattebausch, den jemand auf Guernsey geworfen hatte. Das lag an dieser verfluchten Windstille, die über dem Kanal lastete, seitdem der Sturm abgeklungen war. Erst hatte die Wetterlage die Wolken nicht vertrieben, jetzt richtete sie nichts gegen den Nebel aus. Er konnte vielleicht zehn Meter weit sehen, dann verschwamm vor ihm alles, und die Welt löste sich in nur undeutlich wahrnehmbare Konturen auf. Der Nebel verschluckte auch sämtliche Geräusche. Normalerweise hätte man um diese Uhrzeit hier draußen hören müssen, wie die Vögel Arien singen. Aber er hörte nichts außer seinen eigenen Schritten und dem metallischen Klacken des verchromten Ronson-Feuerzeugs, als er sich eine Camel anzündete.

Dennis Ingram brauchte nicht viel zu sehen, er hätte den Weg auch mit verbundenen Augen gefunden. In den letzten Tagen war er ihn oft gegangen. Es war der letzte Weg seines Vaters gewesen. Er hätte nicht erklären können, warum er immer wieder hier war. Der Grund dafür, wenn es einen gab, war irrational. Nachts träumte er wieder und wieder, dass sein Vater hier draußen stand und ihn verzweifelt, mit ausgestreckten Armen, um Hilfe anflehte. Auch heute Nacht hatte er diesen Traum gehabt. Er wusste, dass sein Vater tot war, und trotzdem ging er hier hinaus, um sich davon zu überzeugen, dass es wirklich nur ein Traum gewesen war. Und wenn ihn hier draußen im alles verschlingenden Nebel ein Gespenst erwartet hätte, der Geist seines Vaters, er hätte Himmel und Hölle in Bewegung gesetzt, um ihm zu helfen.

Etwas Großes, Unförmiges zeichnete sich vor ihm ab, ein riesiger dunkler Schatten, der dabei war, sich in der Nebelsuppe zu materialisieren. Aber das war kein Geist, wie Ingram wusste, sondern der alte deutsche Wachturm. Ganz hier in der Nähe war Douglas Ingram auf seinen Mörder getroffen.

Die Zigarette ließ ihn ruhiger werden, und er ordnete seine Gedanken. Moira hatte recht, er hatte seine ganze Energie mit seinen Zornesausbrüchen verschwendet. Statt DCI Doyle anzugreifen und zu beschimpfen, hätte er ihn bei seinen Ermittlungen unterstützen sollen. Sobald er nachher im Hauptquartier war, würde er Doyle aufsuchen, sich entschuldigen und ihm seine Mithilfe anbieten. Moira wusste immer, was gut für ihn war. Er war trotz aller Trauer, die jetzt über ihn hereingebrochen war, ein glücklicher Mann, weil sie seine Frau war.

Er blickte auf seine Uhr: schon Viertel nach acht. Zeit umzukehren, damit er Joel und Isabel in Ruhe zur Schule fahren konnte.

Als er sich umdrehte, sah er sich einer Gestalt mit menschlichen Umrissen gegenüber. Er konnte die Gesichtszüge nicht erkennen, verdammter Nebel. Es war jedenfalls ein Erwachsener, kein Kind.

Kam da Moira, um ihn zu holen? Er nahm die halb aufgerauchte Camel aus dem Mund und warf sie auf den Boden, um sie dort auszutreten. Dann rief er Moiras Namen, erhielt aber keine Antwort.

»He, auch wenn Sie nicht Moira sind, könnten Sie so freundlich sein zu antworten? Wer sind Sie?«

Wieder erhielt er keine Antwort, aber die Gestalt kam langsam näher. Er blieb stehen, spürte auf einmal, dass etwas nicht stimmte.

Sein Gegenüber war jetzt nah genug, dass er wenigstens die ungefähren Gesichtszüge hätte erkennen müssen. Aber da war kein Gesicht. Wer immer da vor ihn trat, trug eine schwarze Maske und eine Art schwarzen Kampfanzug. Wie ein Ninja in einem Action-Film.

Die Gestalt hielt einen Bogen in den Händen. Ein Pfeil war eingelegt, und die Sehne war gespannt. Die Pfeilspitze zeigte direkt auf Dennis Ingram.

In seinem Kopf überschlugen sich die Gedanken auf der Suche nach einem Ausweg. Aber ehe er noch mit ein paar schnellen Sprüngen im Nebel verschwinden konnte, raste der Pfeil auch schon auf ihn zu. Den Schmerz, als das Geschoss seine Kehle durchbohrte, hatte er sich schlimmer vorgestellt, schärfer. Er fühlte sich eher wie betäubt, konnte auf einmal nicht mehr atmen, verlor das Gleichgewicht und stürzte in den Nebelwattebausch.

Es war keine Watte. Er schlug mit der Hüfte hart auf, ein großer spitzer Stein vielleicht. Da war plötzlich ein heftiger Schmerz, der seinen ganzen Körper durchfuhr und noch einmal seine Lebensgeister weckte. Er wollte sich aufstemmen, irgendwie versuchen, hier wegzukommen. Aber das war hoffnungslos: Er konnte nicht mehr atmen und drohte in einen tiefen, schwarzen Tunnel zu fallen.

Auf einmal wusste er, was die Träume zu bedeuten hatten. Sein Vater hatte ihn nicht zu Hilfe gerufen. Er hatte ihn warnen wollen und die Hände ausgestreckt, um ihn von diesem Ort fernzuhalten. Zu spät, wollte Dennis Ingram sagen, aber er brachte kein Wort mehr über die Lippen, nur ein Schwall von Blut drang hervor.

Noch einmal klärte sich sein Blick für einen kurzen Moment. Über ihm erschien die maskierte schwarze Gestalt und hielt jetzt ein großes Messer in der Hand. Als die Gestalt sich neben ihn kniete, war ihm klar, was kommen würde.

Schon zwanzig nach acht! Moira wurde langsam unruhig. Sie hasste es, unpünktlich zu sein, wenn es nicht nötig war. Und sie wollte nicht, dass Joel und Isabel gleich am ersten Schultag nach den Ferien einen schlechten Eindruck hinterließen. Von dem negativen Vermerk, der heutzutage gleich in den Computer eingetragen wurde, ganz zu schweigen.

»Ihr zwei zieht euch jetzt an, nehmt eure Schulsachen und geht schon mal raus zur Garage. Ich hole Daddy.«

»Daddy ist wieder zu spät«, flüsterte Joel grinsend seiner kleinen Schwester zu.

Das war das Letzte, was Moira hörte, bevor sie die Küche verließ. Hinter dem Haus umfing sie der Nebel, und sie rief mehrmals nach Dennis, wurde immer lauter dabei. Als sie keine Antwort erhielt, ahnte sie, wohin er gegangen war – wieder einmal. Auch in der vergangenen Nacht hatte er im Schlaf nach seinem Vater gerufen, und er hatte ihr von Herzen leidgetan.

Sie ging in Richtung des Wachturms, der sich irgendwo dort draußen aus dem Nebel erheben musste. Wieder und wieder rief sie nach ihrem Mann.

Fast wäre sie über etwas Großes gestolpert, das vor ihr auf dem Boden lag wie ein Stück eines vom Sturm gefällten Baums. Dann erkannte sie, was vor ihr lag, und sie wollte schreien.

Aber aus ihrer Kehle drang nur ein heiseres Krächzen: »Dennis!«

KAPITEL 23

»Was ist, Cy?«, fragte Tante Violet, als Doyle das Telefonat beendet hatte und entgeistert auf sein Smartphone blickte, als sei das kleine schwarze Ding für die schlechte Nachricht verantwortlich. »Jedenfalls nichts Gutes, das sehe ich dir an.«

Als er vor einer knappen Stunde in Sharons Bett erwacht war, war er allein gewesen. Sharon hatte ihm einen Zettel mit einer handgeschriebenen Nachricht neben das Kopfkissen gelegt: *Sorry, Schlafmütze, ich muss ins Büro. Dich lasse ich lieber noch ausruhen. Wenn Du wach bist, geh einfach rüber ins »Petit Château«. Ich sage Mum, sie soll ein Frühstück für Dich bereithalten. Tausend Küsse auf Dein schlummerndes Gesicht – Sharon.*

Also war er in sein Elternhaus gegangen und hatte mit Heißhunger Rührei, Speck, Bohnen und Toast verspeist, bis der Anruf gekommen war. Jetzt war sein Appetit vollständig verflogen.

Er sah in Violets besorgtes Gesicht und sagte: »Das war Pat Holburn. Es gibt einen dritten Toten.«

»Wer ist es?«

»Dennis Ingram.«

»Oh Gott!« Violet schlug eine Hand vor den Mund. »Das kann ich gar nicht glauben. Die arme Familie, schon der zweite Verlust in so kurzer Zeit! Chief Inspector Ingram hinterlässt Frau und Kinder.«

»Ich weiß«, murmelte er, während er die in seinem Kopf umherschwirrenden Gedanken zu ordnen versuchte. »Ich habe sie auf der Beerdigung gesehen.«

Eine Stimme rief: »Ich bin wach, und ich habe Hunger!«

Violet lächelte. »Dein Vater. Wenn er Hunger hat, sollte man sich schnell um ihn kümmern. Das ist aber ein gutes Zeichen. Wenn er morgens so munter ist, hat er meistens einen guten Tag.« Violets kleines Lächeln verschwand sofort wieder. »Schade, dass du wegmusst, Cy. Ich hatte gehofft, ihr beide hättet am Frühstückstisch beisammensitzen können. Es hätte Leonard bestimmt gefreut.«

»Mich hätte es auch gefreut.« Er schob den Teller mit dem nicht vertilgten Rest des opulenten Frühstücks von sich weg. »Es hat gut geschmeckt, Tante Violet, aber ich muss jetzt los.«

»Fahr vorsichtig, Junge«, sagte sie in einer Art, die ihn an seine Mutter erinnerte. »Draußen ist es sehr neblig. Die Franzosen schicken uns ihr ganzes schlechtes Wetter rüber. Das ist wohl ihre Rache dafür, dass es ihnen in den vergangenen Jahrhunderten nicht gelungen ist, unsere Insel zu erobern.«

Nach einem Kuss auf Violets Wange schnappte er sich die Lederjacke, die für das Wetter und den Leichenfundort angemessener war als ein Anzug. Durch die kleinen Risse und Löcher, die sein Sprung durch Randy Holburns Terrassentür in dem Leder hinterlassen hatte, wirkte die Jacke richtiggehend verwegen. Die kleinen Glassplitter hatte er mit einer Pinzette entfernt.

Sosehr es ihn drängte, schnellstmöglich zu dem toten Ingram zu kommen, entschied er sich doch dagegen, den direkten Weg nach La Prevote zu nehmen. Die vielen kleinen Straßen, manche nicht mehr als geteerte Wege, konnten sich bei dem Nebel als verhängnisvolle Fallen erweisen. Also lenkte er den Streetwise über die Rue des Marettes und die Rue de la Villette auf die Forest Road, die – als Verbindung zum Flughafen – zu Guernseys Hauptverkehrsstraßen zählte. Hier konnte er endlich ein höheres Tempo vorlegen. Am Guernsey Airport fiel ihm auf, dass nicht der geringste Flugverkehr zu beobachten war. Der Nebel verhinderte jeden Start und jede Landung.

Er bog auf der Höhe des Flughafens nach links in die Rue de la Villaize ab, die ähnlich gut ausgebaut war wie die Forest Road. Irgendwann lenkte er den Streetwise auf eine kleinere Straße, die zur Küste führte und, wie ein Hinweisschild verkündete, zum La-Prevote-Wachturm.

Er hielt auf dem kleinen Parkplatz für Besucher des Wachturms und Ausflügler, die von diesem Punkt aus eine Küstenwanderung beginnen wollten. Hier endete die befahrbare Straße und ging in einen Wanderweg über. Bei diesem Wetter standen aber nur Streifenwagen da, und an einem lehnte ein uniformierter weiblicher Constable. Die Frau, eine kompakte Mittdreißigerin, grüßte Doyle, als er noch auf sie zuging.

»Constable Watkins, Sir, guten Morgen. Ich halte hier die Stellung, um die Kollegen einzuweisen.«

»Mein Team ist noch nicht vor Ort?«

»Nein, DCI, nur ich und drei Kollegen. Zwei sind bei unserem toten Chef, und eine Kollegin kümmert sich um die Familie. Mrs Ingram hat ihren Mann gefunden, wenn ich das richtig verstanden habe. Und dann sind da noch die Kinder.«

»Ich dachte, heute geht die Schule wieder los.«

»Ja, schon. CI Ingram wollte die Kinder wohl gerade hinbringen, als er … als …«

»Als er ermordet wurde«, sprach Doyle die brutale Wahrheit ruhig aus. »Das wollten Sie doch sagen.«

»Ja, Sir.«

»An der Stelle, wo es auch seinen Vater getroffen hat, habe ich gehört.«

»Stimmt, Sir.«

Mit zusammengekniffenen Augen blickte er hinaus in den dichten Nebel. »Was zum Teufel wollte er um diese Zeit da draußen?«

»Eine rauchen, wie es scheint.«

»Eine rauchen in dem Nebel?«

»Haben Sie etwas dagegen, Sir?«

»Nein. Ich habe mehr etwas gegen Zeitgenossen, die andere ermorden.«

Doyle ging zu dem Ort irgendwo im Nebel, wo er Ingrams Leiche vermutete. Unterwegs schloss er den Reißverschluss seiner Lederjacke und schlug den Kragen hoch. Je näher er der Küste kam, desto kälter wurde es. Vielleicht war es aber auch eine innere Kälte, die bei dem Gedanken daran, dass der Pfeilmörder schon wieder ein Opfer gefunden hatte, in ihm aufstieg. Und schon wieder einen Polizisten.

Als vor ihm eine schemenhafte Gestalt auftauchte, blieb er stehen.

Auch die Gestalt stand jetzt still und rief: »Wer ist da?«

»DCI Doyle. Und wer sind Sie?«

»Oh, Sir, ich bin Constable Luscombe.« Ein junger Mann in Uniform löste sich aus dem Nebel und trat auf ihn zu. »Man weiß in dieser verfluchten Suppe nicht, ob man es mit Freund oder Feind zu tun hat. Dabei kann überall der Pfeilmörder auf einen lauern. Richtig gruselig, nicht?«

»Ich finde es eher ärgerlich.«

»Ärgerlich? Das halte ich für die Untertreibung des Jahres, Sir.« Der Constable starrte in den Nebel. »Wo sind eigentlich Ihre Leute?«

»Noch unterwegs. Als mich DI Holburn informierte, machten sie sich gerade zum Aufbruch bereit. Ich war noch in St. Martin und hatte einen kürzeren Weg. Führen Sie mich jetzt zur Leiche, Constable.«

»Sicher doch, Sir. Aber passen Sie auf, dass Sie nicht stolpern. Hier ist es nämlich sehr neblig.«

»Was Sie nicht sagen, Constable.«

Luscombe ging voraus, verfügte aber offenbar nicht über die beste Orientierung. Schon nach wenigen Schritten blieb er wieder stehen und rief: »George, wo bist du jetzt eigentlich?«

»Wo ich eben auch war«, kam die Antwort seltsam gedämpft aus dem Nebel. »Bei dem toten Chef.«

»Ja, und wo seid ihr beide?«

»Pass auf, Kevin, ich zähle jetzt laut, und du orientierst dich an meiner Stimme.«

»Danke, George.« Constable Luscombe wandte sich an Doyle. »Das eben war Sergeant Topley, mein Kollege.«

Sie gingen durch den Nebel zu dem geduldig vor sich hin zählenden Sergeant Topley. Neben ihm auf dem steinigen Boden lag die Leiche von Dennis Ingram. Der Pfeil mit dem schwarzen Schaft und der rot-weißen Befiederung war ein Beman-Carbonpfeil, das wusste Doyle auch ohne Expertise. Und noch bevor er seinen Blick auf die Brust des Toten richtete, war ihm klar, was er dort sehen würde: eine klaffende Wunde, rohes Fleisch und Blut an der Stelle, wo vor ungefähr einer Stunde noch ein menschliches Herz geschlagen hatte.

Angewidert und wütend wandte er den Blick ab und sah den Sergeant an. »Haben Sie Spuren gefunden, irgendeinen Hinweis auf den Täter?«

»Nein, Sir. Bis auf den Pfeil natürlich, den er zurückgelassen hat. Wenn Sie mich fragen, der Pfeilmörder könnte gut und gern noch in der Nähe sein. Man kann doch keine fünfzehn Meter weit sehen.«

Innerhalb der nächsten halben Stunde rückten alle an: Pat, Sergeant Baker und Constable Allisette, begleitet von uniformierten Polizisten, dann die Kollegen vom Erkennungsdienst und schließlich Dr. Helena Nowlan vom Princess Elizabeth. Sie machte eine griesgrämige Bemerkung über die Vielzahl an Ermordeten in den letzten Tagen; das habe Chief Officer Chadwick ihr verschwiegen, als er ihr zusätzlich zu ihrem Chefarztposten im Krankenhaus den Job einer Pathologin angetragen hatte.

Bei Doyle kam diese Bemerkung nicht gut an, und er sagte bissig: »Daran haben Dennis Ingram, sein Vater und Charlie Mourant sicher nicht gedacht, als sie sich ermorden ließen.«

Die eisgrauen Augen hinter den Gläsern von Dr. Nowlans schwarzgeränderter Brille musterten ihn eingehend, und die Mundwinkel der Pathologin zuckten kaum merklich.

»Verzeihen Sie, Mr Doyle. Wenn man so häufig mit dem Sterben und dem Tod konfrontiert wird wie ich in meinem Beruf, gewöhnt man sich leider einen oft pietätlosen Tonfall an.«

»Sie haben ja recht. Was der Pfeilmörder veranstaltet, ist einfach grausam. Es wird allerhöchste Zeit, dass er seinen letzten Pfeil verschossen hat!«

»Haben Sie eine Spur?«

»Vielleicht«, sagte Doyle, halb in Gedanken versunken

und blickte an ihr vorbei in den Nebel, als könne sein Blick die trübe, graue Wand durchdringen. »Ich bin jedenfalls froh, Sie hierzuhaben, Dr. Nowlan. Bei dem Wetter könnten wir keinen Pathologen aus England einfliegen.«

Er winkte Pat herbei, um mit ihr zum Haus der Ingrams zu gehen.

»Lassen wir Baker und Allisette hier weiter im Nebel herumstochern, und das im wahrsten Sinne des Wortes. Ich möchte mich gern mit Mrs Ingram unterhalten, auch wenn es kein leichtes Gespräch werden wird.«

»Augen auf bei der Berufswahl«, sagte Pat. Ihr Tonfall war dabei nicht scherzhaft, sondern grimmig.

An der Haustür wurde ihnen von einem blassen weiblichen Constable namens Hosier geöffnet. Die Polizistin führte sie ins Wohnzimmer, wo die Frau, die Doyle bei der Beerdigung an der Seite von Dennis Ingram gesehen hatte, auf einer Ledercouch saß, vor sich auf dem tropfenförmig geschwungenen Glastisch eine Tasse Tee, die sie offenbar nicht angerührt hatte. Mit ihrem roten Haar erinnerte sie ihn an Maureen O'Hara, auch wenn Dennis Ingrams Witwe jetzt das Unbeugsame, das die irischstämmige Schauspielerin in vielen ihrer Filmrollen ausgestrahlt hatte, fehlte. Nach diesem Schicksalsschlag kein Wunder. Sie weinte nicht, starrte nur still vor sich hin. Aus dem Obergeschoss drangen Kinderstimmen herunter.

»Wer passt auf die Kinder auf?«, wandte sich Doyle halblaut an Constable Hosier.

»Niemand, Sir. Ich bin allein hier. Die Kinder spielen oben miteinander, ihnen geht es soweit ganz gut.«

»Dann wissen sie es nicht?«

»Sie denken, ihr Vater musste dringend zum Dienst, und der Schulanfang nach den Ferien habe sich verschoben.«

»Wer kann sich um sie kümmern?«

Doyles Frage wurde von Moira Ingram beantwortet, die entgegen allem Anschein zugehört hatte. »Meine Schwägerin, Dennis' Schwester, könnte die beiden für eine Weile zu sich nehmen. Joyce Thomas, sie wohnt in Castel, Rue de Galaad. Auf dem Flur ist ein Telefonverzeichnis mit ihrer Nummer.«

»Ich kümmere mich darum«, sagte Pat und sah die uniformierte Kollegin an. »Weiß Mrs Thomas schon Bescheid?«

»Nein, Ma'am, ich habe sie jedenfalls nicht informiert.«

Während Pat hinaus auf den Flur ging, um Mrs Thomas anzurufen, setzte Doyle sich in einen Ledersessel und sprach Moira Ingram sein Beileid aus.

»Ich hoffe, Sie haben nicht etwa eine ähnliche Wut auf mich wie Ihr Mann, Mrs Ingram.«

Ihr bitteres Antlitz wurde von einem flüchtigen Lächeln erhellt, und zum ersten Mal, seitdem er eingetreten war, sah sie ihn mit ihren grünen Augen an.

»Ich weiß, dass Sie nichts für die Differenzen zwischen Ihnen und Dennis können. Dennis hat das auch gewusst. Nur ... er war nach dem Mord an seinem Vater so unendlich traurig und zornig zugleich. Sie hatten das Pech, der Blitzableiter zu sein, Detective Chief ...«

»Sagen sie einfach Cy zu mir, bitte.«

»Danke, Cy. Eins müssen Sie noch wissen. Dennis wollte sich heute Morgen bei Ihnen entschuldigen. Da er es nicht mehr kann, tu ich es für ihn.«

»Nicht nötig, Mrs Ingram.«

»Moira. Sagen Sie Moira.«

»Moira, können Sie mir den Verlauf des heutigen Morgens möglichst genau schildern?«

»Ja, natürlich.« Sie tat das mit einer bewundernswerten

Ruhe und Gefasstheit, konzentriert wie eine strebsame Schülerin bei einem Referat. Hier zeigte sich, fand Doyle, dass sie mit einem Polizisten verheiratet gewesen war. Erst als sie darauf zu sprechen kam, wie sie bei der Suche nach ihrem Mann seinen Leichnam gefunden hatte, geriet ihre Stimme ins Stocken. »Fast wäre ich über ihn gestolpert. Ich … ich habe ihn noch angesprochen, weil … weil ich erst glaubte, er sei in dem schrecklichen Nebel ausgerutscht und gestürzt, aber … aber dann …«

»Dann haben Sie den Pfeil gesehen und die Wunde in seiner Brust, richtig?«

»Ja, Cy«, sagte sie ganz leise, wie hingehaucht. »Genau so war es.«

Er bemerkte, dass ihre Hände zu zittern begannen und Halt an der Teetasse suchten. Etwas Flüssigkeit schwappte über den Rand und bildete in der Untertasse eine gelbliche Pfütze. Er beugte sich zu ihr vor, löste ihre Hände von der Tasse, nahm sie in seine und drückte sie leicht.

»Wir können gern eine Pause einlegen und später weitersprechen, Moira.«

»Das ist sehr freundlich von Ihnen, aber nicht nötig.« Sie schluckte schwer, aber wieder liefen keine Tränen über ihre Wangen. »Je eher Sie sich ein vollständiges Bild machen können, desto eher können Sie dieses Ungeheuer fassen. Sie werden den Mörder doch fassen, Cy?«

Doyle überging ihre Frage mit einer eigenen: »Was haben Sie dann getan?«

»Ich bin zurück zum Haus. Fast hätte ich mich auf dem Rückweg im Nebel verirrt, so panisch war ich. Aber dann dachte ich an Joel und Isabel, die draußen bei der Garage auf ihren Vater warteten. Und ich dachte daran, dass der Mörder vielleicht noch in der Gegend sein könnte. Zum

Glück war mit den Kindern alles in Ordnung. Ich habe ihnen etwas vorgeflunkert und sie zum Spielen nach oben geschickt. Dann habe ich sofort die 999 gewählt.«

Die 999 war auf den Kanalinseln, neben der 112, die allgemeine Notrufnummer.

»Danke, Moira. Sie sollten nicht allein hier im Haus bleiben. Begleiten Sie Ihre Schwägerin, wenn sie kommt, um die Kinder abzuholen.«

»Ja«, sagte Moira Ingram leise. »Vielleicht.«

»Eine letzte Frage: Können Sie mir einen auch nur irgendwie gearteten Hinweis auf den Täter geben? Etwas, das Sie gesehen oder vielleicht wegen des Nebels nur gehört haben? Eine Stimme oder ein Fahrzeugmotor?«

»Nein, gar nichts, leider.«

Als sie ihn dann wieder ansah, hatte er ein flaues Gefühl im Magen. Es war wie eine Vorahnung, ein sechster Sinn. Er wusste, dass sie ihn gleich um etwas bitten würde. Etwas, das ihm ganz und gar nicht gefiel und das er ihr doch nicht abschlagen konnte.

»Cy, versprechen Sie mir, dass Sie den Mörder finden? Sie kriegen ihn, ja?«

Er hätte sich darauf hinausreden sollen, sie müsse als Frau eines Polizisten doch wissen, dass man so etwas nicht versprechen konnte. Dass das Ende einer nicht abgeschlossenen Ermittlung niemals voraussehbar war. All das schoss ihm innerhalb weniger Sekundenbruchteile durch den Kopf.

Aber als er das Flehen in ihrem Blick sah, die große Verzweiflung, die unendliche Trauer und das kleine Fünkchen Hoffnung auf Gerechtigkeit, sagte er mit fester Stimme einfach nur: »Ich kriege ihn, Moira, versprochen!«

Als er sich umwandte, sah er Pat mit entsetztem, vorwurfsvollem Blick in der offenen Tür stehen. Sie hatte sein Versprechen gehört und sagte leise, als beide auf dem Flur standen: »Bist du wahnsinnig, Cy? Wie kannst du so etwas versprechen? Das darf ein Polizist niemals tun, das lernt man doch schon im ersten Monat auf der Polizeischule.«

»Das weiß ich, Pat.«

»Warum hast du es dann getan?«

»Ich konnte nicht anders.«

»Und was ist, wenn wir den Pfeilmörder nicht fassen? Was ist, wenn Mrs Ingram dich dann fragt, warum du dein Versprechen nicht gehalten hast?«

»Dazu wird es nicht kommen«, antwortete Doyle mit einer Gewissheit, die Pat in Erstaunen versetzte.

»Wieso nicht?«

»Ganz einfach, weil mich dann niemand mehr etwas fragen wird. Seit dem Mordanschlag auf mich wissen wir, dass ich auf der Todesliste stehe. Wenn wir den Mörder nicht fassen, werde ich in ein paar Tagen tot sein.«

KAPITEL 24

Der dritte Mord an einem Angehörigen der Guernsey Police Force hatte die Medien erneut aufgescheucht, und die Hospital Lane wurde von Reportern, Fotografen, Kamera- und Tonleuten richtiggehend belagert. Allen voran Kamerateams von BBC Channel Island, Channel 4 und des Regional-TV-Senders Channel TV. Carols Gesicht tauchte vor dem Seitenfenster des Streetwise auf und verschwand wieder, als Doyle den Wagen auf den heute streng abgeschirmten Parkplatz des Hauptquartiers lenkte. Es war Zeit für einen Lunch, aber er verspürte nicht den geringsten Appetit.

Dass der Chief Officer ihn sprechen wollte, überraschte ihn nicht im Mindesten. Allerdings hatte er nicht damit gerechnet, dass an dem Gespräch auch der Superintendent teilnehmen würde. Schon allein dessen Anwesenheit sollte ihm wohl verdeutlichen, was ihm ohnehin klar war: Die Lage war ernster als ernst.

Barry Ogier, verkündete der Chief, würde die Abteilung der Uniformed Operations kommissarisch leiten, bis ein Nachfolger für Dennis Ingram gefunden war.

»Wenn der Pfeilmörder so weitermacht, habe ich bald sämtliche Leitungsposten neu besetzt«, ächzte Colin Chadwick mit Leichenbittermiene.

Der Super wirkte trotz allem gelassen. »Wir müssen dafür sorgen, dass es nicht so weit kommt. DCI Doyle, wie kann die uniformierte Abteilung dem Kriminaldienst helfen?«

»Mit der üblichen Routinearbeit, die Gegend um den Tatort nach Spuren absuchen und die Anwohner befragen. Das also, was jetzt schon läuft. Nur befürchte ich, die Arbeit wird diesmal schwieriger sein als bei den anderen Morden und das Ergebnis mindestens genauso deprimierend.«

»Warum schwieriger?«, fragte der Chief.

»Der Nebel, Colin, dieser verdammte Nebel. Schwierig, da Spuren zu finden. Und wer soll bei dem Wetter etwas gesehen oder gehört haben? Der Nebel verschluckt doch alles. Da draußen bei La Prevote kann der Mörder fünfzehn Meter vor einem stehen, und man sieht ihn nicht.«

Ohnmächtige Wut zeichnete sich auf Chadwicks Fuchsgesicht ab. »Aber es muss etwas geschehen, und zwar schnell!«

Doyle versprach es ihm, so wie er es auch Ingrams Witwe versprochen hatte. Es war kein ganz und gar haltloses Versprechen, wenn die Spur, die er verfolgte, auch sehr vage war. Vor allem war es eine Spur, bei der er so etwas wie Furcht empfand, wenn er sich vorzustellen versuchte, wohin sie ihn führte.

Appetit verspürte Doyle nach dem Gespräch mit seinen Vorgesetzten immer noch nicht, aber er musste unbedingt etwas essen. Er fühlte die Leere in seinem Magen fast wie einen Schmerz. Angesichts der Heerscharen von Medienvertretern, die St. Peter Port bevölkerten, beschloss er, auswärts zu essen. Aber schon mit dem Rover vom Polizeiparkplatz runterzukommen, erwies sich als ein Problem. Die Meute hatte ihn erkannt und bedrängte seinen Wagen, als sei er der wiederauferstandene Winston Churchill.

Noch nicht halb vom Parkplatz herunter, ließ er das Seitenfenster an der Fahrerseite nach unten gleiten, als er Carols ovales Gesicht davor sah. Vielleicht konnte sie auf ihre Kollegen einen beschwichtigenden Einfluss nehmen. Er kam nicht dazu, sie darum zu bitten.

Carol hielt ihm ihr BBC-Mikrofon vors Gesicht. »DCI Doyle, wieso haben Sie den dritten Mord, bei dem Ihr Kollege, Chief Inspector Dennis Ingram, ums Leben kam, nicht verhindert?«

»Wenn ich es hätte verhindern können, dann hätte ich's getan«, erwiderte er schroff.

»Sind Sie mit der Aufgabe, den Pfeilmörder zu fassen, überfordert?«

Offenbar hatte Carol nicht vor, ihn in irgendeiner Weise zu schonen. Warum sollte sie auch?

Er riss sich zusammen. »Wenn ich das wäre, würde ich diesen Job nicht machen.«

»Das ist Ihre Ansicht«, fuhr Carol in ihrem anklagenden

Tonfall fort. »Wie denken Chief Officer Chadwick und die Öffentlichkeit darüber?«

»Ich sage Ihnen jetzt eins, Miss Stowalter. Wenn noch jemand dem Pfeilmörder zum Opfer fällt, trete ich als DCI zurück. Zufrieden?«

Mit dieser Aussage hatte Carol offenbar nicht gerechnet. Sie trat einen halben Schritt nach hinten und schien sich ihre nächste Frage zu überlegen. Doyle kitzelte inzwischen ein wenig das Gaspedal und schaffte es tatsächlich, sie und die übrigen Journalisten hinter sich zu lassen. Er wollte gerade richtig Gas geben, als ihm eine Frau in Jeans und taillierter Lederjacke vor die Motorhaube sprang. Es war Sharon.

Er bremste in sprichwörtlich letzter Sekunde vor ihr ab, stieß die Fahrertür auf und wollte ihr die Meinung geigen, aber sie war schneller.

»Lass mich lieber rasch einsteigen, Cy, sonst kriegen dich die anderen.«

Ein Blick in den Rückspiegel zeigte ihm, wie recht sie hatte. Die Meute hatte sich bereits in Bewegung gesetzt, um den von Sharon gestoppten Doyle erneut mit ihren Fragen zu bombardieren.

»Komm schon.« Er gab Gas, sobald Sharon auf dem Beifahrersitz saß und die Tür neben sich geschlossen hatte. »Lernt man als Journalistin solche Stunts, um sich ein Exklusivinterview zu beschaffen?«

»Wenn ich an den Pfeilmörder denke, glaube ich nicht, dass mein Job auch nur annähernd so gefährlich ist wie deiner, Cy. Ich dachte nur, dass du vielleicht auch Lust auf einen gemeinsamen Lunch hast.« Ein anzügliches Grinsen huschte über ihr Gesicht. »Immerhin warst du ja zu müde für ein gemeinsames Frühstück.«

»Tut mir leid«, sagte er und küsste sie auf die Wange.

»Was? Deine Müdigkeit? Oder dein rüpelhaftes Benehmen Damen gegenüber, die unter Lebensgefahr deine Gesellschaft suchen?«

Jetzt grinste auch er. »Beides.«

»Akzeptiert. Wohin fahren wir?«

»Wir sollten den Lunch außerhalb der Stadt einnehmen, wenn wir Ruhe vor deinen Kollegen haben wollen.«

Er fuhr am Hafen entlang in südlicher Richtung. Ein Blick hinaus aufs Meer zeigte ihm, dass der Nebel die Insel offenbar weiträumig umschlossen hatte. Die Piers endeten im Nichts, und wo sich sonst Castle Cornet stolz erhob, war gerade mal ein schattenhafter Umriss der alten Festung zu erahnen. Die Yachten in den Hafenbecken, soweit er sie überhaupt erkennen konnte, waren ätherische Gebilde aus einer Zwischenwelt, die mit dem alles umfassenden Grau verschmolzen.

Sharon hatte sich endlich angeschnallt, lehnte sich im Sitz zurück und ließ einen überbetonten Laut der Zufriedenheit hören.

»Eine romantische Fahrt mit meinem Liebsten durch den Nebel, wie schön!«

Ihm war nicht nach Romantik. »Scheißnebel!«

»Wieso das?«

»Wenn man kaum die Hand vor Augen sieht, macht das die Mörderjagd nicht gerade einfacher.«

»Ich könnte mir vorstellen, dass der Pfeilmörder damit auch seine Schwierigkeiten hat. Er muss doch wohl ziemlich nah an sein Opfer herangehen, um überhaupt etwas zu sehen.«

»Das scheint ihn aber nicht groß zu stören, wie Dennis Ingrams Tod zeigt.«

»Und es ist mit Sicherheit ein und derselbe Täter?«

»Sieht ganz so aus. Ich will nachher noch zum Princess Elizabeth, um das mit Dr. Nowlan abzuklären.«

»Eine attraktive Frau, die Nowlan. Warum rufst du sie nicht einfach an?«

Doyle grinste erneut. »Weil ich dich dann nicht eifersüchtig machen könnte.«

Sie ließen die Hafenbucht und St. Peter Port hinter sich und fuhren durch sanft ansteigendes, bewaldetes Gelände in Richtung St. Andrew, bis Doyle an einem Pub anhielt. Er parkte den Streetwise hinter dem Haus, für den Fall, dass Kollegen von Sharon ihnen auf der Spur sein sollten. Der Pub hatte eine gemütliche Einrichtung, rustikal mit viel Holz und allerlei nautischem Zubehör als Verzierung an den Wänden, vom Steuerrad bis zur Harpune. Sie setzten sich an einen abgelegenen Ecktisch. Sharon wählte einen frischen Krabbensalat, und Doyle entschied sich für das Schollenfilet in geschmolzenem Käse. Sie stießen auf ihr gemeinsames Essen an, begnügten sich dabei jedoch mit Mineralwasser.

Doyle sah ihr in die Augen. »Ich freue mich, dass du mir vors Auto gesprungen bist, Sharon. Ohne dich hätte ich wahrscheinlich irgendwo eine Portion Fish and Chips schnell in mich reingestopft.«

»Das ist nicht gut für die schlanke Linie. Geschmolzener Käse übrigens auch nicht.«

»Ich dachte, so etwas bekommt ein Mann immer erst nach der Hochzeit zu hören.«

»Man kann nicht früh genug anfangen, Cy. Übrigens, Hochzeit? Das eben war doch nicht etwa ein verklausulierter Antrag?« Als er sie sehr verblüfft und etwas verlegen ansah, fuhr sie fort: »Keine Sorge, solange du zu persönlichen

Gesprächen mit Dr. Nowlan fährst statt sie anzurufen, sage ich sowieso nicht Ja.«

»Mit Pathologen ist das so eine Sache. Erfahrungsgemäß verraten sie einem von Angesicht zu Angesicht wesentlich mehr als am Telefon.«

Sharon lächelte. »Gut, dass dir das noch eingefallen ist. Dann will ich dir mal glauben. Somit hätten wir nicht nur den Heiratsantrag, sondern auch die Ehekrise im Schnelldurchlauf abgehandelt. Bleibt nur noch die Scheidung.«

Er küsste sie wieder und strich über ihr Haar. »Sag so etwas nicht, Sharon. Nicht im Scherz und hoffentlich auch nicht im Ernst.«

»Sorry. Aufgesetzte Heiterkeit geht halt manchmal in die Hose.«

»Wieso aufgesetzt?«

»Ich habe gehört, was du der BBC-Kollegin Stowalter eben ins Mikrofon gesagt hast. Spielst du wirklich mit dem Gedanken, deinen Posten bei der Guernsey Police aufzugeben?«

»Wenn der Pfeilmörder weiter blutige Ernte hält, bleibt mir nichts anderes übrig. Ich gehe lieber freiwillig, als dass ich mich von Chadwick vor die Tür setzen lasse.«

»Hat er dir gegenüber so etwas angedeutet?«

»Noch nicht, aber das kann nicht mehr lange dauern.«

»Und dann? Willst du zurück nach London?«

»Keinesfalls. Ich bleibe hier, bei meinem Vater – und bei dir.«

Sharon wirkte erleichtert. »Ich hatte gehofft, dass du so etwas sagst. Aber ich wollte dich nicht dazu drängen. Da käme ich mir vor wie Carol die Zweite.«

»Ihr seid zwar beide im selben Gewerbe, aber eine zweite Carol bist du zum Glück nicht.«

»Diese Hexe!«, schnaubte Sharon.

»Wieso das?«

»Wegen der Aussage, die sie dir entlockt hat. Wahrscheinlich wissen bald ganz Guernsey und halb Großbritannien, dass du deinen Rücktritt in Erwägung ziehst.«

»Aber Sharon, hättest du an ihrer Stelle nicht dasselbe getan?«

»Vielleicht«, gab sie nach kurzem Zögern zu. »Ja, vielleicht. Trotzdem ärgert es mich. Du hast dir halt eine Frau ausgesucht, die mit zweierlei Maß misst.«

»Hauptsache, eine Frau, die auf meiner Seite steht«, sagte er und wollte sie noch einmal küssen, aber ein rücksichtsloser Kellner trat zwischen sie und servierte das Essen.

Sie schafften es, sich beim Essen über etwas anderes zu unterhalten als über Dennis Ingrams Tod und seinen Mörder. Small Talk eben, vielleicht ein wenig gezwungen, aber Doyle mochte sich wirklich nicht weiter über den jüngsten Mord auslassen. Nach dem Essen bestellten sie ein Taxi, das Sharon zurück in die Stadt bringen sollte.

Als er Dr. Helena Nowlan in der neu eingerichteten pathologischen Abteilung – klein, aber fein – des Princess Elizabeth Hospitals traf, musste er Sharon in zweifacher Hinsicht recht geben. Die Ärztin war wirklich eine attraktive Frau, und was sie ihm mitteilte, hätte er genauso gut am Telefon in Erfahrung bringen können. Noch waren die Untersuchungen nicht abgeschlossen, aber Dr. Nowlan hielt es »mit einem derzeitigen Wahrscheinlichkeitsgrad von fünfundneunzig Prozent« für erwiesen, dass der Mörder derjenige war, der auch Charlie Mourant und Douglas Ingram auf dem Gewissen hatte. »Sie können auch meine Berichte zu den beiden Fällen noch einmal lesen, DCI, in dem neuen Bericht wird kaum etwas anderes drinstehen.«

Als er das Krankenhaus verlassen wollte, traf er zufällig Dr. Gupta-Jones, die sich seine genähte Schnittwunde ansehen wollte. Sie zog das Pflaster mit einem Ruck ab und reinigte die Wange.

»Sieht ganz gut aus, die Narbe, das verleiht Ihnen so ein verwegenes Aussehen. Lassen wir das Pflaster weg. Das erhöht die Heilungsgeschwindigkeit und Ihre Chancen bei der Damenwelt.« Er wollte vom Behandlungsstuhl aufstehen und sich bedanken, aber sie drückte ihn sanft wieder zurück. »Und jetzt kommen wir zu Ihrer Schulter.«

»Zu welcher Schulter?«

»Na, Sie haben ja nur zwei und wissen wohl selbst, welche davon Ihnen weh tut. Diese hier, nicht wahr?« Sie berührte dabei seine rechte Schulter. »Ich habe es an Ihrer Körperhaltung bemerkt.«

»Ja, ich habe bei der tätlichen Auseinandersetzung vorgestern wohl meine Boxerqualitäten überschätzt. Wahrscheinlich eine unwesentliche Zerrung.«

Die indische Ärztin sah ihn prüfend an.

»Schmerzt diese *unwesentliche* Zerrung heute entschieden mehr als gestern?«

»Ja, schon, ein wenig.«

»Ein wenig oder eher mehr als ein wenig?«

»Eher mehr«, gab er zu.

»Dann sollten wir etwas dagegen unternehmen. Ausziehen!«

»Wie bitte?«

»Nur obenrum natürlich.« Ein amüsierter Ausdruck trat auf ihr sonst eher gleichmütiges Gesicht. »Oder haben Sie Angst vor Spritzen?«

»Das kommt auf die Spritze an.«

Er legte Jacke, Hemd und T-Shirt ab und musste sich eingestehen, dass selbst dabei seine Schulter schmerzte. Als er Dr. Gupta-Jones dabei beobachtete, wie sie die Spritze vorbereitete, stellte er einmal mehr fest, wie schön Inderinnen generell waren. Auch auf die Ärztin im Besonderen traf das zu. Sie hatte ein sehr ebenmäßig geschnittenes Gesicht mit sinnlichen Lippen und geheimnisvollen dunklen Augen, fast so schwarz wie ihr Haar, das sie zu einem Knoten zusammengebunden hatte. Mr Jones konnte sich überaus glücklich schätzen.

Nach der Spritze gab es noch ein Rezept für ihn.

»Holen Sie sich die Salbe heute noch aus der Apotheke und reiben Sie Ihre Schulter morgens und abends damit ein. Heute Abend noch, verstanden?«

»Zu Befehl, Ma'am«, sagte er und zog sich wieder an.

Er bedankte sich bei ihr und war schon fast aus der Tür, da rief sie seinen Namen. Er blieb stehen und sah sie an. »Ja?«

»Ich bin seit zwei Jahren geschieden, nur so zur Info.« Offenbar konnte sie Gedanken lesen, zumindest seine. »Mr Jones wollte dann doch eine Frau unter zwanzig haben.«

»Der Idiot«, sagte Doyle, lächelte und bedankte sich noch einmal.

»Sie haben sich schon bedankt«, sagte Dr. Gupta-Jones.

»Aber nicht für die Info.«

Er verließ das Krankenhaus mit dem Gedanken, dass Guernsey sehr viel Angenehmes zu bieten hatte. Der Nebel draußen, der auf den Grünflächen der Gemeinde St. Andrew rings um die in den letzten Jahren für stolze sechzig Millionen Pfund renovierte Klinik lag, vertrieb seine frühlingshaften Gefühle und brachte ihn in die Realität zurück. Guernsey hatte viel Angenehmes zu bieten, in der Tat, aber leider auch den Pfeilmörder.

Kurz überlegte er, was er als Nächstes angehen sollte. Zurück nach St. Peter Port fahren, ins Hauptquartier? Während eine Ambulanz vom Typ Iveco Daily mit blinkenden Lichtern an ihm vorbei vom Krankenhausgelände preschte, fällte er eine Entscheidung. Er zückte sein Smartphone und wählte Pats Nummer. Als sie sich meldete, fragte er nach neuen Erkenntnissen.

»*Neue* Erkenntnisse ist hübsch formuliert«, lautete ihre grimmige Antwort. »Überhaupt Erkenntnisse wären schon hilfreich. Bisher können wir sagen: Der Mörder kam aus dem Nebel und verschwand wieder in ihm, das ist es auch schon.«

»Zumindest legt sich Dr. Nowlan dahingehend fest, dass es mit sehr hoher Wahrscheinlichkeit derselbe Täter ist wie bei den beiden ersten Morden.«

»Hast du mit ihr telefoniert, Cy?«

»Nein, ich war eben bei ihr. Das hat aber nichts mit ihrer Attraktivität zu tun.«

Daraufhin kam von Pat nur ein verständnisloses »Was?«.

»Schon gut«, murmelte Doyle. »Bitte gib mir Bescheid, wenn es bei euch etwas Neues gibt. Ich bin einige Zeit unterwegs.«

Pat wurde hellhörig.

»Verfolgst du eine Spur?«

»Vielleicht. Ich muss erst rausfinden, ob es wirklich eine Spur ist.«

Wozu er eigentlich wenig Lust hatte, wie er sich eingestand. Mit schweren Schritten ging er zum Parkplatz, startete den Streetwise, den die Werkstatt gut hinbekommen hatte, und fuhr in den Nebel hinein. Sein Ziel hieß »Le Petit Château«.

KAPITEL 25

Doyle fand seinen Vater im Wohnzimmer, wo er vor einem Fenster starr wie eine Salzsäule stand und so tat, als könne er draußen im Nebel etwas sehen. Sein dünn gewordener Körper stand fast aufrecht, und die Arme hatte der alte Herr auf dem Rücken verschränkt.

»Was gibt es da draußen Spannendes, Dad?«, fragte Doyle, als er ins Zimmer trat.

»Nebel«, sagte Leonard Doyle, ohne sich umzudrehen. »Und da wird er noch bleiben bis ungefähr morgen Mittag.«

Doyle trat näher und legte eine Hand auf die Schulter seines Vaters.

»Wie kannst du das so genau wissen?«

»Junge, ich lebe seit über neunzig Jahren auf dieser Insel. Ich kann dir im Sommer sagen, wann im Herbst das erste Blatt vom Baum fällt.«

Seinem Vater ging es heute offenbar sehr gut, und darüber freute er sich, auch aus egoistischen Gründen.

»Schmugglernebel, Geisternebel«, flüsterte Leonard Doyle. »Erinnerst du dich an die Geschichten, die ich dir früher vor dem Einschlafen erzählt habe?«

Und ob er das tat. Sein Vater war der geborene Geschichtenerzähler und hätte wohl auch einen guten Romancier abgegeben, hätte das Schicksal nicht einen anderen Weg für ihn ausgewählt. Sehr detailliert und sogar mit filmreifen Dialogen waren die Geschichten von Seefahrern, Piraten, Schmugglern und Geistern gewesen, und nicht immer geeignet, den kleinen Cy einschlafen zu lassen. Aber er hatte die Geschichten geliebt und erinnerte sich gut an die Schmuggler von der Saints Bay, die als Geister im Nebel wiederkehrten. John Carpenter musste irgendwie davon gehört haben, als er seinen Film *The Fog* drehte.

»Wenn der alles verschlingende Nebel die Insel umhüllt, lichtet er sich erst wieder, nachdem die Geister ihre Rache genommen haben«, sagte sein Vater mit einem schaurigen Unterton und lachte heiser. »Genauso wie in der Legende sieht es jetzt da draußen aus.«

»Wie wäre es denn mit einer Spazierfahrt, Dad?«

Leonard Doyle sah seinen Sohn an wie einen Geisteskranken. »Du meinst eine Spazierfahrt durch den Nebel? Welchen Sinn soll das haben?«

»Das wirst du sehen, wenn wir am Ziel sind.«

»Es gibt ein Ziel? Eine Überraschung?«

»So ist es.«

»Dann bin ich dabei.«

Als Doyle seinem Vater in die Jacke half, kam Tante Violet, eine kleine Tasche am Arm, zur Tür herein und betrachtete staunend die Szene.

»Ich war kurz in unserem Haus, um ein paar Gewürze zu holen, die ich für das Dinner brauche. Eben habe ich den Rover gesehen. Was machst du denn hier, Cy? Ich dachte, ihr habt einen neuen Toten.«

»Haben wir auch, aber ich muss meinen Kopf mal etwas freipusten. Da kam mir die Idee, Dad zu einem Ausflug abzuholen.«

»Zu einem Ausflug? Bei dem Nebel?«

»Er hat eine Überraschung für mich«, verkündete Leonard Doyle voller Vorfreude.

»Eine Überraschung?«, wiederholte Violet und legte ihre Stirn in Falten. »Was für eine Überraschung?«

Doyle lächelte nonchalant. »Wenn ich das jetzt sage, ist es keine Überraschung mehr, oder?«

Sein Vater klopfte ihm auf die Schulter. »Da hat der Junge recht.«

»Zum Dinner bringe ich Dad zurück«, versprach Doyle.

»Und zum Tee?«

»Sind wir nicht da.«

Sachte bugsierte er seinen Vater durch die Haustür, bevor Violet weitere Fragen stellen konnte.

»Heute müssen wir den Rover nehmen, Dad. Der Tamora ist in der Werkstatt.«

»Das kommt davon, wenn man rast wie ein Irrer.«

Diesmal raste Doyle nicht. Trotzdem dauerte die Fahrt keine Viertelstunde, und ohne den Nebel wäre es noch schneller gegangen.

Die Häuser am Straßenrand waren nur auf kurze Entfernung deutlich zu sehen; ihre ansonsten verwaschenen Konturen ließen sie aussehen wie magische Konstrukte, die nicht recht zu dieser Welt, aber auch nicht zu einer anderen gehörten.

Als er vor dem German Occupation Museum anhielt, staunte sein Vater.

»Hier waren wir doch erst!«

»Du erinnerst dich an unseren Museumsbesuch?«

»Ja. Ist das unser Ziel? Das ist aber eine blöde Überraschung.«

»Warten wir's ab. Du weißt doch, die haben hier leckeren Kuchen.«

Leonard Doyles finsteres Gesicht hellte sich ein wenig auf. »Das stimmt.«

Sie gingen direkt ins Museumscafé, wo Doyle eine große Kanne Tee und zwei Stücke von dem Karottenkuchen bestellte. Der Karottenkuchen war aus, und so disponierten sie auf einen Brombeer-Schokoladen-Kuchen um.

Während sie den Kuchen genossen, bat Doyle unvermittelt: »Erzähl mir mehr von den fabelhaften Fünf, Dad.«

Sein Vater hörte zu kauen auf und wirkte nicht nur erstaunt, sondern fast ein wenig verängstigt.

»Ich weiß gar nicht, wovon du sprichst, Peter.«

Doyle sah in die alten, aber wachen Augen seines Vaters.

»Die Peter-Nummer zieht heute bei mir nicht. Du weißt genau, wer ich bin. Du erinnerst dich an unseren Besuch hier letzten Sonntag und ganz bestimmt auch an unser Gespräch. Jetzt wirst du mir alles über die fabelhaften Fünf erzählen, Dad, *alles*, hörst du?«

»Ich möchte nicht darüber sprechen.«

Doyle schlug so heftig mit der Faust auf den Tisch, dass sein Vater zusammenzuckte.

»Ich will verdammt sein, Dad, wenn ich hier weggehe, ohne alles von dir gehört zu haben!«

Die Sonne war längst untergegangen und Guernsey in Nacht und Nebel gehüllt, als Doyle den Rover vor »Little Bird« ausrollen ließ.

Zwei Fenster waren erleuchtet, Sharon war also schon daheim. Er war müde, als er aus dem Wagen stieg, und doch fühlte er sich auf gewisse Weise wie elektrisiert. Endlich machte er Fortschritte.

Seinen Vater hatte er, wie versprochen, rechtzeitig zum Dinner bei Violet abgeliefert. Er selbst war nicht zum Essen geblieben, sondern nach St. Peter Port gefahren, wo er sein Team zu einer Besprechung zusammengerufen hatte. Es hatte einiges zu klären gegeben, aber nun sah er dem kommenden Tag nicht ohne Zuversicht entgegen. Auch wenn diese Zuversicht nur eins von vielen – gemischten – Gefühlen war.

Sharon empfing ihn mit einer Umarmung und einem langen Kuss.

»Spät kommt er, aber er kommt. Dafür gibt es zur Belohnung aufgewärmtes Irish Stew.«

Doyle leckte sich über die Lippen. »Aufgewärmt mag ich es am liebsten.«

»Du siehst mitgenommen aus«, sagte Sharon beim Essen. »Wie stehen die Aktien?«

»Das hängt nicht unwesentlich von dem Anrufer ab, mit dem ich auf dem Heimweg gesprochen habe.«

»Wer ist es?«

»Keine Ahnung. Ein anonymer Anrufer.«

»Das sind oft die mit den interessantesten Informationen.«

»Das hoffe ich sehr.«

Sharon hielt ihren Löffel in der Hand, führte ihn aber nicht zum Mund.

»Du machst mich richtig neugierig, Cy. Nun erzähl schon!«

»Darf ich nicht, das habe ich dem anonymen Anrufer versprochen.«

Sie ließ den Löffel zurück in den Suppenteller sinken, ohne davon gegessen zu haben.

»So geht das nicht, Cy. Du kannst mich nicht erst anfixen und dann auf dem Trockenen lassen.«

»Ich habe niemandem etwas davon erzählt, auch nicht meinen Kollegen.«

»Was immer es ist, ich werde auch niemandem davon erzählen und kein Wort davon in den *Spectator* bringen, es sei denn, du erlaubst es mir. Versprochen.«

»Okay. Vielleicht ist es ganz gut, wenn jemand weiß, wo ich morgen früh um sieben verabredet bin.«

»Wo?«

»Am Reservoir in St. Saviour. Genauer gesagt, an der Ostseite, wo der See und die Straße einen Knick machen. In dem Wäldchen dort gibt es eine Lichtung, das ist der Treffpunkt.«

Das Reservoir war der größte Stausee Guernseys und für die Wasserversorgung unverzichtbar. Drum herum gab es viel Grün und ein paar Wanderwege.

Sharon blickte ihn skeptisch an. »Ein dämlicher Treffpunkt für diese frühe Uhrzeit.«

»Von jemandem ausgewählt, der nicht gesehen werden möchte, wenn er mit mir spricht.«

»Mann oder Frau?«

»Keine Ahnung, die Stimme war elektronisch verzerrt. Es hätte auch ein Kind sein können. Aber die Wortwahl klang nicht so.«

»Hast du nicht versucht, den Anrufer über dessen Nummer ausfindig zu machen?«

»Mir wurde keine Nummer angezeigt. Um technische Finessen einzusetzen, hätte ich die Kollegen informieren müssen. Aber mal ehrlich, wer seine Stimme elektronisch verzerrt, der dürfte auch schlau genug sein, um ein nicht rückverfolgbares Prepaid-Handy zu benutzen.«

»Und was will Mr oder Ms Anonym dir mitteilen?«

»Wer – seiner oder ihrer Vermutung nach – der Pfeilmörder ist.«

»Das ist nicht wahr, oder?«

»Doch. Es sei denn, es handelt sich um einen Scherzanruf.«

»Oder um eine Falle«, sagte Sharon besorgt. »Der Pfeilmörder hatte es schon einmal auf dich abgesehen.«

»Möglich. Morgen früh weiß ich mehr.«

»Du willst wirklich zum Reservoir fahren?«

»Würdest du es nicht tun?«

»Aber dann nimm wenigstens ein paar Kollegen mit, zu deinem Schutz!«

»Das geht nicht. Nur wir zwei, das war die ausdrückliche Bedingung des Anrufers.«

»Na toll! Dass du dich darauf einlässt …«

»Ich muss jede Chance nutzen, etwas über den geheimnisvollen Mörder zu erfahren, bevor er erneut zuschlägt.«

Sharon stützte ihr Kinn in die rechte Hand und schien zu überlegen. »Ich kann mir einfach nicht vorstellen, dass der Mörder so unvorsichtig war, sich einem Zeugen verraten zu haben. Er geht doch offenbar sehr planvoll vor.«

»Es ist das alte Lied: Jeder macht mal einen Fehler. Vielleicht die falsche Bemerkung zu einem Arbeitskollegen. Oder ein Nachbar, der etwas beobachtet hat, was ihm erst harmlos erschien, worauf er sich jetzt aber einen Reim machen kann. Da gibt es zig Möglichkeiten. Die Kriminalgeschichte ist voll von den dümmsten Fehlern oder Nachlässigkeiten, auch bei den klügsten Straftätern.«

»Ich würde mich wohler fühlen, wenn bei dem Treffen jemand bei dir wäre, Cy, und sei es auch nur eine einzige Person. Pat meinetwegen oder jemand anderes aus deinem Team.«

»Es geht einfach nicht, ich kann das nicht riskieren.« Er sah sie ernst an. »Und du, Sharon, denk bitte an dein Versprechen, den Mund zu halten.«

Sie nahm seine Hände in ihre. »Das werde ich, Cy, auch wenn ich morgen früh vor Angst fast sterben werde.«

ACHTER TAG

Donnerstag, 4. September

KAPITEL 26

Abermals sah Doyle auf seine Armbanduhr: fünf vor sieben. Noch tat sich nichts. Vor einer knappen halben Stunde war die Sonne über Guernsey aufgegangen – theoretisch. In der Praxis war davon nicht viel zu sehen. Das gigantische Nebelmonster hielt die Insel bei absoluter Windstille weiterhin fest in seinen Klauen. Er konnte kaum bis zum Rand der Lichtung sehen, in deren Mitte er stand. Die Luft war feucht, fast nass, und viel zu kalt für die Jahreszeit. Kaum etwas war zu hören. Nicht einmal die Vögel befanden diesen Morgen für würdig, um ihn mit ihrem Gesang zu untermalen. Nur ein gedämpftes Möwenkreischen drang an seine Ohren. Wahrscheinlich kam es vom Reservoir, das nur durch ein kleines Waldstück von ihm getrennt war.

Schon seit fast zwanzig Minuten war er hier, ohne dass sich etwas getan hatte, und allmählich wurde ihm kühl. Dabei hatte er sich entsprechend angezogen: feste Outdoorschuhe, eine dicke Blue Jeans und seine Lederjacke. Deren Kragen hatte er hochgeschlagen und mit dem Druckknopf vorn am Hals verschlossen. Den Rover hatte er am Straßenrand abgestellt. Weit und breit hatte er keinen anderen Wagen gesehen. Wer trieb sich auch um diese Uhrzeit und bei dem Nebel in diesem abgelegenen Waldstück herum?

Während er wartete, ließ er in Gedanken den gestrigen Tag Revue passieren. Es war viel geschehen, und aus dem schwerfälligen Containerschiff seiner Ermittlungen war plötzlich eine flotte Hochseeyacht geworden. Er hatte mitgeholfen, diese Entwicklung herbeizuführen, um endlich den Pfeilmörder zu fassen, obwohl alles in eine Richtung lief, die ihm ganz und gar nicht gefiel – die ihm sogar zuwider war. Aber das lag nicht in seiner Verantwortung. Er konnte die Dinge zwar vorantreiben, aber die Richtung bestimmte er nicht. Den Kurs hatte schon jemand anders festgelegt.

Der aufgeregte, raue Ruf eines Eichelhähers drang an seine Ohren. Hatte ihn etwas aufgeschreckt – jemand, der sich jenseits der Nebelwand im Wald aufhielt? Immerhin war es gleich sieben. Er drehte sich langsam um die eigene Achse und suchte den Rand der Lichtung ab. Vergebens. Der Eichelhäher schwieg wieder, auch sonst war nichts zu hören, geschweige denn zu sehen.

Er dachte an den Abschiedskuss, den Sharon ihm vor nicht ganz einer Stunde gegeben hatte, und an die Tränen, die in ihren Augen geschimmert hatten. Sie hatte ihn noch einmal inständig gebeten, nicht zum Reservoir zu fahren.

»Schick einfach einen Trupp Constables dahin, Cy. Die werden schon jeden aufstöbern, der sich dort rumtreibt.«

»Mein Informant könnte dadurch verschreckt werden und sich absetzen. Wenn er uns deshalb entwischt, teilt er uns vielleicht niemals mit, was er weiß.«

Mit diesen Worten hatte er Sharons Vorschlag abgelehnt, und sie hatte ein mehr als bekümmertes Gesicht gemacht, als er sich verabschiedet hatte.

Während er langsam auf der Lichtung hin und her ging, damit ihm etwas wärmer wurde, fragte er sich immer öfter, ob er vergebens wartete. Quälend langsam verstrich die Zeit, und es wurde halb acht. Plötzlich meldete sich wieder

der Eichelhäher mit seinem durchdringenden *Räääh-räääh*, mehrmals hintereinander.

Doyle blieb stehen und lauschte. Da war ein anderes Geräusch, ganz kurz nur, er konnte es nicht einordnen.

Dann spürte er auch schon den Schmerz an seiner Kehle. Dort, wo der schwarze Pfeil mit der rot-weißen Befiederung eingeschlagen war. Höchstwahrscheinlich ein Beman-Carbonpfeil, schoss es ihm durch den Kopf, bevor er kurz taumelte und auf den feuchten Boden der Lichtung sackte.

Ein lange zurückliegender Tag aus seiner Schulzeit kam ihm in den Sinn, ein Ausflug in den Wald an der Fermain Bay. Dort hatte man den Kindern beigebracht, auf die Stimmen der Tiere zu achten.

»Der rätschende Ruf des Eichelhähers ist ein Alarmsignal«, hatte Ms Meredith, die altjüngferliche Lehrerin, damals doziert. »Deshalb, Kinder, nennt man den Vogel auch den Wald-Constable.«

Ms Merediths helle, leicht kratzige Stimme hallte in seinen Ohren wider, als hätte sie gerade eben erst zu ihm gesprochen. Aber es war nur eine Erinnerung. Eine Erinnerung, die ihm jetzt nichts mehr nutzte.

Er lag auf der linken Seite im Gras, dessen unangenehme Nässe er im Gesicht und auf dem Kopf spürte. Als ebenso unangenehm empfand er den schweren, betäubenden Geruch, den der feuchte Boden der Waldlichtung verströmte. Irgendwie roch es nach Moder und Verwesung.

Etwas war plötzlich in seinem Blickfeld.

Jemand.

Eine ganz in Schwarz gekleidete Gestalt näherte sich ihm mit bedächtigen Schritten. Es schien eine Ewigkeit zu dauern. Schwarze Stiefel oder Schuhe, eine schwarze Hose, eine schwarze Jacke, schwarze, enganliegende Handschuhe und eine schwarze Maske mit Schlitzen für Augen und Mund, die Gesicht und Kopf verhüllte. Der am Rücken hängende Köcher, in dem mehrere von den rot-weiß gefiederten Pfeilen steckten, war schwarz, ebenso der Bogen, den die Gestalt lässig in der linken Hand hielt. In der Rechten hatte sie ein Jagdmesser mit langer Klinge.

»Der Tod ist herzlos, hat mein Vater kürzlich gesagt.« Das sagte Doyle mit lauter, kräftiger Stimme, und die schwarze Gestalt zuckte zusammen. »Ich muss ihm zustimmen. Es ist wirklich herzlos, wenn einen die Frau töten will, in die man sich gerade erst verliebt hat. Waren deine Tränen vorhin bei unserem Abschied wirklich nur gespielt?«

Die schwarze Gestalt hatte sich wieder gefasst und ließ den Bogen langsam ins Gras sinken, um sich dann mit der linken Hand die Maske vom Kopf zu ziehen. Die Wollmaske landete neben dem Bogen. Sharon schüttelte ihren Kopf, und das brünette Haar fiel auf ihre Schultern. Es umhüllte ihr hübsches Gesicht, in dem sich Verwunderung ausbreitete.

»Wieso ist der Pfeil in deinem Kragen steckengeblieben?«

Doyle lächelte, aber es war ein bitteres Lächeln.

»Kork. Eine dicke Schicht von dem Zeug, aus dem man früher Schwimmwesten gemacht hat, ist an der Innenseite des Jackenkragens befestigt. Nicht, dass mir damit viel Raum zum Atmen bleibt. Aber ohne diesen Schutz bekäme ich jetzt noch viel weniger Luft. Der Einschlag war trotzdem schmerzhaft.«

»Also war es doch eine Falle.«

»Natürlich. Du kommst spät, und ich begann schon zu zweifeln. Ich war mir wirklich nicht sicher, ob du mir die Geschichte von dem anonymen Anrufer abkaufen würdest.«

»Ich habe so lange gewartet, damit ich den angeblichen Informanten auch ausschalten kann. Aber ich schätze, da warte ich vergeblich.«

»Das tust du. Niemand hat mich angerufen, also wird auch niemand kommen.«

»Sind wir zwei allein hier?«

»Ja. Sehr romantisch, nicht?« Er öffnete den Druckknopf vorn am Jackenkragen, um sich das Atmen zu erleichtern, und zog unter großer Anstrengung den Pfeil aus dem Kork. »Ein Beman aus Carbon wie bei deinen anderen Opfern. Richtig?«

Sharon nickte, ihr Gesicht noch immer ein einziger Ausdruck von Verwunderung.

»Wie bist du auf mich gekommen?«

»Mein Vater hat mich drauf gebracht, als er die fabelhaften Fünf erwähnte. Drei der Namen machten mich stutzig: Ingram, Mourant und Doyle. Alles Namen von Männern, auf die der Pfeilmörder es abgesehen hatte. Und dann war da die merkwürdige Sache mit den Audiodateien, die du mir so hübsch zusammengestellt hast.«

»Was ist damit? Auf denen ist doch von den fabelhaften Fünf nichts zu hören!«

»Wenn du in der Jugend deinen Sherlock Holmes gelesen hast, kennst du vielleicht die Geschichte von dem merkwürdigen Verhalten des Hundes in der Nacht, das Holmes auf die richtige Spur bringt. Gerade das, was der Hund *nicht* getan hat, nämlich Alarm zu geben, weckte die Aufmerksamkeit des Detektivs. So ist es auch mit den von dir zusammengeschnittenen MP3s. Gerade das, was *nicht* darauf zu hören ist, hat mich stutzig gemacht. Mein Vater hat so viel aus seiner Jugend erzählt, aber er erwähnt auf den MP3s nicht ein einziges Mal seine alten Freunde Mourant, Ingram, Ozanne und Broker. Ganz so, als hätte jemand diese Teile seiner Erinnerungen beim Zusammenschneiden weggelassen. Und dafür kommt nur eine Person in Frage »

»Dein Vater hat gute Gründe, die Namen nicht zu erwähnen. Er könnte sie absichtlich verschwiegen haben.«

»Stimmt schon. Aber Dad ist nicht jeden Tag gleich gut drauf. Dass ihm die Namen nicht ein einziges Mal, und sei es auch nur aus Versehen, über die Lippen gekommen sein sollen, konnte ich einfach nicht glauben.«

»Da war ich wohl etwas zu gründlich, als ich die entsprechenden Passagen rausgeschnitten habe. Seit wann kennst du die ganze Geschichte?«

»Seit gestern Nachmittag, als ich mit Dad noch mal im German Occupation Museum war. Dort habe ich ihn zur Rede gestellt, und er hat geredet. Anfangs widerwillig, aber dann war es für ihn wie eine Erlösung, endlich über die gar nicht so fabelhaften Fünf sprechen zu können.«

KAPITEL 27

September 1942

Nicht ohne einen gewissen Stolz auf sich selbst radelten die beiden Hilfs-Constables Leonard Doyle und Bobby Ozanne durch den sonnigen Nachmittag, einer neben dem anderen. Es war weit und breit kein Jerry zu sehen, und so sang Bobby munter *There'll Always Be an England*, und Leonard pfiff dazu die Melodie.

Leonard war furchtbar stolz auf seine Uniform und auf den Job als Hilfs-Constable. Für ihn und für seine gesamte

Familie war es ein Aufstieg. Sein Vater war ein einfacher Feldarbeiter, ein Tagelöhner, der nicht einmal eigenes Land besaß. Dafür hatte Herbert Doyle eine gehörige Portion Stolz mitbekommen und erzählte jedem, dass er ein Nachkomme des Vizegouverneurs Sir John Doyle sei. Ein illegitimer Nachfahre natürlich, dessen Abstammung durch kein Dokument belegt war. Wie es aber dann kam, dass der Familienname übereinstimmte, darüber hatte Leonards Vater sich nie Gedanken gemacht. Erstaunlicherweise schien ihn auch nie jemand danach gefragt zu haben.

»Wir sind echte Doyles, und darauf müssen wir stolz sein«, pflegte er das Thema mit einem Satz umfassend abzuhandeln.

Nachkömmling eines Vizegouverneurs hin oder her, für den Sohn eines Tagelöhners war es eine große Sache, in den Polizeidienst aufgenommen zu werden. Am Tag der Vereidigung, als Leonard, Bobby, Lefty Broker, Jules Mourant und Floyd Ingram zum ersten Mal als Polizisten aufgetreten waren, hatten sie nicht einmal Uniformen gehabt. Die waren gerade Mangelware gewesen wie die meisten Sachen, seitdem die Deutschen vor zwei Jahren Guernsey besetzt hatten. Jetzt aber waren die beiden jungen Männer, die auf ihren Fahrrädern Streife durch das Gebiet von St. Sampson fuhren, schon von weitem als Polizisten zu erkennen.

Ein Bedford-Lastwagen, von den Krauts requiriert und mit einem Kerl in grauer Wehrmachtsuniform am Steuer, kam ihnen entgegen, und sie wichen aus. Nach rechts statt nach links! Eine der vielen unliebsamen von den Jerrys eingeführten Änderungen war der Rechtsverkehr, der nun schon seit über einem Jahr galt. Die Einwohner Guernseys schimpften immer noch darüber. Der Lkw-Fahrer grinste und zog den mit mehreren Holzkisten beladenen Wagen zu ihnen herüber. Sie mussten von ihren Rädern springen und in den Straßengraben hüpfen.

Danach sahen ihre Uniformen nicht mehr so sauber aus. Sie klopften sich ab, und Bobby fluchte wie ein Rohrspatz. Leonard grinste plötzlich, blickte dem kleiner werdenden Lastwagen nach und pfiff erneut *There'll Always Be an England.* Dann grinste auch Bobby und begann wieder zu singen.

Als der Lkw verschwunden war, sagte Bobby: »Tolle Braut, die Vera Lynn. Mit der möchte ich auch mal, aber so richtig. Verstehste?«

»Ich verstehe«, murmelte Leonard ohne jede Begeisterung.

Bemerkungen über tolle Bräute waren bei Bobby an der Tagesordnung. Der braungebrannte Junge aus der Cobo Bay rannte so ziemlich jeder Frau unter vierzig nach. Ansonsten war er ein dufter Kumpel wie die drei anderen, die mit ihnen zusammen zu Hilfs-Constables ernannt worden waren. Sie stammten aus verschiedenen Ecken Guernseys und aus unterschiedlichen Milieus, aber sie hielten zusammen wie Pech und Schwefel, die »fabelhaften Fünf«, wie sie sich selbst getauft hatten.

Auch wenn Leonard es sich vor dem lauthals vor sich hin singenden Bobby nicht anmerken ließ, der grinsende Jerry mit seinem gehässigen Lenkmanöver hatte ihm die Freude an der sommerlichen Radpartie ein wenig verleidet. Die Uniform des Deutschen war bedeutsamer als die der beiden Hilfspolizisten. In den zwei Jahren der Besatzungszeit hatten die Krauts der Insel mehr und mehr ihren Stempel aufgedrückt mit immer neuen Verordnungen, die das alltägliche Leben veränderten und einengten, und überall las man Schilder und Anschläge mit Aufschriften wie *Alle Anordnun-*

gen der Militärverwaltung sind strengstens zu befolgen, Die Benutzung von Automobilen zu privaten Zwecken ist verboten oder *Besuchen Sie das Militärkonzert am Sonntagabend in Candie Gardens*. Er sehnte eine Zeit nach der deutschen Besatzung herbei, wenn all diese Schilder verschwunden sein würden und es keine deutschen Soldaten mehr hier gab. Besonders keine Offiziere der Krauts, die ein Polizist auf Guernsey zu grüßen hatte wie den eigenen Vorgesetzten.

Ein Seufzer drang aus seiner Kehle. Bis dahin würde er sich wohl noch eine Weile gedulden müssen. Schon seit Jahren feierten die Deutschen Sieg auf Sieg, und nur der Kanal hatte wohl verhindert, dass sie auch über die Britischen Inseln hergefallen waren – mit Ausnahme der Kanalinseln, die Winston Churchill ihnen kampflos überlassen hatte. Damals hatte er eine Stinkwut auf den Premier empfunden und hatte sich von ihm im Stich gelassen gefühlt. Inzwischen hatte er verstanden, dass Churchill nur einen nicht zu gewinnenden Kampf mit hohen Opfern auch unter den Zivilisten hatte vermeiden wollen.

Die Deutschen aber marschierten weiter auf den Landkarten dieser Welt, scheinbar unermüdlich. Tobruk eingenommen. Sewastopol gefallen. Leider war das nicht bloß deutsche Propaganda. Die Besatzer hatten zwar im Juni alle Rundfunkgeräte auf Guernsey beschlagnahmt, aber es gab noch genügend versteckte Apparate. Die Erfolgsmeldungen der Deutschen waren allesamt von der BBC bestätigt worden.

Laute Rufe rissen ihn aus seinen Gedanken, und ein barhäuptiger Mann in abgenutzter Arbeitskleidung lief ihnen winkend entgegen. Leonard kannte ihn, sein Vater hatte schon für ihn gearbeitet. Bernard Leighton hatte eine Farm hier in St. Sampson, ihm gehörte das angrenzende Land. Er hatte eine Menge Apfelbäume und züchtete in seinen Gewächshäusern Tomaten, die großen roten, aromatischen *Guernsey Toms*, mit denen man so gutes Geld hatte verdienen können, bevor die Deutschen kamen und den Handel mit England unterbanden. Leighton war ein gedrungener, kräftiger Mann, auf dessen kantigem Schädel das Haar nur noch spärlich wuchs. Leonard hatte ihn noch nie so aufgelöst erlebt, es passte gar nicht zu ihm.

Sie hielten ihre Fahrräder an, und der Tomatenzüchter blieb keuchend vor ihnen stehen.

»Polizei, Gott sei Dank! Sie müssen mir helfen. Die Krauts stehlen meine Tomaten, und sie … sie haben Elsa.« Elsa war seine Tochter, Anfang zwanzig, die ihm seit dem Tod seiner Frau den Haushalt führte.

Leonard trat, sein Rad schiebend, näher an den verstörten Mann heran.

»Was heißt das, Mr Leighton, sie haben Elsa?«

»Die Soldaten haben sie und halten sie fest. Dabei wollte Elsa sie nur aus unserem Gewächshaus vertreiben.«

»Dann sind die Deutschen bei Ihnen eingebrochen?«, hakte Leonard nach.

»Ja. Kommen Sie doch, schnell, gleich um die nächste Kurve!«

Leonard und Bobby verständigten sich mit einem schnellen Blick. Sie stiegen auf die Fahrräder und traten in die Pedale, was das Zeug hielt. Bernard Leighton lief ihnen wild gestikulierend hinterher. Sie waren noch nicht ganz um die Kurve, da sahen sie schon das Gewächshaus. Es lag direkt an der Straße, war sehr groß, und eine Scheibe war kaputt. Rings um diese Stelle bedeckten Glassplitter den Boden.

»Schnappen wir uns die Krauts!«, stieß Bobby halblaut hervor, sprang dabei von seinem Rad und lief zu der kaputten Scheibe, durch die wohl auch die Deutschen in das Gewächshaus eingedrungen waren.

Er ließ Leonard keine Zeit, das Für und Wider dieses Vorgehens zu durchdenken. Also griff auch er nach seinem Schlagstock aus Hartgummi und eilte Bobby nach.

Im Gewächshaus hörten sie laute Stimmen in der harten Aussprache der Krauts. Sie mussten nur dem Klang der Stimmen folgen und wären fast über zwei halbvolle Säcke mit Tomaten gestolpert – die Beute der Einbrecher. Die Einbrecher selbst, drei Männer in Wehrmachtsuniform, kümmerten sich gerade um eine andere Beute. Elsa, eine schlanke Brünette, kniete zwischen ihnen wie ein Tier, das Haar zerzaust, die Kleidung zerrissen. Unter der kaputten Bluse kam ihre Leibwäsche zum Vorschein. Einer der Deutschen durchschnitt mit einem Taschenmesser die Träger ihres Unterhemds und grapschte mit einer Hand nach den vollen, schweren Brüsten, die man angesichts des schlanken Mädchenkörpers nicht vermutet hätte. Er sagte etwas, und die beiden anderen Jerrys ließen ein dreckiges Lachen hören.

»Aufhören!«, rief Leonard auf Deutsch und dann: »Sie sind festgenommen!«

Damit war auch schon ein großer Teil seines deutschen Wortschatzes erschöpft. Er hatte den Gummiknüppel schlagbereit erhoben und versuchte, so bedrohlich wie möglich auszusehen. Aus den Augenwinkeln sah er Bobby neben sich, der eine ähnliche Haltung eingenommen hatte.

Obwohl die Krauts in der Überzahl waren, gerieten sie von einer Sekunde auf die andere in Panik. Sie sprangen auf und liefen an den beiden Constables vorbei zu dem Loch im Gewächshaus. Auch in ihrer wilden Flucht vergaßen sie nicht, die beiden Säcke mitzunehmen. Leonard glaubte auch nicht einen Augenblick lang, dass die Soldaten Angst vor ihm und Bobby hatten. Sie befürchteten viel mehr, dass ihre Namen zu Protokoll genommen wurden, und schon hätte sich ihr kleines Abenteuer in einen offiziellen Vorgang verwandelt.

Leonard befestigte den Schlagstock wieder an seinem Gürtel und fragte: »Miss Leighton, geht es Ihnen einigermaßen?«

Sie sah ihn aus großen Augen an und nickte stumm.

»Benötigen Sie einen Arzt?«

Jetzt schüttelte sie den Kopf.

Ihr Vater war ins Gewächshaus gekommen, lief eilig auf sie zu und rief immer wieder den Namen seiner Tochter.

»Wie es aussieht, sind wir gerade noch rechtzeitig gekommen, Mr Leighton«, sagte Leonard. »Haben Sie eine Decke oder einen Mantel für Elsa?«

Kurze Zeit später kam der Farmer mit einer grauen Wolldecke und breitete sie sorgsam über seine Tochter aus. Dann sah er sich mit wutverzerrtem Gesicht um.

»Wo sind diese deutschen Schweine?«

»Weg«, antwortete Bobby.

»Und meine Tomaten?«

»Auch weg.« Bobby lächelte beschwichtigend. »Zwei halbe Säcke, das werden Sie verschmerzen können, Sir.«

Leighton funkelte die beiden Constables mit plötzlicher Feindseligkeit an.

»Warum haben Sie die Krauts entkommen lassen?«

»Weil es das Beste für alle ist«, sagte Leonard ruhig. »Bei einem Handgemenge mit ihnen hätte es für uns böse ausgehen können. Und wer weiß, was sie dann gegenüber der Feldkommandantur behauptet hätten. Hinterher wären wir die Schurken gewesen.«

»Bei der Beweislage?«

Der Farmer blickte ungläubig auf seine noch immer stark verängstigte Tochter hinab und dann zu dem kaputten Fenster hinüber.

»Deutsche glauben Deutschen eher als uns.«

»Dann werden Sie den Einbruch nicht melden?«

»Doch, das werden wir«, versprach Leonard. »Wir werden die deutsche Feldkommandantur bitten, nach drei Artilleristen und zwei halbvollen Säcken mit Tomaten zu suchen.«

»Artillerie? Woher wissen Sie das?«

»Das Rot an ihren Schulterstücken und Kragenspiegeln«, erklärte Leonard. »Es ist bei der Wehrmacht die Farbe der Artillerie.«

»Ich verstehe. Das ist doch schon was.« Leighton schnaubte. »Wie geht es weiter?«

»Die Feldkommandantur wird uns versprechen, alles Menschenmögliche zur Identifizierung der Täter zu unternehmen.«

»Und dann?«

»Nichts.« Das sagte Bobby mit einem strahlenden Lächeln, das vielleicht entschuldigend wirken sollte. »Danach werden wir in dieser Angelegenheit nichts mehr von den Krauts hören. So ist es immer bei solchen Vorfällen.«

Leighton stampfte mit dem rechten Fuß auf wie ein trotziger Schuljunge.

»Das lasse ich mir nicht bieten. Ich werde …«

»Gar nichts werden Sie, wenn Sie ein kluger Mann sind«, unterbrach ihn Leonard in einem zwar beschwichtigenden Tonfall, aber nicht ohne eine gewisse Schärfe. »Wollen Sie unbedingt Ärger mit den Deutschen haben? Seien Sie froh, dass es so glimpflich abgelaufen ist. Andere vor Ihnen hatten weniger Glück.«

Der Tomatenzüchter sah erneut zu seiner Tochter, die immer noch am Boden hockte und so teilnahmslos wirkte, als ginge sie das alles nichts an.

»Vielleicht haben Sie recht, junger Mann.« Er schaute zu Leonard und Bobby. »Danke für Ihre Hilfe und Ihren Rat!«

Als die beiden Hilfs-Constables wieder auf ihren Fahrrädern saßen und ihre Streife fortsetzten, sagte Bobby: »Mannomann, hast du die dicken Dinger von dieser Elsa gesehen? Die reinste Milchkuh. Da kann ich die Krauts beinah verstehen.«

»Lass lieber die Finger von ihr, Bobby. Die will von Männern nichts wissen.«

Bobby warf ihm einen erstaunten Blick zu. »Ach nee, hast du es schon bei ihr probiert?«

»Nein, aber mein Vater hat mal für Leighton gearbeitet. Er hat erzählt, Elsa sei eine, die sehr in sich gekehrt ist.«

»Wie meint er das? Ist sie plemplem oder was?«

»Weiß ich nicht. Sie spricht kaum und betet viel. Sie ist halt mehr in Gedanken, weißt du?« Bobby grinste breit.

»Junge, die würde ich gern mal auf andere Gedanken bringen!«

Die Buchstaben verschwammen schon vor seinen Augen, als Leonard Doyle endlich mit seinem Bericht fertig war. Bobby hatte eine Münze geworfen und gewonnen. Vielleicht hätte Leonard darauf bestehen sollen, dass er selbst die Münze warf.

Es war immer heikel, einen Bericht über einen Vorfall zu schreiben, in den Deutsche verwickelt waren. Der Trick war, es nie so klingen zu lassen, als würde man gegen die Deutschen an sich sein. Man musste es so formulieren, dass gerade die Krauts ein absolut gesetzestreues und ehrenhaftes

Volk seien und man es wohl nur mit einem Ausnahmefall oder einer Verkettung unglücklicher Umstände zu tun habe. Er las den Bericht noch einmal durch und war richtig stolz auf seine Arbeit. Zufrieden unterzeichnete er mit seinem Namen und Dienstgrad.

Als er den Bericht endlich beim diensthabenden Sergeant abgab, hatte er eigentlich schon seit zwanzig Minuten Feierabend. Er wischte sich die Müdigkeit aus den Augen und blickte sich nach Bobby Ozanne und Lefty Broker um. Auch sie hatten jetzt Feierabend, und alle drei hatten sich vorgenommen, noch zusammen einen trinken zu gehen und sich anschließend einen Film oder eine Bühnenshow anzusehen. Aber er sah nur Floyd Ingram und Jules Mourant, die beiden anderen, die sich zu den fabelhaften Fünf zählten. Ihr Dienst begann jetzt, und sie wollten gerade zu ihren Fahrrädern gehen. Leonard fragte sie nach Bobby und Lefty.

»Bobby und Lefty?« Jules grinste, als er die beiden Namen erwähnte. »Die beiden sind schon seit einer Viertelstunde weg. Sie haben etwas ganz Besonderes vor, haben gekichert und miteinander getuschelt wie Schuljungs in der Pause. Stimmt doch, Floyd, oder?«

Floyds kantiger Schädel deutete ein Nicken an. »Genauso war's.«

»Was haben sie denn getuschelt?«

»Es ging um irgendein Mädchen, wie fast immer bei Bobby«, antwortete Jules mit einer abwertenden Handbewegung. »Er sagte zu Lefty etwas wie ›Die hat Euter wie die beste Kuh‹ oder so ähnlich. Der übliche Quatsch, den Bobby so verzapft. Wer weiß, welche Farmerstochter er jetzt wieder aufgetan hat.«

»Ich«, sagte Leonard zur Überraschung der beiden anderen. »Und irgendwie habe ich ein ganz schlechtes Gefühl dabei.« Er erklärte Jules und Floyd, um wen es sich handelte. »Wir sollten schnellstens nach St. Sampson fahren, mir ist gar nicht wohl bei der Sache.«

»Aber du kannst dich auch täuschen«, wandte Floyd ein. »Denk doch mal daran, wie vielen Bräuten Bobby in den paar Monaten, die wir uns kennen, schon nachgelaufen ist.«

Leonard dachte an Elsa Leighton, die apathisch auf dem Boden des Gewächshauses gekauert hatte, und er hörte wieder Bobby sagen: »Die reinste Milchkuh. Da kann ich die Krauts beinah verstehen.«

Er sah Floyd und Jules ernst an. »Ich habe einfach das Gefühl, da läuft was schief.«

»Jules und ich patrouillieren ohnehin durch St. Sampson«, sagte Floyd. »Wir werden bei den Leightons mal nach dem Rechten sehen.«

»Ich werde euch begleiten«, sagte Leonard.

»Aber du hast Dienstschluss, Leonard, Feierabend«, erinnerte ihn Jules.

»Den habe ich erst, wenn ich weiß, dass alles in Ordnung ist.«

Also schwangen sich alle drei auf ihre Drahtesel und radelten so schnell es ging in Richtung St. Sampson. Die Sonne stand bereits sehr tief, und die langen Schatten von Häusern und Bäumen erschienen Leonard als Boten düsterer Ereignisse.

Je näher sie der Leighton-Farm kamen, desto unwohler wurde ihm. Er spielte sogar mit dem Gedanken, einen Kübelwagen der Feldkommandantur, der sie überholte, anzuhalten, und die Krauts, die mit ihrem Automobil schneller waren als die Hilfs-Constables, zu informieren. Aber das konnte ungeahnte Folgen für die fabelhaften Fünf zeitigen. Der deutschen Feldpolizei war jedes Mittel recht, die Guernsey Police Force zu diskreditieren, um ihre eigene Macht zu stärken. Im letzten Augenblick beherrschte er sich, und der wehrmachtsgraue Kübelwagen bretterte an ihnen vorbei, ohne dass die beiden Insassen weiter von ihnen Notiz nahmen.

Endlich tauchte vor ihnen das große Gewächshaus auf. Die letzten Strahlen der Abendsonne wurden von den großen Glasscheiben reflektiert und stachen in ihre Augen. Über die von den beiden Krauts zerstörte Scheibe war eine dunkle Plane gezogen.

»Dort, seht mal«, sagte Jules und zeigte auf den unebenen Fahrweg, der vom Gewächshaus zu den von Leighton angepflanzten Apfelbäumen führte.

Leonard und Floyd erkannten, was seine Aufmerksamkeit erregt hatte: zwei Fahrräder, scheinbar achtlos hingeworfen. Sie stiegen von ihren eigenen Rädern und gingen zu den beiden anderen, die zweifellos Bobby Ozanne und Lefty Broker gehörten.

Da hörten sie auch schon Bobbys immer ein wenig näselnde Stimme halblaut sagen: »Komm schon, Lefty, was zierst du dich? Willst du nicht deinen Spaß haben?«

Das kam vom Rand der Apfelplantage. Sie liefen darauf zu und konnten nicht verstehen, was Lefty antwortete.

Dann sahen sie ihre beiden Freunde – und die junge Frau. Elsa lag rücklings am Boden, die Bluse aufgerissen, das Unterhemd bis über ihre Brüste hochgeschoben. Auch ihr dunkler Rock war über ihre gespreizten Beine nach oben geschoben, und ihre stark behaarte Scham war nackt. Ihr weißer Schlüpfer hing im unteren Geäst eines kleinen Apfelbaums wie eine zum Zeichen der Kapitulation aufgehängte Fahne. Ihr Gesicht war starr wie eine Maske, die Augen waren geöffnet und blickten ausdruckslos ins Leere.

Bobby kniete mit heruntergelassener Hose vor ihr, und sein Glied hing schlaff an ihm herab. Lefty war angezogen und stand neben den beiden. Sein Blick pendelte zwischen Bobby und Elsa wie der Kopf einer mechanischen Figur auf einer Spieldose.

»Willst du bis morgen früh warten, Lefty?«, raunzte Bobby.

»Ich kann das nicht«, stammelte Lefty. »Nicht mit einer, die es nicht wirklich will.«

»Woher willst du das wissen?«

»Aber, Bobby, sie hat es vorhin doch selbst gesagt!«

»Ach was, die ist zu doof, um zu wissen, was sie will. Es hat ihr bestimmt genauso viel Spaß …«

Er stockte, als er seine drei Freunde sah, die zwischen den Apfelbäumen erschienen.

Sein für ein, zwei Sekunden angespanntes Gesicht nahm wieder einen entspannten Ausdruck an, als er die drei Uniformierten erkannte.

»Ihr kommt auch zu unserer Party, wie fein. Dann will ich euch mal ranlassen. Der kleine Lefty hier gebärdet sich wie auf einem Jungfrauenball.«

Als Leonard ihn erreichte, zog er Bobby am Kragen seiner Uniformjacke nach oben und verpasste ihm einen Fausthieb unters Kinn. Bobby wurde nach hinten geschleudert, stolperte über seine um die Waden hängende Hose und schlug der Länge nach hin. Ein hartes Stöhnen verriet, dass er sich weh getan hatte.

»Dreckschwein, verdammtes Dreckschwein! Warum hast du das getan?«

Leonard wollte sich mit geballten Fäusten erneut auf Bobby

stürzen, aber Floyd hatte ihn von hinten an den Schultern gepackt und hielt ihn fest.

»Reg dich ab, das hilft uns jetzt nicht weiter.«

Wenn die fabelhaften Fünf so etwas wie einen Anführer hatten, dann war es Floyd Ingram. Das lag an seiner größeren Lebenserfahrung. Obwohl in ihrem Alter, war er bereits verheiratet, und seine Frau hatte ihm kürzlich einen Sohn geschenkt, den kleinen Douglas.

»Und was hilft uns weiter?«, fragte Leonard scharf.

»Wir müssen sehen, dass wir das hier regeln. Ich lasse dich jetzt los, mein Freund, aber bleib ruhig.«

Leonard blieb ruhig, auch wenn es ihm schwerfiel.

Während Bobby sich schwankend erhob und seine Unterhose und Hose hochzog, wandte sich Floyd an Lefty.

»Hat die Kleine sich gewehrt?«

»Nein, nicht richtig jedenfalls«, stammelte Lefty.

»Was heißt das?«

»Sie sagte am Anfang, als wir sie da vorn auf dem Weg abfingen und mit ihr zwischen die Apfelbäume gingen, dass sie das nicht will. Aber als Bobby anfing sie auszuziehen, da war sie ganz ruhig. Hat nur blöde durch uns hindurchgestarrt, als sei ihr alles egal.«

»Du kommst doch aus St. Sampson«, sagte Floyd zu Lefty. »Kennst du die Kleine und ihren Vater?«

»Nicht besonders. Sie leben sehr zurückgezogen, seit dem Tod von Mrs Leighton noch mehr.«

»Glaubst du, sie hält dicht?«, fragte Floyd mit einem Seitenblick auf das immer noch entblößt auf dem Boden liegende Mädchen.

»Ich denke schon, wenn man ihr das richtig klarmacht.«

»Das sollten wir allerdings tun«, brummte Floyd und wandte sich jetzt direkt an Elsa. »Du hältst doch den Mund hierüber, Kleines?« Als sie nichts sagte und sich nicht rührte, ging er neben ihr auf die Knie und umfasste ihr Kinn mit seiner rechten Bärenpranke. Er zwang sie, ihn anzusehen. »Hör mal genau zu. Wenn du hierüber auch nur ein Sterbenswörtchen verlierst, kriegen du und dein Vater mächtig Ärger mit der Polizei, und die Polizei, das sind wir! Verstehst du das?«

»Ach, lass doch, Floyd«, sagte Bobby, der sich angezogen hatte. »Die versteht doch nur Bahnhof.«

»Schnauze, du Idiot!«, fuhr Floyd ihn an und kümmerte sich sofort wieder um Elsa. »Wenn du deinem Vater etwas erzählst, kommt er ins Gefängnis. Und du kommst zu den Krauts. Die machen dann jede Nacht mit dir, was sie wollen, und das in Kompaniestärke. Hast du das verstanden?«

Er ließ ihr Gesicht los, und sie nickte.

»Gut.« Floyd kramte in seinen Taschen und holte etwas Geld hervor, das er auf seine linke Handfläche legte. Dann sah er sich zu den anderen um. »Kratzt alles zusammen, was ihr habt, und gebt es mir.«

»Was denn?«, ereiferte sich Bobby. »Soll das für die Kuh da sein? Mit mir nicht. So groß war das Vergnügen nun auch wieder nicht.«

»Du bist ein echter Blödmann, Bobby«, zischte Floyd und schien kurz davor zu platzen. »Wenn du nicht gleich deine schäbige Kohle rausrückst, sage ich Leonard, er soll dir die Abreibung deines Lebens verpassen. Und ich werde ihm dabei helfen.«

Murrend fischte Bobby ein paar Münzen aus seinen Taschen und gab sie Floyd.

»Alles!«, sagte Floyd daraufhin, und Bobby reichte ihm, was er noch mit sich herumtrug.

Die anderen taten es ihm gleich, und Floyd drückte das

gesammelte Geld dem missbrauchten Mädchen in die Hände. »Hier, dafür kaufst du dir neue Kleider und irgendwas Schönes, was dir Freude macht. Wir hauen jetzt ab. Bevor du zu deinem Vater gehst, machst du dich sauber und bringst die Kleidung in Ordnung, damit er nichts merkt. Hast du mich verstanden?«

Wieder blieb Elsa stumm und nickte bloß. Keine einzige Träne rollte über ihre Wangen. Leonard fand es seltsam, fast unheimlich.

Wenn er später Elsas Vater begegnete, sah er etwas in den Augen des Farmers glimmen. Etwas, dass ihm verriet: Bernard Leighton wusste, was sich an diesem Septemberabend in seinem Apfelhain ereignet hatte. Aber der Mann sagte kein Wort, wollte sich wohl keinen Ärger mit der Polizei einhandeln. Auch nicht, als Elsa neun Monate später ein Kind zur Welt brachte, die kleine Amy.

Für die Freundschaft der fabelhaften Fünf brachte der *Vorfall*, wie sie das Geschehen nur noch nannten, ein abruptes Ende. Hatte ein jeder von ihnen bislang die Nähe der anderen gesucht, so war es ab dem September 1942 das genaue Gegenteil. Sie gingen einander aus dem Weg, so gut sie nur konnten, als könnten sie allein dadurch vermeiden, dass der *Vorfall* bekannt wurde. Ihren Umgang miteinander beschränkten sie auf das dienstlich Notwendige, und wenn sie durch St. Sampson Streife fuhren, jagten sie ihre Fahrräder immer in einem Affenzahn an der Leighton-Farm vorbei.

Leonard hatte, was seine Einstellung zum Polizeidienst betraf, seine Unschuld verloren, und er hatte zwei Dinge aus dem *Vorfall* gelernt. Erstens: Mit der Freundschaft und damit, wen man sich als Freund aussucht, muss man vorsichtig umgehen. Zweitens: Eine Uniform macht noch keinen Polizisten.

Das schlechte Gewissen darüber, eine schwere Straftat vertuscht zu haben, verließ ihn nicht – nicht für den Rest seines Lebens. Er gewöhnte sich an die Schuld, die er auf sich geladen hatte, aber es gelang ihm nie, sie ganz von sich abzuschütteln. Selbst wenn es Bobby Ozanne war, der die Tat begangen hatte, Leonard fühlte sich mitschuldig. Auch Elsas Kind belastete sein Gewissen, sosehr er es auch mit dem Gedanken an das zu beschwichtigen versuchte, was sein Vater ihm eines Abends über die Leightons erzählt hatte.

KAPITEL 28

All das, was sein Vater ihm gestern Nachmittag im Café des German Occupation Museum gebeichtet hatte, schoss Doyle jetzt in Sekundenbruchteilen durch den Kopf. Erst hatte Leonard Doyle nur stockend und widerwillig das erzählt, was er ein ganzes langes Leben lang in sich hineingefressen hatte. Dann aber waren die Worte nur so aus ihm herausgesprudelt, und er hatte sich regelrecht erleichtert gefühlt. Die Frau, die jetzt mit dem Jagdmesser in der Rechten über ihm stand, Sharon, war in letzter Konsequenz das Ergebnis jenes Vorfalls aus dem September 1942.

Er hatte gestern Abend noch recherchiert, was aus den Beteiligten geworden war.

Bobby Ozanne war noch vor Kriegsende wegen einiger kleinerer Verfehlungen aus dem Polizeidienst entlassen worden und hatte wieder als Rettungsschwimmer in der Cobo Bay gearbeitet. Im Sommer 1947 war er bei starkem Wellengang ertrunken. Es hieß, er habe seine Kräfte überschätzt, da er sich kurz zuvor noch mit einer verheirateten Frau in ihrer Wohnung unweit des Strandes vergnügt habe.

Nach der deutschen Kapitulation war Lefty Broker freiwillig aus dem Polizeidienst ausgeschieden, war nach England übergesiedelt und hatte sich dort zur Armee gemeldet. Seine Einheit, das Duke of Wellington's Regiment, wurde im Koreakrieg eingesetzt, wo er, im Rang eines Sergeants, im Mai 1953 als vermisst gemeldet wurde. Wie Bobby Ozanne hinterließ auch er keine bekannten Nachkommen.

Leonard Doyle, Floyd Ingram und Jules Mourant waren auf Guernsey und bei der Polizei geblieben, und auch ihre Söhne und – im Fall von Ingram und Mourant – Enkel waren der Einheit beigetreten.

Bernard Leighton war im Mai 1945 gestorben, kurz nach der Befreiung der Kanalinseln von den deutschen Besatzern. Auf einer der zahlreichen Siegesfeiern hatte er zu tief ins Glas geschaut und den Heimweg nicht mehr ganz geschafft. Nicht weit von seinem Haus entfernt hatte man ihn ertrunken in einem Teich aufgefunden. Seine Tochter Elsa hatte Guernsey daraufhin mit ihrer kleinen Amy verlassen. Entfernte Verwandte in Kanada hatten sie laut einem alten Aktenvermerk aufgenommen. Mehr hatte Doyle nicht über die beiden herausfinden können. Anscheinend verlor sich in Kanada ihre Spur.

Doyle schloss die Schublade mit den Erinnerungen. Jetzt galt es, sich auf die Gegenwart zu konzentrieren, und er fragte Sharon: »Wie ist es deiner Großmutter Elsa in Kanada ergangen?«

»Sie war auf der Farm ihrer Verwandten eine bessere Magd, mehr nicht. Aber sie hatte ein Dach über dem Kopf, und ihre Tochter hatte genug zu essen, um gesund aufzuwachsen. Aber das hat Grandma nicht mehr ganz miterlebt.

Sie starb an einer Lungenentzündung, als ihre Tochter sechzehn war.«

»Ihre Tochter Amy.«

»So ist es, mein kluger Polizist.«

»Hilf mir, noch klüger zu werden. Wie wurde Amy Leighton zu Violet Brehaut?«

»Mum hat die Farm in Alberta zwei Jahre nach dem Tod von Grandma verlassen. Sie hielt nicht viel von der Schufterei auf den Feldern und im Stall. Sie ging nach Vancouver und besorgte sich dort falsche Papiere auf den Namen Violet Brown. Sie wusste nicht, ob ihre Verwandten nach ihr suchten, aber der neue Name sollte sie vor allen Nachstellungen schützen. In einer Bar traf sie einen um dreißig Jahre älteren Herrn, der auf Guernsey wohnte und verwitwet war. Paul Brehaut, mein Vater, war als Vertreter einer großen Farmervereinigung in Kanada und den Vereinigten Staaten unterwegs, um dort Exportmöglichkeiten für die damals noch florierende Landwirtschaft auf Guernsey auszuloten. Mum war eine sehr hübsche junge Frau, und schon nach wenigen Tagen war sie seine Gattin und kehrte mit ihm auf die Insel zurück, die sie als kleines Kind verlassen hatte.«

»Um Rache zu nehmen für das, was man ihrer Mutter angetan hatte?«

»Ja«, sagte Sharon gedehnt, wie in Gedanken versunken. »Kurz vor ihrem Tod hatte Grandma ihr von jenem Abend im Apfelhain erzählt, als fünf Polizisten um sie herum standen, aber der Mann, der sie geschändet hatte, ungestraft davonkam.« Ihr Gesichtsausdruck verhärtete sich. »Mein Großvater!«

»Das Ganze liegt zwei Menschenalter zurück. Warum habt ihr jetzt erst mit euren Morden angefangen?«

»Warum etwas überstürzen? Mum fand nach ihrer Rückkehr schnell heraus, dass ihr Erzeuger schon vor vielen Jahren in der Cobo Bay ertrunken war. Auch Lewis Broker war wohl bereits tot, zumindest ist er nie aus Korea zurückgekehrt. Also richtete sie sich ihr Leben hier ein und beobachtete, was aus den anderen wurde. Interessanterweise blieben sie bei der Polizei, machten dort Karriere, vererbten das sozusagen an ihre Nachkommen. Mum wollte mehr Informationen über diese Männer und ihr Verhalten in jener Nacht sammeln, bevor sie ihre Mutter rächte. Nach dem Tod von Paul Brehaut konnte sie sich ganz auf diese Aufgabe konzentrieren.«

»Deshalb suchte sie die Freundschaft meiner Mutter und bot sich nach ihrem Tod an, meinen Vater zu pflegen.«

»So war es, Cy. Dein Vater hat ihr viel erzählt, und sie hat alles aufgenommen. Aber du kennst ja die MP3s.«

»Nur in der von dir zensierten Version«, sagte Doyle bitter und dachte kurz über das eben Gehörte nach. »Weshalb ihr ausgerechnet jetzt angefangen habt, eure sogenannte Rache auszuüben, ist mir noch immer nicht klar.«

»Auch Floyd Ingram und Jules Mourant sowie dessen Sohn Dexter sind inzwischen verstorben. Der Letzte der Fünf von damals ist dein Vater. Er hatte Mum so ziemlich alles erzählt, was sie wissen wollte. Da waren also er, du als sein geliebter Sohn, Jules Mourants Enkel Charlie sowie die drei Ingram-Nachkommen: Douglas, Dennis und Joel. Die perfekte Konstellation. Es steht ja schon im Alten Testament bei Mose, dass der Herr niemanden ungestraft lässt, sondern die Missetat der Väter heimsucht an den Kindern bis ins dritte und vierte Glied.«

Fast wollte Doyle schwindelig werden vor all dem Wahnsinn, der sich vor ihm auftat. Dass die Frau, die ihm das alles so seelenruhig erzählte, dieselbe Sharon war, in deren Armen er so glückliche Stunden verbracht hatte, war für ihn kaum fassbar. Als wohnten zwei verschiedene Persönlichkeiten in ihrem Körper.

»Bibelfest seid ihr auch noch«, ächzte er. »Zumindest, wenn es euch beim Morden hilft. Dann wollt ihr also auch den kleinen Sohn von Dennis Ingram umbringen?«

»Ihn, deinen Vater und dich.«

»Na, wenigstens nicht Ingrams Tochter«, sagte er voller Sarkasmus.

»Darüber haben Mum und ich lange diskutiert, aber nur Männer sind schuld an allem, und nur Männer sollen büßen.«

Je länger er mit Sharon sprach, desto mehr kam Doyle zu der Überzeugung, es mit einer Wahnsinnigen zu tun zu haben. War das, was man damals über Elsa Leighton gesagt hatte, wahr? War sie geistig zurückgeblieben gewesen? Und hatte sich das auf ihre Tochter und ihre Enkeltochter vererbt? Oder war er nur in einem Albtraum gefangen, und die wirkliche Welt war eine ganz andere als jene Abgründe, die sich ihm auf dieser nebeligen Lichtung offenbarten?

»Was ist, Cy? Du siehst mich an, als sei ich ein Monster.«

»Das fällt mir nicht schwer. Es ist schade um dich, Sharon, wirklich schade.«

»Um dich auch, Cy«, sagte sie und die Hand mit dem Jagdmesser hob sich ein Stück.

»Sag mir bitte noch, was der ganze Zauber mit den Pfeilen und den herausgeschnittenen Herzen soll.«

»Aber das weißt du doch schon längst dank der redseligen Mildred Mulholland. Wenn alle Racheakte verübt sind, wird man die Herzen zu Füßen der *Gràn'mère du Chimquière* finden. Zusammen mit einem anonymen Schreiben über das, was sich die fünf jungen Polizisten im September 1942 zuschulden kommen ließen. Das gibt einen Medienwirbel sondergleichen.«

»Wozu du als Journalistin beim *Guernsey Spectator* beitragen wirst. Natürlich wirst du über die Identität von Elsa Leightons Nachkommen den Mantel des Schweigens hüllen.«

»Worauf du dich verlassen kannst, Cy.«

»Wo habt ihr die herausgeschnittenen Herzen versteckt?«

»*Versteckt* kann man gar nicht sagen. Sie liegen in unserem Haus in der Kühltruhe, übrigens direkt unter den Steaks. Oder ich habe danebengegriffen, und du hast Charlie Mourants Herz verspeist. Oder das von Douglas Ingram, falls es etwas zäher war.«

Er dachte an das Steak, das sie ihm serviert hatte, und unterdrückte die Übelkeit, die in ihm aufkeimen wollte.

»Schockiert dich das?«, fragte Sharon.

»Es macht mich eher traurig. Besonders, wenn ich daran denke, dass jemand ganz anderes womöglich Elsas wahrer Peiniger war.«

»Was willst du damit sagen?«

»Mein Großvater, Herbert Doyle, war Tagelöhner und hat zeitweise für deinen Urgroßvater, Bernard Leighton, gearbeitet, und zwar nach dem Tod deiner Urgroßmutter.«

»Und?«

»Nach allem, was mein Großvater meinem Vater damals erzählt hat, ist es gut möglich, dass dein Urgroßvater zugleich auch dein Großvater ist.«

»Drück dich genauer aus, Cy!«, forderte sie.

Konnte sie ihn wirklich nicht verstehen, oder wehrte sich etwas in ihr dagegen?

»Herbert Doyle fand, dass Bernard Leighton und seine Tochter Elsa ein wenig zu eng zusammenlebten. Sie führte nach dem Tod ihrer Mutter den ganzen Haushalt. Mein Großvater hatte den Eindruck, dass sie auch nachts die Stelle ihrer Mutter einnahm. Das ist natürlich nicht bewiesen, aber warum hätte er das erfinden sollen? Und wenn es stimmt, kann genauso gut Bernard Leighton der Vater von Violet sein, der Vater seiner eigenen Enkelin. Ein Grund mehr für ihn, die Geschichte mit Bobby Ozanne nicht zur Anzeige zu bringen. Da hätte bei Elsas Vernehmung leicht auch ein Schatten auf ihn selbst fallen können. Außerdem frage ich mich, ob sein Tod im Teich tatsächlich ein Unfall war, oder ob Elsa die Trunkenheit ihres Vaters ausgenutzt hat, um sich endlich von ihm zu befreien.«

»Das … das sind doch nur Spekulationen.«

»Zugegeben, aber nicht ohne Hand und Fuß. Vielleicht solltet du und Violet – oder Amy – mal darüber nachdenken, bevor ihr weiter Menschen massakriert.«

»Was sollte das ändern? Nichts jedenfalls an der Tatsache, dass Bobby Ozanne meine Großmutter vergewaltigt hat und dass seine Polizistenfreunde ihn gedeckt haben.«

Obwohl Doyle das, was er bis zu diesem Morgen nur geahnt und geschlussfolgert hatte, aus Sharons eigenem Mund hatte hören wollen, wehrte sich jetzt etwas in ihm dagegen, noch mehr zu erfahren. Er fühlte sich erschöpft, müde und wollte der ganzen Angelegenheit ein schnelles Ende bereiten.

»Ich weiß nicht, ob du und deine Mum am Ende in der Psychiatrie oder im Gefängnis landet, aber ich werde dich gleich trotzdem über deine Rechte belehren. Sharon Brehaut, ich nehme dich fest wegen des Mordes an DCI Charles Mourant, an Douglas Ingram und an CI Dennis Ingram, wegen des versuchten Mordes an mir sowie wegen der Planung von und Verabredung zu weiteren Morden.«

»Wie du möchtest«, sagte sie gleichgültig und befand sich mit einem schnellen Schritt direkt über ihm. »Da du gleich tot sein wirst, ist das alles ohne Belang.«

Doyle hielt längst mit der rechten Hand die Glock 26 umfasst, die gestern Abend noch auf besondere Anordnung des Chief Officers an ihn ausgehändigt worden war. Dank ihrer geringen Größe war diese Pistole zum verdeckten Tragen besonders geeignet, und er hatte schon bei der Metropolitan Police gute Erfahrungen mit ihr gemacht. Mit einer schnellen Bewegung hatte er die Waffe aus der Jackentasche gezogen und wollte auf Sharon anlegen. Aber der heftige Schmerz, der von seiner rechten Schulter auf den ganzen Arm ausstrahlte, lähmte ihn. Er dachte an sein gestriges Gespräch mit Dr. Gupta-Jones und an das Rezept, das sie ihm mitgegeben hatte. Das Rezept, das einzulösen er vergessen hatte. Vielleicht war sein vorhin vorgetäuschter Sturz schuld, dass die rechte Schulter sich jetzt so schlimm bemerkbar machte. Zwar lag er auf der anderen Seite, aber er hatte den Sturz mit dem rechten Arm etwas abzufedern versucht.

Sharon griff mit der linken Hand nach der Glock. Normalerweise hätte sie ihm die Waffe nicht aus der Hand reißen können, aber jetzt, da der lähmende Schmerz sogar auf seine Finger übergriff, gelang es ihr mühelos.

»Die Schulter, du Ärmster? Tröste dich. Selbst wenn du mich hättest überwinden können, für deinen Dad wäre jede Hilfe zu spät gekommen.«

»Wie meinst du das?«

»Diese ganze Geschichte hier mit dem abgelegenen Wäldchen am Reservoir riecht geradezu nach einer Falle. Ich bin trotzdem gekommen, weil ich auf Nummer sicher gehen wollte, dass niemand Mums und mein Geheimnis kennt. Mum sollte deinen Vater töten, wenn ich mich nicht bei ihr melde. Der Zeitpunkt für diese Meldung ist gleich überschritten. Vielleicht hat Mum es auch schon getan.«

»Meinst du nicht, wir sollten langsam mal reingehen, Calvin? Es ist gleich Viertel vor acht.«

Constable Jasmyn Allisette saß auf dem Beifahrersitz des silbernen Škoda und blickte Sergeant Calvin Baker halb fragend, halb besorgt an. Der Wagen war in der Icart Road geparkt, mit Blick auf »Le Petit Château«, das im Nebel aussah wie ein verwunschenes Märchenschloss. Schon seit einer Stunde saßen sie hier und beobachteten das große Haus, in dem sich so rein gar nichts tat.

Baker kaute auf einem Schoko-Karamell-Riegel herum und sagte mit einem leichten Schmatzen: »Der Chef hat gesagt, wir sollen nach eigenem Ermessen handeln, wenn er sich nicht meldet. Mir wäre aber lieber, er ruft an und gibt uns grünes Licht. Ich möchte hier ungern etwas versauen.«

»Und wenn er das nicht kann? Vielleicht ist sein Plan schiefgegangen. Willst du vielleicht schuld daran sein, wenn sein Vater ermordet wird?«

Baker sah sie an und klaubte mit der Zungenspitze ein Stück Karamell von seiner Oberlippe.

»Das wäre wohl ziemlich blöd, was?«

»Du kannst manchmal ganz schön nerven, Calvin, weißt du das?«

»Wieso? Ich versuche doch nur, das Für und Wider abzuwägen.«

Allisette stieß die Beifahrertür auf.

»Während du noch abwägst, gehe ich jetzt rein!«

»Halt, warte, ich leite diesen Einsatz. Schließlich bin ich ranghöher als du.«

»Aber ich bin schneller«, grinste sie und stieg aus dem Wagen.

Sie zog die Glock 17, die ihr gestern Abend der Waffenmeister auf Anordnung des Chiefs ausgehändigt hatte. Auch Baker verließ das Fahrzeug, und er starrte auf die Pistole in ihren Händen.

»Meinst du, wir brauchen die Dinger?«

»Ich will es nicht hoffen. Aber falls doch, will ich bereit sein.«

Mit diesen Worten wollte sie sich in Bewegung setzen, aber ein scharfes »Halt!« von Calvin Baker hielt sie zurück.

»Was ist denn noch?«

»Ich gehe vor«, sagte er, jetzt ebenfalls eine Glock 17 in Händen, und marschierte auf das Haus zu.

»Du bist ein echter Gentleman, Calvin.«

Die letzten Silben vermischten sich mit einem Splittern, das sich anhörte wie beim Zerschlagen einer Fensterscheibe. Aber zu sehen war nichts.

»Scheiße!«, zischte Baker und eilte mit einer überraschenden Behändigkeit auf »Le Petit Château« zu, dicht gefolgt von Allisette.

An der schweren Haustür hielten sie sich nicht groß mit Klingeln auf. Baker benutzte den Hausschlüssel, den DCI Doyle ihm gegeben hatte, und sie drangen in das Haus ein.

»Ich oben, du unten«, sagte er leise zu Allisette, und schon nahm er mit schnellen Schritten die Treppe ins obere Stockwerk.

Die erste Tür, die er öffnete, führte in ein großes Bad: leer.

Die zweite Tür.

Vorsichtig drückte er sie auf – und sah auch schon die ältere Frau, die vor ihm auf dem Teppich lag. Sie atmete schwer und hatte eine blutige Wunde an der Stirn. Neben ihr lag ein Kopfkissen auf dem Boden, als habe sie es nicht mehr geschafft, ihr Haupt darauf zu betten. Eine dünne Gestalt trat hinter der Tür hervor, einen knotigen Stock zum Schlag erhoben.

»Polizei«, sagte Baker schnell und nannte seinen Namen. »Ihr Sohn Cyrus schickt mich.«

Leonard Doyle, barfuß und in einem dunkelblauen Schlafanzug, hielt seinen Stock noch immer schlagbereit, während er Baker anstarrte.

»Hat Cy nicht was von einer hübschen jungen Polizistin gesagt, die auf mich aufpassen sollte?«

»Jasmyn«, rief Baker. »Komm bitte hoch, dein Typ wird verlangt.«

Er wandte sich wieder an Leonard Doyle und fragte, was geschehen sei.

»Zum Glück hat Cy mich gewarnt, dass etwas passieren könnte. Ich hatte den Stock mit ins Bett genommen, zur Sicherheit. Schlau, nicht wahr?«

»Das können Sie wohl sagen, Sir.«

»Tu ich auch, tu ich auch. Die da« – er sagte das voller Verachtung und zeigte auf die am Boden liegende Violet Brehaut – »hat versucht, mich umzubringen. Wollte mich mit dem Kissen ersticken. Ich hab ihr mit dem Stock das Kissen aus den Händen geschlagen. Sie hat dann eine Vase von der Kommode genommen, um mich zu erschlagen. Da habe ich es ihr noch einmal mit dem Stock gegeben, auf den Kopf. Die Vase ist dabei durchs Fenster geflogen.«

Das kaputte Schlafzimmerfenster ging nach hinten raus, zur See. Deshalb hatten Baker und Allisette es zwar zersplittern hören, aber nichts gesehen.

Allisette, die inzwischen nach oben gekommen war und einen Teil von Leonard Doyles Worten gehört hatte, sagte:

»Das haben Sie gut gemacht, Sir. Ihr Sohn wird stolz auf Sie sein.«

»Jaja, der Gute«, sagte Leonard Doyle wie geistesabwesend und starrte fasziniert auf die Pistolen. »Wenn ich so etwas gehabt hätte, das wäre natürlich noch besser gewesen. Sie haben nicht zufällig eine davon übrig?«

Während Sharon die erbeutete Glock 26 achtlos in der linken Hand hielt, näherte sich die Rechte mit dem scharfen Messer Doyles Kehle. »Es hat Spaß gemacht mit dir, Cy, aber jetzt heißt es Abschied nehmen.«

Doyle rief laut: »Zugriff!«

Sharon grinste. »Du bist ja wirklich lustig. Meinst du, darauf falle ich rein?«

»Das sollten Sie, Brehaut!«, kam eine Stimme vom Rand der Lichtung. »Das Messer lassen Sie jetzt fallen, sonst blase ich Ihnen mit dem größten Vergnügen den Kopf weg!«

Vorsichtig glitt Sharons Blick zur Seite und erfasste die Frau, die sich aus dem Unterholz gelöst hatte und langsam nähertrat. Mit jedem Schritt hob sie sich deutlicher vom Nebel ab. Pat Holburn hielt eine Pistole in beiden Händen und zielte damit auf Sharon.

Sharon sah wieder auf Doyle herab, vorwurfsvoll.

»Du hast gesagt, dass du allein hier bist!«

»Da habe ich gelogen. Etwas, das dir nicht fremd sein sollte. Außerdem hast du selbst vorgeschlagen, ich solle Pat mitnehmen. Wusstest du, dass sie eine hervorragende Pistolenschützin ist?«

Leise sagte Sharon: »Du und deine Pat, ihr seid ein tolles Team, was?«

In ihren Augen lag jenes eisige Funkeln, das ihm ihre Absicht verriet, und schon stieß die Hand mit dem Messer zu.

Sharon wurde zur Seite geschleudert, und dann erst hörte Doyle den Schuss. Er stemmte sich mit der linken Hand hoch und warf sich auf Sharon, die zusammengekrümmt auf dem Boden lag. Da war seine Pistole. Er nahm sie mit der Linken an sich und richtete sie auf Sharon.

Sie hatte eine Wunde im rechten Oberarm. Die Wucht des Geschossaufpralls aus der kurzen Entfernung hatte sie paralysiert. Aber sie war bei Bewusstsein, und ihre Augen funkelten ihn bösartig an.

Pat war jetzt bei ihm, und er bedankte sich bei ihr.

»Keine Ursache. Du hast doch gehört, Cy, wir beide sind ein tolles Team.«

KAPITEL 29

Die Bar lag am Hafen, war recht gut besucht, aber noch nicht überfüllt, jedenfalls jetzt noch nicht, am frühen Abend. Man servierte hier auch ordentliche Gerichte, und so war es fast schon ein Restaurant. Doyle hatte einen Tisch für zwei Personen reserviert, mit Blick aufs Meer. Auf ein Meer, das endlich nicht länger von einer dicken Schicht Wolken und Nebel erdrückt wurde. Sein Vater hatte recht behalten: Gegen Mittag hatte ein starker Nordwestwind die Wolken dahin geschickt, wo sie nach Ansicht vieler hier hingehörten: zurück nach Frankreich. Der Nebel löste sich auf, und auf Guernsey herrschte binnen einer Stunde das schönste Sommerwetter. Als hätte sich ein Albtraum, der die ganze Insel erfasst hatte, endlich verabschiedet.

Er blickte hinaus auf die im Wellengang schaukelnden Boote und das Glitzern der abendlichen Sonnenstrahlen, die das tiefblaue Wasser reflektierte. Zum ersten Mal an diesem Tag fühlte er sich entspannt. Bis er sich wieder so richtig wohl fühlte, würde noch einige Zeit vergehen müssen. Er hatte zwei Mörderinnen überführt – oder eine Mörderin und eine Helferin, das war eine Frage für die Juristen –, aber er hatte eine Geliebte verloren und eine Frau, die ihm ein Muttterersatz gewesen war. Zudem hatte er für die Zukunft einiges zu organisieren, was die Pflege seines Vaters betraf. Derzeit kümmerte sich ein Rund-um-die-Uhr-Pflegeservice um Leonard Doyle, aber das war, wenn man nicht Bill Gates oder Dagobert Duck hieß, nur für sehr kurze Zeit bezahlbar.

In diesem Augenblick jedoch spielte das keine Rolle. Doyle war heilfroh, dass auch sein Vater alles gut überstanden hatte. Es schien ihm sogar besser zu gehen als in all den Monaten zuvor, wenn Doyle ihn mal besucht hatte. Aber würde Leonard Doyle die Frau, die er als treusorgende Violet Brehaut gekannt hatte, irgendwann schmerzlich vermissen?

Sharon und ihre Mutter lagen noch unter Polizeibewachung im Krankenhaus. Er würde gewiss keine Blumen vorbeibringen. In der Kühltruhe von »Little Bird« hatte man tatsächlich die Herzen der drei Ermordeten gefunden. Würde man sie als Beweismittel für die Gerichtsverhandlung aufheben? Oder würde man sie nachträglich bestatten? Er hatte keine Ahnung und wollte es auch gar nicht wissen. Wichtig war jetzt nur, dass dieser Tag vorüber war und dass mit ihm die Pfeilmorde ein Ende gefunden hatten.

Pat kam herein, und er winkte ihr. Sie trug ein leichtes, helles Sommerkleid, und er wünschte sich, sie öfter so zu sehen. Als Frau, nicht nur als Kollegin. Er stand auf und rückte ihr den zweiten Stuhl zurecht.

»Ich freue mich sehr, dass du meine Einladung angenommen hast, Pat.«

»Ich mich auch.« Sie lächelte tiefgründig. »Eigentlich hät-

»Geht wieder. Spritze, Salbe, Pat – was braucht ein Mann mehr?«

Der Auftritt des Weinkellners unterbrach seinen nicht gerade geschickt vorgetragenen Flirtversuch.

Das Essen war gut, der Wein ebenfalls, und ihre Unterhaltung bewegte sich in seichten, humorvollen Gewässern. »Weißt du noch, damals« war eine Wendung, die an diesem Abend öfter fiel und mit der Doyle auch das rote Plastikarmband mit der Aufschrift *Sommerfest der Guernsey Police 1991 – CARRY YOUR LOVE – 3. Platz für Cy und Pat* hervorholte, das er in dem alten Silberpokal wiedergefunden hatte. In dem Augenblick, als er es auf den Tisch legte, wusste er, dass es ein Fehler gewesen war. Pats Gesicht wurde ernst, jede Leichtigkeit war verflogen.

»Du bist ein guter Vorgesetzter und Kollege, Cy, ein guter Freund und ein sympathischer Mensch, aber …«

Sie suchte nach den richtigen Worten.

Doyle wusste, dass der ganze Satz von ihr Quatsch mit Soße war und dass es nur auf das eine Wort ankam, das Aber. Er hatte sie nicht eingeladen, um sie in Schwierigkeiten zu bringen, also machte er es ihr einfach.

»Aber du hast nicht vor, alte Geschichten neu zu beginnen. Ist es das, was du mir sagen willst?«

»Ja, Cy. Ich glaube, ich habe es dir auch schon gesagt, aber deine Beharrlichkeit ehrt dich.«

Von da an war der Abend gelaufen, die Unterhaltung so gut wie tot, und weder er noch Pat hatten Appetit auf ein Dessert. Hatte die lächelnde Faith, die er um die Rechnung bat, seine trübe Stimmung bemerkt? Jedenfalls fuhr sie mit Zeige- und Mittelfinger ihrer Rechten ganz sanft über seinen Unterarm, vor Pats Augen. Und als sie kurz darauf die Rechnung brachte, lag darunter ein Zimmerschlüssel.

Pat kicherte leise.

»Ich sehe, du bist schon getröstet. Kein schlechter Ersatz übrigens. Selbst als ich in ihrem Alter war, habe ich nicht halb so gut ausgesehen.«

»So ein Blödsinn«, sagte er. »Ich glaube, du hast zu viel von dem Burgunder getrunken.«

»Es ist noch ein Rest in der Flasche«, erwiderte sie. »Nimm ihn doch mit aufs Zimmer.«

Damit stand sie auf, bedankte sich mit einem freundlichen Lächeln, aber ein wenig distanziert »für den netten Abend« und verabschiedete sich. Er bot ihr nicht seine Begleitung an. Sie hätte es ohnehin abgelehnt. Traurig blickte er ihr hinterher, bis sie den Raum verlassen hatte.

Er fühlte sich plötzlich unendlich müde. Seine Finger spielten mit dem Schlüssel, und er hielt Ausschau nach Faith.

NEUNTER TAG

Freitag, 5. September

EPILOG

Am nächsten Morgen traf Doyle auf dem Weg in sein Büro ausgerechnet auf Pat, die gerade einem Boten etwas quittierte. Der junge Mann bedankte sich und verschwand mit schnellen Schritten. Pat hielt ein kleines Etwas in der Hand, mit violettem Samtpapier verpackt und mit einer weißen Schleife verziert.

Doyle grüßte eher förmlich und fragte: »Wieder eine Sendung für DC Allisette?«

»Ja. Eins muss man Calvin lassen, er hat wirklich Ausdauer.«

»Wie kommst du nur darauf, dass diese Liebesgaben von ihm stammen?«, fragte er augenzwinkernd.

»Sagen wir mal, der gute Baker ist da seinem Geschmack für Süßigkeiten doch sehr treu geblieben. Ich hätte ihm mehr Phantasie zugetraut.«

»Vielleicht möchte er seine Angebetete auch nicht zu sehr im Unklaren über den Absender lassen.«

»Pech für ihn«, sagte Pat mitfühlend. »Aber selbst wenn er das Aussehen eines jungen Gottes hätte und Jasmyn jede Woche einen Diamanten schenken würde, ihm würde kein Erfolg beschieden sein.«

»Hat sie dir das gesagt?«

Der Anflug eines Lächelns huschte über Pats Gesicht.

»Nein, aber ich kann mir einfach nicht vorstellen, dass

sich eine Frau, die sich in Liebesdingen nur für andere Frauen interessiert, für einen Mann erwärmt.«

»Jasmyn ist …?«

»Ja, das ist sie. Und, um deine nächste Frage vorwegzunehmen, nein, sie hat es mir nicht gesagt, aber ich habe ein Gespür dafür. Warum guckst du so perplex, Cy, hast du etwas gegen Lesben?«

Er musste an den Tag denken, als er mit der Fähre auf Guernsey angekommen war und DC Allisette seinen Autoschlüssel anvertraut hatte.

»Nein, natürlich nicht«, sagte er. »Und schon gar nicht, wenn sie Auto fahren können.«

Die Bemerkung trug ihm einen verwirrten Blick von Pat ein, und sie fragte: »Bist du etwa enttäuscht? Hast du dir selbst Hoffnungen auf Jasmyn gemacht?«

Doyle lachte leise. »Wie kommst du auf so was, Pat? Sie könnte glatt meine Tochter sein.«

»Das hat dich bei der Kellnerin gestern Abend auch nicht gestört. Und? Kann eine Nacht mit Faith aus Südafrika einem Mann das Vertrauen in das weibliche Geschlecht zurückgeben?«

»Du stellst Fragen.«

»Du musst darauf nicht antworten. Wir sind hier zwar bei der Polizei, aber nicht im Verhörraum.«

»Ich habe nichts zu verbergen. Deine Frage aber kann nur ein Hellseher beantworten oder ein Mann, der eine Nacht mit der süß lächelnden Faith verbracht hat.«

»Wie? Du hast keinen Gebrauch von dem so geschickt servierten Zimmerschlüssel gemacht?«

»Ich habe ihn Faith zurückgegeben, ihr einen angenehmen weiteren Aufenthalt auf Guernsey und eine gute Nacht gewünscht.«

»War die Kleine nicht enttäuscht?«

Er zuckte mit den Achseln. »Vielleicht, falls sie einen ausgeprägten Vaterkomplex hat.«

»Dann hat der Ritter das schmachtende Burgfräulein verschmäht und die Nacht allein verbracht, wie edelmütig.«

»Nicht allein. Mit John Wayne und Maureen O'Hara.«

»Oh. In Schwarzweiß oder in Farbe?«

»Schwarzweiß. Sie haben letzte Nacht *Rio Grande* gebracht. Einer meiner Lieblingsfilme.«

»Ich weiß.« Pat lächelte versonnen und sah dann auf das kleine Päckchen in ihrer Hand. »Ich werde das mal Jasmyn übergeben, auch wenn es Calvin nichts nutzen wird.«

Er sah Pat hinterher, wie sie den Gang entlangging, und sagte leise: »Armer Sergeant Baker.«

Doyle gönnte sich eine ausgedehnte Mittagspause, obwohl er nicht den geringsten Appetit verspürte. Aber er hatte eine nicht enden wollende Pressekonferenz an der Seite von Chief Officer Chadwick und Superintendent Ogier hinter sich und hatte fürs Erste auch mehr als genug von den Kollegen, die ihm schulterklopfend gratulierten. Er schlenderte die High Street hinunter bis zum Hafen und schlug dort den Weg nach Fort George ein, zur Clarence Battery. Hier, wo der Mordfall seinen Anfang genommen hatte, wollte er ihn auch für sich abschließen. Für sich ganz allein. Er hatte kurz daran gedacht, Pat zu fragen, ob sie Lust hätte, ihn zu begleiten. Aber nach dem gestrigen Abend hatte er das lieber bleiben lassen.

Er hatte Glück und war trotz des sonnigen Wetters der einzige Besucher der Clarence Battery. Von einer sanften, erfrischenden Meerbrise umweht, trat er bis kurz vor den Abgrund, wo er sich ungeachtet der Gefahr, seine teure Anzughose zu beschmutzen, im Schneidersitz auf das Gras niederließ.

Die Sicht war ebenso klar wie die Luft, und jenseits der blauen Unendlichkeit des Meeres zeichneten sich die Umrisse der französischen Küste ab. Unterhalb von ihm, gar nicht weit draußen auf dem Wasser, hatte ein Fischerboot seine Netze ausgeworfen, und die auflandige Brise trug ihm die Worte der zweiköpfigen Besatzung und das gleichmäßige Tuckern des Dieselmotors zu. Ansonsten war es ruhig hier oben.

Er kramte etwas aus seiner Jackentasche, das er noch vom letzten Abend mit sich herumtrug. Das rote Plastikarmband. Er sah es lange an und betrachtete noch einmal die Aufschrift *Sommerfest der Guernsey Police 1991 – CARRY YOUR LOVE – 3. Platz für Cy und Pat.* Eine Erinnerung an die Vergangenheit, mehr nicht.

»Dritter Platz, das ist nicht genug«, sagte er zu sich selbst.

Eine schnelle Bewegung seiner Rechten, und das Band flog in die Luft, flatterte für einen Augenblick unentschlossen im Wind, schien zu ihm zurückwehen zu wollen, entschied sich letztlich aber doch dafür, im Abgrund unter ihm zu verschwinden.

Als Doyle es nicht mehr sehen konnte, wanderte sein Blick nach links. St. Peter Port wirkte zum Greifen nah und doch wie eine andere Welt. Wie Spielzeugautos waren für ihn die Fahrzeuge, die sich in beide Richtungen am Hafen entlangschlängelten, und wie kleine Plastikfiguren auf einer Modelleisenbahnanlage die Menschen, die hinaus zum Castle Cornet gingen oder zu den Anlegeplätzen der Fähren. Die alten viktorianischen Häuser blinzelten mit ihren die Sonne reflektierenden Fenstern träge auf das Gewimmel hinab, das sie nicht weiter irritierte. Sie hatten viel erlebt, hatten schon hier gestanden, als noch Pferdefuhrwerke an ihnen vorübergerattert waren und als deutsche Marschmusik in den Straßen erklungen war.

Jetzt endlich verstand Doyle seine Mutter, die den Platz hier oben einmal als den schönsten Ort der Welt bezeichnet hatte. Elf oder zwölf war er damals gewesen, und seine Eltern hatten ihn hierher zu einem Picknick mitgenommen. Als Kind hatten ihn mehr die alten Kanonen und seine Phantasien von angreifenden Truppen Napoleons interessiert als die Betrachtung landschaftlicher Schönheit.

Aber es war weit mehr als der Ausblick auf das im Sonnenlicht glitzernde Meer, den blauen Himmel, die schroffen Steilküsten und die alte, scheinbar aus der Zeit gefallene Stadt St. Peter Port, das begriff er jetzt. Nicht die einzelnen Teile machten die Magie dieses Ortes aus – es war der Umstand, dass sich hier oben auf dem kleinen Plateau all das zu einem einzigen Moment verdichtete, zu einem Moment der Ewigkeit.

Ja, das hier war der schönste Ort der Welt, das war Guernsey, und Doyle war zu Hause.

Maria Dries
Der Kommissar und der Orden von Mont-Saint-Michel
Ein Kriminalroman aus der Normandie
320 Seiten
ISBN 978-3-7466-3179-0
Auch als E-Book erhältlich

Geheimnisvolle Normandie

Philippe Lagarde aus Barfleur, als Kommissar eigentlich längst im Ruhestand, erhält einen Spezialauftrag. Ein junger Mann aus besten Kreisen wurde erstochen im Ferienhaus seiner Familie aufgefunden. Auf dem Film der Überwachungskamera ist ein Mönch zu sehen. Der Mord wurde mit einem Dolch der Templer begangen, und auf der Leiche lag eine weiße Christrose. Schnell findet Lagarde heraus, dass der Tote zur Gewalt gegen Frauen neigte. Aber wo genau ist das Motiv?

Commissaire Lagarde ermittelt – ein spannender Kriminalroman mit besonderem Flair

Regelmäßige Informationen erhalten Sie über unseren Newsletter. Jetzt anmelden unter: www.aufbau-verlag.de/newsletter

atb aufbau taschenbuch